新潮文庫

再生巨流

楡周平著

再生巨流

日本橋小舟町にあるスバル運輸東京本社は、地下鉄銀座線の三越前から徒歩で五分ほどのところにある。

その日、吉野《よしの》公啓《まさひろ》が、オフィスに戻ったのは夕方の五時少し前だった。会社を出たのは昼食を済ませてすぐだったから、まるまる午後の時間を外で過ごしたことになる。外回りに時間を割くのは営業マンならば当たり前だが、同じ客先を訪ねるのでも、今日は目的が違った。担当を外れる旨《むね》を伝える挨拶《あいさつ》回りに半日を費やしたのだ。

(旧) 東京本社第一営業部次長

(新) 東京本社新規事業開発部部長

辞令が下りたのは、一週間前のことである。

人事というものは密《ひそ》かに進められるものだが、内示は正式な辞令が発令されるよりもずっと早い。吉野の場合も、半月前には上司である常務取締役営業本部長の三瀬隆司《みせりゅうじ》から今回の異動を告げられていた。

「吉野君、ちょっと話がある」

営業部が居を構えるフロアでは、日中空席が目立つ。特に月曜日の午前中となると、課別の定例ミーティングが持たれるために、男性社員は全員姿を消す。席に座っているのは、電話番の女子社員と、次長以上の職責を担《にな》う管理職だけだ。

「何でしょう」

会議はなくとも、月曜日の朝はのんびりしている時間などありはしない。先週末までの部下の実績が課別、営業マン毎《ごと》に膨大なスクロールとなってコンピュータから打ち出されて来る。それらに入念に目を通し、目標が達成されているか、未達ならその要因を分析し、引き続いて午後から開催される部課長会議の場で的確な指示を出さなければならないのだ。そして会議が終われば、早々に客先を回り商談を行う。その日もスケジュールはびっしりと埋まっていた。どんな用件か分からないが、本部長と直《じか》に話さなければならない案件は思い当たらない。ましてや三瀬にはフロアの一画に立派な個室が与えられているにもかかわらず、そこにいるのは僅《わず》かな時間だけで、一日のほとんどを最上階にある役員室で過ごすし、重要な話は自らの置かれている地位を誇示するかのように、部下をそこに呼びつける。

そんな三瀬がふらりとやって来て、用があると言う。くだらない話なら御免だとばかりに、吉野は些《いささ》かぞんざいな口調で訊《たず》ねた。

「時間は取らせない。ちょっと僕の部屋まで来てくれるか」

三瀬は表情一つ変えることなく、本部長室を目で指した。

吉野は内心舌打ちをしながら、広げていたスクロールの束を閉じると席を立ち、三瀬に続いて部屋の中に入った。後ろ手でドアを閉めると三瀬は、

「まあ、そこへ掛けたまえ」

まるで検察の取り調べ室のように執務机の前に二つ並べて置かれている椅子《いす》を勧め、おもむろに切り出した。

「実は、君に新しい仕事をやって貰《もら》おうと思ってね」

「新しい仕事といいますと、異動ですか？」

「そうだ。君も我が社に入社して十五年になる。その間ずっと営業畑を歩いてきた。実績は申し分ない。いや成績だけを取ってみれば、他の誰よりも群を抜いている。その能力を存分に発揮できる仕事を任せたいと思ってね」

さもいい話だと言わんばかりに穏やかな笑みを口元に浮かべる三瀬。だがその眼差《まなざ》しは酷《ひど》く醒《さ》めたもので、どこか冷ややかでさえあった。油断ならない兆候だった。

「私に何を」

吉野は努めて冷静に訊ねた。

「新規事業開発部……ポジションは部長だ。どうだ、悪い話じゃないだろう」

「新設部署ですね」

「そうだ」三瀬は大きく肯《うなず》くと、「これは常々役員会でも問題になっていたのだが、現在の営業部は既存の顧客のケアをするので手一杯だ。新規取引先、特に大手企業の取引先を開発しようにも、充分な時間が割けない。この状況を打破するためには、専任の部隊を置き、新規顧客開発に専念して貰うのが最も効果的と考えてね。それで新たにこの部を設けることにしたんだ」と、続けた。

確かにどこの企業でも、新規顧客を開発することを主な任務とする『開発部』と名がつく部署がある。しかし、ことスバル運輸の組織、いや営業形態に於《お》いてその言葉は当てはまらない。というのも、スバル運輸の営業マンには漏れなく対前年比一一〇%という絶対的ノルマが課されており、人事考課はそれを達成して初めて『A』評価。つまり標準。できなかった者は、減俸、降格を含めその責任を厳しく問われる。当然、ノルマを達成するためには、既存の顧客に頼っていては限界がある。勢い営業マンの誰もが、新たな顧客の開発に血眼になる。それがスバル運輸の営業部なのだ。

そうした点から言えば、新たに新規事業開発部を設ける意味などあろうはずもない。

その厳しさを誰よりも知る吉野は、

「しかし、今更そんな事業部を設けて、どうしろと言うのです。新規取引先の開発なんて、今でも当たり前にやっていることじゃありませんか」

と、迫った。

「君の営業能力、突破力に期待してるんだよ。それと企画力にもね」三瀬の言葉にはじりじりと獲物を檻《おり》の中に追いやるような、狡猾《こうかつ》な響きがあった。「僕はねえ、君を既存の組織の中に置いておくのは、会社のために惜しいことだと思っていたんだ、もちろん君のためにもね。実際そうだろう。君は次長という職責にありながら、部下を管理するよりも自ら描いたプランを先頭に立って実現しようとする。まさにプレイング・マネージャーだろう。いや、それが悪いと言ってるんじゃない。だが、今のセクションにいる限り、何か事を進めようとしても、必ず上司である部長の決裁を仰がなければならない。それじゃ君が少し窮屈じゃないかと思ってね。部長になれば裁量権はずっと大きくなる。部下をどう管理しようと、どういう営業スタイルを取ろうと、それは君の思うがままだ。そう考えれば、今まで以上に君の能力が発揮できるというものじゃないか」

「要は遊軍になれと、本部長はおっしゃっているのですね」

「遊軍ねえ。まあ、そう取ってもらってもいい。だが、もちろんノルマはあるよ」

「どれくらいの商売を作ればいいのです」

「年間四億」

「四億……！　それは新規顧客だけでですか」

「もちろんだ」

「それで陣容は」

「部下のことか？」三瀬は目に底冷えするような鋭い光を宿すと、「何分、どこのセクションも減員には難色を示していてねえ。それに新規事業部ということもあるし……。君の右腕となりうる営業マンを一人、アシスタントの女子社員を一人つけるのが精々でね」

「たったそれだけで年間四億もの新規の売上を作れと？」

吉野は初めてこの人事が何を意味するものか、その時はっきりと悟った。

新規に四億もの売上を実質二人だけの戦力で創出するのは容易なことではない。よほどの幸運に巡り合うか、そうでなければ並み居る競合他社の追随を許さない斬新《ざんしん》かつ革新的なサービスを創出しなければとても達成できるものではない。そしてその数字が達成できない時に待ち受けている運命は明白だ。新規事業部はその時点で取り潰《つぶ》し。責任者である自分は、戻る場所もないまま体よく閑職に追われるか、下手をすれば自主退社を迫られることになるだろう。

やられた……！

これは一見昇格という形をとってはいるが、紛れもない左遷《させん》人事だ。俺は組織というものを甘く見ていたのかも知れない……。

営業マンの評価は数字が全《すべ》て。ノルマを達成し続けてさえいれば、どんな手法を取ろうとも、たとえ社長であろうとも、手出しはできない。ずっとそう考えてきた。だがそれは間違いだった。

吉野は、三瀬の目を睨《にら》みつけながら己の不明を恥じた。蟀谷《こめかみ》がひくつき、堅く食い縛った奥歯がぎりぎりと音を立てそうになった。

三瀬はそうした吉野の姿を見ながら、

「辞令は二週間以内に発令される。まあせいぜい腕を振るってくれたまえ。期待しているよ。君は我が社でも、数少ない途中入社、しかも前職は東亜物産という大商社に勤務していたんだ。その点から言えば、単なる運送屋じゃないからねえ。我々では到底考えつかないビジネスを創出してくれると確信しているよ」

涼しい顔をして、最後に吉野の前歴をさりげなく持ち上げた。

吉野は三瀬の言う通り、新卒でスバル運輸に採用された社員ではない。大学を卒業後、最初に就職したのは大手総合商社の東亜物産で、誰もが羨《うらや》む紛れもない大企業だった。志望動機は、今にして思えば至って単純なもので、総合商社ならではの大舞台で思う存分仕事をしたいという夢があったからだ。採用前の三度の面接、入社後の研修期間中に行われた人事部との面談でも、吉野は強く営業職を希望した。部門はどこでもかまわない。総合商社の持つ資本力、情報収集能力を基に、大きな絵を描きそれを実現していく。男のロマンに満ちあふれた職場だと思った。しかし、研修期間が終わり、実際に配属されたのはスタッフ部門の運輸部。期待と夢を持って入社した分だけ失望は大きかった。営業部が次々に受注してくる大型プロジェクトや多様な物資を、円滑かつ低コストで運ぶために、毎日膨大な量の書類の作成や、運輸業者との打ち合わせ、交渉《ネゴ》に追われて日々はまたたくまに過ぎていった。事業部制をとっている総合商社では、入社時の配属先が生涯の仕事となる。いまあの当時の自分を振り返ってみると、前途に対する希望よりも失意の方が優《まさ》っていたのは明らかだった。

「吉野君、第二次世界大戦でなぜ日本が負けたか考えてみたことがあるかね」

酒席を共にした部長が唐突に切り出したのは、入社二年目を迎えたある日のことだった。

「それは、国力も違えば軍事力も違う。相手の戦争遂行能力の分析を見誤ったのが最大の敗因でしょう」

「そうかな。僕は違う見方をしている」江田島七十七期の部長は盃《さかずき》を傾け、唇を湿らすと続けた。「最大の敗因は当時の軍部にロジスティックスという概念が決定的に欠けていたからだ、と僕は思うがね」

「ロジスティックス……兵站《へいたん》ですね」

「そうだ。開戦当初の連戦連勝に勢いづき、日本軍は急激、かつ闇雲《やみくも》に戦線を拡大した。西は満州、南はニューギニア、東は南洋諸島。前線があれほどの短期間で広範囲に及んでしまっては肝心の物資の補給線が伸び切ってしまう。弾薬や食料が行き渡らなくなった前線の兵が、どれほど苦しい戦いを強いられたか、どんな悲劇を生んだかは戦史を繙《ひもと》けば明らかだ。欠けていたんだよ、ロジスティックスという概念がね。もっとも、これは今の時代にも言えることだがね」

「どういう点がです」

「うちの会社だってそうだ。営業部には厳しいノルマが課せられている。売上を達成するためには客の要求というものを百パーセント呑《の》んでくる。物流経費なんていうものは、頭から度外視してかかる奴《やつ》らばかりだ。君はまだ入社一年そこそこだから、実感は湧《わ》かないだろうが、特に国内の一般消費財を扱っている子会社などにその傾向が強い」

部長は断言するとさらに続けた。

「一般に総合商社というところは、海外を舞台に大きな商売をするところに思われがちだが、それは間違いだ。ラーメンからミサイルまでと言われるように、それこそ売れるものなら何でも扱うのが総合商社だ。大半の営業マンがやっていることといえば、路地裏にある工場《こうば》や、商店を駆けずり回り、担当する商品を売りまくる。まさにドブ板商売を強いられる。扱う商品の規模が大きくなって軌道に乗れば、販社を作り、責任者として天下る。つまり、本社の看板を借りて事業を興《おこ》し、自分の食い扶持《ぶち》を自らの手で稼ぎ出すことを強いられる。それが商社マンだ」

そう言われて、この部長も長く一般消費財を扱う子会社に出向していたことを吉野は思い出した。

「たとえば販社では、当日配送など当たり前という所がある。つまり午前中に受注した商品は、当日の午後に配送しなければならないというわけだ。しかもミニマム・オーダーという概念もない。一つ数百円の商品を、専属車が客の下に届けなければならないんだ。当然、そんなことをしていたんでは、売上は上がっても、利益は出ない。商売としては赤だ」

「確かに部長のおっしゃるとおりです。しかし、どうしてそんなことが許されるんですか」

「実際に最前線で切った張ったをしている人間、つまり営業の連中の方が、後方支援部隊の人間よりも圧倒的な発言力を持っているからさ。お前ら、誰のお陰で食っていられると思ってるんだ。俺たちの売上でだろうが。トータルで見れば利益も出ているじゃないか。お前たちは黙って注文された品を納期通りに届ければいいんだ。文句を言うな。営業マンはそんな気持ちを心の片隅に必ず抱いている。配送効率を考えれば、あるロケーションに集中して客先があることが望ましいんだが、連中にはそんな考えはない。飛び地も増える。それこそたった一軒の客先に物を届けるのに片道三十分もの時間を費やさなければならないことだってある。当然、補給線は長くなり配送効率は落ちる……。日本人のメンタリティなんて、戦後四半世紀以上が経《た》っても何にも変わっちゃいないんだな」

「飛び地には、民間の宅配業者を使うわけにはいかないのですか」

「当たり前の頭を持っているやつなら誰でもそう思うさ。だがな、営業の連中は顧客には特殊要件というやつがあるというんだな」

「何です、それ」

「たとえば病院だ。病院というところは実に厄介なところでね。届け先毎《ごと》に異なった様式の指定伝票というものがある。それだけならまだしも、納品に際しては、受付で入構パスを貰い、用度係へ行って、納品伝票にハンコを貰う。さらに担当部署の長に挨拶《あいさつ》をし、指示された場所に物を納める。そこで納品終了の印を貰い、再び用度係へ行き伝票に確認印を貰う……。宅配で送れば、たった数百円で済むものが、客のわがままを聞くために万単位の経費を掛けなきゃならないことだってある。だが営業の連中も当の客にしても、それが当たり前だと思っている。つまりサービスはただだと思っているのさ」

酔いが回ってはいるようだったが、部長の言葉が、正鵠《せいこく》を射ていることは間違いないと吉野は思った。深く肯く吉野に部長は言った。

「だがな、こんな時代はそう長く続くもんじゃない。いいか、これからの時代、コストの概念を持たない営業は成り立たない。キーになるのはロジスティックスだ。この分野は、未《いま》だ手つかずに残された最後の未開地、いや工夫一つでとてつもない成果を目に見える形で手にすることができる大金鉱脈だと俺は思う。君が入社当初から営業を志していたことは知っている。だが、客の言うことを聞いて来るだけの営業マンなんてただのご用聞きだ。シャツに汗してノルマ達成に汲々《きゅうきゅう》とするよりも、頭に汗をかけ。脳みそに錐《きり》を刺して、血が噴き出るまで考えろ。そっちの方が、何倍も価値がある。それが俺たちの仕事だ」

目が醒《さ》める思いがした。全身の血が逆流するような興奮を覚えた。未開地、大金鉱脈——。その言葉が耳にこびりついて離れなかった。

以来吉野は、仕事に全精力を注ぎ込んだ。三年目になって、どうにか一人前として扱われるようになった頃、吉野はある販社の物流システムを見直す仕事を任された。完成までの期間は二年。普通ならば現場のニーズを聞き、それを反映させただけのありきたりなシステムに仕上げれば、事は足りただろう。だが吉野はそれで終わらせなかった。営業マンに個別のコードを与え、それを顧客コードと結びつけ、さらに庫内作業と配送コストを按分《あんぶん》し、売上データと結びつける。つまり売上とそれにかかったコストが営業マン毎に一目瞭然《いちもくりようぜん》になるシステムを作り上げたのだ。単純に言ってしまえば、個別にP／L（損益計算書）を突きつけたのである。営業マンの反発は激しかった。それも道理というものだった。なにしろ、このシステムが稼働《かどう》してみると、今まで優秀と折り紙をつけられていた営業マンが、実は利益の点では必ずしも貢献していないということが明らかになったからだ。

営業の連中からは大不興を買ったシステムだったが、吉野の社内での評価は確実に上がった。本社はもちろん、関連子会社が次々にこのシステムを導入し、やがて何でも商売にする会社は、これをパッケージとして売り出し大成功をおさめた。

他社が『買った』のは吉野のシステムだけではない。当時はまだ珍しかったヘッドハンターたちが吉野自身を買おうと接触を図ってきたのだ。

物流の面白さに目覚めていた吉野は、この道で生きて行くことを決めていた。営業至上主義の日本の企業社会にあって、この業界の人材層は薄いと読んだ。自分の思う通りの絵を描き、それを実現できる沃野《よくや》は目の前に広がっている。そう考えると、総合商社の看板などどうでも良かった。吉野は誘いのあった会社の中から、スバル運輸に新しい道を求めた。たった一代で当時年商三千億の大企業にのしあがったこの会社には、夢を叶《かな》えられるだけの活力と進取の社風があると見込んだのだ。

それから十五年。この間、入社当初の数年を除いては、人事考課は常に最高評価を受け、同年代のトップを切って本社第一営業部の次長のポストについた。

もともとスバル運輸は配送業の中でも、個人を相手にする宅配便の比率はさほど高くはなく、会社関係の集配を専門とする商業便の分野で圧倒的強さを発揮していた。吉野が入社した当時は、両者の棲《す》み分けはかなり明確に区分できたものだったが、コンビニが急速に普及するのに従ってマーケットは激変した。取次店の増加に伴い、業績が急上昇した宅配業者が見る間に力をつけ、スバル運輸の独壇場だった商業便の分野に進出してきたのである。顧客にしてみれば、荷物が確実につけば料金の安い方を選ぶに決まっている。全国統一配送料金を創業以来のポリシーとしてきたスバル運輸にしてみれば、エリア制料金をとる宅配業者の進出は、近距離貨物を確実に奪われることを意味した。

危機感を覚えた社内では、対抗上一律料金制度を廃止し、エリア制料金制度の導入が盛んに論議されるようになった。そこに待ったをかけたのが吉野だった。

「料金競争ほど無意味な争いはありません。一旦《いったん》はライバル会社より安い料金を提示できても、相手は必ずそれより安い料金を出してくるにきまっています。そうなればこちらも更に料金を下げなければならない。その繰り返しでは自分の首を絞めていくようなものです。料金の話しかできない営業マンなんてただのご用聞きだ。知恵を働かせ、高い料金を取ってもお客様に満足して貰《もら》える提案をするのが営業でしょう」

営業本部長以下が揃《そろ》った会議の席で、吉野は必死に訴えた。まだ入社二年目のことだった。誰も何も言わなかった。吉野の言葉が核心をついていたこともあったろうが、下手に相槌《あいづち》を打ちでもすれば、代案を求められることを恐れたからだ。

「そこまで言うのなら、何か案があってのことなんだろうな」

沈黙を破って訊《たず》ねてきたのは本部長だった。

「あります」吉野はきっぱりと言ってのけた。「エクスプレス便をやりましょう」

「何だそれ」

「我が社の中心顧客は企業です。数倍の運送料を支払ってでも、朝一番、始業時間に荷物を届けなければならない。そんなニーズを抱えた客は必ず存在するはずです。つまり今までの配送に、特別サービスを付加することで他社との差別化を図り、配送単価を上げるのです」

「しかし、そんなことをしたら通常の配送順がめちゃめちゃになるぞ」

「通常配送のトップにエクスプレス便を回せばいいだけです。東京地区を例にとればドライバー一人あたりの担当エリアなんて知れています。言われるほどの影響はありません」

「それで、いったい幾らの料金を取ろうというのだ」

「通常なら全国一律八百五十円の運賃が関東地区で四千円。大阪ならば一万円……」

「無茶だ」

本部長の言葉に呼応するかのように、どよめきと失笑が会議室を満たした。だが吉野はめげなかった。

「企業には大金を払ってでも、一刻一秒を争う荷物が必ずあります。やってみるだけの価値はあると私は確信します。少なくとも料金競争をするよりは、遥《はる》かに生産的な提案だと私は考えます」

大議論の末に提案は採用された。吉野の読みは的中した。エクスプレス便が始まると、驚くほど多くの急を要する荷物が集まりだした。スバル運輸の配送ドライバーは、小口顧客のセールスをも兼ねており、彼らには、収益率の高いエクスプレス便を集荷するノルマが課せられるようになった。吉野たち営業マンは、「時間必着を厳守するため、特別車両を用意する」という全く嘘《うそ》のセールストークを以《もっ》て、新規顧客の開発にあたった。業績は見る見る上がっていった。本来ならば、この功績を以て満足するところなのだろうが、吉野は違った。もとより日々のルーティンワークはもちろん、新規の仕事でも一旦軌道に乗ってしまえば途端に興味は薄れてしまう。常に新規の商品、他社にないサービスを先頭を切って打ちだす。それこそが仕事の醍醐《だいご》味《み》だと思っていた。

関東地区、東京地区に当日配送をする「関東即配」、「東京即配」。更には日本全国の主要都市、及びその周辺地域に航空便との複合輸送で当日配送を行うスーパー・エクスプレス……。会社の中では、その度ごとに異を唱える者が必ずいたが吉野は実績をもとに強引に口を封じ、次々に新企画をぶちあげていった。アイデアは泉のように湧いてきた。しかし新しいビジネスが軌道に乗るまでにはそれなりの時間がかかる。吉野にはそれが待てなかった。

「次々に風呂敷《ふろしき》を広げて、食い散らかすだけ食い散らかしてさっさといなくなってしまう。まるでピラニアのようなやつだ。いやピラニアならば、奇麗に骨だけにして行くもんだが、あいつはそれ以下だ」

そんな陰口も聞えてくるようになったが、それでも吉野は構わなかった。とにかく、自分の思い描いた絵が実現する。そのためには、使えるものは全《すべ》て使う。たとえ不具合が生じようとも、後始末をするのは新しいことを考える力のない人間がやればいいのだ。吉野は本気でそう考えていた。仕事の遅い部下、自分の方針に疑義を差し挟む同僚や上司は邪魔以外の何物でもなかった。

セールスドライバーや営業マンには、新規商品が会社の方針として告げられる度に、厳しいノルマが課せられる。特に実際に配送を行なう現場では、ノルマ以外に配送拠点《デポ》との往復を強いられるために、いままでにも増して厳しい労働になった。更には遅配や、商品の破損といったクレームも頻繁に起こる。ところが、次々に新規企画を打ちだす吉野は、実際にオペレーションが立ち上がるころになると、担当から外れ、新たな企画を開発する仕事に没頭していた。結局尻拭《しりぬぐ》いをするのは、他の人間――。それが当たり前のようになっていた。

一旦、仕事となれば容赦はしなかった。部下を怒鳴り、脅し、時には鉄拳《てっけん》さえ振るった。ポジションが上がり、管理職になっても、部下やセクションのことなど考えたこともなかった。部下は自分の手足となって働く道具に過ぎない。俺についてこられない者などいらない……。

実際、吉野の仕打ちに堪え兼ねて転属を願い出た部下は少なくない。それも『優秀』と折り紙がつけられた人材がだ。

「お前のようなやつの下で働けるか。俺はお前に給料を貰ってるんじゃやねえ」

そんな捨てゼリフを残して辞めていった部下も、一人や二人ではない。

「仕事でも組織でも、あいつの通った後には死屍《しし》累々《るいるい》だ」

社内ではあからさまな非難の声が聞え始めた。

ずんぐりとした体軀《たいく》にぎょろつく目。薄くなった頭髪といった容貌《ようぼう》、日頃の行状からいつしか人は吉野を〝鬼だるま〟と呼ぶようになっていた。

吉野が一介の平社員であったなら、それでも許されたのかもしれない。だが仮にも管理職という名のポジションにつけば、おのずと会社が吉野に対して求める職責は違ってくる。人材を育てず、ただ自分の夢を追う。そんな行為をいつまでも周囲が黙っているはずがなかった。

もっとも、成功したビジネスの恩恵に与《あず》かった人間もいないわけではなかった。三瀬《みせ》はその中の一人だ。彼は部下である吉野の功績を評価され、取締役の座を射止めたのだ。

しかし、一旦確立した地位に就いた人間からしてみれば、吉野のように組織の論理を逸脱することを厭《いと》わない部下は危険因子以外の何物でもない。

それに初めて気づかされたのが今回の人事というわけだった。つまり会社は管理職としての吉野に『×《ばってん》』をつけたのだ。昇格という形をとりながら、こんな閑職に追いやったのが何よりの証拠だ。

ビルに向かって歩道を歩く吉野の首筋を、晩秋の冷たい風がひやりと撫《な》でて行った。

俺はこれからいったいどうなるのだろう。

ふと、そんな不安が込み上げてきそうになる気持を振り払おうと、吉野は一つ大きく息を吸い込むと、胸を張って本社ビルの中に入った。

新規事業開発部は五階にある。一週間前まで席があった営業部と同じフロアだった。退社時間間際《まぎわ》のこの時間に戻っている営業マンは少なく、女子社員たちがひっきりなしにかかってくる電話の応対に追われていた。所帯三人の小さなセクションは、フロアの片隅に離れ小島のように置かれ、その一画だけがパーティションで仕切られている。

「お疲れさまです」

アシスタントを務める岡本千恵《おかもとちえ》が声をかけてきた。確か彼女は入社十年を超えているはずだった。会社が本社の一般職として採用する女性は短大卒だから、もう三十を超しているということになる。一般職の勤続年数がかつてとは比較にならないくらい延びているとはいえ、本社の中では最古参の女子社員の一人だと聞いた覚えがある。もちろん、その分だけ日常の事務処理には長《た》けているのだろうが、一般職の仕事など、一年も経《た》てばよほど能力に問題がない限り大抵のことは覚えてしまうものだ。そんな岡本を、会社は新設の部署に自分の部下として配属した。その狙《ねら》いは一つしかない。

一旦走り始めれば、目的を完遂するためには部下を馬車馬のようにこき使う。人を人とも思わない自分に預けることで、会社は体よく岡本をも自主退社に追いやろうとしているに違いなかった。

それはもう一人の部下の立川久《たちかわひさし》の社歴を見ても明らかだった。入社以来五年、一貫して営業畑を歩いてきた立川は、この間ただの一度もノルマを達成したことはない。人事考課は常に最低ランク。異動させようにも引き取り手さえ見つからないような男だ。そんな人間が年商四億もの新ビジネスを作りだすことを命ぜられた自分の片腕として役に立つわけがない。こちらもまた、鬼だるまの下に置けば、早々に尻尾《しっぽ》を巻いて逃げ出すに違いない。会社の期待が透けて見えるようだ。

もちろん、この二人が会社の思惑通りに辞めたとしても補充要員など期待できるはずもない。管理責任を問われ、自分もまた二人と同じ運命を辿《たど》ることになる。つまり、三瀬はこう言っているのだ。『吉野。お前の功績は認めるが、所詮《しょせん》組織には向かない人間なのだ』と……。

普通、吉野ほどの実績と能力があって、そんな処遇を受けようものなら、会社を飛びだし、小さくとも一国一城の主《あるじ》として独立することを考えるだろう。しかし、吉野はこれまで自分が新規事業を次々に発案し、実現してこられたのも、業界大手のスバル運輸という看板があってのことだと思っていた。それにも増して、大企業にいればこその大きな絵を描き実現していく。それが何物にも代え難い魅力であったし、生き甲斐《がい》でもあった。

こうなった以上、会社に残り自分の道を歩む手だては一つしかない。会社から課せられたノルマを達成することだ。

吉野は決意を新たにしながら、窓際に置かれた席に座った。

「部長、帰って早々で申し訳ないのですが、当面必要な事務用品を揃えなければなりません。何かご入り用なものはありますか」

岡本が、いささか薹《とう》の立ち始めた顔に笑みを浮かべながら訊ねてきた。

「事務用品？　そんなものは君が決めてくれ。総務に行けば、大概のものは揃っているんだろう」

「それが、文房具用品については、社内のルールが変わりまして。ボールペンやファイルにしても、今までは総務のストックから自由に取ってくることができたのですけど、私的に流用する方が多いらしくて、コスト管理を徹底するために、各セクションで個別に発注することになったのです」

「そんなことになったのか」

見ると、岡本は電話帳ほどの厚さのあるカタログらしきものを抱えている。

「この中から希望のものを選んでいただいて、ネットで発注をしないと、文具は手に入りません。発注実績は月毎《ごと》に総務から明細が上がってきますので、コスト管理も部長にしていただくことになります」

瑣末《さまつ》な仕事にかかわっている暇はないと怒鳴りつけたかったが、売上のない新設部署では、経費はまるまる会社からの借金と同義語だ。少しでも経費は節減しておかなければならない。気を取り直して、カタログを開いたものの、少し目を走らせたところで岡本の方に押しやった。

「これは本当に文房具のカタログか？　コピー用紙や飲料、家電製品まで載っているじゃないか。こんなものを一々読んでいる暇はないよ。新入社員でもあるまいし、君ほどになれば何が必要かは分かるだろう。該当個所に付箋《ふせん》をつけて、持ってきてくれ。ハンコは押すよ」

冷たく言い放つと、この半日、煙草《たばこ》を吸っていなかったことを思い出し、席を立った。

喫煙室はエレベーターホールとオフィスとの間にある十畳ほどのスペースだった。外からの入り口はガラス張りになっており、その外見がアイスホッケーで反則を犯した選手が入れられるブースを連想させるのか、社内ではいつしかこのエリアを『ペナルティボックス』と呼ぶようになっていた。

それは今の時代にして煙草を嗜《たしな》む人間に向けられた言葉ではなく、就業時間中に喫煙するだけの暇を持て余した人間が籠《こも》る場所……。いざ閑職に追いやられてみると、何だかそんな侮蔑《ぶべつ》的な意味合いが込められているような気がした。

それが証拠に、ペナルティボックスに入った時、ちょうど終業時間を告げるチャイムが鳴ったが、外回りの多い営業部が居を構えるフロアのせいか、吉野のほかに人影はない。一人木製の長椅子《ながいす》に腰を下ろし、マイルドセブンに火を点《とも》した。肺の深部にまで入れた煙を吐きだすと、エアコンの吹きだし口から流れ出る風がたちまちのうちにかき消して行く。ドア一つ隔てたオフィスからは、絶え間なく電話のベルと、応対する女子社員の声が聞える。目の前に置かれた清涼飲料水の自動販売機のモーターが、虚《うつ》ろな音をたてている。

『ペナルティボックスか……うまい言葉を考えたものだ』

ノルマを達成しようと、寸暇を惜しんで得意先を回るかつての同僚たち。その傍らで、こうしてゆっくりと煙草をふかしている自分が身を置く場所として、これほど相応《ふさわ》しい言葉はあるまい。

自分でも気がつかないうちに、苦い笑いが込み上げてきた。

煙草の火が半ばまで達した時、ふいにオートロック式のドアの施錠《せじよう》が解除される鈍いモーター音が聞え、我に返った。

派手な作業服に身を包んだ男がガラスの向こうにいた。胸には清涼飲料水メーカーのロゴが刺繡《ししゆう》されたワッペンが貼《は》り付けてある。

「失礼します」

歳《とし》の頃はまだ二十代半ばといったところだろうか、男は、形ばかりの挨拶《あいさつ》をすると、手押し車に山と積まれた清涼飲料水が詰められた箱を持ち込んだ。腰のベルトに吊《つ》るした鍵束《かぎたば》の中から、手慣れた手つきで一つを選び出すと、自動販売機の扉を開けた。内部には限られた容量を最大限に活用するために、製品毎に上部から下部へ、つづら折りのカーブがつけられたガイドレールが組み込まれている。男は箱の中から、缶飲料を取りだすと、次々にそれを上部に設けられた投入口に入れ始めた。

「大変だね。缶飲料といっても、それだけの量になると、相当な重さだろう」

少し前の吉野なら、飲料の補充に来た男に話しかけたりはしなかっただろうが、あからさまな左遷《させん》人事を下され、弱気になった身が、しばしの話し相手を欲していたからかもしれない。

「ええ、まあきついと言えばきついっスよ。一つ、十キロ近くある箱をこいつに積んで自販機に補充して行かなきゃなんないんですから」

「このビルも君一人で受け持つのかい」

「そうっスよ。受け持ちはエリアで決まってるんスから。でもビルなんてまだいい方ですよ。エレベーターが使えますからね。駅や小さなビルにある自販機は、階段を昇らなきゃならない所がたくさんありますもん。そんな時は、カートンを台車から一つ一つ降ろして、何度も昇り降りを繰り返さなきゃなんないんスから」

外は冷たい風が吹いているというのに、男は額に噴きだした汗を拭いながら言った。

「しかし、せっかくそんな場所に補充する商品を持って行っても、空振りとまではいわなくとも、ほとんど捌《さば》けていないってことだってあるだろう」

「確かに昔はそんなこともありましたねえ」

「昔は？　というと今は違うの」

「ええ。最近では自販機には販売状況がリアルタイムで分かる装置がついているんです。こいつがない頃は、確かに行ってみたら全然捌けていないってことがよくあって、せっかく重い荷物を運んでも泣く泣く商品を持って帰ってくるということも少なくなかったんスけど、今はほとんどそんなことはないっス」

「へえっ、自販機にそんなものがついているんだ。どんなものなの」

「PHSですよ。ほら、携帯電話で使っている……」

その言葉だけで、吉野はおおよその仕組みを理解した。

「つまり、こういうことかね。自販機の販売データはPHSを通じて、ほぼリアルタイムで会社のオーダーエントリーシステムに転送される。それが、予《あらかじ》め設定されていた補充点に達すると自動的に出荷指示が出る……」

「詳しい仕組みは分かんないスけど、そんなところなんじゃないスか。このシステムが導入される以前は、いつもデポを出る時には商品で満杯にするのが常でしたけど、最近では必要量がアイテム毎に予め分かっているもんで、運ぶ量は最小単位で済むようになりました。それに、配送を終えてデポに戻っても、昔のようにどこの自販機に何本入れたか、積載残のチェックもほとんど必要なくなりましたしね。もっともこんな便利なシステムがついてからは、仕事は楽になりましたけど、配送後の検品や伝票処理がなくなったお陰で、残業代はめっきり減ってしまいましたからね。喜んでいいんだか、悲しんでいいんだか」

男は、少し複雑な笑いを浮かべると、また作業を始めた。

「ふうん、便利な世の中になったもんだな」

吉野はまた一つ煙を吐きながらぽつりと呟《つぶや》くと、外見上はこれといって代わり映えのしない自販機を、しげしげと見詰めた。

はかばかしい進展がないまま二ヶ月の時が過ぎようとしていた。

その日、夕刻から外は激しい雨になった。

田園都市線、三軒茶屋の地下鉄の駅を出ると、密集した商店街の毒々しいネオンが濡《ぬ》れた路面に反射し、極彩色の光りを放っていた。雨足は一向に衰える気配がない。吉野はビニール傘をさすと、濡れた歩道を歩き始めた。幹線道路沿いこそ人の波が途絶えることはないが、一歩裏路地に足を踏み入れると、仄暗《ほのぐら》い街灯が点々と灯《とも》る住宅地になる。その一画、駅から歩いて七分ほどのところに生け垣に囲まれひっそりと建つ古ぼけた一軒家が吉野の自宅だった。

窓からは薄ら寒い蛍光灯の光りが漏れている。時刻は午後七時。普通の家庭ならば、夕餉《ゆうげ》の支度が調い、一家揃《そろ》っての団欒《だんらん》の一時を迎えようとする頃だが、この家からはそんな気配は漂ってこない。息を殺すような静謐《せいひつ》と、沈鬱《ちんうつ》な気配を感ずるだけだ。

吉野はポケットからキーを取り出すと、ドアを開けた。帰宅の際には呼び鈴は鳴らさない。それがここ五年来の決まりになっていた。

「ただいま……」

押し殺した吉野の声が、静まり返った玄関に響いた。傍らのドアが開くと、今年七十五になる母が顔を覗《のぞ》かせた。白いものの方が多い頭髪を後ろで一纏《まと》めにしているのは、もう何年も美容院に行っておらず、自分で切り揃えた髪を体裁よく見せるためだ。深い皺《しわ》が刻まれた顔には化粧の痕跡《こんせき》すらない。

「お帰り。ご苦労様」

息を潜めるように母が言う。

「親父《おやじ》、寝てんの」

「ええ、夕方からずっと」

「そうか……」

今年八十になる父は五年前からアルツハイマーによる痴呆《ちほう》が始まり、今では寝たきりである。本来ならば、親がこうした状態になれば率先して面倒をみるのは嫁の務めだろうが、吉野に妻はいない。二十七歳の時に、かつて勤めていた東亜物産の同じセクションで働いていた時江と結婚し、一女をもうけたが、突然の不幸が襲ったのは、十年前のことである。それは時江が頭痛を訴えたのが始まりだった。もっとも時江には頭痛の持病があったせいで、吉野も軽く聞き流していたのだったが、それがいけなかった。

「お母さんが倒れた！」

仕事に忙殺される最中《さなか》、受話器から聞えてくる悲鳴にも似た娘の佳奈子《かなこ》の声は、今でも吉野の脳裏にこびりついている。知らせを受け病院に駆けつけた時、時江はすでに手術室の中にいた。急性くも膜下出血——。それが時江の病名だった。

　この病は、発病後一時間くらいの間の状態の変化が、その後の病状を左右する。キッチンで倒れていた時江が発見されたのは、当時小学校五年生だった佳奈子が学校から帰ってのことだというから、いつ倒れたか正確な時間は誰にも分からない。『手術中』と赤地に白抜きの文字が灯るランプを見ながら、日頃は信心とは無縁の吉野も、この時ばかりはたとえ後遺症が残ってもいい、時江の命が助かってくれさえすれば、とひたすら神に祈った。

　しかし、願いは受け入れられることはなかった。医師に付き添われて手術室を出てきた時江の顔は白い布で覆《おお》われていた。

「残念です……。もう少し早く処置することができていれば……」

　深々と頭を下げる医師の声が遠くに聞えた。朝には佳奈子と共に、三人揃って朝食を取った人間が、半日後にはこの世から消え去ってしまう。その現実を受け入れることはできなかった。

　全身を覆った布を引き下げると、頭部を包帯で巻かれた時江の顔が露《あらわ》になった。半開きになった口は、深い眠りに陥っているようでもあり、とても死人の顔とは思えぬ安らかさである。そっと手を握ると、体の温《ぬく》もりが余韻となって残っていた。

途中スバル運輸への転職という予期しなかった出来事があったが、それでも仕事は充分やり甲斐《がい》のあるものだったし、家庭内にこれといった波風が立ったこともなかった。結婚と同時に実家からすぐの所にあるマンションを借り、親子三人の月並みな生活を過ごしていた。

三十六歳――。余りにも早すぎる死であった。

吉野は妻を失った悲しみを仕事に没頭することで紛らわそうとした。さらに父が痴呆に陥ってからは、ますますそれに拍車がかかった。家に帰れば厳しい現実が待っている。仕事に没頭している間だけは、全《すべ》て忘れられた。

しかし、ただ一つの生き甲斐である仕事も会社は自分から取り上げようとしている。俺から仕事を取り去ったら一体何が残るというのだ。これからの日々を何に希望を見いだして過ごしていけばいいというのだ。そう、痴呆の父、老齢の母を抱えながらも、歯を食い縛って耐えてこられたのは、仕事の中に夢を見いだしていられたからこそのことだ。それが、たった一本の辞令で、失われようとしている――。

会社では平静を装《よそお》ってはいても、事実上の左遷人事は吉野の心を確実に痛めつけていた。年間四億の新規売上。その数字が鉛の塊を背負っているかのように、肩に重くのしかかってくる。

だが、ただでさえも明るい話題のない家の中で、陰気な顔を見せるわけにはいかない。

吉野は何事もなかったかのように振るまいながら、じっとりと濡れた靴を脱いだ。革底を通して雨が染《し》み込み、グレーの靴下が変色しているのが分かった。それを見とがめた母がすかさず新聞紙を丸め、靴の中に差し入れようとした。僅《わず》か数歩の動作の間にも、軽く足を引きずる。母は数年前からリウマチを患《わずら》っており、天候が優れないと節々の関節に痛みを訴えることがあるのだった。

「母さん、僕がやるからいいよ」

吉野は新聞紙を引ったくるように手に持つと、それを靴の中に突っ込んだ。

「ご飯を先にする？　それともお風呂《ふろ》？」

背後から母の声が聞えた。

「そうだね、ご飯を先にしようか。佳奈子は？」

時江が亡《な》くなった時には十歳だった佳奈子も今年で二十歳になる。痴呆の祖父、病気がちな祖母の姿を見て育ったせいか、今では都内の大学の総合福祉学部で社会福祉を専攻する大学生になっていた。

「今日は学校で研究会があるから、帰りはいつもより遅くなると言っていたけど、もうそろそろ帰ってくる頃だと思うけど」

母はそう言いながらキッチンに立つと、コンロに火を入れ味噌汁《みそしる》を暖め始める。湿気を吸った上着を椅子《いす》の背凭《せもた》れに掛けた吉野は、ネクタイを外しワイシャツのボタンを緩め、ほっと息をついた。食卓の上には、魚の煮付けと青菜の煮浸し、それに香の物が並べられている。

「このところ、帰りが早いのね」

振り返ることなく、母がぽつりと言った。悪気がないことは分かっていても、それを訊《たず》ねられるのが今の吉野には何より辛《つら》い。

「忙中閑有りというやつですよ。難しい仕事が一山越してね。僕だってもう歳だ。いつまでも馬車馬みたいに年がら年中働き詰めじゃ参っちまう」

「でも、こんなに毎日家で食事を取るなんて、初めてのことじゃない」

「迷惑かなあ？　家で食事を取るのは」

「そんなことはないわよ。三人分の食事を用意するのも、四人分の食事を用意するのも手間は一緒だもの。ただ、いつも終電近くに帰って来るのが常だった人が、毎日こんなに早く帰って来ると何かあったんじゃないかと思って」

「何もないよ。心配しなくて大丈夫」

吉野は努めて明るい口調で言うと、上着のポケットを探り、煙草《たばこ》を取り出した。煙を吐き出した先に目が行った。そこには二組のオムツが並んで置かれていた。成人用のオムツ。それは痴呆の父のために用いられるもので、家の中では見慣れた代物《しろもの》だったが、キッチンで目にした記憶はほとんどない。

「母さん。どうしたの、これ」

振り向いた母が、吉野の視線の先を見た。

「ああ、これね。今日、オムツとトイレットペーパーが切れかかっているのに気が付いてね……」

「それで、母さんが買いに行ったの？　この雨の中を？」

つい咎《とが》め立てするような口調になった。

リウマチを患って以来、母が買い物に出る時にはマミーカーを使うことを余儀なくされていた。人通りの多い商店街ではちょっとした接触でも大怪我《おおけが》に繋《つな》がり兼ねない。外出は可能な限り控えること。生鮮食品は生協の宅配に頼み、オムツもまたそれを利用するよう吉野は命じていたのだった。

「お父さん、この数日ばかりお腹《なか》の調子が良くなくてね。オムツが足りなくなりそうだったんだよ。生協の配達は週一回だから注文した品が届くにはまだ日があるし……」

「だったら、佳奈子に買いに行かせればよかったじゃないか。いや僕でもいい。携帯の番号は教えてあるだろ」

この雨の中を、傘をさした上にマミーカーを押して二組のオムツ、そしてトイレットペーパーなんて嵩《かさ》のあるものを、足を引きずりながら買いに行く母の姿が脳裏に浮かぶと、吉野の声は自然と荒くなった。

「私のことなら大丈夫だよ。お前が心配しているよりずっと達者なんだから。第一、男の職場にオムツを買って来てくれなんて電話をかけられる筈《はず》がないじゃないか」

「母さんはいつもそうだ。大体、区の介護だって週二度の入浴を除いては拒絶する。もう若くはないんだから、いい加減ヘルパーの世話になったらどうです。母さんだって五体満足とは言えない体なんですから」

「ヘルパーさんが来てくれたって、二十四時間面倒を見てくれるわけじゃないでしょ。結局誰がやるかと言えば私がやるしかないんだもの。同じことよ」

話題が父の介護に向くと、議論が堂々めぐりになるのはいつものことだった。と言うのも、こと父の世話に関して母は頑《かたくな》なまでに他人の介入を拒んだからだ。それが長年連れ添った夫婦の情愛からくるものなのだろうと理解してはいるつもりだったが、深夜にオムツを換える気配を感ずる度に、吉野は言い様のないやるせなさを感じる。

「しかし、佳奈子も佳奈子だ。大学で福祉を学びながら、一体あいつは何をやってるんだ」

吉野は母との議論を早々に打ち切り、怒りの矛先を娘に向けた。

その時、玄関のドアが開く気配がした。ただいま、と言う密《ひそ》やかな声。それに続いてキッチンのドアが開いた。

「お帰り」

母が言うが早いか、吉野は佳奈子に罵声《ばせい》を浴びせた。

「佳奈子、お前、今日お婆《ばあ》ちゃんにどんだけ迷惑かけたか知ってんのか」

「何よ、帰ってくるなり藪《やぶ》から棒に」

「あのな。お爺《じい》ちゃんのオムツが無くなって、お婆ちゃんこの雨の中を出掛けたんだぞ。トイレットペーパーも無くなっていたっていうじゃないか。お前、大学で何を勉強してんだ。介護に必要なアイテムが底を突きかけていないかどうか、そのくらいのことに常に気を配っておくのは基本中の基本だろ」

「あら、オムツもトイレットペーパーも、生協が配達してくれることになってるんでしょ」

「お前、そう言うところを見ると、普段からお爺ちゃんの世話をしてねえな」

「だって、お婆ちゃんがやるって言ってきかないんだもの」

こうした時に佳奈子が見せる気の強さは、吉野ゆずりのところがある。社内では鬼だるまと呼ばれ、名前を呼んだだけでも緊張の色を露にする社員が少なくないというのに、一向に怯《ひる》む気配がない。

「それを言うのは酷ってもんだよ」二人のやり取りを聞いていた母が、佳奈子に味方するように口を挟んだ。「介護ってもんはね。苦楽を共にした夫婦だからできるんだよ。お爺ちゃんだって、孫に下の世話をして貰《もら》って喜びやしないよ。あんただって、年老いてさ、寝たきりになった時に、下の世話を佳奈子にして貰いたいと思うかい」

　そう言われれば、返す言葉がない。一瞬、言葉が見つからず沈黙した吉野に向かって、佳奈子がたたみかけるように言った。

「あのね、これは一般論として聞いてね。実際に病院で働く看護師さんて、献身的に患者の世話をするわよね。体の清拭《せいしょく》もすれば下の世話もする。その姿に感動した患者さんの多くが、あなたたちのような娘がいれば親は幸せだろうって言うそうなのね。だけどね、実際はちょっと違うんだなあ。看護師さんに聞くと、これが仕事だと思うからできる。赤の他人だからこそできる。身内にも同じように献身的な世話ができると思ったら大間違い。ほとんど例外なくそういう答えが返ってくるの」

「じゃあ、何か。ビジネスと割り切らなきゃ介護なんてできやしねえって言うのか」

「だから一般論だって言ってるじゃない。お婆ちゃんが望むなら、私、お爺ちゃんの世話ぐらいするわよ」

「それだけは駄目。私が面倒見切れるうちは絶対駄目。そんなことしたらお爺ちゃんに叱《しか》られる」

　母は気色ばんで拒絶した。

「親父《おやじ》はあの通りだ。誰が世話をしているかなんて分かりゃしないよ」

「そういう問題じゃないの。私の心の問題よ。私がいよいよ面倒見切れなくなったら、介護老人ホームでもどこでも、とにかく他人の手で面倒をみて貰うようにする。絶対佳奈子の世話にはなりません」

「だったら、佳奈子。介護用品が切れかかっていないかどうか、それをチェックするぐらいのことはできるよな。とにかく、こんな雨の日に、傘をさしてマミーカーを押しながら、買い物に出掛けるのがお婆ちゃんにとってどれだけ危険か、その程度のことは分かんだろ」

「分かったわよ。ちゃんとすればいいんでしょ」

会社での吉野なら、部下がこんな言葉を吐けばとっくの昔に一発お見舞いしているところだ。だが、実の娘とはいえ、うら若き女性に鉄拳《てっけん》を振るうことは気が引ける。震える拳《こぶし》を握り締めながら、佳奈子を睨《にら》みつけた。

「佳奈子の言う通り、今回は特別だよ。いつもなら、生協の配達で充分ことが足りているんだから」

「そうよ、私だってできることは手伝ってる。せめてストックが切れかかったと分かった時にオーダーを入れれば、翌日には持ってきてくれる、そんなサービスがあれば、お婆ちゃんも雨の中を買い物に行くことはなかった。これって考えようによってはお父さんの分野の問題じゃないの。最近早く帰ってきてるからって私だけにあたらないでよ」

母の言葉を継いで、佳奈子が言った。

突然、激しい眩暈《めまい》に襲われたかのように視界が揺らいだ。脳内の血管のどこかがいかれてしまったような衝撃を覚えた。頭蓋《ずがい》の中で、カチリとスイッチが入れ替わる音がした。

佳奈子の言葉が引鉄《ひきがね》になって、本能が、そこにある新たなビジネスの匂《にお》いを嗅《か》ぎつけた……。吉野の脳細胞の全てが、眠っていたハードディスクが起動するかのように、音を立てて動き始めた。

密やかに瓦葺《かわらぶ》きの屋根を叩《たた》く雨音が聞える。

こんな夜は眠気を覚えるものだが、吉野の頭は冴《さ》え渡るだけだった。

佳奈子が言った言葉が脳裏にこびりついて離れない。

『ストックが切れかかったと分かった時にオーダーを入れれば、翌日には持ってきてくれる。そんなサービスがあれば、お婆ちゃんも雨の中を買い物に行くことはなかった――』

たしかに、顧客の在庫状況をリアルタイムで把握できれば、こんな問題は起こらなかったはずだ。

「インベントリー・コントロールか……」

闇《やみ》の中で吉野は呟《つぶや》くと、ベッドサイドのランプを灯《とも》し煙草を銜《くわ》えた。

考えを纏《まと》める時には煙草が役に立つ。仄暗《ほのぐら》い部屋の中に立ち昇る紫煙を目で追いながら、「インベントリー・コントロール……」。吉野はもう一度繰り返した。

煙の向こうにいつか喫煙室で目にした光景が浮かんで来た。清涼飲料水を自販機に補充する男の姿だ。

あの男は、自販機の販売状況がＰＨＳによってリアルタイムでオーダーエントリーシステムに反映されると言った。あのシステムが一般家庭は無理としても、業務用途に広く活用できれば、顧客は事実上、在庫状況をいちいちチェックする手間から解放されることになる。必要とされる物品は、常にジャスト・イン・タイムと言っていいタイミングで補充され、品切れを起こすこともない。これは、どんな顧客にとっても大変なメリットとなる筈だ。いや、これは何もサービスを享受《きょうじゅ》する側に限った話ではない。実際に物を届ける運輸屋にとっても同様のことが言える。

スバル運輸が扱う荷物のほとんどは、オフィスや商店から集荷し、それを目的地に届けるだけだ。

集荷時間、あるいは競合他社との兼ね合いもあって、空振りということも決して珍しい話ではないのだが、それでもエリアを担当するセールスドライバーが日に何度か足を運べば、それなりの集荷は見込める。その点、かつての自販機への補充のように、行ってみなければ皆目見当がつかないということはない。ましてや、行ったはいいが苦労して運んだ荷物を泣く泣く持って帰ってこなければならないという事態はあまり発生しない。

そんな状況に直面するとすれば、商店から一般顧客へ、つまり宅配にあたる荷物ぐらいのものだろう。いわゆる受取人不在というやつだ。

ところが、従来型の自販機への補充は、受取人不在という事態は絶対に発生しなくとも、受け入れるだけのキャパシティがないという事態が発生しうる。これは配送効率、いやそれ以前の出荷に際しての庫内作業、ひいては、補充されないで持ち帰った商品の在庫管理という点においても、途方もない無駄が生じる。しかし個々の自販機の売れ行き状況が完全に把握できていれば、どこの自販機のどのラインにどれだけの商品を補充すればいいかが事前に分かり、こうした無駄の一切が完全に解消される。

それればかりではない。おそらくPHSから飛ばされたデータは、出荷に反映されるばかりでなく、会計システムにまで繋げられているはずで、そうなれば、配送拠点《デポ》に戻った後の残数のチェックもいらない。そこまでデータを把握することができれば、自販機の設置ポイントの絞り込みができ、極めて効率のいいマーケティングが展開できるというものだ。こうした作業は、データさえ完全に把握できていれば、然程《さほど》の人手は要さない。集計処理はコンピュータが最も得意とする仕事だ。

――あの仕組みは絶対に俺たちの仕事にも応用できるはずだ――。

吉野は確信した。

指の間で短くなった煙草を灰皿の中に放り投げると、寝床を抜け出した。

――使用状況がリアルタイムで把握できれば運送効率が増すものはどんな荷物だ？　配送する側にとっても、機械を使用する客の側にとっても、常に在庫を気にするものは何だ？――。

スジのいいアイデアというものは、何度もデッサンを繰り返しながら形を成していくものではない。全《すべ》てのプロセスをスキップして一瞬にして下絵ができ上がる。あとは最適な色彩を施し、完成させるだけだ。

吉野は部屋の中をうろつきながら自問自答を繰り返した。それを見つけだしさえすれば、見事な絵ができ上がる。脳裏に朧《おぼろ》げだが、幾筋もの線が浮かんでくる。それは複雑にもつれあい、形を成すまでには行かないものの、新しいビジネスを今自分は摑《つか》もうとしている。そんな予感を覚えさせた。

かつて総合商社に勤めていた当時の部長の言葉が思い出された。

『頭に汗をかけ。脳みそに錐《きり》を刺して、血が噴き出るまで考えろ』

「インベントリー・コントロール……ジャスト・イン・タイム……ＰＨＳ……」

吉野はその三つのキーワードを譫言《うわごと》のように繰り返しながら、眠れぬ夜を過ごした。

小鳥の囀《さえず》りが聞え、カーテンの向こうが白み始めたことは覚えている。いつもは誰よりも早く出社するのが常である吉野だったが、さすがにこの日ばかりは出社が遅れ、オフィスに着いたのは始業時間を二十分程過ぎていた。

電話の応対に慌《あわ》ただしい営業部を横目に見ながら席に向かった。フロアの奥に与えられた狭いスペースに入ると、岡本が昨日に引き続きぶ厚いカタログと格闘している。

「立川はどうした」

椅子《いす》に座り様に声をかけた。

「直行で客先回りをしています」

「どこを回ってるんだ」

「サイバーディメンションからダンテです」

机の上に置かれたスケジュール表を捲《めく》りながら、岡本が答えた。

どちらもインターネット上にショッピングモールサイトを運営する会社の中では最大手だった。その二つの社名を聞いただけで、立川が何を狙《ねら》いとしているか、容易に見当がつく。

ショッピングモールサイトを運営している元締めと交渉し、出店している店の貨物を一手に引き受けることを狙っているのだろう。

だが、そんなことはネットショッピングの現状を少しでも調べたならば、サイトを運営している会社とのビジネスに然程うまみがないことはすぐに分かることだ。彼らの収益のメインは自分たちが運営するサイトに加盟している小売店の出店費、てっとり早く言えば『家賃』から得ている。加えて、最近では新たな収益源を求め、客からのオーダーを自分たちのシステムを経由させることで、包括契約を結んだ運送業者に集荷に向かわせるという仕組みを取り入れた。つまり、運送会社に荷物を流す代わりに、斡旋《あっせん》手数料を抜こうというわけだが、運送会社から見れば、事実上のディスカウントを強いられることになる。

運賃交渉には一つの鉄則がある。一度大胆な値引きを吞《の》めば、次の契約交渉時には決まって相手は更なる値引きを要求してくるものだ。ましてや一旦《いったん》システムを繫《つな》げてしまえば、次の運賃交渉で到底吞めない条件を突きつけられても、今度は切ろうにも切れなくなってしまう。つまり、濡《ぬ》れ手に粟《あわ》のような商売をしている連中に生殺権を握られてしまうことにもなりかねない。そんな相手と商売すれば、ノルマ達成のための急場凌《しの》ぎにはなるが、後で痛い目を見るのは明白というものだ。

立川程度の男でも、そのくらいの知識を持ち合わせていて当然というものだが、それでも敢《あ》えて足を運ぶのは、能無しの営業マンが、苦し紛れに努力の跡を残そうとする際に陥るパターンだ。

吉野は心の中で罵声《ばせい》を浴びせながら、

「そのカタログ、用が済んだらちょっと見せてくれないか」

ふと昨夜、佳奈子から投げつけられた言葉を思い出し、まるでショッピングを楽しむかのようにぶ厚いカタログを眺めている岡本に声を掛けた。

「当面必要だと思われるものはほとんど選び終わりましたけど……」

岡本は少し怪訝《けげん》な表情を浮かべながら、書き出したリストとともに、カタログを差し出した。

「ファイルを二つ。ノートを四冊。ボールペンと予定表のホワイトボード、それに水性マジックを頼むつもりですが、他に何か?」

「いや、そんなところだろう」

オーダー商品の明細に興味はない。引き出しを開けると、リストにハンコを押した。

「オーダーはネットを通じて行う。確か、昨日そう言ったよな」

「ええ。でもファックスでも受け付けはしてくれるみたいです。そこそこの規模の会社ならともかく、小さな事務所ではネットを使えないところもあるでしょうからね」

「なるほどね。それで、この会社が扱っている商品っていうのは、市価に比べて安いものなのか」

「もちろんですよ」

「ミニマム・オーダーはあるのかい」

「それはないようですね。マジック一本からでも届けるとありますから」

「そんな低額商品でも、わざわざオフィスに届けた上に、市価よりも安い値段で供給すんのか」

「ええ、基本的には。ただしオーダー金額が、二千五百円に満たない場合は、別途配送費として三百円が請求されることになっていますけど」

「ふうん、それで配送条件は」

「当日の午前十一時までなら、その日のうちに……」

「何だって！　当日配送までやるのか」

「はい。ですが、当日配送サービスのエリアは日本中どこでもというわけではないようですけど」

岡本はカタログの最後の方のページを開くと説明を続けた。

「おおまかに言えば、当日配送ができるのは東京や大阪といった大都市や地方の限られた中心都市で、他の地域では午後六時までに発注すれば翌日。それ以降だと翌々日の配送になるみたいです」

岡本の話を聞きながら、吉野は大方の仕組みを理解した。

地域限定とはいいながらも、当日配送を行っているところから考えれば、配送車はストックポイントとの間を日に最低二往復しなければならないはずだ。となれば、一件あたりの物量はさほど大きくはない。使用している車両は、ワゴン車か二トン車といったところだろう。それ以上の量をこなすとなれば、配送に要する時間を考えると、朝一番に配送拠点を出て、再びとって返し、二度目の配送に向かうことは不可能だからだ。

オーダーは、出荷指示が出るまでコンピュータの中に蓄積され、しかるべき時間で締め切られると、一気に吐きだされる。庫内でのピッキング作業は、翌日配送分を当日の朝から。おそらく現場では、重量物や補充品を扱う作業員は別として、軽量品はパートを使っているのだろう。となれば、主婦が主力になるはずで、日中が出荷作業の中心となる。

出荷作業が終われば、ただちに商品補充が始る。入庫品の受け入れやストックの補充は、翌日配送の車が戻って来る間に済ませればいい。午後の配送車が出れば、また補充。おそらくはそんなオペレーションがなされているに違いない。

このあたりまでなら、物流業の現場に身を置いた人間ならば、誰しもが容易に推測できるところだが、吉野《よしの》が引っ掛かったのは、ここでもまた当日配送という馬鹿《ばか》げた行為が行われていることだった。

脳裏に、かつて総合商社にいたころの部長の言葉が思い出された。

「どうして当日配送なんて馬鹿げた行為が行われているか、考えたことがあるか」

そう訊《たず》ねられて吉野は返事に窮した。

「こんなサービスを当たり前のように行っているのは、世界広しといえども日本ぐらいのものだ。その最大の要因はな、コストという概念が決定的に欠如していることももちろんだが、サービスというものがただだと思っていることにもある。実際アメリカ辺りでも当日配送、いや正確に言えば出荷というサービスはあるが、こいつはただじゃない。イレギュラーなオペレーションを強いられたというだけで、会社は客に特別料金を要求する。しかも、配送はしない。客が荷物を受け取りにくるんだ。つまり一種のペナルティというわけだ」

「ペナルティですか」

日本語で言えば、罰則である。当日配送を行うことを、ペナルティという言葉で表すことに違和感を覚えた吉野は思わず訊ね返した。

「なぜ当日商品が必要となるのか、その理由を考えてみれば当たり前の話さ。その日のうちに商品が欠品となる。もちろん、予想を超えて馬鹿売れすることだってあるだろうが、そんなことは通常まず起こり得ない。その日のうちに商品が必要になる最大の理由は、インベントリー・コントロール、つまり在庫管理をきちんとしていない客に落ち度があるからだ。翌日どれだけの量の品を用意しておかなければならないか、切れかけている商品がないか。当然しておかなければならない基本中の基本がなされていないから起きるんだ」

なるほど、と思った。もちろんこれが、今の社会において、全ての業種に当てはまるとは思っていない。馬鹿馬鹿しい話だが、コンビニなどは、弁当を運ぶために日に四度もの配送を行っている。もちろんアメリカとは違って、限られた店舗スペースを販売に割かなければならず、在庫を保管するだけの場所もないという日本特有の事情もある。

しかし、この会社の場合は違う。扱っている製品が多岐に亘《わた》っているとはいえ、メインはオフィスサプライだ。もしも、ペンが切れた、マジックのインクが無くなったからといって、当日配送を行わなければならない理由がどこにあるのだろう。会議の途中で、ホワイトボードに書くマジックのインクがなくなれば、文具屋に走ればいいだけの話だ。その程度の物が切れたからといって、仕事を中断する馬鹿は世間のどこを探してもいやしない。

となると、当日配送が必要とされる商品は、簡単に手に入れることができない商品ということになる。それはいったい何だろう――。

「あのう、もうよろしいでしょうか」

岡本の声で我に返った。彼女は少し困惑したような表情を浮かべて、律義《りちぎ》にデスクの前に立ったままでいた。

「ああ、すまなかった。ちょっと考えごとをしていたものでね。もう席に戻っていいよ」

吉野は、努めて優しい口調で言うと、机の上に広げられたカタログのページを捲ってみた。

手が止まった。

これだっ！

簡単に手に入りはするが、重量があるせいですぐに文具屋に走って女子社員に買わせることはできないもの。在庫状況を把握することもできなければ、消費も日によって異なるもの。

その上、手元になくなってしまえば、補充の品が来るまで、作業を中断せざるを得ないもの……。

吉野は脳裏に描いた絵に、見事な色彩が滲《にじ》みだし形を成していく感覚を確かに感じた。

紙だ！　コピー用紙やトナーだ！

こいつは嵩《かさ》がある上に重量もある。それにどれだけ使用したのか、あるいは当日どれだけの量が必要になるのか、誰にも分からない。

「岡本さん！」

次の瞬間、カタログの一ページを見詰めながら、叫んでいた。顔を上げると、岡本が驚いた顔でこちらを見る視線と目が合った。

「会社のコピー用紙の補充はどうなってるんだっけ」

「業者の方が台車に紙を乗せて、毎日社内を回っているようですけど」

「紙切れを起こした時にはどうなる」

「総務に電話をすると、ストックがありますから、それを持ってきてくれますが」

「確かコピーを取る際には、カードを使わないと機械は作動しないいんだったよな」

「ええ、使用量によって、経費は各課に割り振られることになっていますから」

それだけ聞けば充分だった。

大企業ならともかく、中小企業、いやもっと小さなビルのワンフロア、あるいは一室を使っているような会社では、余分な紙を置いておくだけの場所もなければ、総務が紙の管理をしているところはそう多くないはずだ。管理者不在――それが現状というものだろう。つまりインベントリー・コントロールができていないのだ。だから、紙が切れかかったことに気がついた社員が慌《あわ》ててオーダーをかけてくる。そこに当日配送が必要とされる状況が発生するのだ。

閃《ひらめ》きは完全に形を成し、吉野の脳裏で鮮やかな色を放つ絵として確立された。

久しく忘れていた興奮に、小刻みに震える手で受話器を持ち上げると、吉野はボタンをプッシュした。

「東亜物産でございますが」

懐《なつ》かしい声が聞えた。ダイアルインのせいで、声の主が目当ての人間であることはすぐに分かった。

「黒崎《くろさき》か。吉野だよ」

「おう、久しぶりだな。どうだ元気でやってるか」

「ああ、何とかな」

黒崎俊夫《としお》は、かつて勤務していた総合商社、東亜物産の木材部の部長代理をしている。仕事に対する貪欲《どんよく》さ、商いをものにするためならばいかなる労も惜しまない黒崎の姿勢は、百人を超える同期の中でも、部門は違っても吉野にも相通ずるところがあり、会社を辞した後も交流は続いている。

「あのさ、お前に聞きたいことがあってさ」

吉野は早々に切り出した。

「何だ、久々に電話を貰《もら》ったと思ったら仕事の話かよ」

「そう言うな。日本の紙の需要に関して教えて欲しいことがあるんだ」

「相変わらず愛想のないやつだ。まあいいさ。紙といってもいろいろあるが、物は何だ」

「コピー用紙だ」

「ＰＰＣか。それで何を知りたい」

「国内での需要動向だ」

「ちょっと待て、資料を出すから」

短い時間を置き、紙を捲《めく》る音が止《や》んだかと思うと、

「まず需要推移からいこうか」

黒崎は澱《よど》みない口調で説明を始めた。

「PPCの需要推移には特徴的な点がある。いま九七年からの統計資料を見ているんだが、この市場は毎年昇り調子で需要が拡大している。ただその内訳を見てみると、国内製品の需要はほぼ頭打ちなのに比べて、輸入製品の需要は毎年確実に増加している。例えば、九七年では国内製品が約六十五万トン、輸入製品が約四千トンだったのが、今年は国内製品が六十八万トン、輸入製品が三十万トンにまで膨れ上がると予想されている」

「ちょっと待て、六年の間で、国内製品は僅《わず》か三万トンしか増加していないのに、輸入製品は四千トンから三十万トンだって？　それは異常な伸びだな」

「確かに、同一商品を扱う普通の商売では、これほどのシェアの変化が起こることは、市場を一変させるような革命的製品が出てこない限りあり得ない話だ。たった六年で、ほとんどゼロに等しかったものが三〇％ものシェアを持つなんてことはね」

「その最大の要因は何なのだ」

「一概には言えないが、やはり民間に急速にパソコンが普及したせいだろう。かつてP

ＰＣと言えば、業務用途、それも比較的資本力があってＯＡ化が進んだ事業所が使うものと決まっていたが、今では小さな個人経営の仕事場にだってパソコンの一台や二台はある。インターネットが普及したせいで、家庭にだってパソコンがあるのが当たり前の時代だ。プリンターに使用される紙の使用量がそれに伴って増えていくのは当然のことだろう。もちろんコピー機の普及も要因の一つと言ってもいいだろうがね」

「需要が業務用途から、民生用に拡大するとなると、次に起こるのは価格競争というわけだな」

　吉野は黒崎の解説を先回りして言った。

「輸入製品が増加した最大の要因は、まさにそこにあるだろうね。海外製品は質の面では多少劣るが、価格は安い。ＰＰＣの輸入先というと主だったところではインドネシアの二社、タイ、フィンランドがそれぞれ一社、都合四社なのだが、その中のメーカー別販売量の推移を見ると、インドネシアの一社の伸びが図抜けて高い。たった二年から三年の間で実に輸入量は倍。今では二万トンを超している。更に付け加えれば、これにＰＣ販売流通の変化が加わったのが拍車をかけた」

「何があったんだ」

「通販だよ」

「それって、文房具用品から、簡単な家電製品や飲料までカタログ販売をやっているやつか」

「それだ。こいつの伸びが凄《すご》いんだ。通販全体の流通量は二十万トン超だから、PPC流通のすでに二〇%が通販によって賄《まかな》われている計算になる。この分野でのトップ企業は、プロンプトなんだが、この一社だけでも、予想値だが九八年から二〇〇三年までの僅か五年の間に出荷量が約七倍に増加するとされている。扱い量は実に一社で月間八千トンを超す」

「しかし、紙というのはそんなに簡単に納入先を変えることができるものなのか」

「どういう意味だ」

「どこかの役所がコピー機を導入しようと入札を行った際に、業者が一円で応札してきて、さすがに問題になったという記事を新聞で読んだ覚えがある。つまり機械さえ入れて貰えれば、紙やトナーといった消耗品で充分に利益を上げられると……」

言葉が終わらないうちに、黒崎の笑い声が聞えてきた。

「昔はそんなこともあったかもしれないが、いまの時代にはありえない話だね。実際、プロンプトが台頭するに従って、コピー機器メーカーが供給するPPCの量は、いずこの会社も例外なく年を追う毎《ごと》に減少に転じている。惨憺《さんたん》たる有り様だ。もはや顧客の購入先は確実に文具通販にウエイトが移ってきていると見ていいだろう」

吉野は目の前に広げたカタログに目をやった。せわしなくページを捲ってみた。PP

Cの項目だけでもざっと十ページはありそうだった。

「今、俺の手元にはそのプロンプトのカタログがあるんだが、価格が製品によって微妙に異なるようだが」

「もちろん、一言でPPCといっても種類は様々だ。再生紙もあれば、メーカーの純正品もある。再生紙ではインクジェットのプリンターやファックスでは滲みが出る場合がある。それに大手企業が使う高速機には品質的に劣る輸入紙は充分に対応できない場合があってな、主なユーザーは価格志向の強い中小企業が対象だ。文具通販が輸入紙ばかりじゃなく、国内製品を扱っているのはそのせいだよ」

確かに黒崎の言う通りだった。プロンプトの自社ブランドのものには、インクジェットのプリンターには向かないと注意書きがしてあり、国内製品よりもかなり価格が安く設定してある。

「さっき、インドネシアからのPPCの輸入が増加していると言ったよな」黒崎は続けた。「そいつはな、通常の国内流通ルートを通さず、海外の製紙メーカーから直《じか》に輸入し販売しているものだ」

「しかし、紙というものは大きさの割に重量がある。運送効率は極めて悪いはずだ。海外から輸入してきて、それで国内製品よりも安い値段で供給できるものなのか」

「できるさ」再び笑い声が聞えた。

「もともと原材料は国内調達量よりも輸入量の方が圧倒的に多いんだ。つまり人件費と工場を稼働《かどう》させる経費の違いが、そのまま価格に直結するんだからな」

「それで、輸入原価はどのくらいのものなんだ」

「う〜ん。一概には言えないが、インドネシアからの場合だと、キロあたり九十六円、A4の五千枚パックだと十キロになるから九百六十円といったところだろうな」

「条件は」

「もちろんCIFでだ」

プロンプト社が販売するPPC用紙の中で、インドネシアからの輸入品が占める割合は分からない。だが、かつて東亜物産の運輸部門にいた際に、海外輸送の絡繰《からく》りは熟知している。これほど重量のある商品を海外から大量に運ぶとなれば、海上輸送以外にあり得ない。船会社にはタリフで協定運賃が決められているが、それはあくまでも形式的なものだ。交渉次第で、船会社は特別レートを設定することができる。絡繰りはいたって単純かつ明快なもので、工場のある都市から、荷降ろしが行われる場所まで、特定の物資に関して特別運賃をタリフ上に定めることができるのだ。例えば、インドネシアのジャカルタから神奈川県の藤沢までと都市名を限定し、紙であるならば幾ら、といったようにである。

もちろん、他にこの特定区間で同じ物資を運ぶのなら、交渉の当事者でなくとも同じレートが適用されるのだが、そんなに都合よく当てはまる会社などあるわけがない。結局のところ、安定した物量を提供できる顧客に対してのみ適用される、事実上の運賃ディスカウントというわけだ。

おそらく、インドネシアの製紙会社にしたところで、紙を供給しているのはプロンプト一社ではあるまい。日本の競合他社にもパッケージの仕様を変え、同様のＰＰＣを供給しているはずだ。

物量が大きくなれば、有利に展開するのは運賃だけではない。保険金額にしても同じことだ。購入量が増えれば増えるほど、買い値を叩《たた》きにかかるのは購入者の常である。物を売る方の立場から言えば、ぎりぎりのところまで値引きに応じた中で、少しでも多くの利益を出そうとすれば、後は運賃や保険金額といった付随するコストをどれだけ安く抑えられるかというところに考えがいく。

事実、東亜物産では海上保険会社の代理店を子会社の中の一つに持ち、保険を自分たちで掛け、売りは保険、運賃を全《すべ》て加味したＣＩＦで、買いは本船渡しのＦＯＢ価格で商売を行い、少しでも利鞘《りざや》を稼ごうとしていた記憶がある。

製紙会社が取引条件をＣＩＦにしたのは、そうした思惑があってのことだろう。

しかし……と、吉野は思った。

「いかに、ＣＩＦでケースあたり九百六十円という価格で運べたとしてもだぜ、価格表を見ると、販売価格は二千五百円弱だ。これに荷降ろし、保管、出庫、そして配送費といったコストを考えると、幾らの利益もあがらないんじゃないのか。ましてや、文具通販は当日配送をするそうじゃないか」

「連中は、自社ブランドの紙で儲《もう》けようとは思っていないと思うよ」黒崎はいとも簡単に答えてきた。「単なる餌《えさ》だ。目玉商品としてダンピングしているんだ。この価格を見る限りそうとしか思えない」

「つまり、紙の価格で客を釣り、他の製品で利益を確保するというわけか」

「実際、プロンプトの顧客の中心は、最近でこそ大手企業も増えてきたらしいが、メインとなっているのはやはり中小企業だ。それこそマンションの一室を借りてオフィスにしている零細企業とかのな。そうしたところは、補充用の文具の保管スペースもなければ、ましてや紙なんて嵩張《かさば》るものを置いておくだけの場所もない。それに確か一定金額以下のオーダーには、一件あたり三百円かそこら、翌朝十時までの配送にも同様のチャージを課してたんじゃなかったかな」

「二千五百円以下だ。よく知っているな、お前」

「俺のところのような赤字部門じゃ、コスト削減を煩《うるさ》く言われていてな。最近じゃオフィスサプライはプロンプトを使っているからな。オフィスがＯＡ化されて、紙の消費量が激増したのは統計が示しているまぎれもない事実だが、あんな重たいものを街の文房具屋に買いに走らせる馬鹿《ばか》な会社はない。だったらどこから買うかといえば、当然安い所から、と考えるのが消費者心理だろうさ。さらに余計なチャージがかからないようにと考えるのもまた同じことだ。まったく、よくできたビジネスモデルだと思うよ」

黒崎は心底感心したといった声を上げた。

『PPCは単なる餌だ。目玉商品としてダンピングしているんだ』

黒崎が言った言葉が脳裏にこびりついて離れない。

餌――。もしも黒崎の推測が正しければ、餌となる紙を押さえる人間が勝利を収めることになる。

そう、最大の武器は、最大の弱点でもある。そこを押さえることができれば、これは自分たち運送会社にとって大きなビジネスチャンスとなることは間違いない。

「ところでお前、何だってPPCのことなんかに興味を持つんだ。それともプロンプトから何か仕事を貰おうとでも思っているのか」

「いや、そういうわけじゃない」

黒崎とてこれまでビジネスの最前線に身を置いてきた人間である。吉野が何の考えもなく、PPCのマーケットについて探りを入れてきたのではないことぐらい、とうに見通しているのは当然だった。

だが、いま脳裏に浮かんだ設計図を話すわけにはいかない。

「実は、去年の秋に新しい仕事を任されちまったもんでさ」

吉野はさり気なく話題を転じた。

「どんな」

「新規事業開発部部長……」

「お前、部長になったのか」

「部長と言っても、部下二人で新規に四億の商売を作りだすのがノルマだ。まあ、体のいい左遷《させん》だよ。暇にあかしてなに気にそこらへんに転がっていたカタログを捲《めく》っていたら、たまたまPPCのページが目についたもんで、それでお前に電話したってわけさ」

「そうか、大変だな、お前も」

黒崎の木材部とて、置かれた状況は厳しさを増すばかりだが、こちらの身を案ずるような声が聞えた。

「ほんの思いつきで、長い時間をとらせて済まなかった。この礼は今度改めて……」

「左遷かどうかは分からんが、部長になったんだ。目出度《めでた》い限りだ。近々祝杯を上げようじゃないか」

「ありがとう。また電話する」

吉野は黒崎に嘘《うそ》をついてしまったことに後ろめたさを覚えながら受話器を置いた。

黒崎との電話を終えたところに、立川が帰ってきた。昼になっても外はだいぶ冷えるのか、頬の辺りに微《かす》かな赤みがさしている。吉野が席にいるのを見てとると、立川の視線が揺らぎ、すっと落ちた。

「今、帰りました」

パーティションの向こうから聞えてくるオフィスの騒《ざわ》めきにかき消されそうなか細い声が聞えた。

「お前、今日はどこを回ってきたんだ」

立川の行き先は、岡本から聞いていたが、吉野は敢《あ》えて訊《たず》ねた。

「サイバーディメンションとダンテです」

「それで、何か収穫はあったのか」

「いや、そう簡単には結論は出ませんよ。まあ、今日は顔つなぎといいますか……」

要領を得ない返事が返ってきた。立川とて入社して五年が経《た》つ。吉野の社内での評判は充分に承知している。それが証拠に、おおよそ営業マンとしては切れも感じさせなければ、覇気もない顔から早くも血の気が引き、対照的に頬の赤みが鮮やかになった。

「お前なあ、俺たちゃ巷《ちまた》のご用聞きじゃねえんだ。『毎度』って言ってただ顔を出しただけで、待ってたよって仕事を貰《もら》えると思ってんのか」

「いや、しかし……商売を拾うには、まず相手に会わないことには……」

「お前、手ぶらで行ったんじゃねえだろうな」

「手ぶらと言いますと……」

「プロポーザル。提案だ」

青ざめた額に汗が滲《にじ》み始めている。立川は、金縛りにあったかのように、身じろぎ一つすることなくその場に立ち尽くしている。

「相手のことを下調べしたのか」

吉野は続けて訊《き》いた。

「サイバーディメンションは……」

「そのサイバーディメンションにしても、ダンテにしても、ネットでショッピングモールを運営しているところだろうが」

いちいち立川の説明を聞かずとも、相手がどんな業態かはすでに承知している。聞いているだけでも神経が苛《いら》立《だ》ってくるのを覚えながら、吉野は先回りをして言った。

「はい……」

「連中がどんな条件を突きつけて来るかは知ってんだろ。二社とも配送を一括して任せるのと引き換えに、到底呑《の》めやしねえ斡《あっ》旋《せん》手数料を要求してくる。お前、それを覚悟で顔つなぎに行ったのか」

立川は返す言葉がないとばかりに、顎《あご》を胸にめり込ませるようにうなだれた。

「んなわきゃねえよな。ウチの会社だって、その二社から提示された条件を呑めねえから話を断ったんだ。それは知ってるよな」

「はい……」

「だったら何しに行ったんだ」

吉野はあからさまに、大きな溜息《ためいき》をついて見せると、薄くなった頭髪を前から後ろに向かってなぞり上げた。

「お前なあ、俺たちに課せられたノルマがどんだけのものか分かってんのか。四億だぞ、四億。来期末までに、それだけの新規のビジネスをものにしなけりゃなんねえんだ。しかも実質俺たち二人でだ。単純に計算すれば、一人二億。これを達成するためには、ちんたら客先を回っているだけじゃ、話にならねえことぐらい、お前の頭でも分かんだろう」

「分かってます。だけど、どこをどう回ったら、そんなノルマを達成できるか、とんと見当もつかなくて……」

「ふざけてんのか、お前は。ちょっと、こっち来い」

吉野は今度は軽く溜息をつくと、席の脇《わき》に置かれた椅子《いす》を顎で指した。瞬間、立川の顔に怯《おび》えの色が走った。能無しの部下に鉄拳《てっけん》を浴びせたのは、一度や二度の話ではない。机の上に敷かれたガラスだって三枚は叩き割っている。

「いいから、こっちに来て座れ」

吉野は努めて穏やかな声で言った。

覚悟を決めたのか、悄然《しょうぜん》と肩を落としながらも立川は、椅子に座ると身を硬くして畏《かしこ》まった。

「明日から、外回りはしなくていい」

「はあ？」

おそらく、拳骨《げんこつ》の一つでも飛んでくるかと思っていたのだろう、拍子抜けしたように立川は顔を上げると、二度三度と目をしばたかせながら吉野を見た。

「このまま放っておきゃあ、どうせ、脈のねえところを回って、努力はしましたってところを見せつけられるのが関の山だ。そんなこたあ時間の無駄だ。第一会社にしたってところで、暇つぶしみたいな仕事しかしねえやつに高い給料を払っておくわけにはいかねえんだ。それにそんなことしかできねえ部下を黙認してたんじゃ、こっちの首も危ねえからな」

「はい……」

「お前、自分の意志ってもんがねえのか。さっきから聞いてりゃ、人の言うことをはいはい聞いているばかりでよ」

「はい……すいません……」

逆切れして、歯向かってくるくらいならまだ見どころがあるというものだが、この男はそんな素振りさえない。今までの上司の前でもおそらく同じ態度を取ってきたのだろう。人事考課が最低ランク。どこの部署でも引き取り手が見つからないのも当然だ。

　また深い溜息が漏れた。

「まあ、いい。とにかくお前は今のところ俺のただ一人の部下だ。だが、お前には来期末までに新規で四億のビジネスをものにするだけの絵を描く能力はない」

「はい……」

「だったら、これからお前は俺の言う通りに動け。何も考えなくていい。俺の手足となって動くんだ」

「はい……」

「お前に能力以上の仕事をさせるつもりはない。かと言って楽をさせるつもりもない。能力の限界、どう逆立ちしても、これ以上のことはできないというところまでやった上での結果を求める」

「私は何をやればいいんでしょうか」

「市場調査をして欲しい」

「どういう市場を……」

「まず最初に、コピー機の市場と需要予測を調べろ」

「コピー機ですか？」

「それと紙だ」

「紙といいますと」

「PPC、つまりコピー用紙だ。こいつについては、ラフな概要は摑《つか》んだが、詳細なデータが欲しい。どんな紙がどれだけ使われ、今後どれほどの需要が見込めるのか。価格はどう推移するのか。とにかくPPC市場の現状と近未来について徹底的に調べろ」

「ちょ、ちょっと待って下さい。いまメモを取りま……」

「馬鹿野郎！」吉野は思わず一喝した。「この程度のことをメモしないと覚えられねえのか。たった二つしか頼んでいねえじゃねえか」

「コピー機とPPC……コピー用紙ですね」

一瞬、立川は椅子の上で飛び上がり、慌《あわ》てて指示を繰り返した。

「お前がやんのは、その二つだ」

「それで、期限はいつまでに――」

「アサップ！」

「はあ？」

「アズ・スーン・ナズ・ポッシブル！　お前、大学出てんだろ」

「はい。す、すぐに始めます」

「そうだ。とにかく明日一番からそれに集中しろ。それがお前の仕事だ」

「分かりました」

立ち上がり様に、立川の顔に一瞬だが安堵《あんど》の表情とともに、怪訝《けげん》な表情が宿ったのを吉野は見逃さなかった。

「立川よ」

緊張を強いられる逃れようのない時間から解放されたところを呼び止められて、立川の顔が引き攣《つ》った。

「いいか。さっきも言ったが、俺たちに課せられたノルマは四億だ。それを達成するためには、大きな絵を描かなきゃならねえ」

「それは分かっていますが……」そこで立川は、初めて視線を上げると、「命ぜられた仕事を行えば、ノルマは達成できるのですか」

「来期末までというなら、十中八九無理だな」

「はあ?」立川は呆《ほう》けたように口を開くと、不思議なものを見るように、吉野の顔を見た。「しかし部長はいま、来期末までにノルマが達成できない場合は……」

「確かに俺はそう言った。だがな、もう少し期限を延ばせば、四億のノルマどころか、その何倍、いや会社の新しい柱となる事業を物にできるということを、経営陣に示してやることができるとすればどうだ」

「そりゃあ、それが確実に実現すると理解されれば、話は全然違ってくるでしょうけど……」

「けど、何だ」

「部長の考えているビジネスが将来的に会社の新しい柱になるものだとしても、それを実現するだけの時間を会社は与えてくれるんでしょうか」

「どういう意味だよ、それ」

「私たちに与えられている時間は来期末までです。それまでにノルマが達成できなければ、会社は容赦ない措置を取るでしょう。そうなれば、このセクション自体が取り潰《つぶ》しということだってあるんじゃないでしょうか」

「お前、妙なところにだけは頭が働くんだな」

精一杯の皮肉を込めたつもりだったが、自分で発した言葉が逆に吉野の胸に棘《いばら》のように突き刺さった。

風呂敷《ふろしき》を広げ、実施段階に入ると次のプランを打ち出し、後のことは人任せ。目先を転じて前に突き進むのが吉野のいつもの手だったからだ。狼《おおかみ》少年のような手法は勢いに乗っている時は通じるかも知れないが、これまでのやり方は社内の誰もが知っている。だからこそこんなセクションに追いやられることになったのだ。

俺はまた同じ轍《てつ》を踏もうとしているのだろうか――。

今まで覚えたこともない弱気が頭を擡《もた》げてくる。

吉野は知っていた。どこでもそうだが、組織と名のつくところで圧倒的多数を占めるのは可もなく不可もない平均的能力しか発揮できない人間か、それ以下の奴《やつ》らだ。評価を受ける、つまり並以上の能力を発揮し、勝ち組に入る人間はほんの僅《わず》かしかいやしない。

平均以下の人間は、いつ自分に降りかかるかもしれない、時に非情ともいえる組織の定めの影に怯え、ひたすら保身に走る。一旦《いったん》悪循環の連鎖に陥った者はそう簡単にそこから抜け出すことはできない。追い込まれ、いつ止矢《とめや》が放たれるかを息を止めて待つ哀れな子鹿《こじか》のようなものだ。

その一方で、勝ちの味を知った人間は、最後の時まで決して諦《あきら》めはしない。たとえ泥沼に嵌《はま》り込んだとしても、もがきながらも最後の瞬間まで這《は》い上がろうとする。それもどんな手を使ってでもだ。

仕事に対する執着心。自分の能力を最後の時まで信じ切れるかどうかが勝敗を決するのだ。

俺は負け犬になんかならない。なってたまるか。

吉野の中で熱い塊が弾《はじ》け、飛沫《しぶき》が血流に乗って全身を満たしていく。

「俺がやろうとしていることは、来期のノルマ達成なんていう小さなものじゃない。もっとでかいことをやろうとしてるんだ」

立川に向かって言ったつもりはなかった。不意に芽生えた弱気を振り払い、自らの決意を確固たるものにするために吐いた言葉だった。

「いったい何をやろうと言うのです」

「話して聞かせてもいいが、今のお前の頭じゃ理解できねえよ」

瞬間、立川の顔が屈辱で強《こわ》ばった。

「確かに、私には部長が何を考えているのかさっぱり見当がつきません。コピー機にPPC——これがどうしたら会社の新しい事業になるのか……」立川の視線が吉野の机の上の一点で止まった。「それ、プロンプトのカタログですよね」

「それがどうした」

「狙《ねら》いはあそこですか」

「だったらどうだって言うんだ」

「無理だと思いますよ、あそこは」

蟀谷《こめかみ》の辺りがひくつくのが分かったが、

「お前、何か知っているのか」

怒りをぶちまけるのはいつでもできる。吉野は机の下に隠れた指を屈伸させながら、努めて穏やかな声で訊《き》いた。

「いや、私が前にいた第二営業部で何度かトライしたことがあるんですが、全く話にならなかったんです」

「何で」

「プロンプトは受注、保管といった物流オペレーションのほとんどを自社で行っています。ウチにビジネスチャンスがあるとすれば、配送だけということになるのですが、問題は、専属車を要求されるという点です。ご承知の通り、ウチのドライバーはセールスも兼ねてますよね。どれだけの荷物を集荷したか。その実績が、給与に反映される仕組みになっているわけです」

「だから何だ」

「専属車のドライバーになれば、倉庫から出荷される荷物を届けるだけ。つまり、業績を伸ばそうにも個人努力ではどうすることもできない。当然、給料は固定給となる」

「それのどこが悪いんだ」

「どこが悪いって……だってウチのドライバーは、集荷のノルマはきつくともそれに見合う高給が得られるからこそ、日々汗を流すことを厭《いと》わないんですよ。それが仕事はただの配送だけ、給与も他社並となったら誰が進んでそんな業務につきたがると思います？」

「そのプロンプトとの商談には誰が行ったんだ」

「坂崎《さかざき》課長でしたが、私も同行しましたから、間違いありません。いくら部長でもあそこの仕事を請け負うのは難しいんじゃないでしょうか」

「お前がそんなに俺を買ってくれているとは知らなかったよ。もう一つ今のお前の言葉に付け加えるなら、部下に対して俺が容赦ないことも当然知っているよな。今までの俺なら、とっくに一発お見舞いしている」

立川は泣きそうな顔で身を固くした。

「まあ、いい。お前がプロンプトと交渉したことがあるんだったら、当然あそこのオペレーションは充分に承知しているよな」

「ええ、一応のことは……」

「だったら、お前がやらなきゃならないことはもう二つ増えるな」

「と、言いますと……」

立川の瞳《ひとみ》に怪訝な影が宿った。

「プロンプトのビジネススキーム、それに交渉の経緯をレポートに纏《まと》めろ。詳細にだ。それから、実際に現場に行ってドライバーの生の声を聞いて来い」

「ドライバーの生の声……ですか」

「そうだ。お前等は実績が給与に反映されなくなれば、ウチのドライバー連中の中で手を上げるやつなんかいやしないと踏んだようだが、俺にはそうとは思えない。倉庫から出荷される貨物をただ客先に運ぶ。確かにそれじゃ他社のドライバーと同じだ。だがな、厳しいノルマから解放される代わりに、他社並でも毎月決まった給与が保証される方がよっぽどいい。そう考える人間だって少なくない筈《はず》だ。事実、最近じゃ、総合職として会社に採用されたにもかかわらず、転勤を嫌って、給与が下がっても勤務地限定を選択する人間だっているくらいだからな。要は人間が百人いれば、価値観、人生観も百様だってことだ」

「それで、最優先しなければならないのは……」

「四つとも優先順位は同じだ。アサップ！　何度も言わせんな！」

「わ、分かりました」

全くどうしようもないやつだ。しかし取りあえず一からプロンプトのビジネスの仕組みをリサーチする必要が無くなったことは予期せぬ収穫だった。それに俺が狙っているのはあの会社の配送なんかじゃない。もっと別なものだ。

吉野は自らに言い聞かせながら心を静めることにした。

立川はこれ以上いたのでは、何を言いつけられるか分かったものじゃないとでも思ったのだろう。取ってつけたようにファイルを広げ始めている。

吉野はくるりと椅子《いす》を回転させると、窓の下を走る首都高速に目をやった。大都市の活動がピークに達した首都高には長い車の列ができている。その光景に、ガラス窓に映った自分の姿が重なった。

屈伸を繰り返す指先に微《かす》かな手応《てごた》えがあるような気がした。その感触を噛《か》みしめながら、吉野はじっと動かずにいた。

*

冬の夜明けは遅い。

始発の電車を降り、地下鉄東西線の東陽町駅の階段を一気に駆け登った蓬莱秀樹《ほうらいひでき》の体を、身を切るような冷気が包んだ。

歩道を歩く蓬莱の傍らを、スバル運輸のロゴがペイントされた大型トラックが轟音《ごうおん》を立てながら追い越して行く。エンジンの唸《うな》り、シャーシの軋《きし》みの音からして、いずれの車両も荷を満載していることが分かった。スバル運輸の東京地区配送センターは、ここから東京湾の方に向かって徒歩で十五分ほどのところにある。歩を進める度に規則的に吐き出される息が、白く立ち上った。

こんな朝は、決まってかつての栄光に彩《いろど》られた日々を思い出す。早朝の散歩。それがスバル運輸に入社して以来、四ヶ月前までの毎日の日課だったからだ。身長一八四センチ。無駄な肉一つ無いしなやかな筋肉で覆《おお》われた体は、小学校の時から没頭してきた野球で鍛え上げたものだ。

蓬萊の球歴は輝かしいの一言に尽きる。リトルリーグからシニアへ。その三年目には米国で開催された世界大会に日本代表として選出され、韓国チームを相手に完封を演じてみせた。その活躍もあって、蓬萊の元には全国の野球名門校から特待生としての誘いが殺到した。高校に進学してからも、蓬萊はその期待を裏切ることはなかった。甲子園の常連校には毎年六十人もの野球特待生が入学する。そんな中にあっても蓬萊はめきめきと頭角を現わし、二年生の時には早くもエースの座を獲得した。二度の夏、春の選抜と三度の甲子園を経験し、最後の夏はベスト4まで駒《こま》を進めた。ついぞ優勝を経験することはなかったが、それでも蓬萊は超高校級の逸材と目され、ドラフトの最大の目玉となった。あの時、そのままプロへの道を進んでいれば、あるいは別の人生を歩むことになっていたかも知れない。だが、蓬萊は敢《あえ》てプロ入りを拒否し、いち早く実業団の有力チームであるスバル運輸へ進むことを明言した。高校卒業と同時にプロでやって行く自信がなかったからではない。ドラフトを前に密《ひそ》かに接触してきた十二球団の中にあって、豊富な財源と絶大な人気を誇っていた東京リンクスのスカウトの一言が蓬萊の運命を決定づけたのだ。

「三年後の逆指名を確約して下さるのなら、契約金は一億円プラス出来高で五千万円。

それから県内の関連販売店に販促用品として納入する電化製品は、全《すべ》てご実家から購入させていただくようにいたしましょう」

グラウンドには金が埋まっているとは良く言ったものである。体一つで、サラリーマンの生涯賃金の三分の一に匹敵する金が約束されたのである。加えてその申し出は、蓬莱個人のみならず、埼玉で家電店を営む実家の商売にとっても、とてつもなく魅力的なものだった。相次ぐ量販店の郊外進出に伴って、家業の業績は急速に悪化していた。その頃になると、二人いた従業員はすでに店を去り、両親だけで細々と商売を続けているのが現状だった。リンクスの経営母体は毎朝新聞という全国紙を発行している新聞社である。その販売店の拡販に使う電化製品を、たとえ県内とはいえ一括納品できるとなれば大変な額になる。蓬莱だけでなく、家族の誰もがその話に乗り気になった。

話は決まった。蓬莱は球団の勧めに従って、実業団の名門スバル運輸に入社することを決めた。

それから二年の間は全てがうまく行った。スバル運輸は都市対抗野球で二連覇。もちろん、その最大の立役者が蓬莱であったことは言うまでもない。だが、不幸は突然に訪れた。忘れもしない、ノンプロ最後の試合となる都市対抗野球決勝戦のマウンドでそれは起きた。

肘《ひじ》に走った鋭い痛み——。直ちに降板し病院に向かった蓬莱に、診察に当たった医師はこう言った。

「関節内遊離体……鼠《ねずみ》です」

プロ入り前の蓬莱にとっては、選手生命を絶たれたも同然の、まさに死刑宣告に等しい怪我《けが》だった。

事実、その日を境に蓬莱を取り巻く環境は一変した。リンクスは蓬莱の獲得を諦め、全ての約束を反古《ほご》にし、一切の接触を断った。それはスバル運輸の監督の島谷《しまたに》にしてもそうだった。入社すると同時に、リンクスは栄養費と称して使用額無制限のクレジットカードを与えていたが、それをいいことに何かにつけ蓬莱を夜の巷《ちまた》に連れ出し、豪遊を貪《むさぼ》ってきたのは誰でもない島谷だった。それがリンクスに見切りをつけられた途端に、掌《てのひら》を返すかのような冷たい言葉を投げつけてくる始末だった。

もっとも、その一件があってから、蓬莱が今後の進路について決断を下すまで、然程《さほど》の時間はかからなかった。二十一歳にして、手を伸ばせばすぐ届くところにまで来ていた夢を捨てることに、未練がなかったといえば嘘《うそ》になる。しかし、蓬莱には一刻も早く、新たな道を歩まなければならない理由があった。

一つは、家業を継ごうにも実家の家電店が自分を養うだけの余裕がなかったこと。そしてもう一つは、二十歳の時に結婚した妻の藍子《あいこ》の存在である。その若さで所帯を持つことを決意したのは、プロ入りを決めた以上、一日でも早く身を固めた方がいいと思ったからだ。しかも藍子は主婦業の傍らK大の環境情報学部で学ぶ現役の学生でもある。俺は一人じゃない。藍子を幸せにする義務がある。過去の栄光なんて忘れることだ。世間体なんて構うものか。とにかく固定収入を得られる仕事につくことだ。

蓬萊は、スバル運輸のセールスドライバーとしての道を歩むことを決めた。

意向を島谷に告げると、さすがに彼は驚きの色を隠さず、

「本気か？　何もいきなり、セールスドライバーにならなくとも、これまでお前は野球で会社に充分貢献してきたんだ。それは会社も認めている。もっと楽な仕事を用意してくれるさ。まあ、そうあせるな。俺に任せろ。悪いようにはしないから」

と宥《なだ》めてきたが、蓬萊の決意は揺らぐことはなかった。

「高卒、しかも学校を終えるまで、ろくに勉強もして来なかった私にやれる仕事は限られています。野球という取り柄がなくなってしまった以上、誇れるものと言えばこの体だけですから」

「しかし、お前も知っての通り、ウチのセールスドライバーは高給な分だけ、仕事はきついぞ。ただお客の荷物を届けるだけじゃない。その名の通り、営業、集荷、債権管理、集金までこなさなきゃならねえ。ノルマだってある。辞めていく人間が跡を絶たず、人の入れ替わりが激しいことは、お前も知っているだろう」

「覚悟しています。それにプロ野球に行けない以上、何よりも優先して考えなければな

らないことは、家族に不自由をさせないだけの収入です。会社が用意してくれた仕事についたら、身分は保証されても給与は下がる。それでは生活が成り立たないのです」

その言葉に嘘はなかった。高卒で入社三年目にして二十万円の手取りは世間相場からみれば随分な高給である。しかしそれも、蓬莱の活躍がスバル運輸の名を世間に知らしめる、言わば広告塔としての実績が加味されていたからこそのもので、もはやその効果も期待できないとなれば、高卒採用の給与体系の中に組み込まれることは間違いない。おそらく手取りで十五万円もあればいいところだろうが、それでは今までの生活を維持していくことは不可能だ。

もちろん、藍子だって学校に通う傍ら、家庭教師のバイトをして、家計の足しにしてはいる。だがそこから得られる収入は、月額にして、六、七万円といったところだ。二人合わせれば二十万円からの収入にはなるのだが、家賃や日々の生活費を考えると、心もとないことは否《いな》めない。それに最大の問題は、卒業まであと一年ある藍子の学費をどう捻出《ねんしゅつ》するかだった。

藍子が通学している大学は、私立の難関校で、授業料はべらぼうに高い。年間八十万円もの学費がかかる。これまでは、『娘が大学を卒業するまで、面倒を見るのは親の務めだ』という、岳父の言葉に甘える形になってはいたが、蓬莱にその気はなかった。

結婚したからには、妻の全ての面倒を見るのが夫たる自分の責務だと、蓬莱は考えていた。東京リンクスに入団し、契約金を手にした時点で、それまでの授業料の一切を耳を揃《そろ》えて返すつもりだった。その目論見《もくろみ》が叶《かな》わぬものとなった以上、もはや岳父の好意に甘えるわけにはいかない。一家を構えたからには、生涯を共にする者には不自由をかけない収入を何が何でも確保する。それが男たるものの矜持《きょうじ》だと思った。

蓬莱の決意が固いと知った島谷は、すぐに会社に意向を伝えた。元より蓬莱の人となりは会社も熟知している。本来ならば、二度の面接があるはずだったが、たった一度の意思確認の面談が持たれただけで、蓬莱は東京地区配送センターのセールスドライバーに採用されることになった。

おそらく、会社にしたところで、蓬莱の申し出は好都合以外の何物でもなかったのだろう。運送会社とはいっても、事務職は大卒しか採用していない。そこに高卒の蓬莱が紛れ込むようなことになれば、新たな賃金体系を用意しなければならなくなるからだ。会社の意図は手に取るように分かったが、蓬莱は構わなかった。

とにかく、いま自分に必要なのは金だ。藍子に不自由させないための収入だ。それを稼ぎだすのはセールスドライバーしかない。

ギブスが外れ、肘が自由に動くようになった年明け早々、蓬莱の研修が始った。下着とパジャマを入れただけの小さなボストンバッグを抱えて、蓬莱は伊豆《いず》にある研修所に向かった。年齢もまちまちならば、経歴も全く異なる三十四名の男たちが同期だった。

起床は朝六時三十分。整列、点呼、清掃……そして午前は座学、午後は運転研修。夕刻五時に宿舎に戻ると入浴、食事、そして九時半まで再び座学が行われ、十時に消灯。まるで刑務所、いや軍隊の生活そのものだ。

何しろ、座学とは銘打っていても、内容はスバル運輸の社歌、ドライバー心得、安全心得、お客様の心、という妙な題のついた文言の暗記に費やされるのだ。それもただ覚えればいいというわけではない。自分が出せる最大の声で絶叫することを強いられた。社歌や、ドライバー心得、安全心得は、研修が三日を過ぎた辺りで、全員が合格することができた。問題は、最後に残った『お客様の心』という十五行の文章だった。これを三十分以内に暗記し、全員の前に立ち一字一句間違えることなく披露しなければならないのだ。

正直なところ、この程度の文言を暗記するのはそう難しいことではないと思った。ちょっとした歌でももう少し、歌詞は長い。

予定の時間がきたところで、教官が訊《たず》ねてきた。

「暗記できた者はいるか」

蓬莱は真っ先に手を上げた。

「蓬莱だったな。お前、本当にできるのか」

「はい」

「いいだろう。やってみろ！」

教官は感情というものが感じられない目で、舐《な》めるように見ると命じた。

「蓬莱秀樹！　お客様の心！」

「だめだ！　声が小さい！」

「お・きゃ・く・さ・ま・の・こ・こ・ろ！」

「やめろ！　それがお前の出せる最大の声かよ。なめるんじゃねえよ」

罵声《ばせい》と共に教官は手にしていたファイルで横っ面《つら》を張り飛ばしてきた。

高校の野球部時代、先輩から鉄拳《てっけん》を食らうことは間々あったが、それだって新入生の一時期のことだ。

久方ぶりに味わう頬の痛み。込み上げてくる屈辱感に、蓬莱はその場に立ち尽くして唇を噛《か》んだ。

そんな蓬莱を無視して、教官は叫んだ。

「いいか、スバル運輸があるのも、お前等が並外れた高給を取れるのも、お客様あってのことだ。この文章はな、社主が一代でスバル運輸をここまでの会社に育て上げる中で、最も大切な心得として自らに戒めてきたものだ。つまり我々社員にとっては座右の銘、いやスバル運輸の憲法というべきものだ。これを覚えない限り、この研修は終わらないからな。蓬莱、お前はもういい。誰か他にいないのか」

ファイルの一撃を食らった光景を目の前にして気後れしたのか、同期の男たちの間に躊躇《ちゅうちょ》するような気配が漂ったが、やがて一人の男が手を上げた。

「よし、お前やってみろ」

「高田文弘！　おきゃくさまのこころお！」

「だから声が小さいって言ってんだろうが！」

「おきゃくさまのこころお！　おきゃくさまはあ！　つねにぜったいでえ！　そのようきゅうはあ……ようきゅうは……」

高田という男の蟀谷《こめかみ》には、青い血管が浮かび、顔は朱に染まり、いまにも卒倒しそうな勢いだったが、途中で文言を忘れたと見えて、急速に勢いを失った。

「失格！　そんなんじゃ駄目だ！　下がれ」

再びファイルが飛び、高田の頭が激しく揺れた。

それからは誰も前に進み出る者がいなくなった。戦前の学校では、教育勅語を徹底的に暗記させられたものだと聞いた覚えがあったが、いかにその当時でも、かように暴力的なものだったのだろうか。学生時代には上下関係の厳しい野球部に身を置いてはいたが、これほどまでに暴力と恫喝《どうかつ》に満ちた場面に出くわした記憶はとんとない。

以来、一週間の研修が終わるまで、午後の運転研修を除くと、座学はこの『お客様の心』という、文言の暗唱に時間が割かれた。そしてついに一人の合格者も出さないままに、研修の最終日を迎えた。

もはや、自由時間になっても誰一人として、会話を交す者はいなかった。声そのものがもはや出ないのだからしょうがない。同期の全員が、必死になって『お客様の心』を覚えることに熱中した。

そして最終日の夜を迎えた時、研修生の前に立った教官が、冷徹な目で全員を見渡しながら口を開いた。

「俺はこの研修所で、長年座学の教官をやってきたが、お前等のようにできの悪い新人を相手にしたのは初めてだ。しかし、お前等の誰一人として、途中で諦《あきら》めることなく、最後まで目的を達しようとした努力だけは認めてやる。不完全なまま、研修を終わらせるのは本意ではないが、これから先、現場に出ても、お前等はまだ半人前だということを忘れるな。ついに覚え切れなかった『お客様の心』、これを心の中で繰り返せ。今度俺の前に立った時には完全に言えるように、毎日これを復唱し、頭の中に、いや、体に覚え込ませるんだ」

「……はい……」

「ただし、最後まで覚えきれなかったお前たちには、これから罰を科す。俺の後に続いて『お客様の心』を百回、力の限り叫ぶんだ。いいか！」

「はい！」

墓の底から這《は》い上がってくる亡霊の雄叫《おたけ》びにも似た声が上がった。

「全員でスクラムを組め！　いくぞ！　お客様の心！」

「お・き・ゃ・く・さ・ま・の・こ・っ・こ・ろ・お！」

誰もが泣いていた。蓬莱《ほうらい》とて、例外ではなかった。情けなかった。たった十五行程度の文言を覚えきれない。野球の道を諦め、再起を期して挑もうとしていた覚悟は、この程度のものだったのか。

無念さが込み上げてくる。涙が頰を伝って、叫び続ける口元から中に入り込んで来た。俺は、もうこの道を進むしかない。いまは未熟者と呼ばれても仕方がない。だけど今日の屈辱を俺は生涯忘れない。この悔しさを心に刻んで、誰からも認められるスバル運輸のセールスドライバーになってみせる。それをバネに絶対に一廉《ひとかど》の人間になってみせる。

蓬莱は絶叫しながら、固く再起への決意を新たにした。

「ようし、終了！　良くやった。これで、研修は全《すべ》て終わりだ！」

その言葉で我に返った。全身から力が抜け、その場にへたり込んだ。涙でぼやけた目で周囲を見渡すと、同期の全員が号泣している。蓬莱もまた、腹の底から込み上げてくる嗚咽《おえつ》を堪《こら》えることができなかった。

いままで感情というものの一切を表情に浮かべることのなかった教官は、一転して穏やかな笑みを口元に宿しながら、蓬莱たちを見ていた。

「最後に、一つだけ君たちに言っておくことがある」

教官は初めて、蓬莱たちを『君たち』という言葉で呼んだ。

「スバル運輸で、一番偉いのは、これから君たちを管理することになる上司でもなければ社長でもない。社主ですらない。君たちセールスドライバーだ。スバル運輸はやる気のある人間、諦めない人間を決して見捨てない。君たちはこれからスバル運輸という暖簾《のれん》を借りはするが一国一城の主《あるじ》だ。精一杯仕事をして、がっちり金を稼げ。男なら最後まで諦めるな。夢を実現させろ。スバルはそれに応《こた》えてくれる会社だ！」

　また一台、スバル運輸のトラックが轟音《ごうおん》を立てて、傍らの車道を駆け抜けて行く。菫《すみれ》色《いろ》一色だった空に、明りが射《さ》してくるのが分かった。たった今、疾走していったトラックのテールランプが見えなくなった先に、巨大な建物が黒いシルエットとなって浮かび上がった。

　スバル運輸東京地区配送センターだ。

　やる。俺はやってみせる。どんな苦労が待ち受けていようとも、絶対に耐えて再起してみせる。藍子《あいこ》のために、そしていずれは生まれてくるであろう新しい家族のために……。


東京地区配送センターの構内には、全国各地から荷を満載したトラックが続々と到着してくる。ドックに後部からトラックを寄せようと、ギアがバックに入れられる度に、甲高い警報音があちらこちらから鳴り響く。

その音を聞きながら、蓬莱はペンキが剝《は》げ、鉄の色が剝《む》き出しになった階段を一気に駆け登ると、事務所のドアを開けた。出社は六時半と聞いていたが、すでに事務所では三人ほどの男たちが仕事を始めていた。

部屋の一番奥、窓際《まどぎわ》の席に座った男が蓬莱の姿を認めると、机の上に置かれていた書類箱の中から一枚のペーパーを手に取った。

どうやら、この男が配送センターの責任者であるらしい。

蓬莱は「おはようございます」と大声で挨拶《あいさつ》をすると、男の前に歩み寄った。

「本日付けを以《もっ》て、東京地区配送センターに配属されました蓬莱秀樹です、宜《よろ》しくお願いします」

「おう、聞いているよ。センター長の稲泉《いないずみ》だ。よろしくな」

いかにも現場の人間といった匂《にお》いを漂わせている男だった。短く刈り上げた頭髪、作業服の肩の辺りには、下に潜む発達した筋肉のせいだろう、不自然な形の皺《しわ》が寄っている。

「しかし、実際会って見ると、でけえ体だな」

前に立って直立不動の姿勢を取る蓬莱の体を目を丸くしながら見ると、稲泉は半ば呆《あき》れたような声を出した。

「やっぱ、プロの球団に目を付けられていたやつは体のできが違うな。ここにはほぼ二週間に一度、新人が配属されてくるが、お前のように立派なガタイをしたやつは初めてだ」

「体力には自信があります」

「だろうな。お前さんのことは良く知ってるよ。何しろ俺の愛読紙はスポーツ新聞だ。それに都市対抗野球で我が社が二連覇した最大の立役者だからな。まさか、こうして一緒に働くことになるなんて夢にも思っていなかった」

稲泉は紙コップに入ったコーヒーを啜《すす》ると、

「しかし、何だってお前、セールスドライバーになんかなったんだ。いや肘《ひじ》を壊したってことは知っちゃいるが、会社にあれほどの貢献をしたんだ。望めば本社だってもっと楽な仕事を用意してくれただろうに」

「実は私、二十歳の時に結婚しまして……妻はまだ学生なんです。学費を捻出《ねんしゅつ》しながら家庭を守るためには金が必要です」

「目的は金？　それだけか」

「はい」

「いやにはっきり言うじゃねえか」

稲泉は紙コップを机の上に置くと、背もたれに身を預け、上目遣いに蓬莱を見ながら続けた。

「実際人に仕事の目的を訊《き》かれて、『金』と断言するのは勇気がいるもんだ。普通の人間ならば、給与や安定した組織に惹《ひ》かれてはいても、自己実現のためとか、なにかしら体裁のいい理屈をつけて本心を覆《おお》い隠そうとする」

稲泉の言わんとしていることは理解できたが、今の自分にそんな戯《ざ》れ言《ごと》をほざいている余裕はない。

蓬莱は黙って稲泉の目を見詰めた。

「いいねえ。金、立派な理由だ」稲泉は、引き締まった顔に初めて笑みを湛《たた》えると、「知っての通り、ウチのセールスドライバーの給料は他社に比べて群を抜いて高い。多く、いや、我が社のセールスドライバーのほとんどが、その高給につられて入社してくる。ここで稼いだ金を元手に商売をしようとしている者。抱えちまった借金を返そうとする者。目的は様々だ。もちろん、会社だって慈善事業をしてるわけじゃない。高給を支払うからには、労働はきつい。無茶な要求もする。その分、実績を上げたドライバーには、それに見合った給料を払う。四十万の月給は、最低限度の仕事をこなした上で支払われる額だ。仕事のできる人間には、さらに多くの金を支払う。でかい金を摑《つか》むかどうかはお前がどれだけ会社に貢献したかで決まる。社歴も歳《とし》も関係ない。それがスバル運輸の現場の決まりだ」

「頑張ります」

「しっかりやれ。実績を上げて大金を摑め」稲泉は、目を細めてまた一口コーヒーを啜ると、「現場の厳しさは研修の比じゃねえからな」

一転して意味あり気な言葉を投げ掛けてきた。

刹那《せつな》、蓬萊の脳裏に、地獄のようだった研修の光景が浮かんだ。運転研修は難なく一発で合格したが、スバル運輸の憲法と言われた『お客様の心』という文句だけはついぞ覚えきることができなかった。いや正確に言えば、教官の要求するレベルに達することができなかったのだ。

「お前、研修で覚えたことは忘れちゃいないだろうな」

「はい」

「社歌、ドライバー心得、安全心得、それに『お客様の心』は、毎日の朝礼で必ず全員で復唱することになっているからな」

「研修が終わってからも毎日何度も読み返し、頭に叩《たた》き込んでいます」

「それなら、ここで『お客様の心』を復唱してみろ」

ふと見ると、稲泉の背後の壁には、それぞれの文言が墨痕《ぼっこん》鮮やかに記された書が額に入れて掲げてある。

「俺に背を向けて、ここで言え」

稲泉に言った言葉に嘘《うそ》はなかった。研修の場で味わった屈辱は忘れてはいない。研修が終わってから三日間の休みがあったが、その間何度となく復唱を繰り返し、頭に叩き込んでいる。

蓬莱は踵《きびす》を返すと、稲泉に背を向け、大きく深呼吸した。二人の事務員が含み笑いをしてこちらを見ていたが、そんなことは構わなかった。

「おい、大きな声は出さなくていい。普通の声でやれ」

背後から稲泉の声が聞えた。

「お客様の心。お客様は――」

三日間の成果が実ったものか、十五行の文句がすらすらと口を衝《つ》いて出た。

「よし、よく覚えているな。合格だ」

「本当のことを言うと、研修では合格をいただけなかったのです」

向き直ると、蓬莱は正直に言った。

突然、稲泉は腹を抱えて笑いだした。背後からも二人の事務員の爆笑が聞えた。

事情が呑《の》み込めずに、立ち尽くした蓬莱に向かって、

「あのな、あの試験に合格した人間は、今まで誰一人としていやしないんだ。そもそも、合格できないようにできているんだ」

「どういう意味です」

「人間というのはな、本気で大声を出すと、長い文言なんて絶対に暗記できねえんだよ。絶叫すれば文言を忘れる。文言を思い出そうとすれば、声は自然と小さくなる」

「はあ？」

「何でそんな無茶を研修でやらせるか、その意味が分かるか」

「いいえ」

蓬莱は、狐《きつね》につままれたような気持で、首を振った。

「無茶を要求するのは会社だけじゃない。客も同じだ。どの客もそれぞれの事情を抱えている。時間通りに荷物が届かなければ、商売を逸することだってある。こっちの事情なんてお構い無しだ。誰もが生きるために、金を摑むために必死だ。お前たちの仕事は、オフィスに座って企画書を書いて、仕事を貰《もら》ってくるような奇麗な仕事じゃない。理不尽ともいえる客の要求に応え、一つでも多くの荷物を貰ってこなけりゃならない。どんな言い訳も、口答えも許されない。歯を食い縛って堪えなきゃならない。それが現場だ。

目的を達成する喜びは屈辱を乗り越えた先にある。そのことを思い知らせるために、会社はあんな研修を全社員に課しているんだ」

稲泉はぽんと肩を叩くと、

「さあ、今日この時から、お前のセールスドライバーとしての人生が始まる。さっそく仕事だ」

着替えを済ませ、ドックに下りると、稲泉が待っていた。傍らには一人の男がいた。コンクリートの床からは痛みさえ感ずる冷気がズボンの裾口《すそぐち》から這《は》い上がってくるというのに長袖《ながそで》のシャツ一枚。ジャンパーさえ着ていない。

蓬莱もまた同様のいでたちだった。

スバル運輸のドライバーは内勤の稲泉とは違い、薄いブルーの地に胸に社章である流星のマークが入った、シャツを着用することになっていた。

そこから、この男が自分と同じドライバーの一人であることが分かった。

「ドライバーの西郷《さいごう》君だ」

歳の頃は、蓬莱とそう変わらない。多分、二十四、五といったところだろうか。小柄だが、引き締まった体には贅肉《ぜいにく》の欠片《かけら》さえない。短く刈り上げた頭髪、張りだした顴骨《けんこつ》が精悍《せいかん》な印象を与える男だった。

「蓬莱秀樹です。よろしくお願いします！」

「おう、よろしくな」

横柄《おうへい》だが、邪気のない声が返って来た。

「もうすぐ六時半になる。朝礼が終われば、すぐに作業開始だ。仕事は西郷君から聞いてくれ」

稲泉はそう言い残すと、踵を返して事務所に引き揚げて行った。

「あんたのことは聞いているよ。野球部にいたあの蓬萊なんだってな」

「もう昔の話です」

捨てざるを得なかった昔の夢の話に触れられると、やはり今でも心の奥底が疼《うず》く。

「私は、何をやればいいのですか」

蓬萊はすかさず話題を転じた。

「これからの二週間は簡単な仕事だ。頭を使うこともない。ここに次々に到着してくるトラックから荷降ろしをする。それを仕分けのコンベアに流す。ただそれだけだ」

「それだけですか」

「簡単に言うな。今ドックについているのは、地方から来た十トントラックのほんの一部だ。場所が空けば待機しているトラックがすぐに場所を埋める。配送車が出庫する九時までにこれを終わらせる。それまで一切休みは無しだ。便所に行く時間もなければ、水を飲んでいる暇もない」

「配送車への積み込みはどうするんですか」

「それはルートを持っているドライバーの役目だ。二週間後にはお前の仕事になる。九時からドックの清掃、それから三十分の朝食休息。それが終われば十二時まで荷降ろし。昼食休息は一時間。それから先はまた荷降ろし。夜七時までな。とにかく馬車馬のように働くんだ。担当を任されるドライバーになるまでは、ここじゃ一人前には扱われない。たとえドライバーとなっても、成績が悪けりゃ、すぐにドックに逆戻り。それがここの決まりだ」

「成績が全《すべ》てというわけですね」

「そうだ。社歴の長短は関係ない。実績が全てだ。あんたがいた野球の世界だって同じだったろ」

今度の言葉は素直に蓬萊の心に馴染《なじ》んだ。そう、野球の世界と同様、ここで序列を決めるのは年齢でもなければ社歴でもない。実力と実績。それが全てだ。

『君たちはこれからスバル運輸という暖簾《のれん》を借りはするが一国一城の主《あるじ》だ』

研修所で教官が言った言葉が思い出された。

俺はやる。野球の道は断たれたが、血を吐くような試練の日々を過ごしてきたんだ。体力勝負なら誰にも負けはしない。絶対にここで一番になってやる。

程なくして稲泉が再び姿を見せると、三百名のドライバーが一堂に会した朝礼が始まった。僅《わず》か五分にも満たない訓示の後に、ドライバーの一人が指名され、例の社歌、ドライバー心得、安全心得、それにお客様の心を大声で言い、全員でそれを復唱した。新人の紹介はなかった。つまり見習いに過ぎない自分は、まだ配送センターの一員とは認められていないということなのだろう。

「朝礼終了！」

稲泉の言葉が終わるや否《いな》や、センター一杯に軍艦マーチが鳴り響いた。ドライバーが、作業員が、一斉に全力で駆け出した。コンベアが唸《うな》りを立てて動き始める。

「蓬莱！　ぼやぼやするな！」

西郷の罵声《ばせい》が飛んだ。蓬莱はその後を全力で追った。十トントラックの荷台の扉が引き開けられると、中には滑車のついた籠《かご》に入れられた貨物で一杯だった。一つの籠がどれほどの重さがあるのかは分からない。軍手をはめた手で鉄枠を摑むと、それを渾身《こんしん》の力を込めて引きだす。コンクリートの床の上を引いて、コンベアの前につける。貨物は大きさも違えば、重さもまたまちまちだった。重いものだと、三十キロを超すものもある。

「ラベルは必ず上にしろ。バーコードを読めないとエラーになる」

西郷が叫んだ。

荷を持ち上げる度に、腕の筋肉が膨れ上がる、肩が軋《きし》みを上げる。腰にずしりと重さがかかる。

五分もしないうちに、額に汗が噴き出し、顎《あご》から胸へと温い液体が流れ込んでくる。時折駆け抜けていく厳冬の風も、体を冷やす役目はしなかった。ふと見ると、西郷の着ている薄いブルーのシャツの背中は噴き出した汗のせいで色が変わっている。

怒号が飛ぶ。罵声が上がる。

荷降ろしされた貨物は、コンベアに乗って、長大なラインを流れながら方面毎《ごと》に仕分けされ、配送車両の二トン車が待つ先へと滑り落ちていく。

滑り落ちてくる荷物を、屈強な男たちが、配送順を考慮しながら、手際《てぎわ》よく、籠の中に積み込んでいく。

戦場の最中《さなか》にいるような殺気立った空気の中で、蓬萊は作業に没頭した。この荷物の一つ一つが俺の生活を、藍子との将来を、支える糧《かて》になる。いやこれは荷物なんかじゃない。

金だ。おれの将来を支える金だ。

作業は果てしもなく続くように思われたが蓬萊には苦にならなかった。一つ、また一つとトラックの扉が開けられる度に、将来への扉が開け放たれていくような気がした。

金が落ちているのはグラウンドだけじゃない。ここでも成果を上げれば、更に高額の給与を摑み取ることができる。華やかなスポットライトはここにはない。それでも構わない。藍子を幸せにするために、俺はここで、いや全国のセールスドライバーの頂点に立ってみせる。

蓬莱は、滴《したた》り落ちる汗に塗《まみ》れながら、固く心に誓った。


蓬莱がセールスドライバーとして担当地区を任されたのは、東京地区配送センターに配属されて三週間後のことだった。

その間に行われた、ドライバーとしての再度の最終試験は一発で合格した。担当地区は中央区日本橋小伝馬町《こでんまちょう》の五つほどのブロックだったが、もちろん最初のうちは単独で仕事をしたわけではない。先にこの地区を担当していた西郷の後について仕事の要領を覚えなければならなかったからだ。通常、この引き継ぎは、二十日ほどを要するものらしかったが、蓬莱はこの過程を一週間という異例の早さで終わらせた。

普通なら、いきなり担当を任されれば戸惑うばかりだろうが、そうならなかったのは、蓬莱の努力の結果だ。

荷を満載した配送車は、午前八時四十五分頃にはセンターを出る。それから小伝馬町に到着するまで十五分。午前九時からは路上のパーキングに配送車を停め、荷を下ろしては客先に届けることを延々と繰り返す。もっともこれだけの短時間で、担当エリアに到着するためには、幹線道路を走っていたのでは不可能だ。裏道を抜け、いかに早く目的地に到着するかが、その後の配送効率に大きな影響を及ぼす。それ以前、センターを出発するに当たっては、配送順に荷物を積み込み、伝票も整理しておかなければならない。

蓬萊は西郷について、配送を続ける傍らで、次のパーキングに車を停める僅かな時間を縫って、抜け道のルート、顧客の位置や特徴といったことを手帳にメモした。

藍子と暮す埼玉県のアパートから通勤するのでは、睡眠時間を削らざるを得ない。会社の勧めもあって、船橋にある独身寮に入った蓬萊は、部屋に帰ると夜更《よふ》けまで、メモに記載したデータを、さらに子細にノートに書き写し、徹底的に頭に叩《たた》き込んだ。睡眠時間は僅か四時間程度。普通ならぶっ倒れるところだが、蓬萊には野球で鍛えた体力がある。

とにかく、一日でも早く一人前、いや誰もが一番と認めるドライバーにならなければ……。

蓬萊は苦行とも呼べる日々に必死に耐えた。

配送貨物は、毎日およそ三百個以上。集荷貨物は四百個近くの量があった。

「いいか、俺たちドライバーの評価はな、いかに早く配送を終わらせるかで決まるんじゃない。成績はいかに多くの貨物を集荷したか。それで決まる。いつまでもちんたら配送をしてたんじゃ、荷物を他の業者に取られちまう。走れ！　一個でも多くの貨物を集めるためには、さっさと配送を終わらせ、できる限り客先を回るんだ」

西郷の言葉を蓬莱は脳裏に叩き込んだ。

小伝馬町近辺には、衣類の卸を生業《なりわい》とする商店が密集していた。もちろんそればかりじゃない。巨大なビルに居を構えるオフィスだってある。商店は大抵が『ベタ』と呼ばれる、一階にあることが多かった。そんな客先への配送は楽なものだったが、ビルの上階にあるオフィスでは、そうはいかない。荷を満載した台車を押し、全力で走る。エレベーターを待っていては、配送効率は上がらない。目的地のビルに到着すると、十キロ以上もある荷物を両肩に担《かつ》ぎ、蓬莱は階段を一気に駆け上がった。

西郷とて、同じ方法をとっていたが、彼が一段ずつ階段を昇るなら、蓬莱は一段おきだ。

「あまり無理をするな。体を壊すぞ」

「無理なんかしてませんよ。階段昇りは慣れてますから」

見栄《みえ》を張ったわけじゃない。本当のことを言ったまでだった。かつて野球漬けの日々を送っていた頃は、オフになれば階段昇りは体力作りの基本メニューの一つだった。当時のことを思えば、ビルの十階まで駆け登ることも大したことではない。

西郷について五日目には、通常十二時に終われば早いとされていた配送が、十一時四十五分には終えられるようになった。

「ガタイがでけえだけじゃねえな、お前。大したもんだぜ。ベテランでもこの時間に終わらせるやつはそうはいねえ。さすがにプロ野球へ行こうとしていた人間は基礎体力が違うな。化け物だ」

半ば呆《あき》れたように西郷は言った。

全ての荷物を運び終えると、コンビニで握り飯を買って貪《むさぼ》るように胃の中に送り込む。時間にして僅か五分。それが蓬莱の休息時間だった。早々に車外に出ると、今度は空の台車を押して、担当地域を走り回った。

スバル運輸では、交通違反はご法度《はっと》だ。理由の如何《いかん》を問わず、切符を切られることがあれば、即座に首が飛ぶ。それがルールだった。

多くのドライバーは、こまめに車を移動させ集荷を行うのが常であるらしかったが、蓬莱はここでも少し方法を変えた。パーキングメーターのリミットである三十分の間中、台車を押しながら何度でも客先に足を運び、荷物を集めることにしたのだ。発送荷物の多くは夕方近くに集中する傾向があり、効率的な方法とはいえないことは分かっていた。

だが、蓬莱には計算があった。

第一に荷物の争奪戦は激烈で、たまたま送る荷物に出くわした業者がそれをものにしてしまうことが多い。実績は数字の積み上げだ。たった一つの荷物でも、数字は一つ上がる。

それに、日に何度でも顔を出していれば、客だって俺の顔を覚えてくれるだろう。配送と集荷の二度しか顔を見せないドライバーよりも、三度四度と顔を出す、その熱意はきっと客にも通じるはずだ。それが人間の情というものだろう。

蓬萊はそう確信していた。

顧客に明らかな変化が見て取れるようになったのは、セールスドライバーとして、独立して一月が経《た》った頃のことだった。

「こんにちは！　スバル運輸の蓬萊です」

顧客の一つである衣料問屋に、この日何度目かの集荷に行くと、

「あんた、また来たのかい」

驚きを露《あらわ》に店主らしい初老の男が言った。

「発送荷物がありましたら、一個でも結構です。運ばせて下さい」

蓬萊は滲《にじ》み出る額の汗を拭《ぬぐ》うと、深々と頭を下げた。

「そんなに頻繁に顔を出したって、そうタイミングよく荷物なんかありゃしないよ」

「それじゃ、また来ます」

再び一礼すると、踵《きびす》を返した蓬萊の背後から、男の声が呼び止めた。「待ちな」振り返ると、男は顔一杯に柔和な笑みを湛《たた》えて蓬萊を見詰めてきた。「しかし、あんた熱心だな。ウチには四社ほどの運送業者が出入りしているが、あんたほど頻繁に顔を出す人

はいないよ」

「ありがとうございます」

「気に入ったよ。まだ準備はできちゃいねえが、夕方には二十個ほどの発送がある。それをあんたにやるよ。四時にはでき上がってる。取りに来な」

「四時ですね。必ず伺います」

「ウチの閉店は六時だ。その間ならいつでもいいよ」

「ありがとうございます！」

熱意が報いられた瞬間だった。やはり自分のやりかたは間違っていなかったのだ。

蓬莱は深々と礼をすると、その場を立ち去ろうとした。その時、店のドアを開け、一人の男が荷物を抱えて入ってきた。

「毎度お〜。東都運送です。プロンプトからご注文の品をお届けに上がりました」

「ご苦労さん。そこに置いてくれ」

見覚えのあるカートンだった。担当エリアの客先の多くで、同じものを目にすることを蓬莱は思い出した。

「今日はコピー用紙と、文房具でしたね」

ドライバーが伝票を取りだしながら言った。

「そうだよ。そこに置いてくれ。空箱はいらないから持って帰ってくれ」

「分かりました」

慣れた手つきで、ドライバーは中身を取り出し、外箱を纏《まと》めた。

「現品は確認したよ。はい、ご苦労さん」

「また宜《よろ》しくお願いします」

ドライバーは折り畳んだ外箱を小脇《こわき》に抱えて店を去った。帳場の上には、包装紙に包まれた五束のコピー用紙と、数本のペンとファイルが残されている。

「あのう」

「何だ、まだいたのか」

「すいません、ちょっとお伺いしたいことがありまして」

男は怪訝《けげん》な顔で蓬莱を見ると、

「訊《き》きたいこと？」

「そのプロンプトっていうカートンをこの辺のオフィスでよく目にするんですが、それは何なんですか」

「文具の通販だよ」

「文具通販？」

「最近じゃ、ウチのような零細だけじゃなく、大手の会社も文具はこの通販を利用しているようだよ」

「通販で文具を？」

意外な気がした。問屋やオフィスビルが密集するこの地区にも、文房具屋の一軒や二軒はある。当然、コピー用紙やペンなんてものは売っている。そこに行かずに、わざわざ通販を利用する。その理由は何だろう。

蓬莱は素朴な疑問を覚え、それを問うた。

「文具通販を利用する理由？　答えは単純だよ。安いし、二千五百円以上のオーダーなら、配送費をただで持ってきてくれるからね。それにオーダーの締め切り時間の制約はあるけど、当日配送もしてくれる」

「それを東都運送がやってるんですか」

東都運送といえば、関東地区に限定した、いわゆるローカルの運送会社だ。会社の規模で言えば全国に支店網を張り巡らしているスバル運輸の比ではない。

「まさか」男はふっと笑うと続けた。「プロンプトっていうのはな、文房具メーカーのキャディが始めた会社さ。東都運送は、まあその下請けの運送会社ってところだろう」

「今、価格が安いとおっしゃいましたが、街で買うよりどれくらい安いんですか」

「ものによって少し違うようだが、ほらここにカタログがある」

電話帳ほどの厚さのあるカタログが目の前に差し出された。

「コピー用紙なら純正品で二千五百枚入っている一箱がざっと三千四百円。それがプロンプトのオリジナルだと千四百円。二千円もの開きがある。ボールペンだって市価の三割は安い。七十円のものが四十九円だ。たった、二十円かそこらだって言うなよ。塵《ちり》もつもれば何とやらだ。ウチのような個人商店に毛が生えた程度の店には、馬鹿《ばか》にならねえ」

「しかし、何でそのプロンプトっていう会社は、そんな安売りができるんでしょうか」

「簡単な理屈さ。今も言ったが、もともとは文具メーカーの子会社が直販してるんだ。問屋や小売店にマージンを落とす必要はないからな」

「じゃあ、扱っている商品はキャディのものばかりなんですか」

「いや、そうじゃない。大抵のメーカーの品は揃《そろ》っているよ」

「それも市価よりも安いんですか」

「値引き率は若干落ちるがね」

「でも、そんなことをしたら、今までの客だった街の文具屋や、問屋が黙っていないんじゃありませんか」

「まあ、力関係というやつだろうな。俺も良くは知らねえが、このビジネスが軌道に乗るまでは、そりゃあ凄《すご》い抵抗はあったと思うよ。仕入れをストップするとかな。だけどさ、物を選ぶのは客だろ。一旦《いったん》太い流れができてしまえば、問屋や小売りが文句を言ったところでどうなるものでもないもんな。他のメーカーが、プロンプトに商品を供給しているのも、業務用途に関して言えば、この流れは止めることができねえ。そう判断したからじゃねえのかな」

男の話を聞いている間に、蓬莱の胸中に何ともやるせない複雑な感情が渦を巻いた。『物を選ぶのは客』『一旦太い流れができてしまえば、問屋や小売りが文句を言ったところでどうなるものでもない』。これは実家の家電店が置かれている状況そのものじゃないか。大量に商品を捌《さば》く大手量販店は、街の電器店など到底太刀打ちできないくらいの低価格で商品を販売する。最初は小売店の間から、メーカーに対して文句も出たろうが、商売でものを言うのは実績だ。販売量だ。

消費者の流れが量販店に向かい、取り扱い量が増せば、メーカーは更に大きな値引きを提示する。その一方で、客が寄りつかなくなった電器屋は、販売量が落ち、資金的にも窮地に陥る。当然、仕入れの点数を絞らざるを得なくなり、客の減少に拍車をかける。

商流が音を立てて、激変していくその一端を、蓬莱は肌で感じる思いがした。

その一方で、プロンプトが扱う物量に、思いが巡った。

なぜ、プロンプトほどの会社が、東都運送などというローカルな会社を使って配送を行うのだろう。どこの商店、どこのオフィスに行っても、よくカートンを目にするほどにビジネスの規模が巨大化しているならば、商圏は何も東京に限ったことではないはずだ。となればその物量は、大変なものになる。ナショナルネットワークを持つスバル運輸が、プロンプトの配送を受注できれば、でかい商売になる。それを考えるのは自分の仕事ではないが、プロンプトという会社を一度研究してみる必要があるかもしれない。

「そんなに、プロンプトに興味があるんだったら、古いカタログがある。こいつを持っていけ」

男は、机の下を探ると、一冊のカタログを差し出してきた。

「いいんですか」

「どうせ、捨てなきゃならねえ代物《しろもの》だ。持っていけ」

「ありがとうございます」

蓬萊は、そのカタログを小脇に抱えると、勢いよく駆け出した。

時間内にどれだけの貨物を集められるか――。それがセールスドライバーのただ一つの評価基準である。朝六時半の出社、帰りは毎日午後十時になる。一日十五時間以上の労働は、あっという間に過ぎ去ってしまう。

集荷した荷物を満載したトラックのテールランプが闇《やみ》の中に消え去って行くのを見ていると、今日も一日が終わったという充実感に満たされる。一日中担当エリアを駆けずり回り、集荷に精を出す。それが終われば、荷降ろし、荷捌き、そして積み込み……。

同じ肉体を酷使するにしても、野球の練習はもっとバラエティに富んでもいれば、時間だって限られている。それに比べ、ここの仕事は荷物という物理的絶対量をこなさなければ終わりはない。やりがいは別として、どちらが過酷かと問われれば、答えは決まっている。現場だ。

さすがにこの時間ともなると、肉体が悲鳴を上げ始める。たっぷりと湯が張られた風《ふ》呂《ろ》につかり、思いきり身を伸ばしたい衝動に駆られる。酷《ひど》い空腹感にも襲われる。ましてや、冬の寒風に身を晒《さら》すことを強いられるともなれば尚更《なおさら》そうした思いは強くなってくる。

蓬莱は、まだ荷捌きを続けている仲間たちを横目で見ながら、プラットホームを後にし、ロッカールームへ続く階段を上りかけた。

「あのう……」

背後から、か細い男の声が聞えた。振り返ると、そこにスーツに身を包んだ男が立っていた。歳《とし》の頃は三十前といったところだろうか。手にはブリーフケースを持ち、女学生のようにそれを両手で前にぶら下げている。日頃現場で働く男たちの、筋骨隆々とした姿を目にしていると、線の細さといい、声の力なさといい、こんな男が現場にいることが酷く場違いなものに思えてくる。

「何でしょうか」

蓬萊が訊《たず》ねると、男は、

「私、本社新規事業開発部の立川といいます。セールスドライバーの方ですか」

落ち着きのない視線を向けてきた。

「ええ、蓬萊といいます」

「少し、お訊ねしたいことがありまして……お時間は取らせません。お話ししてもよろしいでしょうか」

本社の人間からそう言われれば、無下に断るわけにもいかない。蓬萊が昇りかけた階段から足を外すと、

「実はですね、今セールスドライバーの方々の意識調査をやっているのです。簡単な質問ですので、答えていただけますか」

「ええ、私でよければ」

立川はブリーフケースを床に置くと、中からノートを取りだした。

「蓬萊さんがセールスドライバーになった最大の理由は何でしょう」

「私の場合、はっきり言ってお金です」体裁のいい言葉を探すのは簡単だが、蓬萊は単純明快な答えを返した。「スバル運輸のポリシーは、信賞必罰。実績を上げれば、他社とは比較にならないほどの給料が貰《もら》える。まともな仕事で高卒の私が、学歴も、社歴も関係なくこれだけの収入を上げられる仕事はセールスドライバー以外にありえません」

「なるほどね」立川はせわしげにノートにペンを走らせる。「しかし、高い給料を貰えるのは、厳しいノルマを達成してのことでしょう。それって負担に感じたことはありませんか」

「負担……ですか」蓬莱は少し考え込むと、「私の場合、そういうものだと思って覚悟して入ってきましたから。それに、誰でもできる楽な仕事に、高給を払う会社なんてないでしょ。実績がそのまま給料に反映される。まあ、これをノルマと考えると、辛《つら》いものがあるかもしれませんけど、歩合と考えれば話は別じゃないでしょうか。幾ら数字を作っても、給料は変わらないというよりは、遥《はる》かにやりがいがありますよ」

きっぱりと言い放った。

「ノルマを歩合と考えるね。なるほど物は考えようですね」立川は、二度三度と肯《うなず》くと、「それじゃたとえばの話ですが、もしウチがどこかの通販会社の配送を一手に引き受けたとしましょう。荷物はその会社に寄せられたオーダー分だけ。ドライバーはノルマから解放される代わりに、ただの配送員になってしまう。当然、給与はセールスドライバーとは違って、出来高制は用いられない。つまり固定給となるわけです。それでも蓬莱さんはスバル運輸で働き続けますか」

新たな質問を投げ掛けてきた。

「これは私の場合ですが……」蓬莱は前置きをすると続けた。「私はセールスドライバーの給与体系に満足しています。もし、用意された荷物を配るだけ、物量の多寡《たか》にかかわらず給料は一定ということになるんだったら、辞めるかもしれません」

「でも、メリットだってあるでしょ。扱う荷物が少なくとも、一定の給料は保証されるわけだし、配送物が多く、時間内に配送が終わらなければ残業手当が出るわけだし、考えようによってはその方が気楽ってもんじゃありませんか？」

「中には、そう考えるセールスドライバーもいないわけじゃないと思いますよ。ノルマ以前に、セールスドライバーの仕事はきついですからね。実際、僕と同時にここに配属されてきた人間のうち、もう二人辞めちゃってるんです。もし、会社の中にそうした業務に就く道があるんだったら、自ら進んで手を上げる人間も少なくないと思います。それに固定給プラス残業手当という給与体系は、全国各地の配送拠点に集荷物を運ぶ大型トラックのドライバーには現実に適用されているわけですしね。辞めて行ったセールスドライバーにしても、大型トラックの免許を持っていたら、あるいはそうした職種に転ずることを望んでいたのではないでしょうか。そう考えると、どうしてスバル運輸が大手通販とか企業の専属委託業務を請け負わないのか、むしろ不思議に思えるほどです」

「失礼ですが蓬莱さんは、おいくつですか」

「二十一です。二ヶ月前からセールスドライバーになりました」

「ああ。じゃあ、分からないのも無理ないな」

立川は急にくだけた口調になった。

「知っての通り、ウチはそもそも商業宅配で伸びてきた会社だ。それもセールスドライバーという他社に見ないユニークな形態を武器としてね。大手の配送を一手に引き受けるとなれば、ボリュームを武器に配送費は徹底的に叩《たた》かれる。つまり取扱高は増えても、利幅は薄くなるわけだ。その点、中小の顧客を相手にしている限り、それほど配送費の値引きを要求されることはない。年商が大きくなっても、純益が然程《さほど》上がらないんじゃ意味がない」

「立川さんがおっしゃることは分かりますが、それでも大手の配送を一手に引き受けるメリットはあるんじゃないでしょうか」

「へえっ、どういうところで？」

「セールスドライバー一人を育てるのに、会社が幾らの経費を投じているかは分かりませんけど、一応現場に配属される人間は、厳しい研修を受けてきた者ばかりです。現場に三月もいれば、仕事もあらかた覚えてしまいます。でもノルマが達成できなければ、担当を外され、行き場を失ってしまうのが現実です。それがセールスドライバーの定着率の悪さに繋《つな》がっているんじゃないでしょうか。セールスドライバーとして不向きでも、配送だけの仕事もあるとなれば、定着率は上がると思うのです。実績が上がらないからといって、無下に切り捨ててしまうのは人的資源の無駄遣いというものですよ」

「人的資源の無駄遣いねえ。なるほど言われてみればその通りかもしれないね。そこには気が付かなかったな」

「それに、通販ビジネスというのは、現場で見ていても今やかなり大きなマーケットになっていると思いますよ。例えば文具通販のプロンプトのように……」

「プロンプト？」立川の目が俄《にわか》に虚を衝《つ》かれたかのように大きく見開かれた。「プロンプトがどうかしたの」

「私が担当しているのは小伝馬町《こでんまちょう》の五ブロックですが、最近ではどこの客先に行っても、プロンプトのカートンを目にするんです。あの様子からすると、文具通販の物量はもの凄いものがあると思うんですよね。どうやってあれだけのマーケットを築き上げたのかは分かりませんが、もしも、もしもですよ、我々セールスドライバーが文具通販の営業マンとしての役割を担《にな》って、新たに開発した客先への配送物については、個々の実績になるなんて仕組みができたら、皆目の色を変えてセールスして歩くと思うんですけど」

「君たちが集荷、配送の合間を縫ってカタログ片手に、プロンプトのセールスマンの役割を担うというのかい」

「今だって、新規の顧客を獲得するために商談をしてるんです。ついでにカタログを配り、ネゴして回るのはそれほど無理なこととは思えませんけど」

立川の口元に皮肉な笑いが宿った。

「まあ、アイデアは面白いがそれは無理な話だと思うよ」

「どうしてです」

「君が例に上げたプロンプトはね、我々のようなナショナルネットワークを持つ運送会社には見向きもしないんだ。彼らは地場の運送会社を使う。その理由は二つある。一つは、確かにウチのように全国に配送網を持つ運送会社は、配送拠点の総数は大きいが、限られたエリアで見た場合、地場の業者の方がより緻密《ちみつ》なネットワークを構築しているんだ。つまりきめ細かいサービスが提供できるというわけだ。そして理由の第二。これが最大の理由なんだが、配送料金に話にならない位の差がある。何しろ一個百円で引き受けている業者もあるというからね」

「そんなに安い料金で配送してるんですか」

さすがの蓬萊も、これには驚いた。これでは全国定額制を取っているスバル運輸が太刀打ちできるわけがない。立川が自分の考えを聞いて、皮肉な笑いを浮かべるのも当然というものだ。

「百円なんて料金をウチが出せるわけないだろ。ましてや、セールスドライバーが開発してきた客先への配送量を個々の実績として扱えだなんてとても無理だ」

そう言われると蓬萊も返す言葉がない。立川は、早々にノートを閉じると、

「ありがとう。参考になったよ。疲れているところをすまなかったね」

て行った。

労《ねぎら》いの言葉を掛けると一礼し、用件は済んだと言わんばかりに踵《きびす》を返し、ドックを出

「秀樹《ひでき》君、食事の時にビールでも飲む？」

久方ぶりに、家でゆっくりと風呂を使い、濡《ぬ》れた体を拭《ふ》いていると、ドア越しに藍子《あいこ》の声が聞えた。

「そうだな、少し飲むか」

蓬莱は下着姿のままでバスルームを出た。キッチンからは、肉の焼ける香ばしい匂《にお》いが漂ってくる。

「少し痩《や》せた……ううん、随分体が引き締まったわね」

振り向き様に、眩《まぶ》しいものを見るかのような目をして藍子が言った。

「この三週間で、五キロほど体重が落ちたからね。それでもやっと本来のベスト体重に戻ったってところかな」

「肩や腕が少し太くなった。太腿《ふともも》の筋肉も」

「そりゃあ、重たい荷物を持って、ビルの階段を何度も往復していりゃ太くもなるさ。その代わり無駄な肉はどんどん落ちていく。ウエストが三センチも細くなった。スバル運輸の野球部の連中も、オフのトレーニングに現場でドライバーの仕事をすりゃいいん

だ。合宿やって筋トレするより、よっぽど効果的だ。第一会社のためになる」

「島谷《しまたに》監督に言ってみたら」

「冗談だよ。一昔前の根性優先の時代ならいざ知らず、今は野球選手のトレーニングは、科学に基づいたものだからね。もっともダイエットをしたいんだったら、ウチのセンターで働けば五キロ落とすなんて簡単だぜ。しかも金まで貰える」

「本当ね」

二人はどちらからともなく声を出して笑った。

短く刈り上げた頭髪はすでに乾きかけている。蓬萊は、首筋から噴き出す汗をタオルで拭《ぬぐ》いながら席についた。

食卓の上には、ボウルに盛られたサラダ、仄《ほの》かな湯気をたてるポタージュスープ、それにルッコラと鰻《うなぎ》をバルサミコ酢で合わせた前菜が並べられていた。

「凄《すご》いご馳走《ちそう》だね」

過酷な肉体労働を強いられるドライバーが住む寮の食事は、決して悪いものではなかったが、やはり藍子の手料理は違う。蓬萊は猛烈な食欲がわいて来るのを感じながら歓声を上げた。

「これが、最後」

藍子は焼き上がったばかりのサーロインステーキをそれらの脇《わき》に並べると、席についた。

「こんな贅沢《ぜいたく》をして大丈夫か」

「肉はオーストラリア産のセール品。鰻だってスーパーで買えば、それほど値の張るものじゃないわ。大丈夫、秀樹君の給料からすれば、家計に響くことなんてありゃしないから」

「安心したよ。藍子も飲むかい」

蓬莱は、自分のグラスに満たした缶ビールを翳《かざ》すと訊《たず》ねた。

「勉強があるけど、一杯だけ付き合うわ」

「じゃあ、乾杯……」

二人はグラスを軽く合わせた。

程よく冷えたアルコールが火照《ほて》った体に染《し》み渡る。蓬莱は思わず吐息を漏らすと、

「うまいなあ……」

しみじみと言った。藍子は軽くグラスに口を付けると、目を細めてこちらを見た。

「秀樹君、変わったわね」

「何が？」

「何だかプロ野球の選手を目指していた頃よりも、ずっと生き生きしている」

「そうかな。どんなところが？」

「だって野球をやっていた頃の秀樹君って、いつも重たい荷物を背負わされているようなところがあった。ストイックっていうのかな。こうして私と向きあって、食事をしていても、アルコールなんて口にすることもなかったし、話といえば野球のことばかり……」

「そんなに酷《ひど》かったか、俺」

そう訊ねながら、確かにその通りだったかもしれないと、蓬萊は思った。

傍から見れば、将来を嘱望され、東京リンクスへの入団を約束された身はさぞや眩しいものに映ったことだろう。だが、そうした思いを抱くのは、己の能力一つで厳しい世界を勝ち抜いていかねばならない宿命を背負わされた経験がない人間の言うことだ。

実際、高校時代、いやスバル運輸に入ってからも『才能のある人間はいいな』という羨望《せんぼう》に満ちた言葉を聞くことがよくあった。才能——。そんなものがあるかないかは、誰にも分からない。人がその言葉を口にするのは、結果からその人間を見るからだ。人は成功者、あるいは成功へのとば口を摑《つか》んだ人間を一纏《まと》めにしてその言葉で片づけようとする。

逆に、成功への階段を途中で踏み外してしまえば、『あいつには才能がなかった』。それまで誉《ほ》めそやし、羨望の眼差《まなざ》しを向けていた人間が、一転してその一言で、口を噤《つぐ》む。

才能なんて言葉はそれほど曖昧《あいまい》なものなのだ。

今にして思えば、周囲の人間が期待の言葉を投げ掛ける度に、俺はそれに応《こた》えなければならないと思っていた。もちろん、そこにはプロのマウンドに立つという夢がありもした。それだけじゃない。苦境に立たされている実家の命運もまた、俺の腕一つにかかってもいた。そのプレッシャーが藍子に、ストイックとまで言わせるような日々を自らに課すことになっていたのかも知れない。

「当時はあまり気にならなかったけど、今の秀樹君の方がずっといいわ。何かつきものが落ちたように見える」

「みんなに羨《うらや》ましがられるプロ野球選手の妻じゃなくてもかい？」

「まあ、未練がないといえば嘘《うそ》になるけどさ……でもそれもプロで成功していたならの話でしょ。ドラフト一位で指名されたって、引退まで一軍で活躍できる人なんて、ほんのちょっとじゃない。水商売みたいなもんでしょ。当たれば見返りは大きいけど、外れれば何も残らない。もちろん秀樹君には成功してほしいと思ってたけど、ダメなら私が稼がなきゃって」

「確かにこうしてみると、随分気が楽になったよ。仕事はきついけど、やればやるだけの見返りはあるし、一生懸命やっていれば、また新たなチャンスを摑めるような気がする」

蓬莱は一気にグラスを空けると、

「おかしなことを言うと思うかも知れないけれど、配送の途中でふと目にする街の光景が、昔とは違って見えるんだ」

「どんなふうに？」

「何て言うのかな。殺伐としたビルの群れも、枯れた街路樹さえも全《すべ》てが新鮮で美しく見える」

藍子は、優しい眼差しで蓬萊を見ると、二度三度と肯《うなず》いた。

「ただ問題は……」

「なあに」

「うちの商売だな。俺がプロに行けなくなって、将来の目算が狂ったのは、俺だけじゃないからね」蓬萊は空になったグラスに、ビールを注ぎながら、「正月の売り出しを手伝ってくれたんだろう？　どうだった」

と訊ねた。

一転して藍子の顔が曇った。

「正直言って、あまり芳《かんば》しくなかったことは確かね。お義父《とう》さん、初売りのために新聞に折り込みチラシを入れたんだけど、全く効果はなかったみたい。お客さんは数えるほどしか来なかったし。いつもとほとんど変わりはないって、嘆いてた」

「初売りともなれば、量販店だって年末のセールに引き続いての書き入れ時だ。まともにぶつかり合ったんじゃ勝負にならない」

「こんな状態が続くんじゃ、自分の代はともかく、お義兄《にい》さんに跡を継がせるのは酷だって、そう言ってたわ」

「かと言って、兄貴だって今年二十五だ。これから職を探すといっても、このご時世じゃな」

「そんなこと言うなら、私だって同じよ。未《いま》だに就職の目処《めど》も立っていないんだから……」藍子は重い溜息《ためいき》を漏らすと、「最近じゃ就職もネットを通じてのエントリーでしょう。いくら私の学校の就職率がいいっていっても、やっぱり女性の職場はそう簡単に見つかるものじゃないの。返事をくれる所なんて数えるほどしかないから。それにやっと面接にこぎつけたと思っても……」

　藍子は視線を落とし、唇を嚙《か》んだ。

「面接で何か不愉快な思いをしたのか」

「既婚者って分かると、途端に態度が変わるの。つまりすでに家庭がある。当然家事もこなさなければならない。時間的制約があってハードな仕事は任せられない。それにいずれ出産だってするだろう。そうなれば、採用してもすぐに辞めてしまうに違いない……。採用する側の立場に立ってみれば、そう考えるのも無理のないことかもしれないけれど……」

「結婚したことを後悔しているのか」

「そんなことはないわ。ただ、私が働いて、秀樹君のお給料と合わせればかなりの額になる。万が一お店を閉めなければならなくなったとしても、少しはお義父さんの助けになるかもしれないと思って……」

藍子の言葉が胸に染みた。彼女にだって夢はあるだろう。家庭と仕事を両立させ、社会の第一線で働く。やがては子供を産み、母となりたいとも思っているだろう。にもかかわらず、藍子は真っ先に嫁いだ蓬莱の実家のことを、両親の行く末を、案じてくれている……。

「いったい、世間の人たちは、どうやって生活してるんだろう」

ぽつりと蓬莱が漏らした言葉に、藍子が怪訝《けげん》な眼差しを向けてきた。

「いや、この間客先を回っていたらさ、いまじゃコピー用紙とかペンの一つに至るまで、文具を通販で買うお客さんが多いって話を聞いたんだ」

「文具を通販で？」

「ああ、コピー用紙にいたっては、一箱が市価よりも二千円も安い。ペンやファイル、あらゆるものが街の文具屋で買うよりも遥《はる》かに安いんだ」

「たしかにそうよね。うちの研究室でも使ってるけど、どうしてそんなことができるんだろうね。やっぱり資本が大きいからかな」

蓬莱は、客から聞いたプロンプトのビジネスの仕組みを話して聞かせた。

「メーカーが直販を始めたってわけね」

「そのお陰で、問屋や小売店は大打撃を被《こうむ》っているらしいよ。最近では、かなり大手の会社でも、文具は通販を使っているってんだもん。まるで、実家の置かれた状況と同じことがあの業界でも始っているんだな」

「確かに、秀樹君の言う通りよね。結局資本力があって、大量に物を仕入れることができる企業が勝つ。それが当たり前の時代だもんね。それに拍車をかけたのが、通信手段と、物流の発達かしら。今じゃインターネットのショッピングモールにアクセスすれば、地方の名もない店の商品がよほどの遠隔地でない限り翌日には手に入る。それだけじゃない、家電製品にしたって、テレビショッピングで簡単に買えるんだもの」

「キーワードは資本力と大量仕入れか……」

「もしも、もしもよ」

ふと漏らした言葉が引鉄《ひきがね》になったのか、藍子が脳裏に浮かんだ考えを整理するかのように、言葉を区切りながら口を開いた。

「お義父さんのお店が、大量に商品を仕入れ、量販店に負けないくらいの価格で、商品を販売できたとしたら、どうなるかしら」

「馬鹿《ばか》なことを言うなよ。そんな金なんてありゃしないよ」

蓬莱は、首を振りながら一笑に付した。

「何も、お義父さんのお店一軒で、購入する必要なんかないじゃない。苦しんでいる小売店が、グループを組んで、仕入れたら……」

「無理だよそんなこと。全国の小売店が束になってかかれば、そりゃあ量販店に太刀打ちできる価格を提示できるかもしれないけれど、問題は他にも山ほどある。大量に仕入れた物をどこに保管するんだよ。オーダーはどこで受ける。配送は。商品を陳列するスペースは。商圏をどう区分けするのか……」

「どんなビジネスだって、これまでにない新しいことをしようとすれば、問題点なんて山ほど出てくるに決まっているわ。成功を勝ち取った人たちは、問題の一つ一つを潰《つぶ》して、困難な壁をぶち破った。その結果じゃないの」

「藍子は、この業界のことを知らないからそんなことを言うんだよ」

蓬莱の脳裏に、遥か昔の光景が蘇《よみがえ》った。

そう、あれはまだ、俺が小学生の頃だった。店は今とは比較にならないくらいに繁盛《はんじよう》して、二名の従業員がいた。年末を控え店は大売り出しの広告を打ち、活気に溢《あふ》れていた。親父《おやじ》は、二つ目の店舗を出店しようと希望と熱意に満ちあふれていた。夜になって、店を閉め、値引きを示す赤文字で書かれた値札を商品に貼《は》り付ける作業に、皆が追われていた。幼かった俺も、母親についてセロテープを千切っては、値札を商品に貼り付けて行った。突然シャッターを叩《たた》く音がし、微《かす》かに開いた隙間《すきま》から、一人の男が入ってきた。

「蓬萊さん。あんたどういうつもりだ」

初老の男は、挨拶《あいさつ》を交すこともなく、いきなり切り口上で親父に言った。その手には、年末セールのチラシが握られていた。

「困るんだよ、こんなことされちゃ。あんた、この辺りの店を潰す気かい、自分が儲《もう》かりゃそれでいいのかい」

親父は苦い顔をしてその場に立ち尽くした。

「あんただって組合員の一人じゃないか。いわば皆と一蓮托生《いちれんたくしょう》の身だ。それをこんな抜け駆けみたいな真似《まね》をされたんじゃ、皆が迷惑する。何もこんな安売りをしなくても、充分商売はやって行けんだろ。それとも何か、あんた、自分一人が儲かればそれでいいと思っているのか」

男の剣幕に気圧《けお》された俺は、母の割烹着《かっぽうぎ》の裾《すそ》を握り、二人のやり取りを聞いていた……。

後で居間で両親が交していた話からすると、あの時現れたのは、実家の電器店が加盟する組合の理事長だったらしい。結局、すでにチラシを配ってしまったこともあって、その時のセールは予定通りに行われたのだが、二店目の出店がなされなかったのは、あの時のクレームがあってのことだったのだろう。

おそらく、その体質は未《いま》だに変わっていないに違いない。

「とにかく、この業界は窮地に立たされているってのに、旧態依然とした閉鎖的な力関係が支配しているところなんだ。そうでなければ、とっくの昔に、藍子が言うようなことくらいやってるさ」

蓬莱は、気まずい思いで、フォークとナイフを手に取ると、

「社会には、特に俺のように、野球しか知らなかった人間には、想像もできないビジネスや、動きがある。一生スバル運輸でドライバーをやるとは思えないけれど、今の経験はきっと役に立つ日が来ると思うんだ。その時は、藍子も俺の力になってくれよな」

とりなすように言い、目の前に置かれたステーキを口いっぱいにほおばった。

＊

席に戻る足取りがいつになく軽く感じた。

フロアのほとんどを占める営業部は、午後の客先回りに出掛けている部員が多いのだろう、空席が多く、男性社員は数えるほどしかいない。

手に提げた紙袋はずっしり重い。中には、この三ヶ月ばかりの間、中堅家電メーカー

のフロンティア電器と何度となく打ち合わせをした結果、ようやく形になった成果物があった。まだ試作品の域を出ないこともあって、外見は不細工なものだったが、それでも要求した機能は全てこの小箱の中に集約されている。つい今し方終わったミーティングの席では、量産が決まれば従来品を一回り大きくした程度に収まるだろうとの見解が述べられ、それが吉野《よしの》の心をさらに浮き立たせた。

席に戻ると、吉野は手にしていた試作品を紙袋の中から出し、宝物を扱うように丁重に机の上に置いた。書類仕事に没頭していた立川が目ざとくそれを見つけ、

「部長、それは何です」

怪訝な声で訊《たず》ねてきた。

「こいつが飯の種になる機械、コピーカウンターだ」

吉野は誇らしげに胸を張って答えた。

「それが、どうして飯の種になるんです。もう広く市場に出回っているものじゃないですか。それに、こう言っちゃ何ですが、現行のものに比べると倍の大きさがありますよ」

「こいつはまだ試作品だからな」

「ということは、何か新しい機能をつけた代物《しろもの》というわけですか」

「当たり前だ。ただのコピーカウンターを今更作らせて何になる」

「どんな新しい機能がついているんです。もったいぶらないで教えて下さいよ」

最初のうちは、吉野にいつどやされるかと怯《おび》えていた立川も、毎日顔を突き合わせているうちに大分免疫《めんえき》がついてきたらしい。それにいつになく吉野が上機嫌であることを悟ったものか、珍しく口調は明るい。

「こいつには発信機能がついている」

「発信機能？」

「ＰＨＳが内蔵されているんだよ」

「そんなものが何の役に立つんです。確かにコスト意識の厳しい大企業のコピー機には、紙の経費を使用量に応じて該当部署に按分《あんぶん》するために、コピーカウンターが取り付けてあることが多いようですけど……。ただそれだけのものでしょう」

「お前、これまで俺が命じた仕事をしてきたってのに、こいつを見てもまだ察しがつかねえのか」

「いやあ……何がどうなるのか……私にはさっぱり……」

一転して立川の顔が曇り、すっと視線が落ちた。

「お前、プロンプトのことを調べたよな」

コピーカウンターから一転してプロンプトの名前を出されて、さっぱり見当がつかないといった態で、

「はい」

立川は、あやふやな返事をした。

「その中で、物流屋として不思議に思ったことはなかったか」

「不思議……と言われても」

立川は、ますます困惑の色を濃くする。

「まあいい。教えてやる。当日配送だ」

「そんなサービスをやっているのは何もプロンプトに限ったことじゃありませんよ。今じゃ文具通販だけじゃなく、業種の如何《いかん》を問わず、コンビニや家電といった大手量販ならばどこでもやっているサービスじゃありませんか」

「それを当たり前のことだと考えるかどうかだ」吉野は椅子《いす》に腰を下ろすと、机の上に両足を投げ出した。「いいか、当日配送をやろうとすれば、専属車を用意しなけりゃならない。庫内オペレーションにも負荷がかかる。当然、トータルの物流経費は増大する。もしも当日配送の必要性がなくなって、翌日配送一つにサービスが統一できたらどうなる」

「そりゃあ、専属車を用意する必要もなくなれば、庫内作業だって、随分合理化できるでしょう」

「そうだ。それを可能にするのがこの機械というわけだ」

「どうして、ＰＨＳ内蔵のコピーカウンターが、問題を解決することになるんですか」

「ここまで言っても、まだ分からねえか。お前は本当にものを考えない奴《やつ》だな」吉野は肩を竦《すく》めると、「プロンプトはいわばオフィスサプライの総合商社だ。文具と名のつくものはペンやクリップの一つから、お茶やコーヒー、果ては机や椅子まで扱っている。だがな、ペンやクリップを今日持って来い、机や椅子をすぐに持って来てくれ、なんて客がいるわけねえだろ。じゃあ何のために当日配送が要求されるのかということだ」

はっとした様子で、立川が顔を上げた。

「その日のうちにどうしても手に入れなければならないもの。しかも在庫状況が把握できず、嵩張《かさば》るうえに重量のある代物があるからだ。紙が切れた、トナーが無くなったからと言って、仕事は中断できない。かといって、女子社員を文具屋に走らせるなんてこともできやしねえだろう」

吉野は噛《か》んで含めるような口調で話して聞かせた。

「なるほど、つまり、ＰＨＳを内蔵したカウンターをコピー機に取り付け、その使用状況をリアルタイムで把握することができれば、補充は余裕をもって行える。紙切れやトナー切れといった事態は起こらないというわけですね」

「そうだ」

「しかし、私が調べたところでは、今のカウンターというのは、ＬＡＮに接続して、使用状況をコンピュータが把握し、自動的に発注をかける。そんな機能もついていると記憶してますが」

「お前も少しは知恵がついたか」吉野は口の端に笑いを浮かべると、「だけどな、立川。そんなことをやっているのは、かなりの大企業だ。お前、文具通販を利用している会社がどんなところが多いか知ってんだろう」

「ええ、中小企業や、マンションの一室を借りているような零細がメインです」

「その程度の会社がコピーカウンターを使ってるか？　ＬＡＮを組んで、自動発注を掛けるようなことをすると思うか」

「いや、それはないでしょう」

「それにだ、ＬＡＮを組んで自動発注を掛けるシステムを開発したのは、コピー機の製造メーカーだ。とすれば供給される紙は、当然メーカーの純正品だ。プロンプトが販売しているような自社製品の価格とは雲泥《うんでい》の差がある。こいつを見ろ」

吉野は、机の上に置いていたプロンプトのカタログを開いた。この三ヶ月の間何度となく目を通したせいで、ページの隅は皺《しわ》が寄ってめくれ上がっている。

「純正品なら二千五百枚の一箱がざっと三千四百円。それがプロンプトのオリジナルだと千四百円。二千円もの開きがある。大企業だって、あらゆるコストを減らすために血眼になっている時代なんだ。紙を自動補給して貰《もら》うためにこんな無駄金を使う会社がどこにある」

「確かに部長のおっしゃる通りかも知れません」立川は、思い出すように言った。「統計データでは文具通販のPPCの取り扱い高が激増する一方で、コピー機製造メーカーが販売するPPCの量は、年を追う毎《ごと》に減少の一途を辿《たど》っていますからね」

「だろう。そこに俺たちのビジネスチャンスがあるんだよ」

吉野は、足を下ろすと、身を乗りだした。

「このシステムをプロンプトのオーダーエントリーシステムと結合させる。当日配送の必要性がなくなり、翌日配送にサービスを一本化できれば、ウチが食い込むことも……」

「そいつはちょっと違うな」立川の言葉が終わらないうちに、吉野は首を振りながらその言葉を遮った。「プロンプトは文具通販の最大手だ。オーダーエントリーから出荷に至るまで、オペレーションは確立されている。そんな所にこのシステムを持って行っても、然程《さほど》の興味を示さないだろう」

「なぜです。PPC、延《ひ》いてはトナーの消費量がリアルタイムで分かる。当日配送の必要性が軽減される。これはプロンプトにとっても、物流経費削減の観点からいえば、大きなメリットがあるんじゃありませんか」

「確かに、お前の言うことにも一理ある。だがな、連中だって馬鹿《ばか》じゃない。これは俺の推測だが、トナーはともかくとして、PPCに関して言えば、見込み配送をやっているんじゃないかと思うんだ」

「見込み配送？」

「プロンプトがこのビジネスを始めてから、十年以上経《た》っている。客の発注頻度《オーダーフリクエンシー》を摑《つか》むのには充分過ぎるくらいの時間が経っている」

「なるほど。そろそろ紙が切れかける頃合いを、過去のオーダー実績から把握し、発注前に事前補充しておくということもできるというわけですね」

「もちろん、精度は低いが、当たらずとも遠からずといった程度のサービスは現行のままでも維持できる。それにもう一つ。プロンプトは組む相手として魅力に欠ける上に、危険性があることも考慮に入れておかなきゃならねえ」

「プロンプトは通販業界で断トツの一位ですよ。魅力がないうえに、危険だなんてわけが分かりません」

果たして吉野が想像していた通りの問い掛けが返ってきた。

「一つは、プロンプトがなぜ、我々のようなナショナルネットワークを持っている運送業者を使っていないかだ。その理由はお前も良く知っているな。言ってみろ」

プロンプトのビジネススキームについて、詳細なレポートを上げてきたのは立川だ。その中には、もちろんプロンプトの配送についても詳細な記述があった。

「ええ。彼らが使っている運送会社は、地方の中小の運送会社ばかりです。最大の理由は我が社のようなナショナルネットワークを持っている大手業者は、確かに全国の配送拠点数は多い反面、特定地域に限定してみると、むしろ中小の運送業者の拠点数のほうが多い。それに大手は、全国一律料金でしか商談に応じないが、中小は地域の業者を競合させることで、配送料金を低く抑えることができる……それが最大の理由です」

「その通りだ。正直言って、ウチのような大組織では、地方の中小のように小回りは利《き》かない。料金を下げるにしても限度というものがある。それに、こんな機械をプロンプトに持って行ってみろ。相手は年商一千億を超える会社だぞ。アイデアをパクられて、自社で同様の機械を開発されちまわないとも限らない」

「すると、狙《ねら》いは」

「バディだ」

「バディ？　あそこは業界四位か五位の弱小ですよ」

「そこが狙い目だ。元々、バディもプロンプトも文具メーカーが母体という点においては同じだ。かつてはむしろバディの親会社の方がシェアを占めていた。それがなぜ、今はプロンプトが圧倒的シェアを占めるに至ったと思う」

「それは、プロンプトが従来の問屋、小売りという流通をぶち壊し、いち早く独自の流通構造を立ち上げた……からじゃないでしょうか」

立川は自信なげなか細い声を漏らした。

「そうだ。こうした新しいビジネスというものは、最初に起業し成功したところが、優位に立つのはどんなビジネスでも同じだ。後発である我が社が、今では年商七千五百億の運送会社にのし上がったのも、セールスドライバーという独自の制度を生みだしたからだ。バディは従来の流通にこだわり、文具宅配というビジネスに完全に出遅れてしまった。こいつを覆《くつがえ》すためには、他社に真似《まね》のできない魅力的なサービスで挑むしか、シェア奪回のチャンスはない。バディなら、絶対この案に飛びついてくる」

吉野は断言してみせたが、本心は少しばかり違うところにあった。もちろん業界第一位の座にあるプロンプトのビジネスは大きな魅力である。PHSを内蔵したコピーカウンターを装着することで、当日配送の必要性が軽減されれば、物流コストは激減する。プロンプトにとっても、魅力的な話には違いない。しかし、トップ企業の基盤をさらに強固なものにするのは面白味に欠ける。

誰もが不可能だ、と思っていることを実現してみせる。それも自分の才覚一つでだ。それこそがビジネスの醍醐味《だいごみ》であり、周囲に有無を言わさぬ能力の証明になる。

「いいか」吉野は続けた。「この新しいカウンターを一旦《いったん》バディの客先のコピー機に取り付けてしまいさえすれば、PPCのオーダーは自動的にバディに流れるようになる。トナーも紙も切れることはない。在庫管理は全《すべ》てバディにお任せ下さい。これは顧客への絶大な売り文句になる。当然文具のオーダーもバディに流れるようになるだろう。一つの通販会社から同時に仕入れることができるものを、わざわざ二つに分ける客はいやしないからな。ましてや、この両者が販売しているその他の文具に価格差はない。どちらから買っても同じとなれば尚更《なおさら》のことだ」

立川は、目をしばたかせながら、何かに取り憑《つ》かれたかのようにまくし立てる吉野の話に聞き入っていたが、

「あのう」

何か思いついたと見えて、遠慮がちな声で切り出した。

「確かに、バディにとって、シェア奪回の手だてとしては、魅力的に映るでしょうが、配送料金はどうするのです。たとえ、当日配送の必要性が軽減されたとしても、我が社の出せる料金は、到底地場の運送業者にはかなわないと思いますが……」

「お前も、やっとまともにものを考えられるようになったな」

吉野はにやりと笑うと、傍らの椅子《いす》を顎《あご》で差し、そこに座るよう命じた。

「確かにバディと手を組むにしても、最大の問題は、ウチの儲《もう》けをどう確保するかだ。どんなにいいアイデアでも、儲からなきゃ意味ねえからな。俺が描いた絵の中でも、そこが最も頭を痛めた点だった。客先までオーダーされた商品を運ぶとなれば、当然物量は増すが、現場のセールスドライバーに大変な負荷がかかる」

吉野は立川に顔を近づけると、続けた。

「お前ウチのセールスドライバーの評価基準を知ってるか」

「ざっとのところは……」

「何だ。頼りねえやつだな。お前、現場を見たんだろ。セールスドライバーの評価は、集荷数で決まる。配送数はカウントされない。同業他社のデータでは、配送車の料金の中でドライバーの残業代が占める割合は四〇％と言われるが、ウチの場合残業代はつかない。そんなところに、配送荷物だけが増えたんじゃ、ドライバーの間から文句が出るに決まっている。お前、全国にコピー機が何台あるか知っているか」

「確かコピーとプリンターの複合機、もちろんカラーコピー機を含めてですが、約三百六十万台あると言われています」

「それがコピーカウンターの潜在マーケットになるわけだが、そのことごとくが毎日PPCの補充を必要としているわけじゃない。多分、多く見積もっても、その〇・一％もないだろう」

「それにしても大変な数です。それに他のオフィスサプライが加われば……」

「プロンプトのオーダーは一日約八万件。ピーク時には三〇から四〇％アップする」

「どこからそんなデータを仕入れたのです」

立川が目を丸くして問い返してきた。

「蛇《じゃ》の道は蛇《へび》。調べる気になればいくらでも手はあるんだ。もう少しお前が一人前の働きができるようになったら、そのノウハウを教えてやるよ」

人材流動の激しい時代である。ましてや吉野の年齢は、まさにリストラの対象にされる真っただ中にある。大手の総合商社に長年勤務していたとなれば、この時代においても、給与が下がることを覚悟すれば全く次の職場が見つからないというわけではない。上り調子にある企業、特に歴史が浅い企業は、大企業が長年培《つちか》ってきたノウハウを必要としているところも少なくない。

吉野はかつて勤務していた東亜物産からプロンプトに転じた人間を探し出し、当たり障《さわ》りの無い程度に話を聞き出していた。銀座の寿司屋《すしや》を自腹で支払ったのは痛かったが、それだけの価値はあった。

「顧客数は、ざっと二百万だというから、日に四％の客がオーダーを入れてくる計算になる」

「しかし大変なオーダー数ですね。物量だって相当なもんでしょう」

初めて数字を知った立川が、呻《うめ》いた。

「プロンプトはこれを全国六ヶ所に置いた物流センターから商品を発送している。これだけの物量があるとなれば、客が密集している地方の都市部ではおそらく地元の中小業者に配送を頼めば、一軒当たりの配送費はお前が調べた通り、百円台でも受ける業者はいるだろう」

「ウチが太刀打ちできる料金じゃありませんね」立川は、自分の調査レポートを持ち出されて、些《いささ》か気が緩んだのか、「そう言えば、現場に行った時に、プロンプトの物量に目をつけ、配送をウチでやれないかって考えていた男がいましたよ。確か蓬萊《ほうらい》とか言ったかな……」

ぽつりと漏らした。

「何だその蓬萊ってのは」

「いや、現場のセールスドライバーなんですがね」

立川は蓬萊と交した会話をかいつまんで説明した。

「セールスドライバーにそんなことを考えていたやつがいたのか。確かにお前が言う通り、彼らが開発した客先の配送実績を成績に反映するのは無理がある。それに配送費は到底地場の運送業者とは比較にならないのも事実だ」

吉野が珍しく、自分の意見に同意したことに意を強くしたらしい立川は、

「だからそんなことは無理だと言っておきましたがね」

鼻の穴を膨らませた。

「じゃあ、お前、俺がどこで儲けようとしてるか、分かってんのか」

吉野はじろりと立川を睨《にら》みつけると、いきなり質問を浴びせかけた。

「えっ……それは……」

立川が答えに詰まった。

「お前はセールスドライバーにも劣るのか。その蓬萊ってやつの考えは、確かに思いつきの範囲は出ないが、問題意識を持ち、自分でビジネスチャンスを摑もうとする意思があるだけお前よりはマシだ。確かに、お前の言う通り、ウチが最後まで配送を受け持てば、大したビジネスにはならんが、中間部分だけなら話は違ってくる」

立川が「えっ」という眼差《まなざ》しを向けて訊《き》いた。

「それ、どういう意味です」

「いいか、一日八万もあるオーダーを毎日六ヶ所の拠点に補充するとなれば、凄《すご》い量になる。倉庫間の移動の部分を請け負ったとしても、四億を稼ぎ出すことは不可能じゃない」

「それじゃ、狙いは倉庫間転送ですか」

「俺がプロンプトを捨てて、バディに目をつけた理由の一つはそこにある。バディの商圏は、いまだ関東、中部、それに関西の三エリアしかない。もしも本気でプロンプトに追いつこうとすれば、商圏も拡大しなければならない。当然、倉庫間転送の物量も上がる」

「しかし、それには時間が必要です。バディが物流拠点を設けようにも、土地を取得して、施設を建設しなければなりません。投資額だって、莫大《ばくだい》なものになります」

「そうかな」吉野はニヤリと笑うと、

「何で、全国各地に物流拠点を持たなきゃならねえんだ」

「それは……」

立川が口籠《くちごも》った。

「当日配送の必要がなくなり、サービスを翌日配送に一本化できれば、本州の拠点は関東に集約できる。もっとも四国・九州にも同レベルのサービスを提供するとなれば、関西にも置かなきゃならねえが、それを考えても残るは北海道ぐらいのものだろう」

「理論上はそうなりますが……」

「理論上じゃない。現にウチはそういうサービスをしてるじゃないか」

「じゃあ、その先、つまり客先の配送はどうするんです。さっき部長が言った通り、ウチのセールスドライバーの評価は、幾ら荷物を集荷したかで決まるんですよ。配送貨物が増えても負担になるだけで彼らにしてみれば、何の得にもなりませんよ」

「実際の客先への配送は、他社にさせればいい」

いとも簡単に言い放った吉野の言葉に、立川は毒気を抜かれた顔で、

「他社に？」

ぽかんと口を開けた。

「街を走り回っているトラックが、全て一日中荷物を積んでフル稼働《かどう》していると思うか」

「どういうことです」

「業種によって、稼働時間に格差があるということだよ。まだ分からねえか」

「はあ……そう言われましても……」

「じゃあ、訊くが、新聞を配送しているトラックは一日中街の中を走り回っているか。パン屋はどうだ。いずれも、早朝、一番に荷物を届けてしまえば、後は車を寝かしているだけだ。にもかかわらず運送会社は、ドライバーに一日分の給料を支払っている」

「なるほど、一日フルだろうが、限られた時間だろうが、どっちにしても一日分のチャーター費を支払わなけりゃならない。そういうトラックを安く使うんですね」

　吉野は肯《うなず》くと、

「仕組みはこうだ。ＰＨＳのついたコピーカウンターは、間違いなく紙とトナーの当日配送を減らす。これを武器にしてバディに食い込む。バディは、出荷に当たって、ウチの送り状に配送コードをつけた荷札を荷物に貼《は》り付ける。もちろん仕分けはバディで行なう。それをウチの路線便がバディの配送センターからピックアップする。貨物は翌朝には日本各地のウチの配送拠点《デポ》に到着する。通常荷物の出荷は、朝の九時には終了している。そこに到着するのが、他社の空きトラックというわけだ」

立川は心底感心した態で吉野を見詰めていたが、

「しかし、そう簡単に、新聞配送やパン屋のトラックが調達できるもんですかね」

「それは、たとえばの話として言っただけだ。実際のところ新聞屋のトラックは夕刊を配達しなけりゃならねえ。パン屋は食品を扱うものだ。衛生には気を遣うだろうから、そこに埃《ほこり》に塗《まみ》れた荷物を積むなんて言ったら難色を示すだろうさ。要は、世の中には時間によって、一日なんぼで借りていても稼働していないトラックが山ほどあるっていうことだ。同じ料金を払って、あたらトラックを眠らせておくくらいなら、半日二万やそこらを出せば、喜んで仕事を引き受ける会社は必ずあるってことさ」

吉野はそう言い放つと、ねめつけるような眼差しで、立川を見た。次の言葉を察したものか、今まで熱心に話に聞き入っていた立川が身構えた。

「ま、まさか……それを僕に探せって……」

「大分勘が働くようになったじゃないか。まあ、今のところお前以外に部下はいないんだから当り前だけどな」

立川が泣きそうな顔で、下を向いた。

「ここまで、案を煮詰めることができたのは、お前のレポートがあってのことだ。正直言って、つい三ヶ月前までは、お前の評価は最低ランクだったが、今回の仕事は一応平均レベルに達していることは認めてやる。だがな、評価は通年で決まるもんだ。三振ばっかりしているバッターだって、バットを振り回していりゃあ、たまにはヒットを打つことだってある。もう一踏ん張りしてみろよ。お前も男なら意地を見せてみろよ」

「あのう……」

立川が、僅《わず》かに小首を傾《かし》げながら低い声を上げた。

「何だよ」

「仮に、配送車の目処《めど》がついたとしてもですよ。コピーカウンターのセールスは、誰がやるんですか。まさかうちのセールスドライバーに……」

「お前、自分で書いたプロンプトのビジネススキームについてのレポートの内容を忘れたのか」

少しは見どころが出てきたかと思っていた矢先にこれだ。やはりまだ負け犬根性は払拭《ふっしょく》されてはいないのだ、と内心で溜息《ためいき》をつきながらも、

「文具通販では顧客を開発して来るのは、代理店の役目だろう。与信から債権管理まで代理店が行う。そうだったな」

吉野は嚙《か》んで含めるように話しながらも、最初に立川が上げてきたプロンプトのビジネススキームのレポートを一読した際に、驚愕《きょうがく》の念を禁じえなかったことを思い出した。

オフィスサプライの流通に一大革命をもたらしたプロンプトについては、数多くの書籍が刊行されている。当然吉野も手当たり次第に書籍を読破し、充分に研究したつもり

だった。しかし、いずれの書籍もプロンプト成功の最大の要因は、問屋をスキップして流通コストを削減した、いわば顧客の視点に立ったビジネスモデルを構築したということに終始していた。しかし、立川のレポートを読んで、それはある一面しか見ていない分析に基づいたものだという考えを吉野は抱いた。

プロンプト成功の最大の理由——。それは代理店という存在だ。吉野はそう確信したのだ。

代理店の役割といえば通常特定メーカーの商品を専門に扱い、オーダーを受注し販売することにある。ところが、プロンプトの場合は少しニュアンスが違って、代理店の最大の役割を、新規顧客の開発と代金回収に置いていた。通販を行う上で最も大きな問題は客の与信管理と代金決済だ。何しろ直接売り手と買い手が顔を合わせることなく取引を行うのだ。代金回収の義務を負わなければならないとなれば、当然リスクを避けるために、身元のはっきりとした所にセールスをかけるのは自然の成り行きというものだ。つまり売り込みに行くことイコール、取りっぱぐれのないところという構図が成り立ち、その時点でプロンプトは通販において最も厄介な与信管理を行わなくて済むということになる。

オーダーは、客からプロンプトに直接入り、商品もまたプロンプトから直接客の下に届けられる。その時点で代理店に売りが立ち、決済日には、商品毎《ごと》に予《あらかじ》め決められた利《り》鞘《ざや》を抜いた金額が代理店からプロンプトに振り込まれる。もちろん集金や債権管理は代理店の責務である。

物流と金の流れが完全に役割分担されているのだ。

プロンプトの代理店はエリア制を取り、その数は全国でおよそ千四百。しかも八五％が街の文具店である。文具店にしてみれば、従来の顧客をプロンプトに回すことになるのだが、一体なぜそんなことができるのか。

さすがの吉野も理解に苦しんだがこの流れが読めた段階で、全《すべ》ての点で納得がいった。そして唸《うな》った。

売上が上がれば上がるほど、代理店には金が入り込む。一旦《いったん》間違いのない客先を開発してしまいさえすれば、後は商品を仕入れる必要もなければ、営業努力をする必要もない。

ましてや在庫は全てプロンプト任せ。膨大な商品を取り揃《そろ》えておく必要もない。利幅は少なくなっても、トータルではむしろプラスに転ずることは間違いないだろう。

文句を垂れる人間がいるとすればただ一つ、これまで小売店からの注文を受けることで、中間マージンを抜いてきた問屋ぐらいのものだ。しかし彼らがいくら文句を言ったところで、プロンプトには屁《へ》でもない。そもそもこのビジネススキームは彼らの存在を無視しなければ成り立ちはしないからだ。

「それで……部長……」

「まだ何かあるのか」

さすがに吉野は苛立《いらだ》った声を上げた。

「コピーカウンターの設置がうまくいったとしても、そのコストは誰が持つんですか。設置は……」

「お前、本当につまらねえところには頭が回るな。その後ろ向きな考えはどこから出てくんだ。日本にどれだけのコピー機があるか忘れたのか。どこにこの試作品の作成を頼んだと思ってるんだ」吉野はあからさまに溜息をついてみせると、「いいか、全国には三百六十万台ものコピー機があるんだぞ。仮に三〇%の機械にカウンターがついたとしてみろ、百万台は軽く超す。それだけの数が量産できるとなれば、コストなんてたかが知れている。プロンプトのシェアを奪い取ることができるとなれば、バディが負担したとしても安い投資だろうさ。その後の商売で立派に元は取れる。設置だって、こいつを開発した電器メーカーの販売店は日本中どこにでもあるんだ。そいつらに任せればいいことじゃねえか」

「わ、分かりました。それで、空きトラックを抱えている業種の調査はいつまでに……」

「アサップ！　毎度のことだ。お前、俺の下で働いて一体何ヶ月経《た》つと思ってるんだ、いい加減にしろ！　殴るぞ」

立川は、怒気を含んだ吉野の声に震え上がり、首をがくがくと上下させた。

ブラインドが開けられると、薄暗かった会議室の中に、午後の日差しが流れ込んできた。

小一時間ほどの間、熱弁を振るったせいで、酷《ひど》い喉《のど》の渇きを覚えた。

パワーポイントを使っていた手を止め、吉野は席についた。冷めたコーヒーに口を付けながら、席順に並べておいた名刺を見た。

「なかなか面白いお話ですな」

会議室には三人の男がいた。最初に口を開いたのは、バディの物流部長を務める勝部《かつべ》良二《りょうじ》だった。残りの二人は、物流部運輸課長の鬼沢充史《おにざわまさし》とマーケティング部長の藤崎昌宏《ふじさきまさひろ》である。

最初のプレゼンテーションであるにもかかわらず、これだけの面子《メンツ》が揃ったのは、ナショナルネットワークを持つスバル運輸の新規事業開発部部長直々の申し出ということもあったに違いない。つまり看板の力というやつだ。だが、それにも増して、『御社のマーケットシェアを拡大する話をしたい』という、セールストークがあったからだ、と吉野は信じていた。

勝部は吉野が予め渡しておいたパワーポイントのハードコピーに目をやりながら、

「コピーカウンターに通信機能を持たせ、予めシステムに入れておいた補充点に達した時点で、自動的にPPCやトナーを配送する。意表をつくと言いますか、我々が考えもしなかったアイデアではありますな」

しかし言葉とは裏腹に、勝部の目にはどこか眠たげで、あまり気乗りのしない様子が窺《うかが》い知れた。

「確かに、吉野さんのお話は、我々の業界ではスタンダードになっている当日配送を無くすにもかかわらず、サービスレベルを落とすことなく、むしろお客さんのためになるという点では、逆転の発想といいますか、魅《ひ》かれるものがあるのは事実です」藤崎が勝部の言葉を継いで続けた。「当日配送のニーズは主にご指摘のOA機器に集中していま す。しかしね吉野さん。新たに開発したカウンターの導入によって当日配送の必要性が解消されるとは言っても、お客さんは、サービスの低下と取るんじゃないでしょうか」

予想された反応だった。誰も考えつかなかった新形態のビジネスを持ち出すと、最初に返ってくるのはネガティブな言葉と相場は決まっている。それは何もこの連中に限ったことではない。今はスバル運輸に多大な利益をもたらしている朝一番に荷物を届けるエクスプレス、日本全国の主要都市、及びその周辺地域に航空便との複合輸送で当日配送を行うスーパー・エクスプレスを提案した時だって、似たような反応が返ってきたものだった。

「今、藤崎部長は、当日配送を止《や》め、翌日配送に一本化することがお客様にとってはサービスの低下と映ると言われましたが、それでは一つお聞きいたします。お客様は御社を使う最大のメリットは何だと考えているのでしょうか」

「それは、街の文具屋で購入するよりも、はるかに安い価格で同じ商品を購入できること。しかもオフィスまで商品を届けてくれること……」

「つまり、価格と宅配という二点が最大の魅力と分析なさっているわけですね」

「もちろん、その中には当日配送をしてくれる、という点も含まれているがね」

「藤崎部長は当日配送とおっしゃいますが、御社に限らず、プロンプトにしても当日配送には受注が午前十一時までという制限があります。オフィスでの仕事を考えてみて下さい。業務が始って僅か二時間の間に、急に文具が必要となるケースがどれだけありますか。しかも当日配送といっても、発注から一時間、二時間の間に届くわけじゃありません。当日中。正確に言えば午後五時、ないしは六時までには届くということを確約しているだけじゃありませんか。つまり終業間際《まぎわ》、ほとんどのケースにおいては、事実上、翌日の早い時間に届けばいい。そういうことになりませんか」

「それは、お客さんの意向調査をしてみたわけではないから、何とも言えんが」

「それでは、業界第一位のプロンプトが、当日配送をしているから、対抗上御社も同様のサービスをしているというわけですね」

「サービスレベルの低下は、そのままお客さんを逃がすことになる。それにプロンプトはユーザーフレンドリーであることを謳《うた》い文句にして業績を伸ばしてきたんだ。当日配送もまた、顧客のニーズがあって始められたサービスですからね」

やはり思った通りだ。少なくともバディの当日配送は確たる戦略があって、始められたわけではない。

後発の会社が同じ土俵で勝負を挑もうとすれば、先発の会社と同等、もしくはそれ以上のサービスを行わなければならないという思いにどうしても捕われてしまうものだ。

「話を戻しましょう」

吉野は立ち上がると、PCの前に立ち、新たな画面を立ち上げた。スクリーンにパワーポイントの画像が投影された。ここから先の資料は彼らの手元には配布していない。

一番若い鬼沢がすかさず立ち上がると、ブラインドを閉めた。

「これは、当日配送を行っている企業の庫内オペレーションのタイムテーブルです。これが御社の場合に当てはまるかどうかは分かりませんが、一般論としてお聞き下さい」

三人の顔が、一斉にスクリーンに向いたところで吉野は切り出した。

「通常、庫内作業は翌日配送分の出荷作業から始ります。物量によって時間は異なるでしょうが、作業は遅くとも二時間以内には終わらせなければなりません。朝一番の配送車の出発と同時に、今度は当日配送の出荷作業が始まる。これは配送車が戻って来る前に済ませておかないと、その日のうちに受注した荷物はお客様の元へは届きません。従って、庫内作業員も配送車も、九時五時、いやもっと長い時間フル稼働《かどう》させなければなりません」

「実際その通りですよ。庫内作業員も配送車も一日中フル稼働しています。そうした点から言えば、無駄のないオペレーションをやっていると思いますがね」

鬼沢が初めて口を開いた。

「そうでしょうか。これは、当日配送を止め、翌日配送一本に絞った場合の庫内作業のスケジュールです」

吉野はPCのキーを叩《たた》いた。スクリーンに新たな画像が先のものと対比する形で現れた。

「鬼沢さん。ただいま庫内作業は、朝から晩まで、フル稼働しているとおっしゃいましたが、作業員は御社の正社員が行っているのですか」

「いいえ、パート、というか派遣社員です」

「そうでしょうね」吉野は肯《うなず》くと、「このスケジュールを対比してみれば分かることですが、当日配送を止め、翌日配送一本に絞れば、庫内作業は朝の出荷作業だけで済みます。つまりその後は、出荷されて空になったストックロケーションに補充する作業だけでいいことになる。もちろん、そこでもパート作業員は必要になりますが、それでも午前中一杯をみておけば事は足りるでしょう」

「庫内作業のコストが半分になると？」

「おそらくそれ以下でしょう。午後は各メーカーから搬入される商品の荷受けと保管作業だけに費やせばいいのです。最もこれはケース、もしくはパレット単位での受け入れがメインになるでしょうから、フォークリフトが運転できる作業員が必要ですが」

「まあ、確かに理屈の上ではそうなるがね」

「理屈の上の話ではありません。翌日配送一本に絞っているアメリカの配送センターでは当たり前のオペレーションですよ」吉野は、口の端に笑みを宿すと、さらりと受け流し更に続けた。「当日配送を止めることによって生じるメリットは、これだけではありません。配送が日に一回で済めば、積載効率が上がり、それは直ちに配送車の台数の削減に繋《つな》がります。鬼沢さん、失礼ですが、これまで、当日配送を行う上で、顧客一軒あたりの配送コストの分析を行ったことはおありですか」

鬼沢は押し黙り、目をせわしなく動かした。

これもまた思った通りだった。物流のプロを気取っていても、専属車を使用している会社の担当者に限って、用車のコストが妥当と思われる範囲で収まっていればそれで良しとする人間が多い。一オーダー当たりのコストといっても、一台が一日何軒の配送を行ったか。用車代金を配送軒数で割ったものをコストと考えているものだ。

「間接コストが削減できれば、商品価格を現行以下に下げることも可能になるのではありませんか。つまり文具通販をやっている、同業他社のどこよりも、安く提供できることにはなりませんか」

「しかしね、吉野さん。お客さんは、十一時までにオーダーを入れれば、当日注文した品を受け取ることができる。すでにそういうものだと思い込んでいるんだ。止めることはできないよ。それに、削減できたコストを価格に反映させると言っても、どれだけのものになるか……」

勝部が困惑した声を上げた。

「経営者はどう思うでしょうね」

えっ、というような顔をして三人の視線が吉野に集中した。

「なぜ、文具通販がこれだけ急速に企業の間に普及したか。最近では、中小企業だけでなく、名だたる大手企業も、従来の出入りの業者を切り、文具通販に購入先を乗り換えている。それは会社の方針として、文具通販を使え。そういう指示があったからではありませんか。たかが、五円や十円ということなかれです。零細企業はともかく、そこそこの規模の会社で使用されるオフィスサプライは膨大な量になります。金額だってそれ相応のものになる。全社で億という額を使っている企業だってあるでしょう。一%安くなったら、百万円からの金が浮く。それも仕入れ先を変えるだけでですよ。商売で百万の純利を得ようとすれば、どれだけの物を売らなければならないか。それで心を動かされない経営者がいるでしょうか」

会議室は静まり返った。勝部は腕組みをして何事か考えているようだったが、その目には先ほどまでの眠さはない。その気配を見て取った吉野はここぞとばかりに押した。

「はっきりと申し上げます。プロンプトが持っている圧倒的シェアを奪回するためには、同じサービスをしていては駄目です。追随する形でビジネスを展開していけば、その差は開くばかりです。何よりも優先して考えなければならないのは、差別化です。当日配送が必要というのは、単なる思い込みです。本気でプロンプトに追いつけ追い越せを目指すのなら、御社は独自の戦略を以《もっ》て立ち向かわないことには勝機は永遠に訪れないでしょう」

「吉野さん」勝部が口を開いた。「あんたの話は分かった。確かにウチのビジネスは先行しているプロンプトの牙城《がじょう》を崩せずに苦しい戦いを強いられている。同じ文具メーカーを母体としていながら、ＰＰＣ一つとっても、この五年で取り扱い高は半減している。これを挽回《ばんかい》するには、今の形でビジネスを展開していては到底不可能だろう。あなたがプレゼンしてくれたコピーカウンターは、確かに大きな武器になるとは思う。コストが下がれば、浮いた金を値引きという形で商品に反映させることも可能だろう。しかし問題は、このプランを実行に移そうとすれば、それなりの投資が必要だということだ。少なくとも、オーダーエントリーシステムは新たに構築しなければならない。それと、肝心のカウンターはどうするつもりなのだ。お客さんに負担して貰《もら》うのか、それとも我が社で持つのか……」

「勝部部長。新たなビジネスを立ち上げるためには、いや新しい商流を生みだそうとすれば、それなりの投資は必要です。カウンターを入れてしまえば、PPCやトナーのオーダーは黙っていても入ってきます。更に言えば、同一分野の商品を購入するのに支払い口座が増えるのは避けたいと思うのが企業の常と言うものです。他の商品の購入も必ずやバディに一本化されるでしょう」

「まさか、コピーカウンターの購入を我が社が負担しろと……」

「かつて、PPCやトナーをコピー機メーカーが独占していた時代、役所のコピー機入札に一円で応じた販売会社がありました。一旦《いったん》、機械を入れてさえしまえば、消耗品で儲《もう》けられるというわけです。これは投資です。プロンプトのシェアを奪い、事業を拡大するためのね」

「いったいその機械は幾らするものなんだ」

「それはどれほどの台数を生産するかによります。現行のコピーカウンターの価格は、メーカー販売価格で六万から十万……」

「PHSが内蔵されているとなれば、もう少し価格は上がるんだろうし……」勝部は天井を見上げると、「第一、そのコピーカウンターはどのメーカーのどんな機種にも対応できるのかね」

「コピー機メーカーの公式見解では、純正品しか設置できないということですが、一番性能がいいものをつければ、他社のものでも使用可能です。すでにテストで検証しております」

吉野は断言した。

「君の言う話を聞いていると、ネガティブな材料はことごとく否定されてしまうようだね」勝部は苦笑交じりの声で言うと、一転して真顔になり、「それで、スバルはどこで儲けるつもりなんだ。まさか翌日配送にサービスを一本化した暁には、配送は全《すべ》てスバルに任せてくれなんてことを言い出すんじゃないだろうね」

「それは無理な条件ですよ、吉野さん。それじゃあなたの勧めに従って、庫内作業や配送コストを削減しても、逆に足が出てしまう。何しろ御社の料金体系は、全国一律。それじゃ割が合わない」

鬼沢が口元を歪《ゆが》めながら言った。

「私が望むものは、各地にある配送拠点《デポ》への転送貨物。それを我が社に独占させていただきたい。それだけです。そこから先の配送に関しては別案があります」

吉野は再びＰＣのキーを叩くと、新たな画面をスクリーンに映し出した。


「どうでした、今日のプレゼン」

オフィスに戻ると、待ち構えていたように立川が訊《たず》ねてきた。

吉野は、片隅に置かれたロッカーに上着をしまうと、

「まあ、最初のプレゼンだからな。こっちが撒《ま》いた寄せ餌《え》の匂《にお》いを獲物は確かに認識した……そんなところだろう」

席に腰を下ろしながら言った。

「それじゃ、部長が期待したような反応をバディは示さなかったのですか」

微《かす》かだが立川の顔に、不安とも失望とも取れる色が浮かんだ。

「何しろ内容が内容だからな。俺のプレゼンを聞いて即座に反応して来るような連中だったら、今頃バディはプロンプトと業界第一位の座を争っているに決まってる。連中がこれまでやって来たことと言えば、プロンプトのビジネスモデルをただ踏襲してきただけだ。考えもしなかった提案を突きつけられて、戸惑うことはあっても、すぐに乗ってくるわけがない。まあ、予想された反応だ」

「そうですか……」

立川は、呟《つぶや》くように言うと肩を落とした。

「だがな、がっかりすることはねえぞ。連中が、こちらのプロポーザルを真剣に考えなければならないよう、楔《くさび》を打ち込んできたからな」

吉野はポケットから、煙草《たばこ》を取り出すと、火を点《とも》し煙を吐いた。

「部長、オフィスは禁煙ですよ」

さっと周囲に視線を走らせながら、立川が咎《とが》めた。

「気にするな、灰皿ならここにある」吉野は机の引き出しを開けると、携帯式の灰皿を取り出した。「それに、ここにいるのはお前と、岡本さんの二人だ。パーティションに遮られて他の奴等《やつら》には分かりゃしねえ」

「そりゃそうでしょうけど、臭《にお》いはしますよ」

「殴るぞ、このやろう」

「す、すいません。で、楔ってどんな」

遠慮がちに立川が訊ねてきたが、吉野はすぐに答えずに、目を細めながら、二度三度と煙草をふかした。ニコチンが血流に乗って、全身を駆け巡っていく。ようやく、人心地がついたところで、

「もしも、こちらのプロポーザルを蹴《け》るのなら、この話はプロンプトに持って行く。そ

う言ったのさ」

「プロンプトに？　本気ですか」

「まさか。そんなつもりはねえよ。ブラフだ」吉野は笑いと共に煙を吐き出すと続けた。「連中にこちらのプロポーザルを本気で検討させるための方便だよ。もしも、俺が開発したコピーカウンターをプロンプトが手にすれば、彼らのビジネス基盤は今にも増して強固なものになる。そうなれば、もはやバディがシェアを奪回するのは不可能だ。大変な打撃になる。さすがにあの一言は効果があった。連中の目の色が変わったからな」

「そんなこと言ったんですか」立川が目をむいた。「まるで恫喝《どうかつ》ですね」

恫喝――。確かにその言葉は当たっているかも知れない、と吉野は思った。

ビジネスをものにするためには、相手にとって魅力的な提案をすることはもちろん大切だが、相手の痛いところを突くのもまた手段の一つだ。そしてこの二つが融合したプロポーザルほど強大な威力を発揮するものはない。

「いずれにしても、これでバディはこちらのプロポーザルを無下に断るわけに行かなくなったことは確かだ。コピーカウンターの件はもちろん、新しいシステム構築についても、真剣に考えざるを得ないだろう」

「結論が出るまでどれほどの時間がかかるものでしょうか」

「それは分からない。こちらのプロポーザルを呑《の》むことは、現行のバディのビジネススキーム、つまり受注システム、配送拠点《デポ》と、事実上彼らの事業の多くの部分を根底から見直すことに繋がるんだからな。投資の額も莫大《ばくだい》なものになる大プロジェクトだ。いや、企業生命を賭《か》けた大勝負になる。投資額やそれに伴うキャッシュフローの試算は不可欠だ。もちろんそうした数字を弾《はじ》き出すに当たっては、今後の業績見通しについて、少なくとも十年スパンで考えなければならない。その数字に関しては、当然営業のコミットメントを取り付けなければならなくなる」

「どういうことです。もっと噛《か》み砕いて説明していただけませんか」

立川が、小首を傾《かし》げながら訊ねてきた。

「莫大な投資を要するプロジェクトにゴーサインが出るか否《いな》かは、投下した資金がどれだけの期間で回収でき、プラスに転じるかが鍵《かぎ》になる。当然その期間は早ければ早いほどいいに決まっている。ここまではいいな？」

「はい」

「投下した資金を回収し、プラスに転ずるターニングポイントを算出するためには、ビジネススキームを変更することによって、営業成績がどれほど上がるか、その試算のいかんにかかってくる。つまり現行の事業形態を変えることで業績が上がり、短期間で収益が上がるということが、営業見通しの点からも実証されればこのプロジェクトはやる意味があるということになる」

「すると、たとえ今回プレゼンを行ったバディの連中が、プロポーザルに理解を示したとしても、営業部が納得しなければ、ものにならないということもあるわけですね」

「そうだ。今回のプランを実現するためには、乗り越えなければならないハードルは幾つもある。今日プレゼンをしたスタッフ部門の連中に、提案を理解させることは大前提でしかない。それが終われば、今度は営業部だ」

「しかし、営業の人間にしてみれば、多大な投資を認めることは、自分に過大なノルマを課すことと同義語ですよ」

「どんな会社にもノルマはある。それが前年比マイナスになることは決してあり得ない。常にプラスの数字を要求される。それが企業というものだ」

「しかし、気の遠くなりそうな話ですね。部長のお話を聞いていると、我々に課されたノルマが達成できるのはどれほど先のことになるか……」

　立川は落胆の色を隠さず、視線を落とした。

「俺がそんな馬鹿《ばか》な男だと思うか」吉野はにやりと笑うと続けた。「一旦、バディが乗り気になれば、それなりの金は入って来るさ」

「どういうことです」

「最終的にプロジェクトを実施するかしないかは別として、現状分析とフィージビリティ・スタディ、つまりプランが実行可能かどうかの検証は絶対にやらなければならないだろうからな。俺が睨《にら》んだところでは、今のバディの物流部にはこれほどの大仕事をこなせる人材はいない。つまりだ、一度こちらのプロポーザルを実現に向けて検討しようとするだけでも、外部のコンサルティング会社、それもプロ中のプロの集団の助けが必要になるはずだ」

立川はますます理由《わけ》が分からないという表情で吉野を見た。

「まだ分からねえか。SIS――スバル情報システムズをコンサルタントにつけるんだよ」

「なるほど、SISですか。あそこなら、物流を熟知した人間がごろごろしている」

スバル情報システムズは、その名の示す通り、物流全般に亘《わた》るコンピュータシステムを開発するスバル運輸の関連子会社である。しかし、単にシステムを構築するといっても、プログラムを書いてそれで終わりというものではない。実際にシステムを作り上げるためには、顧客の物流の全てを分析することが必須《ひっす》の条件となる。扱う物量、品目数、オーダー数や頻度、顧客のロケーション、特殊要件……。それも最低でも過去数年に亘ってだ。

「バディが前向きな姿勢を示し、動き始めればしめたものだ。現状分析だけでも、いま抱えているスタッフでは手に余る。外部の手助けなしには、何年かかってもやりおおせるものじゃない。もっとも、プロンプトなら話は別だろうがな」

「部長がプロンプトを避け、バディに目をつけたのは、そうした狙《ねら》いもあったのですね」

「あたりまえだ。オール・オア・ナッシングを覚悟の営業なんて、能無しのやることだ。たとえ百パーセントの目的は達成されなくとも、何かしらの成果はひっ摑《つか》んでくる。それが営業だ」吉野は短くなった煙草を携帯灰皿の中に放り込むと、「コピーカウンターからの情報をオーダーエントリーシステムが受け、それを自動的に庫内オペレーションシステムに繫《つな》げる。更には会計システムにまで流れるようにしようとすれば、事実上社内システムを新たに構築するのと同じことになる。コンサルティングの仕事を受注できれば、実際のシステム構築も自然とこちらに流れ込んでくる。それだけでも四億なんて売上は簡単に達成できちまうさ。それだけじゃない」

「まだあるんですか」

「お前、バディのオペレーションも分析したよな。それでも気がつかなかったか」

「何を……です？」

　立川の声がかぼそくなった。

「プロンプトは倉庫の運営を自社で行っているが、バディは外部委託だ。つまり仮にこの話をプロンプトに持って行って、連中が乗り気になったとしても、そう簡単に現行のオペレーションを変えるわけには行かねえ。その点バディは別だ。ずっと自由が利《き》く。

今後の話の展開によっては、倉庫間転送やシステム構築どころか庫内オペレーション業務までをも取れる可能性があるということだ」

「それを、バディには話したのですか」

「立川よ」吉野は机の上に肘《ひじ》をつき、体を乗り出した。「客も女も同じだ。最初からこっちの手の内を全て明かしたんじゃ、獲物は逃げる。今回のプレゼンは寄せ餌だ。それに獲物が興味を示したら、次の餌《えさ》を撒く。それも満腹にならねえ程度にな。そして本当の餌に食いついた時に、一気に釣り上げる。料理をするのはそれからだ。じっくりと時間をかけてな」

「凄《すご》い……そこまで考えていたんですか……やっぱり……」

譫言《うわごと》のように呟きかけたところで、立川はハッとした様子で慌《あわ》てて口を噤《つぐ》んだ。

「手にした獲物は骨までしゃぶり尽くす。ピラニアのような奴だと言いたいんだろう」

「いや、決してそういうわけじゃ……」

「まあいい」吉野は鼻を鳴らすと、

「とにかく、バディは今回のプロポーザルを真剣に検討しなければならなくなった。これで最初のプレゼンは良しとすべきだ。社内の合意までには時間はかかるだろうが、この提案を呑まなければ、バディは永遠に業界第四位の地位に甘んじなければならないどころか、業績はじり貧、行着く先は見えている。プロンプトにはそれだけの力があるし、両社の業績の差はもはや埋めがたいところに来ているのは連中だって百も承知だ。そして、一旦《いったん》ＳＩＳをコンサルティング会社とした段階で、バディの内情は丸裸になる。全《すべ》ての情報は、こちらの手の中に転がり込むというわけだ」

「もしも、フィージビリティ・スタディの段階で、バディがプロジェクトを断念したら……」

「このプランが理解できなかった……それだけの会社だったと諦《あきら》めて、別の会社を探せばいい。獲物としてはバディが最適には違いないが、何も文具通販をやっている会社はあそこばかりじゃない。他にも、プロンプトのシェアを奪回しようと、必死になっている会社はある。バディで一度経験を積めば、現状分析にかかる時間と手間は大幅に削減できる。次のフェーズのフィージビリティ・スタディは、そのままバディで使ったものが応用できる。こちらのコストは一度目よりも二度目の方が低くなるが、コンサルティングの報酬は同額は取れる。つまり確実に利幅は増すというわけだ」

「なるほど」立川は心底感心した様子で唸《うな》ったが、「いずれにしても、問題は営業の人間がプランに対してどういう反応をみせるか、ですね」

「まあ、そういうことだ」吉野は身を起こし、背もたれに体を預けると、「営業畑を歩いてきた俺がこんなことを言うのも変な話だが、営業の人間というのは、今課されているノルマをどう達成するか。それに追われて、二年、三年先のことなんか考えられやしねえもんだ。ましてや新しいビジネススキームに沿ってビジネスを展開した場合、どうなるかなんてことは想像すらできない。それはウチの会社だって同じことだがな」

これまで吉野が新規のビジネスを立ち上げる度に、同僚から猛烈な反発を受けてきたことを立川は知っている。彼は何も言わなかった。

「だがな、その目先しか見えない連中の目を、手を伸ばせば届くところにある未開の地に転じさせるのもまた、営業マンの仕事だ」吉野はきっと立川の目を見据えると、「規模の大小にかかわらず、商売に楽なものなんかありゃしねえ。寝てて転がり込んで来るビジネスもなければ、額に汗することなくものにできるビジネスもな。もがき苦しみ、血反吐《へど》を吐くような思いをした先にしか、成功はないんだ。だがな、これだけは言っておく。苦しみの果てに自分が描いた絵が現実のものとなった時に覚える快感、達成感……。こいつは何物にも代えがたい。俺はあの瞬間を味わうための苦労なら、どんなことでもするさ」

立川に言ったつもりはなかった。自らの決意を確固たるものにするために言ったのだ。

このビジネスをものにするためには、この先幾多の困難が待ち受けていることは百も承知している。だが、ここで挫《くじ》けてしまえば、これからの自分の将来において、これほど大きな絵を描けるチャンスは二度と訪れない。そんな予感があった。ゴールとなる頂は遥《はる》か彼方《かなた》にあり、自分はまだそのとば口にいるに過ぎない。

吉野は椅子《いす》を回転させると、目の前に立ちつくしていた立川に背を向け、日が暮れ始めた窓の外を眺めながら、その言葉を何度も胸の中で繰り返した。

＊

配送車に取り付けられている無線機から男の声が流れた。

「全車待機。繰り返す、指示があるまで全車待機。以上」

思わず舌打ちが漏れた。蓬莱は、左のウインカーを点滅させ、配送車を路肩に寄せた。後続の車が次々に傍らを通り過ぎて行く。エンジンを切るとエアコンが停り、車内の空気の流れが止まった。早朝からこの時間まで、一日中受け持ち地区を駆けずり回り、たっぷりと汗を吸ったシャツから汗の臭《にお》いが漂ってきた。シートに身を預けると、弛緩《しかん》した筋肉の間から、蓄積した疲労が滲《にじ》み出てくる。メーターパネルの時計に目をやると、時刻は午後八時になろうとしていた。本来ならば、配送センターに到着し、荷台に満載した貨物の荷降ろしを始めている時間だった。

全車待機の指示が下された理由は一つしかない。全国から続々と到着する大型トラックの荷降ろしが、配送センターの処理能力を超えてしまったのだ。こうした状況は、物量が飛躍的に増大する盆暮れの繁忙期には良く起こるものらしいが、何かの拍子で荷物が集中したり、途中の道路事情次第ではまま起こることだった。何しろ、スバル運輸が扱う貨物量は、全国で一日平均三十万個からある。そのうち三分の一の十万個は関東地区の基幹店である東京地区配送センターを経由する。例えば大阪から山梨に向けて出荷された貨物は、積み込み地から仕向け地へは直接輸送されない。一旦、東京地区配送センターへ集められ、全国から山梨に向けて発送される荷物と共に運ばれる仕組みになっていた。

こうなると、じたばたしたところでどうなるものでもない。すでに到着しているトラックの荷降ろしが終わり、待機の指示が解除されるまでここでじっと待つ以外、何もすることがなかった。

窓ガラスを開けると、排気ガスの臭いに混じって、六月の生暖かい大気が車内に流れ込んできた。傍らの歩道に植えられた銀杏《いちょう》の木には、青々とした葉が繁《しげ》っている。

そうか、もうこの仕事を始めて半年になるのか……。

改めて思い返してみると、月日がこれほど早く過ぎ去っていくのを感じたことはなかった。

野球漬けの日々を送っていた時代も、年間のスケジュールは決まっていたが、淡々とそれをこなすだけだった。しかし、オフには基礎体力作りのトレーニング、春になればユニフォームを着て、白球を握った。そして試合に追われる日々……。季節によってやることにも変化があった。

セールスドライバーになってからは配送に集荷と、毎日同じことの繰り返し。単調極まりない日々の方が何倍も時が経《た》つのを早く感じることに、蓬莱は不思議な思いに捕われた。

ふと視線を転じた先に、大手電器メーカーのロゴが入った看板が、夜の闇《やみ》の中に灯《とも》っているのが目に入った。この時間になっても、店は開いてはいたが、中に客の気配はない。

そういえば、長いこと実家の誰とも話をしていなかったことを蓬莱は思い出した。

携帯電話を取り出して、番号を押した。発信音の後に呼び出し音が鳴った。

「はい、蓬莱電器です」

三つ違いの兄、晋介《しんすけ》の声が聞えた。

「ああ、兄さん。俺、秀樹」

「秀樹か。久しぶりだな。どうだ元気でやってるか」

「元気だよ。毎日朝から晩まで馬車馬のようにこき使われているけど……でも大分仕事にも慣れた」

「大変なんだってな、スバル運輸のセールスドライバーって。藍子ちゃんが時々電話でお前の様子は教えてくれるんで、仕事のことは聞いてるよ」

「毎日出勤は、始発電車、寮に帰れるのは早くとも十一時。へたをすりゃ泊まり込みさ」

「泊まり？　配送センターに宿泊施設なんてあるのかよ」

「そんなものありゃしないよ。終電に間に合わなきゃ、車の中で寝るんだ。それなら次の日に遅刻しなくて済むだろう」

「そりゃあ、きついな」晋介は、いささか呆《あき》れた口調で言うと、「じゃあ今日はこんな早い時間に電話を掛けられたところを見ると、いつもより早く仕事が終わったんだな」

「いや、そうじゃないんだ。今待機中なんだ」

「待機？　こんな時間にか」

　驚きの声を上げる晋介に、蓬莱は事情を話して聞かせると、

「この分じゃ、待機が解除されるのはいつになるか分からない。へたすりゃ終電に間に合わなくなって、今夜は配送車の中で寝ることになるかも知れない」

「聞きしに勝るハードな会社だな。労働基準法なんて端《はな》から無視かよ。そんなこととしてたんじゃ、過労死する人間だって出るんじゃないのか」

「人並み外れた体力以外にこれと言った取り柄のない俺のような人間に、高い給料を払うのは、それなりの理由があるってことさ」

「すまんな。ウチの商売が順調なら、お前にもそんな苦労をさせることもなかったろう

が……」

晋介の声が沈んだ。

詫《わ》びを言わなければならないのは、自分の方だと蓬莱は思った。

野球漬けの日々を過ごしていた頃は、家族が揃《そろ》って顔を合わせるのは元日ぐらいのものだったろう。それでも蓬莱が顔を出すと、日頃の不義理を詰《なじ》るわけでもなく、家族の誰もが温かく迎えてくれたものだった。母はお節《せち》の入ったお重とは別に大好物の鳥の唐揚げを山と作り、父は発泡酒を呷《あお》りながら、いかに蓬莱が近所の評判になっているか、ということを繰り返し口にした。その傍らには、これまでの活躍が報じられた新聞や雑誌のスクラップが並べられ、テレビの脇《わき》には甲子園での試合や、実業団に入ってからスポーツニュースで流れた蓬莱の姿を録画したビデオが山と積まれていた。

いつだったか母が含み笑いをしながら言ったことがある。

「お父さん、店で飾ってあるテレビには、いつもあのビデオを流してるんだよ。もうテープも随分と傷《いた》んで、これじゃ画質の良さを謳《うた》い文句にしていても、お客さんには分からないって言ってるんだけどね」

父にとって、蓬莱は自慢の息子だった。年を重ねる毎《ごと》に、業績が悪化していく中にあっても、家族の中から明るさが失われなかったのは、東京リンクスとの密約があったからだ。そして思惑が外れた今となってみれば、家族の中で最も大きな影響を受けたのは晋介だったかも知れない、という思いが蓬莱の中には常にあった。高校を卒業すると、東京にある私立大学の電気工学科に進んだ晋介は、野球一筋に打ち込んできた蓬莱とは違って、成績も良く、いずれは名のある会社の研究職に就きたいという夢があった。父にしても、先の見えない電器店の経営は自分の代で終わりだ。そんなふうに考えていたと思う。だが、高校野球で活躍し、リンクスからの破格の契約金に加え、大きな商いを貰《もら》える目処《めど》が立つと、状況は一変した。リンクスとの密約が実現すれば、労せずして大きな商いが転がり込む。蓬莱がプロの世界で活躍すれば、店も繁盛《はんじょう》するだろう。また従業員を抱えて余りあるほどに店は活気を取り戻すかもしれない。そんな未来が待ち受けているというのに、店を自分の代で閉めるのはもったいない。もちろん父はあからさまにそんなことを口にしたりはしなかったが、晋介は大学を卒業すると、研究者の道を捨て、親の気持ちを汲《く》んで店を継ぐことになったのだった。

それゆえに、晋介の詫びの言葉は蓬莱の胸に棘《いばら》のように突き刺さる。

「商売、どうなのさ」

答えは分かりきっていたが、それでもやはり気になるのは家業のことだ。蓬莱は訊《たず》ねた。

「正直言ってさっぱりだ。値の張る家電製品は、全然動かない。新製品を揃えようにも、前に仕入れた商品が捌《さば》けねえ。大口の客は量販店に持って行かれるばかりで、売れるのは電球とか、電池とか……細々とした消耗品ばかりだ。今年ももうすぐ半年を過ぎるけど、前年比で一割近く売り上げが落ちている。じり貧だよ」

「そんなに酷《ひど》いの」

「ああ……このところ今までそれなりの量を買って貰っていた企業からのオーダーがめっきり減っちまってな」

「何でさ。それも量販店に持って行かれるようになったのかい」

「そうじゃないんだ。頼みの綱だった客の多くが文具通販から電化製品を買うようになっちまったんだよ」

「文具通販って、プロンプトとかのことかい」

「そうなんだ。こんなものが出てくるとは思ってもみなかった。最初は文具通販が何で電化製品を扱っているんだと不思議でしょうがなかったんだが、カタログを見せてもらって驚いたよ。あの会社、文具どころか、電球や蛍光灯、果てはカセットテープとか電池、フロッピー、とにかくウチで売っている商品は全《すべ》て扱っているんだ。しかも価格はウチより安いと来てる。オフィスで使うペンやノート、コピー用紙と一緒に購入すれば、手間は一度で済む。それに元々ウチと取引があった会社なんて、規模は知れている。総務なんてセクションはありゃしねえからな。蛍光灯の取り換えは、ウチがサービスでやっていたんだが、そんなものは素人《しろうと》だってできる。となれば、少しでも安い方から買おうって気になるのも無理のない話さ」

　晋介が吐く重い溜息《ためいき》が聞えて来た。

「それに当日配送もするんだろう」

「お前、良く知ってるな」

「客先で良くプロンプトの配送とかち合うことがあってさ。それで、お客さんからカタログを貰ったことがあるもんでね。仕組みは大体知っているよ。だけどまさかウチの商売まで、文具通販の影響を受けているとは思ってもみなかった」

「何も企業ばかりじゃないんだぜ。近所の商店にしてもさ、棚やショーケースに使う蛍光灯やレジ、電話まで文具通販を使うようになっちまった」

「兄さん、店は大丈夫なのか」

　実家の商売がかろうじて成り立っているのは、近所の商店や、古くからある中小企業が長年の付き合いを大事にしてくれていたからだ。固定客に仕入れ先を変更されてしまうのは、まさに死活問題以外の何物でもない。

「確かに経営は楽じゃないが、今すぐどうこうというわけじゃない。この辺りも、昔に比べれば大分都市化が進んで新しい人間が増えて来たが、逆に古くから住んでいる人間は年寄りばかりになっているからな。電球の取り換えもできなけりゃ、量販店に行く足のない人も少なくないんだ。そんな人たちにとっては、電話一本で電球を取り換えに来てくれたり、カタログ片手に時間を掛けて商品説明をして使い方まで懇切丁寧に教えてくれる、ウチのような店は有り難い存在なのさ」

「なるほどねえ。老人マーケットか。確かに、これから高齢者は増えるというし……」

「ただなあ……」晋介の声のトーンが変わった。「高齢者市場というのは、これから大きなマーケットになるというのは誰でも知っていることだからな。それこそ、一般家庭を対象にした文具通販のようなサービスをどこかの大手企業が始めないとも限らない」

「大丈夫だよ。文具通販だって、電球の取り換えや、家電製品の設置なんてできやしないんだから。ましてや購入後のアフターケアなんてものは大手量販店だってできやしないよ」

「そうは思うけどな……」

その時、無線機から再び男の声が流れた。

「待機中の全車へ。待機解除、繰り返す待機解除、全車直ちに配送センターへ……」

「兄さん、仕事だ。これからセンターへ行って、荷降ろしをしなけりゃならない。また電話する」

「たまには顔を見せろよ。親父《おやじ》もお袋も心配している」

「ああ、近々……それじゃ……」

蓬莱は電話を切ると、エンジンを掛け、センターに向かって車を走らせた。

待機していた配送車が殺到したせいで、蓬莱が荷降ろしを終え、全ての作業が終了したのは午前一時になろうとする頃だった。終電にはとても間に合わない。寮に戻る手段はただ一つ、タクシーを使うしかなかった。船橋にある寮まではこの時間でも三十分は掛かる。遅い夕食を取り、風呂《ふろ》に入れば、三時を回ってしまうだろう。それでは睡眠時間は二時間ほどしか取れないことになる。

蓬莱は、寮に帰ることを諦《あきら》め、今夜は配送車の運転席で眠ることにした。泊まり込みに備えて、タオルケットは更衣室のロッカーに入れてある。

更衣室に向かおうと、事務棟の階段を上がりかけたところで、

「蓬莱君」

背後から呼び止める声が聞えた。振り返ると、そこにセンター長の稲泉《いないずみ》がいた。

「あれ、まだお帰りじゃなかったんですか」

「これほど皆が必死で働いている時に、俺が帰れるもんか」

おそらく先頭に立って、作業を手伝っていたのだろう。稲泉が着ている半袖《はんそで》のワイシャツは腋《わき》の下から肩にかけて汗が滲《にじ》み、下着の線が露《あらわ》になっている。

「確か稲泉さん、自宅は取手でしたよね」

「ああ、これから帰っても、着替えを済ませに戻るようなもんだからな。今夜は事務所

で泊まりだ」稲泉は額の汗をハンカチで拭《ぬぐ》うと、「君はどうするんだ。寮に戻るのか」と訊ねてきた。

「いいえ、今日は車の中で眠ります」

「飯は？」

「まだです」

「それじゃ、ちょっと一杯付き合わないか。ちょうど話があったところだ」

断る理由は何もなかった。蓬萊は稲泉とともに、東陽町の駅の傍に出ている屋台に向かった。

赤提灯《あかちょうちん》の灯《とも》る屋台に人はいなかった。二人はビールとつまみに焼豚を注文すると、粗末な丸椅子《まるいす》に並んで腰を下ろした。

「僕に話って何です」

早々に蓬萊は訊ねた。

「いや、悪い話じゃない。むしろいい話だ。まあ飲め」

二人の前に、缶ビールが置かれた。どちらからともなく、それを目の高さに掲げ、口を付けた。冷えたビールが喉《のど》を通り、胃の中で弾《はじ》けた。きつい労働の後のビールは格別の味だった。キュッと締まった胃から、たった今送り込んだ液体が絞り出されるかのように目が潤《うる》んだ。

「蓬莱君。喜べ。君の半期の成績が評価されたぞ」

「はあ？」

稲泉の言っていることの意味が分からず、蓬莱は間の抜けた返事をした。

「我が社のセールスドライバーに課せられたノルマ。どれだけのものかは知っているな」

「ええ、対前年比一一〇％がノルマです」

「君は、セールスドライバーになってから、まだ半年だが、一度も前任者の前年同月比を下回っていないどころか、この三月ばかりは、一三〇％を維持している。これだけの短期間で、ノルマの二〇％プラスを達成した新人は君が初めてだ」

「そうなんですか」

正直なところ、蓬莱の頭からはノルマの数字はすっかり欠落していた。少しでも多くの荷物を貰う。頭の中にあったのはただその一つ。そのために知恵を絞り、全精力を注ぎ込んで来たに過ぎない。「何だ、その気のない返事は」稲泉は言葉と裏腹ににやっと笑い、どんと一つ、蓬莱の背中を叩《たた》くと続けた。

「これはな、大変なことなんだぞ。どの会社も、一個でも多く荷物を貰おうと必死になっている中で、一〇％アップのノルマを達成することは、正直言ってかなりきつい。なのに君は、三〇％も多く荷物を取ってきた」

「給料、上がるんですか」

「ああ、もちろんだ。もっとも、これは通年を通してノルマを達成できた場合という条件がつくが」

稲泉は、一気に残りのビールを喉に流し込むと、

「だがな、スバル運輸のポリシーは信賞必罰。半期毎に優秀なセールスドライバーを表彰する制度がある。君の実績は全国でトップだ。選ばれたんだよ。表彰対象者にな」

「僕がですか？」

「ああ。表彰は来月本社で行われる。社長の手から表彰状と金一封が手渡される。君はそれを受けるだけの働きをしたんだ。行って来い。胸を張って行って来い」

稲泉は、狐《きつね》につままれたような表情を浮かべる蓬莱を目を細めて見ると、やがて大声を出して笑った。

＊

応接室には険悪な空気が流れていた。

テーブルを挟んだソファには、吉野に向きあう形で二人の男が難しい顔をして座っている。

「吉野部長。ただいまのご説明で、大まかな状況は把握できました」

年嵩《としかさ》の男が重い口を開いた。長妻明良《ながつまあきよし》。家電業界第五位のフロンティア電器の第三営業部の部長だった。

「しかしですね、御社のご要望に従って、我が社がPHSを内蔵したコピーカウンターの開発に取りかかってすでに半年。その間に試作品を制作し、現在ではゴーサインが出れば、いつでも完成品を量産できるところにまで来ています。ところが、いつになってもその指示が出ない。それどころか、販路については未《いま》だ交渉中というお返事しかいただけないと聞いております」

長妻は、隣に座る部下にちらりと視線を走らせると、咎《とが》めるような口調で言った。

吉野との交渉担当になっていた高森《たかもり》が、長妻の後を継いだ。第三営業部・東部営業課課長――。彼の肩書きが吉野の脳裏に浮かんだ。

「一体、どういうことなのです。最初にこの話を伺った際には、すでに売り込み先は決まっていて、こちらの開発が終了すれば、最低でも二十万台からの需要が見込める、そうおっしゃいましたよね。だからこそ、我が社も技術者を動員してカウンターの開発をトップ・プライオリティーで進めてきたのですよ」

彼の言葉には、明らかに責任を回避しようとする意図が見て取れた。無理もない。フロンティア電器にしても、これまで一度たりとも開発に着手したことのない製品を新たに開発しようとすれば、それなりの社内手続きを踏まなければならない。それを吉野が最初にコンタクトしてから試作品ができ上がるまで僅《わず》か三ヶ月。これほどの短期間で事が進んだのは、最初に彼と面談した際に手渡した、詳細な市場調査レポートとビジネスプランがあったからだ。おまけに、それには新製品導入までのタイムスケジュールまで添えてあった。もしも事が吉野の思惑通りに進んでいたなら、すでにフロンティア電器は、量産に取りかかる準備を本格的に始めていなければならない時期だった。

にもかかわらず、吉野の口からゴーサインは一向に出ない。このままの状況で事態が推移すれば、社内で高森が責任を負わされるのは目に見えている。

「吉野さん。この際ですからはっきりと申し上げます」高森は前置きをすると、「ご要望のカウンターの制作など、従来品の改造程度で済むとお考えでしたら、それは大きな間違いですよ。御社から要求されたスペックは、現在稼働《かどう》しているどこのメーカーのコピー機にも対応可能なものをということでした。開発に着手するに当たっては、機能の分析から始まって、全《すべ》てのメーカーの機種に接続しても、間違いなく稼働するか。PHSから発信される電波は確実に中継拠点に届くか。それに際して制限はないか。部品の調達はどこから行うか。本体の大きさは、コストはどれほどのものになるか……。それを技術者が一つ一つ検証し、設計部門や資材調達部門にフィードバックする。膨大な労力が掛かっているのです。それに掛かったコストだって馬鹿《ばか》になりません」

「承知してます……」

吉野は、「失礼」と断りを入れると、煙草《たばこ》に火を点《とも》し、ソファに体をもたせ掛け、傲《ごう》慢《まん》とも取れる姿勢を取った。二人の男があからさまに不快な表情を浮かべたが、吉野は構わず続けた。

「確かに、スケジュールに遅れが出ていることは事実です。本来ならば、新型カウンターの製造が始っていなければならない時期に来ていることは充分承知しています」

「しかし、現実には、正式なオーダーをする目処《めど》は立っていない」

「そうじゃ、ありません」吉野は短い息と共に煙を吐いた。「PHSを内蔵したカウンターの導入に関しては、交渉相手になっている文具通販の会社も乗り気になっています」

「だったら、なぜ、この時点になっても、ゴーサインが出ないのです。一体どこの会社と交渉をしているのですか」

高森が嚙《か》みつかんばかりの形相で身を乗りだした。

「それをお教えすることはできません」

鰾膠《にべ》もない言葉に、二人は一瞬啞然《あぜん》とした表情を浮かべたが、吉野は構わず続けた。

「一つだけ申し上げれば、業界第一位のプロンプトではないとだけお答えしておきましょう」

「プロンプトではない？　なぜです。私もあなたが持ち込んだ企画書を読ませていただきましたが、実際のところ、このカウンターが市場に導入されれば、文具通販の市場に一大革命をもたらす、そう考えました。だからこそ、このプランを実現すべく、社内の根回しを行ったのです。プロンプトは文具通販の市場では圧倒的なシェアを誇るトップ企業です。そこを狙《ねら》わずして、どうして最低でも二十万台の普及が見込めるというのです」

長妻が怪訝《けげん》な表情を露にして問い掛けて来た。

「プロンプトのビジネススキームはすでに確立されたものです。これまでの商売の中で培《つちか》ってきたノウハウだってある。彼らにとっては、このカウンターを導入することは、それを根底から覆《くつがえ》すことになります。現状に何の不満も覚えていない会社にとっては到底魅力的な製品とは映らないでしょうからね」

「それでは、業界下位の企業を相手に交渉なさっていると」

「その通りです。ですから、少しばかり決定に時間がかかっているのです」

吉野は深く肯《うなず》くと、吸いかけたばかりの煙草を灰皿に擦《こす》り付けた。指先に焼けるような熱を感じた。自信満々の態を装《よそお》っていても、やはり内心に覚える焦《あせ》りと動揺は仕草のどこかに出てしまう。

本当のところを言えば、バディとの交渉は、難航を極めていた。確かにバディの担当は、吉野の提案に対して多大な興味を示すようになってはいたが、問題は営業部だった。予想された反応だったが、明日のノルマに追われる営業マンは、これまでのセールスの手法を根底から覆すような改革は望まない。商売のルールが変わるとなれば、それを顧客に説明し納得させるのは営業の仕事になる。かといって、新システムが稼働する間、ノルマの達成が軽減されるわけでもない。そして新システム導入に伴う投資を一刻も早く回収するよう、更に大きなノルマが自分たちに課せられるのは目に見えている。

会社が成長するよりも、今の収入と地位が約束されることの方がよほど楽でいい。金を稼いで来るのも会社を支えているのも俺たちだ、と社内を肩で風切って歩いている営業マンといっても、一皮剝《む》けば、保身に汲々《きゅうきゅう》としているただのサラリーマンが大方だろう。それもまた会社の常というものだ。

さらに、もう一つの問題は、吉野が提案した、実際に顧客に商品を届ける配送車の手当てが、一向に目処が立たないという点にあった。限られた時間しか稼働していない専属車……。発想自体は、決して悪くはないのだが、これがいざ探してみると中々見つからない。立川も、必死になって使えそうな業界を当たってはいたが、これはいけるかも知れないと思っても、返ってくる返事はネガティブなものばかりだった。

目指す頂がすぐ目の前にあっても、暴風に晒《さら》され、頂上に辿《たど》り着けない。そんな膠着《こうちゃく》状態が続いていた。

何か、一つでいい。必要なのは決定打だ。

吉野は、それを見つけるべく苦しんでいた。

「いいですか」そんな内心をおくびにも出さず吉野はぐいと身を乗り出した。「このカウンターについては、私が交渉しているクライアントも、真剣に導入を検討しています。ただ、一旦《いったん》導入を決めてしまえば、商売の仕方はもちろん、オーダーエントリー、入出荷、会計といった数々のシステム、それに配送拠点、現行の業務に関わる全てを根底から見直さなければならなくなる。まさに大手術を余儀なくされるのです。当然、それ相応の投資も必要になる。だからこそ、あらゆるシミュレーションを行うために、時間がかかっているのです。大丈夫です。結論はそう遠くないうちに出ます。絶対この製品はものになります」

「吉野部長が、そうおっしゃるのなら、多分その通りなのでしょう」長妻は、吉野の勢いに一瞬戸惑いの表情を浮かべたが、「しかし、我々としては、そう長い時間待つことはできませんよ」

一転して腹を括《くく》ったような言葉を投げ掛けてきた。

「と、おっしゃいますと」

「部長が、どこの会社と交渉なさっているかは、これ以上訊《たず》ねないことにしましょう。ですが、我々にも事業計画というものがある。この話が持ち込まれたのは二月。本年度の事業計画の立案に追われている最中のことでした。当然、カウンターの製造販売もその中に盛り込まれています。あと二ヶ月少しで、中間決算が行われる。その時点で、もし、このプランに何らかの進展が見られない時には、我々としては当面この話を凍結せざるを得ませんな」

「一旦、凍結ということになれば、たとえその直後に正式なオーダーが入ったとしても、すぐに製品を製造することは不可能です。金型の製造、部品の調達、製造ラインの確保というものは、一朝一夕に行きませんからね」

長妻の言葉を継いで、高森が念を押すように言った。

「分かりました」

「それから、もう一つ。この際ですから、吉野部長にお願いがあります」

改まった口調で長妻が言った。

「何でしょう」

「契約書を取り交わさせていただきたい」

「契約書？」

考えもしなかった申し出に思わず問い返した吉野に向かって、

「このカウンターの開発には、すでに八千万円からの開発費がかかっています。もしも、プラン通りにこのビジネスが運ばなかった場合、少なくともこれまでに掛かった経費は御社で負担していただきたい」

背筋に汗が滲《にじ》み出る感触があった。困ったことになったと思った。コピーカウンターの開発はもちろん、バディとの交渉も、全て吉野の独断で進めてきたことで、社内では立川を除いて知るものは他にいない。八千万円にも上る契約を交わすとなれば当然社長の決裁を仰がなければならない。いやそれ以前に、稟議書《りんぎしょ》を回し、上司や関係各署の承認を仰ぐのがルールだ。いかにプランが間違っていなくとも、これまで隠密裏《おんみつり》に独断で進めてきた、それが公《おおやけ》になれば、無事でいられるわけがない。ただでさえ、体よく今のセクションに追いやられ、無茶なノルマを課せられているのだ。行着く先は目に見えている。首だ。それも下手をすれば懲戒解雇ということにもなりかねない。

内心の動揺を抑えながらも、吉野は二人を見据えながら必死に笑いを浮かべた。強《こわ》ばった頬を広げ、剝《む》き出しになった歯の間に煙草を押し込み、火を点した。

短い沈黙があった。

「いいでしょう！」吉野は肺一杯に吸い込んだ煙を吐き出すと決然と言い放った。「これはビジネスです。会社対会社のね。もし、我が社がこの計画に失敗すれば、御社に対して、これまで掛かった開発費を支払う。理に適《かな》ったことです。ただし、このプランが期限までに動き始めたら、ただちに御社はカウンターの製造に取りかかる。こちらの要求を全て満たした製品をね。それを契約書に明記していただきますよ」

二人を見送った吉野は、ファイルを片手に席に戻った。フロアのあちらこちらで鳴り響く電話の音や、それに応対する女子社員の声も、どこか遠くに聞える。足が重かった。これまでに経験したことのない酷《ひど》い疲労を覚えた。ようやく席に辿り着いた吉野は、窓《まど》際《ぎわ》に置かれた椅子《いす》にどさりと身を投げ出した。いつもと違う雰囲気を察したのか、岡本が怪訝な視線を向けてきたが、それも気にならなかった。立川は外に出掛けているのか席は空いたままだ。

長妻は契約書の雛形《ひながた》をすでに準備しているのだろうか。もし、そうなら、一週間以内には、契約書が手渡される筈《はず》だ。それを受け取ったからと言って、即座に行動に出るわけにはいかない。だが、彼だってサラリーマンだ。契約書に代表印が押されるまでのプロセスは熟知している筈だ。稟議書が回る。その前に、根回しが必要だということも知っているだろう。会社によっては、一月かそこらかかることだって珍しくはない。

一月――。その程度の時間は稼げる。その間にバディの営業の連中をその気にさせる案が打ち出せない場合は……。俺は……終わりだ……。

畜生！　ようやくここまで漕《こ》ぎ着けたというのに。もう頂上は見えているというのに……。

次の瞬間、吉野は、手にしていたファイルを机に叩《たた》きつけていた。表面を覆《おお》っていた、ガラスにヒビが入った。岡本が、驚愕《きょうがく》した目を向けるのが分かった。

「すまない……」

吉野は詫《わ》びの言葉を呟《つぶや》くと、視線を落とした。その先に、一枚の紙があった。

『優秀セールスドライバー表彰式の件』

ゴシックで書かれたタイトルが目に入った。セールスドライバーは、スバル運輸においては最前線で身を粉にして働き、会社の糧《かて》を稼ぎ出して来る何物にも代えがたい存在と位置づけられていた。年に二度行われる表彰式には部課長以上の役職にある人間の出席は義務とされている。

くそ！　この大変な時に、こんな儀式に出てる場合か！

吉野は、苛立《いらだ》ちと焦りをぶつけるように、その紙をひっ摑《つか》むと、固く握り締めた拳《こぶし》の中でくしゃくしゃに握り潰《つぶ》したい衝動に駆られた。その目に『蓬莱秀樹《ほうらいひでき》』の名前が飛び込んできた。

蓬莱――。どこかで聞いたことがある名前だ。

記憶を探る吉野の脳裏に、かつての立川との会話が浮かんできた。

立川にプロンプトとのビジネスをウチでやれないかと言ったセールスドライバー――。

確かその男も蓬莱といったな。するとこいつが……。

普通の人間ならば何の興味も覚えず見過ごしてしまうことに、問題意識を持ち、それをビジネスに生かせないかどうかと考えるのは誰にでもできることではない。まさにそれは天賦《てんぷ》の才とも言えるものだ、というのが吉野の持論である。

セールスドライバーに課せられたノルマを達成するどころか、それを遥《はる》かに凌《しの》ぐ実績を残しながらも、高い意識を持つ。そんな人間はそういるものではない。

一度、どんな男なのか見てみたい。

吉野の心に蓬萊に対する興味が急速に頭をもたげてきた。

一週間後、表彰式の会場となった大会議室は、華やかな熱気に包まれていた。

時間ぎりぎりに吉野が会場に入った時には、すでに室内は部課長以上の役職者で埋め尽くされていた。

正面の壁には『優秀セールスドライバー表彰式』と書かれた看板があり、その下にはスバル運輸の社旗が掲げられている。右手には社長以下本社の重役がずらりと並んで腰を下ろし、左手には全国の支店で目覚ましい成績を挙げたセールスドライバーたちが緊張した面持ちで不動の姿勢を取っていた。

どの男たちも真新しいスーツを着用していたが、日頃そんなものとは無縁の日々を送っているせいか、どことなくぎこちなさが漂ってくるようだった。共通しているのは、若さ、短く刈り込んだ頭髪、日に焼けた肌、引き締まった体。吉野の目にはまるでオリンピックのメダリストの戦果報告会であるかのように映った。

式の後はすぐにパーティーとなるのが慣例で、すでにテーブルの上には出前の料理と酒が用意されている。

「それでは、これより平成十六年度上半期、優秀セールスドライバー表彰式を執り行います」

時計の針が午後三時ちょうどを指したところで、司会者が開会を告げた。

「それでは社歌斉唱」

男の合図と共に、役員とセールスドライバーが一斉に立ち上がった。式を仕切る総務部の若手社員がすかさずテープレコーダーのスイッチを入れる。天井からぶら下がったスピーカーから前奏が流れ始めた。

いい歳《とし》をした男たちが、社歌を歌う。いや歌うというよりは絶叫と言ってもいい。スバル運輸に入社した社員は、たとえ事務職であろうとも最初の二週間は伊豆《いず》の研修所でドライバーと同じ厳しい研修と、その後三ヶ月間に亘《わた》って全国に散らばる配送センターでの現場研修が課されることになっている。さすがにハンドルを握ることはなかったが、社是、ドライバー心得、社歌、そしてお客様の心は徹底的に叩き込まれる。中途入社の吉野とてその例外ではなかった。

社歌の旋律を聞く度に、あの屈辱的な研修が脳裏に蘇《よみがえ》る。

全くこの体育会的ノリだけは何とかならないものか、と思うのはいつものことだったが、現場では毎朝これが繰り返されているのだ。そしてスバル運輸では実際に金を稼いでくる人間、つまりセールスドライバーが一番偉い。ましてや今日の主役はその中でも目覚ましい働きをした者たちである。彼らに敬意を表し、表彰式の最初は社歌で始める。それがスバル運輸の決まりだった。

「見よ、暁の空に輝く星、あれぞ我らが希望、スバル……」

旧制高校の応援団でもあるまいし、という馬鹿馬鹿《ばかばか》しさを覚えたが、不貞腐《ふてくさ》れた態度を取るには薹《とう》が立ちすぎている。吉野は周囲の同僚に混じって、声の限りに社歌を絶叫した。

「スバル、スバル、おお永遠の星、スバル運輸」

社歌が終わると、「それでは表彰に先立ち、社長よりご挨拶《あいさつ》をいただきます」

全く新味のない式次第だが、そもそも儀式というものはそんなものだ。

吉野は喉《のど》にひりひりする痛みを覚えながら、社長の言葉を聞いた。ありきたりな賛辞の羅列、もはや時間の無駄とさえ言ってもいい挨拶だが契約書をフロンティアに渡せなければ、来年はこの場所に立つことすらないのだ。吉野は自分の尻《しり》に火がついていることを改めて認識せざるを得なかった。

「では、表彰者をご紹介致します」

司会の言葉とともに、セールスドライバー一人ひとりの所属先と実績が述べられた。

さすがに全国の支店から優秀と折り紙をつけられた者たちである。読み上げられる実績には、目を見張るものがあった。営業の現場でノルマに追われる日々を過ごす身には、彼らがこれだけの実績を残すために、どれほどの努力と過酷な労働に身を窶《やつ》してきたのかは想像するに余りある。そこに思いが至ると、吉野の心は熱くなった。

「次に東京地区配送センター所属、蓬萊秀樹君をご紹介いたします」

五番目の男の名が告げられると、周囲がどよめいた。

「蓬萊って、あの蓬萊か」

「ああ、あの野球部にいた……」

会場のあちらこちらから、そんな囁《ささや》きが漏れた。

それを聞いて吉野は蓬萊の経歴を思い出した。都市対抗野球でスバル運輸が二連覇を果たした最大の立役者。将来を嘱望され、プロ野球の東京リンクスに逆指名で入団するのを目前にしながら、肘《ひじ》を壊して断念せざるを得なかった不運の投手——。立ち上がった蓬萊は、体格がいい男たちの中でも、さすがに身長、体つきも群を抜いていた。

「蓬萊君は、本年一月からの配属であるにもかかわらず、集荷目標の一三〇％を達成いたしました」

壇上の蓬莱は、緊張した面持ちで社長の下に歩み寄ると、賞状と記念品を受け取った。大柄な社長と相対しても、やはりでかい。まるで子供と大人ほどの違いがある。会場が一際《ひときわ》高い拍手で満たされた。気がつくと吉野も手を叩いていた。義理なんかじゃない。体が素直に反応したのだ。職種は違えども、ノルマを常に負わされている身には、数字をクリアすることがどれほど大変なことかは熟知している。スバル運輸のセールスドライバーに課せられるノルマは対前年比一一〇%。それも集荷個数でだ。経験を積んだ熟練者でもそう簡単に達成できる数字ではない。それが配属半年にしてノルマを二〇%も上回った。しかも全国でも最も苛烈《かれつ》な競争を強いられる東京地区でだ。それを考えると感動すら覚える。

いったいこの男は、どうやって新人と言ってもいい期間でこれほどの数字を挙げることができたのだろう。セールスドライバーはただ体力があるだけで務まるものではない。荷主とのコミュニケーション、セールストーク、集金や債権管理と普通の会社なら分業して事にあたるべきことを一人でこなさなければならない。それをやりながら、これだけの実績を挙げるには、彼なりの創意工夫があったはずだ。

正直言って、蓬莱の姿を見、表彰式が済んだ時点で早々に席に戻るつもりだった。フロンティア電器がコピーカウンターの正式契約を持ち出して来てからすでに一週間が経《た》つ。この間、これといった進展もなければ状況を打開するだけの策も見いだせずにいた。

こんな場所で昼酒を飲んでいる場合ではないと思っていたからだ。

だが蓬莱への興味は深まる一方である。このまま会場に残り、言葉を交したとしても十五分やそこらの話だ。それにあの男は、約束されていた道を閉ざされ、絶望の淵《ふち》から這《は》い上がり、これだけの成功を手にしたのだ。きっと何かを持っている。

「それではこれよりパーティーに移りたいと思います。皆さんグラスをお持ち下さい」

司会者が告げると、テーブルの上に置かれたビールの栓が抜かれ、専務の音頭《おんど》で乾杯、そして歓談となった。くつろいだ雰囲気の中を、吉野は蓬莱に歩み寄った。

セールスドライバーとて日頃は全国の配送センターで働いているだけで、皆初対面である。ましてや本社の管理職に知った顔などいるはずもない。蓬莱は、慣れない雰囲気の中でグラスを手にして一人で佇《たたず》んでいた。

「蓬莱君」

吉野は声を掛けると名刺を差し出した。振り向いた蓬莱の顔に、緊張の色が走った。

「本社で新規事業開発部の部長をやっている吉野といいます」

「はい」

いかにも上下関係の厳しい野球部上がりらしく、蓬莱はテーブルの上にグラスを置くと、両手で拝むようにしながら名刺を受け取った。

「そんなに硬くなるなよ。今日の主役は君たちなんだから」

吉野は瓶を持つとビールを勧めた。

「いただきます」

蓬萊は慌《あわ》てた様子でグラス半分ほど飲み、またしても両手で捧《ささ》げ持ったグラスを差しだしてきた。

「君、大したもんだな。配属からまだ半年だというのに、ノルマを二〇%も上回る実績を上げるなんて」吉野はグラスを満たしてやると、「いったいどうやってこれだけの短期間でこんな数字を残すことができたんだ」と訊《き》いた。

「いやあ、そう言われましても……実は私、ノルマのことなんか、頭になかったのです」

「数字は頭になかった?」

意外な答えに吉野は問い返した。

「とにかく、仕事を一日でも早く覚え、一つでも多くの荷物を集めよう。ただそのことに必死だっただけで……」

「しかし、そうは言っても配送をしながら、集荷の数字を上げるのは並大抵のことじゃないよ。他社だって一つでも多くの荷物を取ることに血眼になってるんだ。ましてや交通事情が悪い上に、人間関係を築くのだって難しい東京地区のことだ。何か君なりの工夫があったんだろう」

「そうしたものは一切ないのです。ただ、私は昨年までスバル運輸の野球部におりまして、体力だけには自信がありました。それで一刻も早く荷物を届け、後はできるだけ多く、何度でも客先を回ることを心がけたのです。そのうちお客さんも私の顔を覚えてくれるようになりまして、気がついたらこんな数字になっていたのです」

「なるほど、何度も顔を出せば、お客さんだって情が湧《わ》くだろうからなあ」

「それもやはり私に体力があったからできたんだと思います」

「いや、体力だけじゃないね。仕事に対して高いモチベーションを維持できたからだろうね」吉野はグラスに軽く口をつけると、「失礼だが、君はセールスドライバーになる以前は、プロ入りが約束されていたんだったね」

「もう昔の話です」

蓬萊は微《かす》かに笑った。

「目的を失った、いやもう少しで頂上に手が掛かるところまで登り詰めた人間が、奈落《ならく》の底に落ちるような目に遭えば、普通ならば腐るか、あるいは無駄だと分かっていながらも、夢にしがみつこうとするものだが、君は違った。それはなぜかな」

「確かにプロの道にしがみつこうとは思いましたよ。幼い頃からの夢でしたからね。そう簡単に諦《あきら》め切れるものじゃありませんでした」蓬萊の目は吉野の目を見詰めていたが、どこか遠くを見据えているようでもある。「だけど、私には家庭がありまして……」

「君、その若さで結婚しているのか」

「ええ、二十歳の時に……妻は同い年ですが学生です。それで夢よりも先に、現実問題として金を稼がなきゃならなかったんです」

「ふうん。偉いもんだな。今どきの若いやつなら、親の脛《すね》を齧《かじ》ろうって気になっても不思議じゃないのに」

「齧る脛がなかったんです」蓬莱《ほうらい》はくすりと笑うと、「私の実家は埼玉で電器屋をやってましてね。吉野さんもご存知かと思いますが、小さな電器屋の経営は大変なんです。都市部、地方を問わず、量販店がどんどん進出してきて、高額商品は価格の面では対抗できない。それでも近所の中小企業とか商店には古くからの付き合いがあって、電球や蛍光灯といった消耗品の需要があったんですけど、それも最近では文具通販に切り替えるところが多くて……」

心臓が大きく脈を打った。文具通販……その言葉が吉野の嗅覚《きゅうかく》を刺激した。蓬莱はそんな吉野の様子に気付く素振りもなく続けた。

「商売先なんて限られたもんですよ。電球一つ自分で換えることのできない高齢者家庭がせいぜいです。吉野さん、考えられますか？　電話を貰《もら》って、電球一つを車で配送して付け換えるんですよ。手間暇を考えれば赤の商売です。もっともそうやって顔を出していれば、いつかは高額商品も買って貰える可能性があるからやってるんですが……。

いずれにしても経営が苦しいことに変わりはありません。とても脛なんて齧れませんよ」

拍動が鼓膜を震わせる。脳裏に朧《おぼろ》げな絵が浮かびかける気配がする。吉野は思わず手にしていたグラスの中のビールをがぶりと飲んだ。

「へえ、文具通販が電器屋の商売を侵食しているとは知らなかったな」

「私も、現場で文具通販の配送と出くわすことがよくありますよ。吉野さん、プロンプトってご存知ですか」

「ああ、知っているよ。文具通販では最大手だ」

「私が担当している日本橋小伝馬町界隈《こでんまちょうかいわい》は、大企業よりも中小の問屋が多いのですが、そんな所だって最近ではペンの一本、コピー用紙に至るまで文具通販を利用しているんです。特にプロンプトの箱は至る所で見かけます」

カチリ——。

ビジネスチャンスはさりげない言葉の端に潜んでいるものだ。それを嗅《か》ぎとると頭の中にスイッチが入る音が響く。脳細胞が音をたてて動き始める気配を吉野ははっきりと感じた。

「文具通販が家電店のビジネスを侵食できるんだったら、その逆だってありだろう」

「どういうことです？」

蓬萊が怪訝《けげん》な顔をして問い返してきた。

「考えてみれば、家電店というのはどんな僻地《へきち》の町や村に行っても必ず一軒はあるもんだ。その数と密度は文具屋の比じゃない。こいつをネットワーク化すれば……」

「妻も同じようなことを言っていましたが、それは無理だと思います」

「なぜ、そう断言できる」

これまで丁重な口調で話していた吉野は思わず本性を剝《む》き出しにして迫った。

「いや……この業界には組合というものがあるのですが、これが中々保守的といいますか……ネットワーク化するなんてことはとてもじゃないですが難しいと思いますよ」

「いや、そんなことはない。座して死を待つことを良しとする商売人なんているもんか。銭になると踏めば、飛びついてくるのが商売人だ。それに何も全《すべ》ての家電店をネットワーク化できなくとも、その中の一定数をものにできれば……こいつは面白いことになる」

吉野は脳裏に閃《ひらめ》いたアイデアを検証するように呟《つぶや》いた。

吉野の表情が一変した。酔いのせいなんかじゃない。この男の脳裏で何か閃くものがあったのだ。

蓬萊は俄《にわか》に熱を帯びてきた彼の口調に戸惑いながらも、その瞳《ひとみ》を見詰めた。

吉野の目は忙《せわ》しなく不規則な動きをしている。決断を下す前に脳裏に浮かんだアイデアと現実の狭間《はざま》を行きつ戻りつしながら答えを探る、そんな気配が漂っていた。どこかで見たことがある目だと思った。蓬萊は、遠い記憶の奥底を辿《たど》ってみた。

そうだ、平島《ひらしま》の目だ。かつて野球部にいた三年の間バッテリーを組んだあの男も、サインを出す前には決まってこんな目をしていたっけ。打席に入ったバッターの立ち位置。握りの長さ。構えの具合。体に現れるそんな動きをつぶさに観察し、次に投げさせる球を決めていたものだ。そしてこの目の動きが止り、こちらを見据えた時には――。

「蓬萊君。家電店というのは、配送には車を使うと言ったね」

予期した通り、吉野は視線を合わせると訊《たず》ねてきた。

「もちろん車がないんじゃ話になりませんよ。いくら小さな電器屋でもたまには冷蔵庫やテレビといった大きな商品を運ばなきゃならないことだってあるんですから」

吉野の質問の真意は測りかねたが蓬萊は素直に答えた。

「どんな車を使っているんだ」

「車といいますと」

「車種だよ。ライトバンなのか、軽トラなのか、あるいはワゴン車なのか」

「そりゃあ店によって千差万別だとは思いますが、軽トラかワゴン車を持っているのが普通だと思いますよ」

「稼働率《かどうりつ》はどの程度なのだ」

「そう言われましてもどうお答えしていいのか……。大企業ならそうしたデータを集めるのが当たり前なんでしょうけど、ウチのような小規模店では車を常備しておくのは当たり前といった程度で、そんなことは気にも留めやしませんよ」

「それじゃ質問を変えよう。君の店の場合、車は出払っている場合が多いのか、それとも車庫に停まっている方が多いのか」

「圧倒的に後者でしょうね」

店の車が日頃どれくらいの頻度で使われるか、正確なところは分からないが、車を必要とする商品となればそれなりに値の張るものと相場は決まっている。車の使用頻度はそのまま売上に比例するものだ。店の業績がじり貧なことを考えれば、そう断言しても間違いはないだろう。

「つまり、一日の大半は使用されないまま放置されている。そう考えていいんだね」

「間違いないと思います」

吉野の目が輝いた。

「これも君の店の場合でいいんだが、従業員は何名いるんだ」

「ウチは両親と兄の三名で遣《や》り繰りしています。売上を考えれば、両親だけで済むのでしょうが、今も申し上げた通り、たまには冷蔵庫やテレビといった一人では運べない商品を注文いただくことがありますからね。あんな大きなものを一人で運ぶことは不可能です。かと言ってお客さんの手を借りるわけにもいきません。設置には最低二人は必要になります」

「しかし、配送・設置の間だって店番は必要だよな。まさかその間は店を閉めるわけにはいかないものな」

「ええ、ですから最低三人の従業員がいる。それはウチ程度の規模の店ならどこでも同じだと思いますよ」

「小規模店でも最低三人か……」

吉野はにやりと笑った。

「しかし、最近では大型商品の取り扱いを諦めて、小物だけにアイテムを絞った店も出てきていると聞きます。そうした店では老いた夫婦二人で切り盛りしているんじゃないでしょうか。そうなれば配送車は必要じゃないでしょう。使わない車を抱えていればそれだけでも固定費がかかりますから」

「どちらのケースが多いんだろうね」

「おそらく、三人以上でやっている所が多いとは思いますが……」

「それは君のご実家のように、両親と跡取りでやっているということかね」

「こんなご時世に、じり貧の店を継がせようなんて親はいませんよ」

「だけど、君のご実家は兄さんが働いている」

吉野の問い掛けに蓬莱は一瞬何と答えたものか口を噤《つぐ》んだ。兄だって何も自ら進んで家に入ったわけじゃない。東京リンクスを逆指名することで、球団の親会社である新聞社の販促物の納品を一手に引き受けられる。そんな密約があったからこそ、家業を継ぐことにしたのだ。しかし、約束とはいっても契約書を交したわけじゃない。東京リンクスに対して秘密を守らなければならない義理もない。事実を話して聞かせたところでどうということもないのだが、初対面の男相手に、プロの契約の生臭い話を口にするのは、やはり憚《はばか》られた。

「そうじゃないんです。ウチはともかくとして、大抵の店には切るに切れない従業員を抱えてしまっているケースが多いのだと聞きます」

蓬莱は、一般論を話すことで微妙に焦点をずらした。

「妙な話だね。小規模店の業績は思わしくない。だったら無駄な人件費を削りたくなるのが、経営者の心理というものじゃないのか」

「本音はそうでしょうね」

「じゃあ、どんな理由があるの？」

「私は高校の時に家を出たので、正直言って家電業界のことはそれほど詳しくないのですが、量販店の数がそれほど多くなかった時代は、電化製品は近くの家電店から買うものと決まっていました。当時はどこの店でも従業員の一人や二人必ずいたものです」

吉野は黙って肯《うなず》くと先を促す。

「量販店が急速に数を増やして、都市部から郊外、地方へと店舗数を広げたのはそう昔のことじゃないんです。それまでは小規模な家電店にもそれなりの商売はあったんですよ」

「確かに一昔前まで家電の安売りといやあ秋葉原と地名で言えたが、わざわざあそこまで行かなくても、という気になったのはそんな昔のことじゃないよな」

「そうです、それまでは当然人手も必要でした。でも小規模店の場合、従業員との関係は家族同様、密なものがありますからね。解雇すればその人の家庭がどんなことになるか……それを知っているから皆苦しい現状に歯を食い縛って耐えているのだと思います。できることなら早々に店を閉め、商売替えをしたいと思っている経営者も少なくないと思いますよ」

「商売替えねえ」

脳裏にまた何か閃くものがあったらしい。また視線をせわしなく動かしながら、吉野は続けた。

「しかし、業態を変えようとするなら、一からの出直しになる。当然今の店舗をそのまま使うわけにはいかない。どんな商売を始めるにせよ、模様替えもしなければならないだろうし、業種によっては仕入れも必要になる。それだけの余力のある小規模店がどれほどあるかね」

「そう多くはないでしょうね。だからこそ皆苦しくともこの商売を続けているんだと思います」

「じゃあ、電器屋を実家に持つ君に訊《き》くが、業態を変更することなく、売上を伸ばし、それに応じた利益を上げられる新規のビジネスを持ち込まれたとしたら、業績不振で喘《あえ》いでいる家電店の経営者はどんな反応を示すと思う？」

「それはどれだけのリスクを伴うかによると思いますが」

「リスクは、ない。少なくとも家電店にはね」

「どういうことです？　リスクのない商売なんて、この世に存在するわけがないでしょう」

蓬莱は吉野の言葉の意味を理解できず問い返した。

「一つ訊くが、新たなビジネスに踏みきる場合の最大のリスクは何だと思う」

吉野《よしの》はまるで蓬莱を試すような口ぶりで訊ねてきた。

「……そうですね……最大のリスクは、初期投資の額と、どれだけその分野に対しての知識があるかでしょう。小売りという業態を維持するのなら、先ほど吉野さんがおっしゃったように店舗の改装費用もかかるでしょうし、何よりも仕入れが必要になります。

在庫が計画通りに回転しなければ、たちまち行き詰まる……」

「そうだ。君は高校入学と同時に家を出たというが、商売のイロハは身に付いているようだね」

「居間の向こうは店でしたからね。そんな家に育った商売人の子供なら、その程度のことは思いついて当然ですよ」

「だがな、ここに仕入れを必要としない、今の商売の延長線上で確実に利益を上げられるビジネスがあるとしたら、どうだ」

そんなうまい商売がこの世に存在するわけがない。だが、スバル運輸本社の部長の肩書きを持つ人が、これほどまでに確信に満ちた言葉を吐くからにはそれなりの考えがあってのことに違いない、という気もする。

蓬莱は、短い時間の間に交わした会話を脳裏で反芻《はんすう》してみた。

新規事業開発部部長というからには、常に新業態を考える立場にある人間だ。彼は最初、セールスドライバーとしてスタートを切って間も無い自分がなぜこれだけの実績を残せたかを訊いた。その答えにさしたる興味を持つような要素はなかったはずだ。吉野の姿勢が明らかに変わったのは、実家の商売が文具通販に食われ始めている、と告げた辺りからだ。そして家電店をネットワーク化する話が出て——。

思いがそこに至った瞬間、蓬莱の脳裏に閃くものがあった。

「吉野さん。それって、文具通販のことを言ってるんですか」

　吉野は煙草《たばこ》のヤニがこびりついた歯をむき出しにして笑った。

「お前、中々勘がいいな。そうだよ、街の電器屋を文具通販の代理店にできねえか。そう考えたんだよ」

「いや、それはどうですかね」

「否定されるような要素がどこにある。あるなら言ってみろ」

　口調が急に乱暴になった。まるで上司が部下を問い詰めるような響きがあった。いや、現場の上司だってもう少し丁重な口をきく。

「私は文具通販のマーケットを知りませんから、推測で申し上げますが、少なくとも現場で見ている限り、文具通販の市場は飽和状態、というよりもすでに大勢が決して淘汰《とうた》の時代に入っているんじゃないでしょうか」

「なぜ、そう言える」

「だって、私の担当エリアで見る限り、会社や事務所の大小を問わず、目にするパッケージはプロンプトのものばかりですよ。それって、全部代理店がついているんでしょう。たとえ家電店が代理店になったとしても、新規で摑《つか》める客先なんてそうはないでしょう」

「プロンプトの代理店になるんなら、その通りだろうな」

「プロンプトの代理店になるんならって……じゃあ、他の文具通販の代理店になるってことですか」

蓬萊は思わず大声を出した。

「しっ！　声がでけえよ。もう少し小さな声で話せ」

会場はスバル運輸の管理職で埋め尽くされている。歓談の声で、自分たちの会話が他人に聞かれるとは思えなかったが、吉野は周囲に鋭い視線を走らせると声を潜めて続けた。

「文具通販会社は何もプロンプトだけじゃない。他にも色々ある。だが、そのいずれも業界第一位のプロンプトに大きく水を開けられている。いやもはやプロンプトの独壇場と言ってもいいだろう。だがな、シェアを奪回し業績を伸ばそうとしている競合企業はいくらでもある。そうした会社とウチ、そして全国にごまんとある家電店が手を組めば、シェアを奪回しトップの座を狙《ねら》うことは可能だ。文具通販の代理店は在庫を抱える必要はない。それに代理店には開発した客先の売上高に応じた利鞘《りざや》が支払われるんだ。やればやるほど儲《もう》かる。それがあのビジネスの仕組みだ」

「でもそれって、プロンプトがすでに食い込んでいる先をひっくり返すことですよね。それは誰がやるんです」

「家電店に決まってるじゃないか。なにしろ文具通販においての顧客開発、債権管理は代理店の仕事だからな。手っ取り早く言えばウチのセールスドライバーと同じことをするのが文具通販の代理店だ」

吉野はいとも簡単に言ってのけた。蓬莱は唖然《あぜん》とする気持ちをいだきつつ、

「それはどうですかね。家電店がそんな役割を果たせるとはとても……」

蓬莱はかろうじて言葉を吐いた。

「思えないというのか？　どうして」

「どうしてと聞かれましても……」

「お前、つまんねえ固定観念に捕われて、思いつくままの言葉を口にしてるんじゃねえのか」

図星を指されて、蓬莱は黙るしかなかった。

「いいか、良く考えてみろ。家電店だってただ店を開いて客が来るのを待っているだけじゃないだろう。需要を見込める客先を回ってセールスをかけているんじゃないのか」

「それは……確かにそうですが」

「当然支払い能力のなさそうなところは避ける。つまり与信充分といったところしか回らない。債権管理の術《すべ》も当然身に付けている。さらに家電店には余っている人員と、配送車がある。つまり文具通販が必要としている機能とノウハウは全《すべ》て揃《そろ》っている。そう言えねえか」

いきなり文具通販と家電店を結びつけられると、両者の間に共通点などあるはずがないと思ったが、セールスドライバーと結びつけられると、むしろ違いを見つける方が難しいように思われた。しかし、いかに家電店の商売が文具通販に応用できるにしても、現場で頻繁に目にするあのカートンを見ると、そう簡単にプロンプトの牙城《がじよう》をひっくり返せるものではない、という気持ちは拭《ぬぐ》い去れない。

蓬莱がその疑問を素直に口にすると、

「こんな話をするからには、こちらにもそれなりの勝算はある。とにかく、今日はここに来て良かったよ。君とこうして話をできたのは何よりの収穫だった。また話を聞かせてもらうことがあると思うが、その時は宜《よろ》しくな」

吉野はくるりと背を向け、人込みを縫うように出口へと歩いて行った。

どうしてそこに気が付かなかったのだろう。

新しいビジネスへのきっかけを摑んだ高揚感と、自分の考えの足りなさを責める気持ちが吉野の胸中で交錯した。

ＯＡ用品やＰＰＣの補充を自動化することによって、文具通販市場に食い込む。その発想自体は決して間違ってはいない。

忸怩《じくじ》たる思いを抱かずにいられないのは、これまで自分は文具市場という狭い枠の中でしかビジネスを考えられなかったことにある。

これまで立川には散々大口を叩《たた》いてきたが、俺だって所詮《しょせん》プロンプトのビジネススキームに、少しばかりの工夫を施したに過ぎない。

競合他社のシェアを食う。確かにそれも大切だろう。だが、それよりもまだ誰も手を付けていない新たなビジネスを立ち上げることができれば、収穫は遥《はる》かに大きなものになる。そもそもプロンプトはそうやって今の地位を築き上げてきたのではなかったか。

吉野は席に戻るとノートを引っ摑み、資料室に入った。

短い時間だったが、蓬萊が話した言葉には幾つかの重要なキーワードがあった。

たとえば『家電店』『ネットワーク化』『老人家庭』……。そのひとつひとつが、脳裏にこびりつき、鋭い熱を発している。書架に並んだ文献の中から、全国人口統計を探し当てると、せわしなくページを捲《めく》った。目指すデータはすぐに見つかった。『年齢（三区分）別人口の割合推移（大正九年〜平成十二年）』と書かれた欄の下には、〇歳から十四歳、十五歳から六十四歳、六十五歳以上の三区分に分かれた人口の増減が、各調査年代別に纏《まと》められている。

一読して目についたのは、高齢者人口の増加が著しいことだ。

吉野とて、高齢者人口が増加していることを知ってはいたが、改めて正式な統計数字を目《ま》の当たりにすると、驚くべきものがあった。

何しろ昭和十五年を境にして、六十五歳以上の高齢者人口の伸び率は、常に二桁《けた》台の伸びを示しているのだ。特に平成二年以降は二〇％以上で増加している。全人口の中に占める高齢者の割合は、平成十二年で一七・五％。分母は一億二千六百九十二万人だから、二千二百万人以上になる。

更に新生児人口に目を転ずると、平成十二年は百十九万人。昭和五十年以降は二百万人を割り込んでいるとはあるが、それにしても大変な数である。

吉野は一通り資料に目を走らせると、次に電器製品市場の統計資料を探した。だが、ずらりと並んだ棚のどこを探しても、目当てのものは見つからない。

――しかたがない。やはり連中に訊くのが一番早いか。

吉野は携帯電話を取り出すと、メモリーの中から一つの番号を選びだした。短い発信音に続いて、呼び出し音が鳴った。

「フロンティア電器でございます」

高森の声が聞えた。

「お世話様でございます。スバル運輸の吉野でございます」

「ああ、吉野さん。ちょうどこちらからご連絡しようかと思っていたところだったのです」

丁重な言葉の裏に、どこか冷たい響きがあった。今の時点で彼が用があるといえば察しがつく。

「例の契約書の件ですがね、いつ頃準備できそうですか」

予期した通りの言葉が返ってきた。

「早急にご提出申し上げたいのですが、社内手続きに時間がかかっております。何しろ、営業部、法務部、さらに金額が金額ですので、社長決裁を仰がないとなりません。稟議《りんぎ》書《しょ》は既に回っておりますので、今暫《しばら》くお待ち下さい」

実は、稟議書などまだ準備もしていない。

「事情は分かりますが、こちらももう待てません。一週間と期限を区切りましょう」

「分かりました」内心まずいことになったと思いつつ、そんな心情をおくびにも出さずにきっぱりと言葉を返すと、「ところで高森課長、今日はお伺いしたいことがあってお電話を差し上げたのです」

吉野は本題を切りだした。

「何でしょう」

「日本全国に家電店はどれほどの数あるものなのでしょうか」

「数……ですか」

「ええ、できれば小規模の、街の電器屋の軒数が分かればいいのですが」

「ちょっとお待ち下さい。資料を出しますから」

暫《しば》しの間を置いて、高森の声が聞えた。

「街の電器屋、といいましても様々ですからねえ、規模別の統計はないのですが、量販店も含めた軒数というのであれば、数字があります」

「それで結構です」

「これは昨年ベースでの数ですが、全国の家電店舗数ということでは、四万五千四百十五軒あるとされていますね」

吉野は数字をノートに書き写しながら、

「最近では、小規模店の経営はかなり苦しいと聞いていますが、やはり数は減少傾向にあるのでしょうね」

と何気ない口調で訊《たず》ねた。

「おっしゃる通りですよ。平成十一年度のデータでは、全国に五万七千六百五軒もあったとされていますから……」

「ざっと五年間で一万二千もの家電店が姿を消したことになるわけですね」

「まあ、このご時世ですからねえ。とは言ってもこの業界、不況の中にあってもマーケット自体は年を重ねる毎《ごと》に拡大はしているのです。しかし、大きくなったパイを食っているのは間違いなく量販店です。品揃え、価格の面では、小規模店はとても太刀打ちできませんからねえ。実際当社の系列店も、最盛期には全国に一万近くあったと聞きますが、今では七千ちょっと、三〇％減という有り様です」

「それもやはり量販店の進出が影響しているのですか」

「いや、これについてはそうとも言い切れないでしょうね。個人商店の看板を下ろして、大手のフランチャイジーになったところも多いと聞きますから」

「どうしてなんです。系列店にいれば、メーカーからの販売支援とか、いろいろな形のメリットがあるのではありませんか」

「一口に家電と言っても昔と違って、商品アイテムは比較にならないほど激増していますからねえ。全ての商品を一社からの仕入れで完結することは不可能なんですよ」

「なるほど、そういう理由ですか」

　確かに、言われてみればその通りかもしれないと吉野は思った。冷蔵庫、テレビ、洗濯機が三種の神器と呼ばれていた時代ならともかく、今の時代では、冷蔵庫やテレビを作ってはいても、オーディオ製品やビデオを作ってはいないメーカーはざらにある。顧客にとって魅力ある店を目指し、品揃えを増やそうとすれば、系列店に収まっていたのでは、とても無理というものだ。

「それで、大手のフランチャイジーに転換した店の経営はうまく行っているのですか」

「それはどうでしょうかね。技術の進歩は日進月歩、次々に新しい製品が供給されて行くわけですからね。小規模店は店舗スペースという物理的制限があります。結局は、品揃えが豊富で立地条件のいい大手量販店に食われて、経営は先細り、というのが実情でしょう。系列店の中では年商一億も行かないところはざらですからね。吉野さんだって電球や蛍光灯、電池程度しか置いていない店を見た覚えがあるでしょう」

「ええ、そうした店は良く見かけますね」吉野はさりげなく相槌《あいづち》を打つと、「しかし、それほど商いが薄いんじゃ、メーカーとしても系列店は重荷なんじゃありませんか。看板の付け替えや、販促ツールの配布、営業マンの人件費だって馬鹿《ばか》にならないでしょう」

と訊ねた。

「本音を言わせてもらえばその通りだと申し上げていいでしょうね。しかし、系列店の存在は、商いの多寡《たか》だけでは計れない部分もあるのです。街の中に我が社の看板を掲げてくれる店が多ければ多いほど、宣伝になりますしね。都市部の中に我が社の看板を単に宣伝目的で出そうとすることを考えれば安い出費と言えなくもない。新入社員をリクルートするにしたってブランドイメージというのは大切ですからね」

「なるほど、良く分かります」吉野はひと呼吸おいて続けた。「最後にもう一つお訊ねしたいのですが、量販店の店舗数は今後ますます増えると考えていいのでしょうか」

「そう考えていただいてよろしいでしょうね。大手量販店が確実に数を増しているのには大きく分けて二つの要因があるのです。一つは都市部人口が郊外へ拡大したことです。

郊外に住居を構えた層は、自動車保有率が高く、駐車場スペースのある郊外店は購買層のライフスタイルに適合しますから」

「なるほど」

「もう一つは、バブル崩壊の余波が量販店にはむしろ追い風になっている部分があるのです」

「どういうことです」

バブル崩壊は日本に甚大《じんだい》な経済的打撃を与え、その影響は未《いま》だ尾を引いている。俄《にわか》には理解できずに吉野は問い返した。

「バブル全盛期に、ファミリーレストランや、衣類、スポーツ用品等の小売業がこぞって郊外に店舗を構えチェーン化していったことはご存知ですよね」

「ええ」

「こうした企業は、ほとんどの場合土地、建物を一括して借り上げるリース方式を取っていたのです。出店用地の所有者に建物を建ててもらえば土地、建物に対する公租課税が発生せず、家賃は経費として全額計上でき、運営コストを低く抑えられるというメリットがあるんです。ところがこの方式は、貸し手側にしてみれば、万が一銀行ローンを払い終わらないうちに相手が撤退してしまったのでは、大変な損失を被《こうむ》ることになる。当然契約期間は十五年から二十年という長い期間になった。加えてもしも中途で解約する場合は、保証金没収、残存家賃の支払いが契約書に盛り込まれることになったのです」

「つまりバブル崩壊とともに、売り上げ不振の郊外店を閉店しようにも、撤退できない状況に陥った企業が続出した、ということですか。そうした不採算店舗は各地に山ほどあるというわけですね」

「大手量販店にとって、現在の不動産市場は完全な買い手の立場にあると言っていいでしょう。中にはスーパーのように建物がそのまま使える上に、大型駐車場を完備しているところも少なくありません。そういう物件を選び抜けば出店費用は極めて安くつきますからね」

「つまり、今後も小規模店の経営はますます苦しくなると……」

「それは仕方がないでしょうね。我々も日々そうした店の方々と接していますから、何とかしてあげたいのは山々なのですが、商いの効率を考えると、やはり……ね」

苦しげに高森は語尾を濁した。

「つまらないことで、お時間をとらせてしまいました。大変参考になりました」

吉野が礼を述べると、

「どうしてまた、こんなことをお調べになっているのです。何か今回のことと関係があるのですか」

った。

「いえ、ちょっと別件でデータが必要だったもので、それでお伺いしたのです」

高森の問い掛けを微妙にかわしながら、改めて丁重な礼を述べると、吉野は電話を切った。

やはり、勘は正しかった。中小規模の家電店は、今後ますます店舗を増やしていく量販店に押され、苦しい経営を余儀なくされる。店を続けるのは地獄、かといって閉めるわけにもいかない。経営者は生き残るための術《すべ》を探さなければならない。

よし、これは行ける！

吉野は急に目の前が開ける思いがした。一筋の道がはっきり見える。それも以前に見た道以上に広く、なによりも前走者のいない未開の大地に続く道だ。

立ち上がると再び資料の森に分け入った。目当ての資料はすぐに見つかった。全国の市町村数が掲載された統計資料だ。

ページを捲《めく》る指先が踊る。目指す項目が目に飛び込んできた。

全国の市町村数――。三千百九十という数字があった。

高森は、全国の家電店舗数は四万五千四百十五あると言った。とすれば単純計算で一市町村あたり十四軒からの電器屋が存在することになる。もちろん、都市部と過疎《かそ》地帯では密度に差はあるだろうが、そんなことはどうでもいい。電器屋のない町や村を探す方が難しいことは分かっている。

ふと、脳裏にかつて第一営業部次長であった頃、出席した会議での話題が浮かんだ。業界最大手の一つ、極東通運が配送拠点を現在の二千八百ポイントから五千ポイントに飛躍的に増大させる計画があるという話だ。

極東通運は、スバル運輸にとって最大のライバル会社である。今のところ極東通運は主に個人宅配、スバル運輸は商業便と、それが不文律であるかのように棲《す》み分けができてはいたが、配送ポイントを激増させる裏には、スバル運輸の生命線である商業便の配送を食おうとする意図が見て取れた。

極東通運が五千ポイントの配送拠点を作るというなら、こちらは四万五千四百十五ポイントだ。もちろんこの全《すべ》てが配送拠点になるわけではない。しかし仮に二割がこちらの話に乗ってきたとしても約九千ポイント。現行およそ四百しかない配送拠点にそれを加えると、九千四百。極東通運の拠点数の倍の数になる。しかも極東通運は、拠点網を整備するために莫大《ばくだい》な投資を必要とするだろうが、その点だけをとってみればこちらのコストは無きに等しい。

それだけじゃない、プロンプトの代理店は全国で千四百。その七倍近くの代理店網を一気に構築できることになる。

後はどうやって、このビジネスモデルをバディの連中に理解させるかだ。いやその前に、会社の上層部の合意を取り付けなければならない。それが最初の関門になる。

吉野は決意を新たに、音を立ててぶ厚い資料を閉じた。

三瀬《みせ》にアポイントメントを取ったのは、それから四日後のことだった。

脳裏に浮かんだアイデアを整理検証し、プレゼン資料に纏《まと》め上げるために、吉野はまる三日を費やした。その間、退社は毎日午前三時、そして誰よりも早く出社した。まさに不眠不休だったといっていい。

家には、着替えを済ませるためだけに戻ったようなものだった。夏を迎え、連日の猛暑が続いている。空調された部屋にいても老いた父の体には堪《こた》えるものがあるらしく、このところ目に見えて食欲がないと母や佳奈子《かなこ》は案じていたが、まともに構ってやれる時間もなかった。

直属上司の三瀬に、わざわざアポイントメントなど取らずとも、言葉を交すことはできるのだが、今日ばかりはそんな気になれなかった。

この企画案に、俺の企業人としての将来がかかっている。それも初回で三瀬がどんな反応を示すかで全てが決まる。そのためには誰にも邪魔されない充分な時間が必要だ。

そう考えると、彼が役員室で一人執務をする時がベストである。吉野はその頃合いを見計らってアポを取ったのだった。

エレベーターを使い、役員室がある最上階に上がると、床はスバル運輸のカンパニーカラーであるブルーの絨毯《じゅうたん》が敷き詰められていた。

秘書課の女性はすでに吉野の来訪を知っていて、そのまますぐに三瀬の部屋に入るよう促した。

重厚なドアを叩《たた》く手が、さすがに震えた。二度ノックすると、中から「どうぞ」という声が答えた。

吉野は、一つ息をすると部屋に入った。

「随分改まったことをするじゃないか。話があるんだったら、何もアポを取る必要なんかないだろう」

三瀬は老眼鏡を外すと、目をしばたかせながら言った。その言葉には、必ずしも吉野の来訪を歓迎していない気持ちが込められているような気がした。

「実は本部長に、どうしてもご覧いただきたいプランがあって、お時間を拝借することにしたのです」

「何だい、そのプランというのは」三瀬は老眼鏡を手に立ち上がると、「君のことだ、また何かとっぴょうしもないことを考えついたのだろうが……まあそこに掛けたまえ」

わざとらしく軽い溜息《ためいき》を吐《つ》くと、部屋の中央に置かれたソファを顎《あご》で示した。

革張りの長椅子《ながいす》に腰を下ろした吉野は、予め準備してきた資料を机の上に置いた。A4の紙に五枚ほど。提案の内容に比べれば、極めて少ない枚数だったが、こけおどしのようにぶ厚い資料を用意するのは能無しのやることだ。どんな壮大なプランでも、ポイントを突き詰めて書けばこれでも多いくらいだ。

三瀬はソファにどっかと腰を下ろすと、改めて老眼鏡をかけ、差し出された資料に目をやった。

「バディ株式会社への提案企画書？」小さなレンズの下から、三瀬は不思議なものを見るような目で吉野を見ると言った。「バディって、あの文具通販のバディかね」

「そうです」

「それで、文具通販相手に何をやろうと言うのだ。まさかバディの配送を、我が社が受けようとでも言うのかね。それなら無駄だよ。あそこは今までにウチの営業とどんな経緯があったか知っているだろう」

たちまち興味を失ったとばかりに、三瀬は資料をぽんと机の上に置くと、煙草《たばこ》を銜《くわ》えた。

「その程度の提案ならば、わざわざこうして役員室に押しかけたりしませんよ」

「ほう、それじゃ何をしようというのだ」

三瀬は薄い煙を吐くと、気乗りのしない目を向ける。

「企画書のタイトルは、バディへの提案と銘打ってはありますが、私の狙《ねら》いは、スバル運輸の新たなビジネスを創出することにあります」

た。

「やれやれ、何を言い出すのかと思えば……」

三瀬はあからさまに呆《あき》れた笑いを浮かべたが、吉野にはそれも予想していたことだった。

「本部長は、我が社の実績がこれまで通り、順調に上昇カーブを描きながら推移するとお考えですか」

「どういうことかね」

「我が社の最大のライバルである極東通運が、全国の配送拠点《デポ》を二千八百から五千に増やすという計画を発表したことはご存知ですね」

「もちろん知っているよ。郵政民営化を睨《にら》んで、郵便宅配サービスに参入することを目《もく》論《ろ》んでのことだね。当然我が社も事業所から発送される郵便物を狙って、その分野のビジネスを強化していくつもりだ。個人宅配の分野はともかく、商業貨物のマーケットの客を握っているのは我が社の最大の強みだからね」

「極東通運の狙いは本当にそれだけだとお考えですか」

「と言うと」

「考えてもみて下さい。配送拠点を二千八百から五千に増やす。これには大変な投資が伴います。確かに郵便物のマーケットは巨大なものですが、郵政という怪物がすでに存在しています。この牙城《がじょう》を崩し、ビジネスになるほどのシェアを摑《つか》むためには、かなりの時間と労力を要します。投資というのは、いつか回収できる程度の見通しでなされるものではないはずです。ある一定の期間で、投下した資金が回収でき、利益を上げられるようになる確固たる見通しがあって初めてなされるものでしょう」

「だから、我々は極東通運のように、闇雲に配送拠点を増やそうとは思ってはいない。我が社の最大の強みは、セールスドライバーという営業や債権回収まで担当する人間たちがいることだ。それをフルに活用すれば、少なくとも郵便局、極東通運と互角に戦える、そう思っているよ」

「私は、別の見方をしています」吉野は、努めて冷静な口調で言った。プレゼンテーションで大切なのは、初期段階でこちらの提案にどれほどの興味を覚えさせるかだ。それで勝負が決まる。「本部長は極東通運は個人宅配、我が社は商業貨物という棲み分けができているようなニュアンスでおっしゃいますが、実際の現場は全く違います。我が社のセールスドライバーが出入りしているオフィス、商店には必ず極東通運も出入りしています。つまり商業貨物の分野でも、貨物の取り合いがすでに行われているのです」

「そんなことは知っているよ」

三瀬はまた一つ煙草をふかすと肯《うなず》いた。

「配送拠点を増やすことは、ドライバー一人当たりの担当エリアが狭くなる。つまり今まで二度しか回れなかった所が、三度、いや四度に増すことに繋《つな》がる。つまり集荷の機会が飛躍的に増大し、その結果我が社のマーケットが食われることにはなりませんか」

「まあ、極東通運の場合は、特に配送物に関して、きめ細かい時間指定サービスをしているからね。そちらに時間を食われて、集荷の軒数がそれほどまでに上がるとは思えんが、多少の影響はあるだろうね」

「多少とおっしゃいますが、我が社のセールスドライバー、いやひいては営業部に課せられるノルマが常に対前年比一一〇%であることを考えれば、これは深刻な問題です。伸び悩みが予想されると分かっているのなら、しかるべき対策を立てるか、新たな市場に活路を見いだすかしなければならないんじゃないですか」

三瀬が、同意の姿勢を見せてきたところで、吉野は一気に本題へと話を振った。

「それと、バディとどういう関係があるんだ」

「それが巨大なビジネスに繋がるチャンスがあるのです。それも我が社が単なる運送業から、複合企業へ変貌《へんぼう》を遂げるチャンスが」

「そんなうまい話が……」

ふっと視線を逸《そ》らしかけた三瀬の目が止った。吉野の視線に吸い付けられたように動かない。

おそらく、三瀬は吉野が左遷《させん》されるまでに打ちだし、そのことごとくを成功させてきた数々の実績を思い出したのだろう。管理職としては『×』をつけはしたものの、営業マンとして常に最高の評価を与えてきたのもまた彼だ。新しいビジネスを立ち上げる能力が、他に突出していることは誰よりも知っている。

「あります」吉野は断言すると、「これをご覧下さい」

紙袋の中に入れて来たコピーカウンターの試作品を机の上に置いた。

「何だね、これは……」

老眼鏡を外し、三瀬がしげしげと不細工な機械を見ながら訊《たず》ねた。

「コピーカウンターと言います。コピー機に取り付け、紙の使用状況を記録する機械です」

「ああ、あれか」

「これはただのコピーカウンターではありません。中にはＰＨＳが内蔵されていて、使用状況がリアルタイムで把握できるものです」

「この機械が我が社を複合企業に生まれ変わらせる道具だと言うのかね」

「順を追って説明いたします」吉野はひと呼吸おくと続けた。「最初に私が着目したのは、文具通販が当たり前のように当日配送を行っていることでした。ご存知のように、当日配送というのは、大変なコストがかかります。行ったとしても、昼前、いや正確に言えば午前十一時までに注文を受けた商品しか当日配送はできません。しかも実際に発注品が届くのは夕方です。オフィスでの仕事を始めて僅《わず》か三時間そこそこの間に、その日の夕方までに必要となる物がどれほどあるか、あったとしたらそれは何かと考えたのです」

「確かに、ペンやノートがすぐに必要になるとは思えんな」

「あるとすれば、使用状況が把握できないもの。そして一旦《いったん》切れれば仕事にならないもの。つまりコピー用紙やトナーといったＯＡ関連商品ではないかと思ったのです」

「なるほど、大企業ならともかく、小さなオフィスではコピー機が一台しかないというところは少なくないだろうからな」

「もしもこのコピーカウンターをコピー機に取り付けられれば、管理は事実上フリーになります。オーダーエントリーシステムの中に、予め補充点をインプットしておき、それにヒットした時点で自動的に倉庫に出荷指示が流れるようにすればいいのですから」

「なるほど、黙っていても紙やトナーは配送されることにはなるな」

「その通りです。当然この機械が入った会社は、他の文具の発注も同じ会社にすることになるでしょう。支払先をアイテムによって分けるような手間は掛けたくないでしょうからね。それに当日配送がなくなれば、配送コストは当然下がります。それは商品の値引きという形で、ビジネスに反映できる」

　あっ、という顔をして三瀬は吉野を見詰めた。

「私はこの機械を持って、バディに赴きました」

「何、すでにプレゼンをしたのか。それで反応はどうだった」

「正直申し上げて、バディは決断を下しかねています。コンセプトは充分に理解できても、やはり業界第一位のプロンプトが当日配送をしている限り、後塵《こうじん》を拝しているバディが先に止《や》めるわけにはいかない。当日配送を止めることは、客から見ればサービスの低下と映るのではないか。それを恐れているようなのです。それに、バディがこの機械を導入しようとすれば、彼らの物流システムを根底から見直さなければなりません。当然多額の投資が必要になります」

三瀬は腕を組むとじっと目を閉じ、唸《うな》った。

「君の考えは理解できるが……しかし、そんな提案をしてどこで儲《もう》けるつもりだったんだ。バディもプロンプトも、配送は各地方の地場の運送屋を使っているんだぜ」

「儲ける道は幾つかあります。バディがこのシステムを導入しようとすれば、当然現状分析から始まり、コンセプチュアル・デザイン《概念設計》、そして物流システムを新たに構築しなければならなくなるでしょう。自社でそれだけの仕事を完結させる能力はありません。当然外部業者をコンサルタントとして使わなければならなくなる。そこにうちの子会社のスバル情報システムズ《SIS》を噛《か》ませられると考えたのです。そして導入が実現した暁には、最終的な配送は受注できないまでも、倉庫間転送はウチで担当できないかと。なにしろ当日配送さえなければ、物流拠点は全国で四ヶ所程度に抑えられるはずですから」

「なるほど、ほどよくできたプランではあるな」

どうやら、完全に三瀬は餌《えさ》に食いついてきたようだ。吉野はまず第一のハードルをクリアした安堵《あんど》の気持ちを覚えたが、越さなければならないハードルはまだ幾つもある、と自らを戒めた。

「しかし、それだけでは我が社が単なる運送業から、複合企業へ変貌を遂げるプランとは言えません。今まで申し上げたことは、現状のビジネスの延長線上でできることばかりですからね」

「だからこそ、無理のないアイデアだと私は思うがね」三瀬は先ほどまでとは打って変わって、力を込めて言った。「もちろん前提としてバディが君の提案を呑《の》めばの話だが、ウチはこのビジネスを推し進める上で、社内の体制を変える必要はどこにもない。確実に利益を上げられる」

フロンティア電器から迫られているコピーカウンターの開発費のことを切り出すチャンスだと吉野は思ったが、まだ早い、と考え直した。もっと大きな餌を見せ、それに三瀬が食いついてからでも遅くはない。何しろ、これから話すことは、スバル運輸はバディよりも遥《はる》かに巨額の投資を必要とされることだからだ。その額の中にあっては、コピーカウンター開発費の八千万円など取るに足らない額になる。

「バディが決断できずにいるのは、偏《ひとえ》に私の責任です」

「君の責任？　どういうことかね」

　理由が分からないという表情を浮べる三瀬に向かって、

「考えが足らなかったのです。文具通販ビジネスには、バディにとっても、我が社にとっても、とてつもないビジネスチャンスがあったのです。それこそ日本の商流を変えてしまうようなチャンスがね」

　吉野は、机の上に放り出されたままになっていた資料を、つと三瀬の方に押しやると、いよいよ本題に入った。

「近年、文具に限らず通販ビジネスの市場は急速に拡大しています」

　吉野は切り出した。

「カタログショッピング、ネット上のショッピングモールだってそうだろうし、テレビショッピングに至っては、通販専門のチャンネルまである」

「その通りです。そしてそこには必ず配送という行為があります。つまりそのことごとくに我々のビジネスチャンスが存在していることになります」

「それは運送業者なら誰でも認識していることだろう。我が社にしたところで、大手通販にはもれなく営業をかけ、配送貨物を貰《もら》えないかと日々努力をしているじゃないか」

「しかし、ほとんどの大手通販は、我々のようなナショナルネットワークを持つ運送業者には見向きもしない」

三瀬は、肯くと、苦虫を噛み潰《つぶ》したかのように眉《まゆ》をしかめ、煙草《たばこ》を灰皿に擦《こす》り付けた。

「その最大の理由は何だとお考えですか」

「我が社のような大手は、配送料金を下げるにしても限度というものがある。どんな料金を提示するかは、各エリアに任されてはいるが、はっきり言って彼らが要求する料金では、商売にならない。物量が増えても利益が出ないいんじゃ、仕事を請け負う意味がない」

思った通りの答えが返ってきた。

「本部長、今日私がご提案したかったのは、まさにそうした問題をクリアし、さらに大きなビジネス上のメリットを摑む、そのビジネススキームなのです」

「そんなうまい手があるものかね」

三瀬は、また煙草の箱に手を伸ばしかけたが、

「その提案がこの中に書かれているというのか」

資料を手に取って最初のページを開いた。

三瀬の視線がそこに定まったことを確認したところで、吉野は説明を始めた。

「現在の通販は、大きく分けてＢ　ＴＯ　Ｂ、つまり企業相手のものと、Ｂ　ＴＯ　Ｃ、不特定多数の一般消費者《コンシューマー》相手のものに大別できます。私がバディに対して行ったプレゼ

ンは、前者を前提としたものでした」

三瀬が肯くのを見て、吉野は続けた。

「しかし、それでは限られたパイを食い合うだけで、市場の拡大には繋がりません。もちろんそれでもプロンプトの独壇場である文具通販市場のシェアを奪取できるとなれば、バディにとっては魅力的な話ではあるでしょう。しかし、それでは面白味に欠ける、いやもったいないということに気付いたのです」

「ここに書いてあるB TO BC、つまり企業のみならず一般コンシューマーを狙《ねら》おうというのか」

「文具通販のカタログを見ていて気が付いたのですが、扱っている商品は文具とはかけ離れたものも少なくありません。電化製品、飲料、食品、生活雑貨、一般家庭で必要とされる商品も数多く扱っています」

三瀬はふっと笑うと、

「君、相変わらずプレゼンがうまいなあ。何を言い出すかと思えば……」

皮肉が籠《こも》った笑いを投げ掛けてきた。

「と言いますと」

「物は言いようだ、ということだよ。取り扱い商品を大別すれば確かにそう言えるかも知れんが、文具通販が扱っている電化製品や生活雑貨なんて、一般家庭で必要とされるものの極く一部だ。言葉を換えれば、オフィスで必要とされるものにアイテムが絞られているんじゃないか。もしも、一般コンシューマー相手に、事業を拡大しようとするのなら、膨大な品揃《しなぞろ》えが必要になる」

「おっしゃる通りです。当然コンシューマー・マーケットに進出しようとすれば、取り扱い商品を増やさなければなりません。家電製品ならテレビや冷蔵庫といった売れ筋はもちろん、生活雑貨ならコンビニで買える程度のものは全《すべ》て揃えなければ意味がありませんから」

「無茶だよ。第一文具通販業者の物流施設にしたって、スペースに限りがあるんだ。いきなりアイテムを増やせと言われても、すぐにどうこうなるものではないよ」

「私がそんなに考えの足りない男だと思いますか」

吉野の問い掛けに、三瀬は一瞬黙ったが、

「君ねえ、取り扱いアイテムを増やすにしてもだ、家電製品ならテレビや冷蔵庫って、そんなものを誰が運ぶんだ。ウチのセールスドライバーを使うのか？　そんなことは不可能なことぐらい、馬鹿《ばか》でも分かる。ドライバーはただでさえ配送、集荷に追われているんだぞ。それも一台に一人しか乗っていない。仮にバディが電化製品を通販で扱い始めたら、テレビや冷蔵庫なんて、とても一人じゃ荷降ろしできないぞ。それに設置はどうするつもりだ。ちょっと考えただけでも、幾つも問題がある。それも到底解決不能なものがいくらでも出てくる」

「誰も、配送をウチがやるなんて言ってませんよ」

「じゃあ、誰がやるんだ。彼らが今使っている配送業者にしたところで、ドライバーは一人。それに設置の技術なんて持っていないぞ」

「家電店、それも街の小さな電器屋をバディの代理店にするんです」

「電器屋？」

さすがの三瀬も、虚を衝《つ》かれたと見えて、後の言葉が続かない。

「文具通販会社は、自社で顧客の開発もしなければ債権管理もしません。全て代理店任せです。これは実によくできた仕組みです。エリアを受け持つ代理店は、地場にある企業のことはよく知っていますからね。売り込みをかける先は、代金が間違いなく回収できる先だけを選べばいい。つまり文具通販会社にしてみれば、与信管理という面倒な業務を完全に排除できる。一方の代理店にしても、一度客先を開発し、物が流れるようになれば、売上に応じた金が客先から黙っていても振り込まれてくるわけですからね。この仕組みをそのまま、コンシューマー・マーケットの通販に適用するのです」

「確かに、電器屋を使えば、家電製品を扱っても設置の問題はなくなるが……」

「それだけじゃありません。彼らは商売上、軽トラックやワゴン車程度の車両を必ず所有しています。それも店主夫婦に加えて、一人乃至《ないし》二人の従業員を抱えているのが典型的だと聞きます。つまり最終顧客への納品は、家電店に任せればいい。我が社はバディから電器屋までの配送を受け持てばいいだけです」

「なるほど、荷降ろしは家電店の手を借りればいい。それにその先の配送コストは販売価格の中に含まれている。つまり全くタダになるというわけか。設置の問題もない」

三瀬はようやく納得がいったとばかりに唸ったが、

「しかし、家電を通販でやるといっても、客がつくものかね。実際に現物を見ないことには、判断がつかんだろう。つまり店頭で目当てのものを比較し、性能や価格を納得してから買う、それが通常のパターンだと思うが」

新たな疑問を投げ掛けてきた。

「値の張る商品を、その場で即断即決する客がどれだけいるでしょうか。商品を確認した上で、値段が少しでも安いところから買う。それが消費者心理というものでしょう」

「量販に価格の面で勝てるとは思えんが……」

「それは購入量の問題でしょう。バディが家電製品を電器屋を通じて販売する。これは言い換えると、事実上の共同仕入れということになります。電器屋を代理店として取り込むことができれば、価格は量販に匹敵するほどまでに、下げることができると思います。仮に数％高くとも、ことコストという点においては、通販に勝ち目がある」

「どういうことだ」

三瀬は真剣な眼差《まなざ》しを向けると、訊《たず》ねた。

「固定費が違うからです。量販は膨大な量の商品を常に展示しておく店舗のみならず、多くの販売員を抱えています。在庫金利、物流経費もかかります。しかしもし、バディがこの分野に乗りだしたとすれば、店舗、従業員の人件費は一切かからない。この金額は馬鹿になりません。浮いた金はそのまま販売価格に反映できます」

「なるほど……」

「それだけじゃありません」

「まだあるのか」

三瀬は目を丸くした。

「アフターサービスです。最近の家電製品は機能が豊富である反面、操作は複雑です。テレビのマニュアル一つ取ったところで、ちょっとした本ほどの厚さになります。街の電器屋ならば電話一本ですっ飛んで行けるでしょうが、量販店にそんなサービスを期待できると思いますか」

「それは……できんだろうな……」

三瀬が呻《うめ》いた。

「そしてここに日用雑貨を加えるのです」

「電器屋に日用雑貨を扱わせるのか」

「彼らにとっても悪い話じゃないでしょう。荷物を届けるだけで金が入ってくるんですからね。それも売上の一定額がです。馬鹿にならない収入になるでしょう。それに街の電器屋は一般家庭に電球などの消耗材を販売することで、細々と商売をしているんですよ。特に高齢者家庭では、電球一つ取り換えることが困難なところが少なくありません。当然、従来の顧客とは極めて密な関係ができ上がっています。本部長、日頃、路上を乳母車のような籠《かご》を押して歩いている老人を見たことはありますよね」

「ああ、良く目にするが……」

「これを見て下さい」

もうプレゼンの順番などどうでもいい。吉野はいきなり二ページを飛ばすと、そこに記載したデータを三瀬の前に突きつけた。年齢別人口の割合推移の表である。

「高齢化時代が叫ばれて随分になりますが、六十五歳以上の高齢者人口の伸び率は、平成二年以降は二〇％以上で増加しています。平成十二年のデータでは全人口の一七・五％。実に二千二百万人以上になるのです。当然中には介護を必要とする人も少なくないでしょう。そこまで行かなくとも、体に何かしらの不自由を感じている人はもっといるはずです。そんな老人たちが、車を運転して買い物に出掛けられると思いますか？　嵩《かさ》張《ば》るオムツやトイレットペーパーを手に下げて、買い物をすることに苦痛を感じていないと思いますか？」

「なるほど、電球を取り換えることもできない老人にしてみれば、日頃出入りしている電器屋が日用雑貨を届けてくれるとなれば、便利には違いないだろうな」

「実は私も寝たきりの父親を抱えておりましてね。母もリウマチを患《わずら》って、思うように動けないのです。それでプロンプトから日用品を購入してみたのですが、実際に使ってみると、このサービスは便利この上ないものがあります」

その言葉に嘘《うそ》はない。プロンプトがターゲットとする顧客は主に企業だが、積極的に告知をしないまでも、一般コンシューマーのオーダーも受け付けている。もっとも、家庭で使われる文具の量などたかが知れているが、ドライグローサリーとなれば話は別である。プロンプトのカタログには種類は限られていても、トイレットペーパーやカップ麺《めん》、レトルト食品といった、日頃母が生協を通じて調達している物も少なくなかった。

それに気が付いた吉野は、生協と重複する商品の購入を、全てプロンプトを通じて購入するよう佳奈子《かなこ》に命じた。佳奈子は、それでは二度手間になると渋ったが、吉野はそれでも構わなかった。

というのも吉野には、『物』を購入する、あるいはサービスを利用する際には必ず自社とは全く関係のない、いやむしろ競合他社を用いることをモットーとしてきたからだ。宅配ならばスバル運輸ではなく、最大の競合相手である極東通運を使うといった具合にだ。

巷間《こうかん》、業種の如何《いかん》にかかわらず、何か物を購入する際には自社製品をと考えるものだ。そこには自社製品を購入することが、愛社精神の現れでもあり、会社の業績にも繋《つな》がるという思い込みがある。だが、これでは自社製品が、あるいはサービスのどこが他社に優《まさ》っているのか、どこが劣っているのかは分からない。メリットなんてものは、社内で回章されるニュース・リリースやパンフレットを見れば分かってしまう。肝心なのは、競合する製品やサービスのどこが自社よりも優り、あるいは劣っているのか、どこに改善の余地があるのかを身を以《もっ》て体験することだ。それをせずして、どうして顧客に自社の製品やサービスを自信を持って売り込むことができようか。

それが営業マンとしての吉野の信念だった。

最初は二度手間だと、渋い顔をしていた佳奈子も、いざプロンプトのサービスを利用するようになると、それほどの時を経ずして態度ががらりと変わった。

「これって使ってみると凄《すご》く便利じゃない。トイレットペーパーは最後の一個になったところで、ファックス一本流せば翌日には届くんだもの。いっそ生鮮食品もやってくれればスーパーに買い物に行かなくとも済むのに」

そんな現金な言葉を口にするようになった。そして何よりも、吉野の心を強くさせたのは、マミーカーを押しながら、嵩張る商品を買いに出掛ける必要がなくなった母の喜びようである。

実体験に裏打ちされた言葉ほど強いものはない。吉野は、自信を込めて続けた。

「それはウチのような境遇にある人間ばかりに言えることではありません。赤ちゃんを抱えた母親だって同じです。特に三歳頃までの乳幼児からは一時たりとも目が離せない。家事にしたって、子供の様子を窺《うかが》いながらこなしているのが実情でしょう。オムツやミルク、インスタント食品を届けてくれる業者がいれば便利この上ないに決まってます。少子化とは言われますが、それでも同年度で百十九万人もの新生児が誕生しているのです。決して小さなマーケットじゃありません。それにこの層が通販を利用するようになれば、自然と家電もまた通販で、という流れに持ち込めると思います」

「しかし老人、新生児のマーケットにはいくつもの先行企業があるじゃないか」

吉野《よしの》は、ニヤリと笑って見せた。待ち構えていた問いが発せられたからだ。

「電器屋に配送を任せれば、届ける時間はお客の都合に、それもほぼリアルタイムで対応できます。二時間区切りなんて大ざっぱなものじゃない。電話をすればすぐに届く。なにしろ注文品は翌日の朝には電器屋に届いているんですからね。これは大変なメリットであるはずです」

「そうか……そうだな」三瀬の顔がぱっと輝いたが、「しかし、業法がある。運送業は、業務車両しか使えないぞ。電器屋の車両は白ナンバーだろう」

「それは他人の荷物を預かって運ぶ場合でしょう。このビジネスでは電器屋が配送するのは、自分の所に売りが立った荷物です。つまり客の手元に届くまでは、電器店の所有物。業法には抵触しません」

三瀬は腕組みをすると唸《うな》り声を上げた。じっと資料に視線を落としたまま、身じろぎ一つしない。

息の詰まるような沈黙があった。次に発せられる言葉に、自分の命運が懸かっている。いや、自分の将来などどうでもいい。描き上げた絵を、現実のものにさえできれば、どうなってもいい。

吉野は食い入るような視線を三瀬に向けながら、握り締めた拳《こぶし》に力を入れた。

「まいったな」やがて三瀬は目を上げると静かに口を開いた。「さすがにお前が考えただけあって、実に面白い、というより素晴らしいアイデアだ。だが、問題は果たしてバディがこのプランに乗ってくるかどうかだ。もしも、これを実行に移そうとしたら、バディは現行のビジネススキームを根底から変えなければならなくなる。物流センターにしても、今のものは使えないだろう。新たにセンターを構築するとなれば、大変な投資だ。果たして、彼らがそこまでやるか。それだけの資金力があるか……」

「本部長、バディの物流センターの施設はリース、庫内作業員は派遣でまかなっています。我が社が、それに取って代われば、彼らは必ず乗ってきます」

「なに！　それじゃウチがシステムを構築し、建物を建ててバディにリースしろというのか」三瀬は驚愕《きょうがく》の表情を露《あらわ》にした。「お前、これほどの物量をこなす拠点を建てるためにはどれだけの費用がかかるか分かっているのか。運送屋の配送センターの比じゃないんだぞ」

「おそらく、最低でも六十億程度は必要と考えています」

「無茶だ。そんな投資はできない。第一――」

三瀬の言葉を途中で遮ると、吉野は言った。

「バディをその気にさせるためには、我が社もそれだけのリスクを負わなければなりません。それに、このプランが実現すれば、スバル運輸は投資金額を補って余りある資産を手にすることができるのです」

「六十億もの投資を補って余りある資産？　何だそれは」

吉野は机の上から資料を取り上げると、最終ページを三瀬に突きつけた。


畜生！

長い面談を終えて席に戻った吉野は、腹の中で罵《ののし》りの言葉を吐きながら、手にしていたファイルを机に叩《たた》きつけた。

以前にガラスを叩き割られたことに懲《こ》りた岡本が機転をきかせたのだろう。デスクマットの上で派手な音をたててぶ厚いファイルがバウンドした。

その岡本がぎょっとした顔をして一瞬こちらに目を向けたが、すぐに視線を逸《そ》らし無関心を装《よそお》う。

吉野は、どさりと椅子《いす》に体を投げると、机の引き出しの中に入れておいた煙草《たばこ》を銜《くわ》えた。叩きつけたファイルの中から、三瀬へのプレゼンに使った資料が半分ほどはみ出している。火を点《とも》すより先に、たった今役員室の中で交した言葉が脳裏に蘇《よみがえ》った。悔しさともどかしさが込み上げてくる。顎《あご》に力が入り、八重歯がフィルターに食い込んだ。

止《とど》めの一言。スバル運輸がただの運送屋から複合企業へと生まれ変わる、その絡繰《からく》りを話し終えた直後の三瀬の顔が浮かんできた。老眼鏡の下の目を大きく見開き、呆《ほう》けたように半開きにした口――。

仕留めた、と思った。これまで数々のビジネスをものにしてきた経験から、完全に三瀬は話に乗ったと思った。感情が高ぶる一方で、心地よい虚脱感が心の中で交錯した。

やがて三瀬はゆっくりと老眼鏡を外すと、

「まいったな……」

ぽつりと漏らした。

「どうですか、本部長。このプランを常務会にかけていただけませんか」

吉野は駄目を押すように訊ねた。

「……確かに君の言う通り、このプランが実現すれば、我が社は運送業を続けながらにして、全く異なったビジネスを展開できることにはなる」

「それでは、この案に賛成していただけるのですね」

「基本的にはね」

「基本的にとは妙に持って回った言い方をなさいますねえ。賛同なさるのか、却下なさるのか、私が欲しいのは、はっきりとした答えです」

「まあ、そう焦《あせ》るな」

三瀬は身を乗りだして迫る吉野を宥《なだ》めるように言うと、資料を静かに机の上に置いた。

「この提案の理に適《かな》っていない部分、あるいは疑問に感ずるところがあるなら、はっきりとおっしゃって下さい。この場でご説明いたします」

「いや、プランそのものは良くできている。正直言って君を見直したよ。家電店を文具通販の代理店にして、ビジネスマーケットのみならず、コンシューマー・マーケットにまで広げる。そこから自然と広がる新しいビジネス……言われてみれば、なぜそこに誰も気が付かなかったのかと思うほどだ」

「それではなぜ賛同して下さらないのです」

「最大の問題は投資金額だ」三瀬はピシャリと言った。「失敗した時のことを考えてみたまえ。我が社の資本金は百二十億円。その半分もの資金を投下してうまくいかないとなれば大変なことになる。経営の一翼を担《にな》う人間の一人として、躊躇《ちゅうちょ》するのは当然じゃないか」

「それはこのビジネスから、一銭の利益も上がらない場合のことでしょう。先に申し上げた通り、バディの物流は受注業務を除いて全《すべ》て外部委託です。このプランが実現することは、すなわち我が社が現行の業者に取って代わるということです。我が社には倉庫のリース料、庫内作業費、電器店までの配送費は確実に入ってきます。オール・オア・ナッシングのビジネスではありません」

「君の目論見《もくろみ》通りにことが運べばの話だろ」三瀬はじろりと吉野を睨《にら》むと、「これはね、我が社にとってだけでなくバディにしても大きな賭《か》けだよ。このプランが順調に推移すればいいが、失敗しようものなら当然バディの経営を直撃する。何しろ現行の代理店を切り、一から販売網を構築し直すのだからね。後戻りはできない。失敗すれば肝心のバディの経営が立ち行かなくなり、このビジネスから撤退せざるを得ない。そういうことだって考えられる。つまり、残るのは他に転用の利《き》かない、物流施設だけということになる」

断言した。

「そういう危険を回避するための方法は考えてあります」

常務取締役営業本部長にまで登り詰めた男だ。皆まで言わずともこれまでの話で全てを理解してくれると思っていたのは、どうやら少しばかり三瀬を買いかぶっていたようだ。吉野はファイルの中から、数枚のペーパーを取り出した。

「キャッシュフローの計算書です」

老眼鏡をかけ直した三瀬は書類を手に取った。

「ここには、いまご説明したプランを実行するに当たっての手順と、それに要する資金、回収できる収益が三十通りのオプションを元に計算したものが書かれています」

「レコメンデーションは、一番最初のものか」

「そうです」吉野は肯《うなず》くと続けた。

「先ほど私はこのプランを実行するには六十億の投資が必要だと申し上げましたが、全国を全てカバーするだけの規模の施設を一気に建設することを前提とした上での話です。実際には市場の反応を探りながら、三つのフェーズに分けて進めるつもりでおります。当然フェーズ・ワンの段階で建設する施設は、特定地域をカバーできる程度のものを考えております」

三瀬は話を聞きながら、せわしげにキャッシュフローが書かれたペーパーに視線を走らせている。

「システム構築費用は施設の規模の如何にかかわらず約三億、設計、及び用地の整備に二億、庫内機器に四億、倉庫建設費用に十億、都合十九億円の投資が必要になります」

「ちょっと待て、この計算書には用地の価格が含まれていないようだが」

「用地はわざわざ新たに手当てしなくとも、すでに我が社が長く眠らせている土地があるじゃありませんか」

「どこのことを言っているのだ」

「埼玉県の加須《かぞ》にある用地です。バブル真っ盛りの頃に買った土地が」

「すると、君が地域限定で始めるつもりでいるのは埼玉か」

吉野は肯いた。

日本がバブル景気に沸いていた八〇年代は数多《あまた》の企業が将来土地が値を上げ続けることを見込んで、当面必要とされない土地を買い漁《あさ》った。スバル運輸もその例外ではなく、増え続ける物量を捌《さば》くための配送拠点を建設すべく、特に高速道路のインターチェンジ近辺の土地を全国に購入していた。その多くは、いまだ遊休地となっている。吉野はそこに目をつけたのだった。

「いつまであの土地を遊ばせておくつもりです。それとも何かに使う当てがあるのですか」

「当面、そういう計画は持ち上がってはいないが……」

吉野の問い掛けに、三瀬は歯切れの悪い口調で答えた。

「何とも悠長な話ですね。普通の会社ならあの時期に購入した土地は資産価値が低下し、とっくの昔に何とかしようと必死になっているところでしょう」

皮肉を交えて吉野は言った。

「まあ購入の経緯が経緯だったからな」三瀬は苦い笑いを浮かべると続けた。「規制緩和の進んだ今日では考えられない話だが、当時はこと運送業についてはとんでもない抜け穴が存在したからね。普通、建物が建設できない市街化調整区域に、公益性が高い事業という理由から特例として運送業だけは施設を建設できたのだ。いかにバブルの時代とはいえ、そんな土地の購入価格は知れたものだったからな」

「あの土地の地目は今も変わってはいません。他業種が工場を建てるわけにもいかなければ、宅地にも転用できない。施設を建設できるのは運送業だけです」

「購入当初は、すぐにでも関東地区への一大配送拠点を建設する予定だったのだが、バブル崩壊後、経済状況が低迷したせいで、全てを白紙に戻さざるを得なかったのだよ」

三瀬は言い訳がましい言葉を吐いた。

「だったらなおのことあの土地の有効利用を考えるべきじゃありませんか。塩漬けになったままの土地の上に金を産む施設を建てる。それに埼玉で、このビジネスを始めノウハウを作り上げてしまえば、そのまま巨大マーケットである東京への配送拠点に利用できます。何しろ加須の土地は約一万二千坪もあるんです。東北、甲信越への拠点としても充分な大きさです。フェーズを三つに分けたのはそういう理由からです」

「なるほど……」

三瀬が唸った。

「それにこのビジネスの可能性、いや成功させるのに埼玉はうってつけの地域です。首都圏のベッドタウンである上に、東京ほどではないにせよ企業の数も多い。郊外型の量販店と従来の小規模店が混在しています。まさに私が考えているB TO BCのビジネスを探るには全ての条件が揃《そろ》っています」

三瀬の視線が再びキャッシュフローが記載されたペーパーに落ちた。

「君の計算では、年八％のリターンがあるとされているが、これは確かかね」

「最低その程度のリターンは見込めるということです。システム、建物は全てバディへのリースにします。庫内作業にかかる人件費、運送費もしかるべき料金を取ります。それらから上がる利益を元に計算しても、これだけのリターンになります。もちろん、電器屋をネットワーク化することについては決して楽観視してはいません。相当な困難があるでしょう。しかし本部長、ビジネスには困難がつきものです。それに恐れをなしていては、新しい道は開けません。我が社が今日に至るまでの道のりだって同じでしょう。社主はたった一台のトラックと夫婦二人だけで会社を興《おこ》し、一軒ずつ顧客を開発し、更にはセールスドライバーという前例のない全く新しいシステムを考案して今の会社を築き上げたのではありませんか」

三瀬はじっとペーパーに目を落としたまま、何事かを考えている。

吉野は更に続けた。

「街の電器屋のほとんどは量販店に押され、苦しんでいるんです。生き残る道を常に探しています。埼玉で成功すれば、日本中の電器屋が黙っていてもこのビジネスに参入したいと手を上げるはずです。そして我々の手元には、黙っていても次のビジネスの糧《かて》が日々転がり込んでくることになるんです」

吉野は必死だった。何としても、三瀬の首を縦に振らせなければならない。靴を舐《な》めろというならば、犬のようにこの場に跪《ひざまず》き何度でも舐めてやる。

「お願いします。ぜひ、このプランをご承認下さい」

机に額を擦りつけんばかりに頭を下げた。

ふうっと長い溜息《ためいき》が聞えた。ぱさりと音を立てて、ペーパーが机の上に落ちる音がした。見上げた先に老眼鏡を外し、目頭を揉《も》んでいる三瀬の顔があった。

「話は分かった」

三瀬は目頭から指先を離すと、吉野をじっと見詰めた。

「それでは、常務会に諮《はか》っていただけるのですね」

「いや……それはできない」

「なぜです。このプランのどこが悪いのです」

吉野には分からなかった。鉱脈を掘り当てたというのに、資金の目処《めど》がつかないから止《や》めろとでも言うのだろうか。だとしたらあまりに馬鹿《ばか》げた話だ。

「そうじゃない」三瀬は底意地の悪い光りを目に宿しながら言った。「正直言って、俺もこのプランを推してやりたいのは山々なのだが……とても常務会でこの案が承認されるとは思えないからだ」

「そんなこと諮ってみなければ分からないじゃないですか」

怒気を露《あらわ》に吉野は大声を出した。

「お前だってウチがどういう会社か分かっているだろう？　社主のことだよ」三瀬は諭すように言った。「大阪で夫婦二人でたった一台のおんぼろトラックを駆って船場の問屋街を回り、それこそ寝食を忘れてここまでの会社にした。ウチのセールスドライバーの給与が他社に抜きん出て高いのも、営業から集金まで全て彼らが行っているのも、会社の中で一番偉いと公然と言われるのも、全ては社主が自ら歩んできた道を社員に投影しているからだ。社主は、運送屋は運送屋、その道で一番になることしか考えてはいない。新たなビジネスを創出するなんてことは、とても理解してもらえないだろう」

「それでは未来永劫《えいごう》に亘《わた》って、スバル運輸は……」

「とにかく社主はこの道でトップ企業になる。それしか興味がないのだよ。お前が何と言おうとな」

吉野の脳裏に、社主の曾根崎昭三《そねざきしようぞう》の顔が浮かんだ。確かあれは入社何年目かのことだった。会社の玄関から黒塗りの社用車に乗り込む姿を見かけたことがあったが、一代で大企業を築き上げた成功者に相応《ふさわ》しい意志の強さと、三万二千余の社員の頂点に君臨するに相応しい、人を寄せ付けない威厳だけが強く印象に残っていた。

「だが、この案を没にするのは余りにも惜しい。どうだ、このコピーカウンターを使って、従来のバディのビジネスを伸ばす。我々はそのコンサルティングとシステム構築、それに倉庫間転送を請け負うというあたりで、話を進められんか」

三瀬はとりなすように言った。

「それでは画竜点睛《がりようてんせい》を欠くと言うものです。意味がない」

「だったら、止《や》めるんだな。俺は協力できんよ」

そっぽを向き三瀬は頑として吉野の言葉を撥《は》ね付けた。

奥歯がぎりぎりと鳴った。もちろんこれだけの絵を描けるのはスバル運輸という組織があってのことだということは分かっている。しかし、企業に於《お》いては、最高意思決定機関である常務会の承認を得なければどんなプランも通らない。そしてその場にこのプランを提出するか否《いな》かの権限を握っているのは誰でもない、この三瀬だ。さすがの吉野もこの時ばかりは組織というものの存在が恨めしかった。

じりじりするような時が流れた。重苦しい沈黙が二人の間に流れた。やがて三瀬が勝ち誇ったように口を開いた。

「どうなんだ、吉野。イエスかノーか」

どちらにしても結果は最悪だ。自分の考えたプランが中途半端《はんぱ》なもので終わることを呑《の》むか、それとも無に帰すかを三瀬は迫ってくるのだ。

吉野は答えあぐねて三瀬を睨みつけたまま沈黙した。しかし、ここでノーと言ってしまえば全《すべ》てが終わる。少なくとも、コピーカウンターの件を承認させておけば、今後の展開次第では、チャンスは訪れるかもしれない。

「分かりました。おっしゃる通りに致します」

吉野は血を吐くような思いで、三瀬の提案を呑んだ。惨《みじ》めだった。敗北感と怒りで胸が張り裂けそうだった。満足そうに肯く三瀬。吉野はその横っ面《つら》を殴り付けたい衝動をすんでのところで堪《こら》えると、憤然と席を立った。

「吉野。まだ話は終わっちゃいないよ」

まだ何かあるのか。

振り向いた吉野に三瀬は平然とした顔で言った。

「常務会にこの案を提出するにあたって、一つ条件がある」

「何でしょう」

「君の仕事は新規事業を開発することだ。この仕事が立ち上がった時点で、君には手を引いて貰《もら》うよ」

「どういうことです」

「ビジネスが軌道に乗れば、それ以降既存の営業部が引き継ぐということだよ」

つまり、三瀬はこう言っているのだ。美味《おい》しい果実は自分が担当する第一営業部が全てもぎ取ると。それが延《ひ》いては自分の実績となり、社内での地位を確固たるものにすることを目論《もくろ》んでいるのを吉野は瞬時にして悟った。

「いいでしょう」

「いやに聞き分けがいいな」

三瀬は鼻をならすと続けた。「まあそれも当然か。無断で八千万円もの金を使って、コピーカウンターを開発させたんだ。いかに部長とはいえこれはまぎれもない越権行為だ。本来ならば懲罰ものだが、そこは君の熱意の現れだと解釈しておこう。しかし、君も大変だな。本年度のノルマはこれで達成できても、来年はまた一からやり直しだ。せいぜい新しいビジネスを創出するのに知恵を絞ってくれ。アイデアの枯渇《こかつ》は開発部の存在そのものにかかわってくるからね」

歯の間で嚙《か》みしめたフィルターがちぎれた。吉野は傍らにあったゴミ箱の中に、煙草《たばこ》を吐き捨てた。

コピーカウンターの件に関して三瀬の承認を貰ったからには、フロンティア電器との契約の問題はとりあえず片が付いた。だが、もはやそんなことはどうでもいい。元々このプランには首をかけて挑む覚悟があったからだ。

こんなでかいビジネスチャンスを逃すようなことになれば、生涯、悔いを抱えて生きていくことになる。

絶対にものにしてみせる。どんなことをしても、このプランを実現してみせる。あの三瀬に吠《ほ》え面《づら》をかかせてやる。

吉野は、闇《やみ》の中に漏れてくる一筋の光を探し求めるように、宙の一点を睨《にら》みながら次の手段を考え始めた。

*

七月も末に入ると、物量が目に見えて増え始めた。

お盆休みを見越しての駆け込み需要、それにお中元の荷物が殺到し、どうしても集荷にかかる時間が長くなる。勢い東京地区配送センターに戻ってから荷降ろしを終える時間も遅くなりがちだった。

『スバル運輸は信賞必罰』——その言葉に嘘《うそ》はなかった。夏のボーナスは、前年末までの業績が反映されることから、対象外である蓬莱には〇・四ヶ月分に相当する十六万円しか支給されなかったが、先輩社員の話からすれば、年末には優に百万を超える額が支給されるだろうと聞かされた。

蓬莱は、誰よりも早く配送センターを出、時間ぎりぎりまで集荷に駆けずり回った。単調極まりない毎日と言えばそれまでだが、流す汗の一滴一滴が家族を支える糧になる。そう考えると、きつい労働もさして苦にはならない。

最後の荷物をコンベアに乗せ、空になった籠《かご》を折畳み、プラットホームの片隅に片づけ終わると、蓬莱は初めて滴《したた》り落ちる汗を拭《ぬぐ》った。ドライバーのユニフォームであるコットンシャツは水に浸《つ》けたように濡《ぬ》れそぼり、上半身にべっとりと貼《は》り付いている。

作業場に掲げられた時計の針は、午後九時半を指そうとしている。

仕事を終えた解放感に満たされると、酷《ひど》い喉《のど》の渇きを覚えた。昼にコンビニで買った握り飯を三つ入れただけの体が新たなエネルギーを欲しているのが分かる。寮に帰り、冷えた一缶のビールと共に摂《と》る夕食が待ち遠しい。

蓬莱は作業場の片隅に置かれた給水機に歩み寄ると、冷えた水と一緒に塩の錠剤を飲み込んだ。

喉を落ちていく冷水が、心地よかった。体の熱が冷めていく感触に陶然とする思いがし、蓬莱は思わず大きな息をついた。

「おおい、蓬莱君」

管理棟に続く階段の踊り場の辺りから声が聞えた。見上げた先でセンター長の稲泉《いないずみ》が手招きをしていた。

何でしょうか、と返事をした蓬莱に向かって、

「君にお客さんだ。本社の新規事業開発部長の吉野さんがお見えになっている」

稲泉が傍らを流れるコンベアの騒音に負けないほどの大声で応《こた》えた。

吉野？――。もちろんその名前は覚えている。優秀セールスドライバー表彰式の際に言葉を交わした、数少ない一人だった。いやまともに会話を持った唯一《ゆいいつ》の人間と言ってもいいだろう。

あの吉野がいったい何の用事があってこんなところにまで出掛けてきたのだろう。

そんな思いを抱きながら、階段を上がると、

「六時から君の仕事が終わるのを待っていらっしゃる」

「六時？　それじゃもう三時間半も」

「ああ、そうだ。本当は君が戻ってきたところですぐに上がってもらおうとしたのだが、仕事が終わるまで待つ、と言ってね。すぐに事務室に行け」

稲泉は背中を押すと、せかすように言った。

短い階段を一気に駆け登り、事務室のドアを開けた。エアコンの冷気が濡れそぼった

シャツを通して忍び込んでくる。吉野はセンター長の傍に置いてある粗末な応接セットに腰を下ろし、雑誌に目をやっている。ドアの開く気配を察したのだろう、顔を上げ蓬莱の姿を認めると、ニヤリと笑い、やあ、というように片手を上げた。

「すいません。長いことお待たせしてしまって……」

頭を下げた蓬莱のすぐ目の前に、テーブルの上の灰皿に山となった吸い殻があった。

「何も君が謝ることはないさ。アポを取っていたわけじゃない。それに営業マンは待たされるのには慣れている」

吉野はヤニのこびりついた歯をむき出しにして笑った。

「それで、私に何か……」

「ちょっと話したいことがあってさ」

吉野は広げていた雑誌を閉じると、

「少し時間をくれないかな」

穏やかな声で訊《たず》ねてきた。

「それは構いませんが……」

「君、飯は」

「まだです。これから寮に帰って取るつもりでした」

「そうか、それなら飯を食いながら話そうか」

話は決まったとばかりに、吉野は早くも雑誌をブリーフケースの中にしまい込み始めている。

「でも、私、明日も仕事がありますし、そう遅くはなれませんが……」

「それほど時間は取らせない。寮で飯を食う時間程度で済む。それならいいだろう」

声は穏やかだったが、大きな瞳《ひとみ》に一瞬、有無を言わさぬ鋭い光が宿ったような気がした。

「蓬莱君。こんな時間まで部長は君を待っていて下さったんだ。ご一緒させてもらったらどうだ」

いつの間にか席に戻っていた稲泉の声が背後から聞えた。

「分かりました。それじゃすぐに着替えて来ますから、ここでお待ち下さい」

「いや、出口で待っている」

吉野は稲泉の方にちらりと視線をやると、ブリーフケースを手に立ち上がった。

蓬莱は一礼すると、一介のセールスドライバーに会うために、わざわざ本社の部長が訪ねてきた理由に考えを巡らせながら、ロッカールームに向かった。

暑い夜だった。足元からは昼の間に真夏の太陽のエネルギーをたっぷりと吸い込んだ熱の余韻が這《は》い上がって来る。

吉野は何も話さなかった。初めて口を開いたのは、東陽町の駅の傍にある居酒屋に向かい合って座ってからだった。

ビールの大ジョッキを二つ。それに肉体労働を強いられている身を慮《おもんぱか》ってか、腹に溜《た》まる料理を五品程注文し終えたところで、吉野はおもむろに訊ねてきた。

「どうだ、仕事は面白いか」

「面白いというより、充実感はあります。やればやるだけ数字が上がり、それが給与に反映されるんですから」

「今の仕事に満足か」

「はい」

ふっと笑うと、吉野は視線を落とした。歪《ゆが》んだ口元のどこかに、皮肉が籠《こも》っているような気がした。吉野はそのまま煙草を銜《くわ》えると、深々と吸い込んだ煙を吐き出しながら顔を上げた。

「人間ってのは不思議なもんでな。体を動かし、汗をかくような労働をすると、それだけで大した仕事をした気になっちまう。毎日やっていることは変わらねえが、充実感もある。何しろ一日一日の仕事に区切りがあるからな。今日の仕事を終えさえすれば全ては終わりだ。明日のことを考える必要もない。風呂《ふろ》に入って汗を流し、飯をかっ食らって寝ちまえばそれで終わりだ」

二人の前になみなみと注がれたジョッキが運ばれてきた。吉野はそれを軽く掲げると、一気に三口ほどを飲み込むと、どんと音をたててテーブルの上に置いた。

霜で曇ったジョッキ。本来なら一気に飲み干すところだが、皮肉めいた言葉を聞いた後ではとてもそんな気にはなれなかった。蓬萊は軽く口をつけただけで、すぐにお通しに箸《はし》をつけた。どう言葉を返していいか困ってしまったからだ。

「君は自分の十年先を考えたことがあるか」

吉野はおもむろに訊ねてきた。

「そんな先のことなんて考えたことありません。毎日、いかに多くの荷物を集めるか。今の自分の頭の中にあるのはそれだけです」

「それじゃ、この先もセールスドライバーをずっと続けていく。そう考えているのか」

「そんなこと、分かりませんよ。毎日課せられたノルマをどう達成するか、今はそれだけで頭がいっぱいなんですから」

意地の悪い問い掛けに、不快感が込み上げてくる。感情をセーブしようと思っても、言葉がぞんざいになるのが自分でもはっきりと分かった。

「セールスドライバーをやっていけるのも、目覚ましい実績を残せるのも体力のある今のうちならではの話だろう。いずれ仕事に体が追いつかなくなる時が必ず来る。だがな、頭を使う労働というものは違う。歳《とし》や体力に関係はない。発想力と実行能力が続く限り、仕事はなくならない。ましてやウチのような大組織にいれば、プランが実現可能と判断されれば、金も人も自由に使うことができる」

「それはおっしゃる通りでしょう。しかし、今の私にはこれしか仕事がないんです」

「お前、そんな仕事をしてみたいと思ったことはねえか」

吉野はじろりと蓬莱を睨みつけながら、また一口ビールを飲んだ。

そんなことはただの一度たりとも考えたことはなかった。高校、いやそれ以前から野球漬けの日々を送ってきた身だ。勉強は人並みにやったつもりだが、ビジネスの最前線で活《い》かせるような知識など、頭のどこを探ってもありはしない。しかし、その一方で、吉野がなぜ自分をここに呼んだのか、次に何を切り出そうとしているのか、おおよその見当はついた。

「吉野さん。もしかして、あの表彰式の時にお話しになった、家電店をネットワーク化して、文具通販の代理店にする。あのことをおっしゃっているんですか」

「お前、やっぱピッチャーをやっていただけあって勘がいいな」今度は茶化すような口調で言うと吉野は続けた。「そうだよ、その通りだ。そのプランを実現させるために、お前に少しばかり働いて欲しいんだ」

「だけど、文具通販の市場なんて、プロンプトの独壇場でしょう。代理店のネットワークだってすでに全国規模で確立されている。そんなところに、電器屋が後発会社の代理店になってどうやって食い込めるんです」

「だから、つまんねえ固定観念に捕われんなって言っただろう。もちろん、こんな話を持ちかけるからには、それなりの考えがあってのことだ」

　吉野はブリーフケースの隣に置いた紙袋の中から、見慣れない機械を取りだすとテーブルの上に置いた。

「何です、それ」

「こいつはな、コピーカウンターと言って——」

　それから吉野は三十分ばかりの時間を費やし、蓬萊が口を挟む暇を与えることなく熱弁を振るった。

「いいか、当日配送の必要性がなくなれば、物流コストは格段に下がる。浮いたコストはそのまま価格に反映できる。同じ物を買うなら、安い方から買う。それが消費者というものだ。さらにそこに家電製品を組み入れる。街の電器屋が一丸となって共同仕入れを行うことは不可能だろうが、文具通販が仕入れ、電器屋が販売代理店になるというなら、大手量販店に充分対抗できる。今までの利幅を確保しながらな」

「どうしてです。大手量販店にしたってメーカーからの直接仕入れ、文具通販だって同じでしょう。電器屋に利益を落とそうとするなら、その分文具通販は販売価格を上げなきゃならない」

「文具通販の場合、店舗、人件費といった固定費はゼロだ。それを販売価格に反映すりゃ、販売価格は充分大手量販店に対抗できるレベルまで下げられんだろ」

あっと蓬莱は息を呑《の》んだ。確かに吉野の言うとおりかも知れないと思った。その反応を見て、意を強くしたのか、吉野はさらに続けた。

「扱う品目はそれだけじゃない。これに日用雑貨を加え、一般家庭に通販ネットワークを広げる」

「一般家庭に……ですか？」

「お前、この間、街の電器屋の商売なんて、電球一つ換えられない高齢者家庭がせいぜいだと言ったよな。これから老人人口はますます増える。電球だけじゃなく、トイレットペーパーやオムツ、洗剤や飲料。重いものや嵩張《かさば》るものを注文すれば翌日には配達してくれる。それもほぼ客が望む時間に届けてくれる上に、価格はどこよりも安い。そんなサービスがあったら便利だと思わないか」

「それは、そうには違いありませんが……」

「電器屋に支払われるマージンは、配送料なんてケチなもんじゃない。商品によって利幅は違うが、従来の文具通販が代理店に落とすマージンをそのまま適用できれば、販売価格の七%から三〇%。平均では一一%にはなる。朝一番にはその日の配送物をスバル運輸のトラックが店に届ける。そこから先は、ほとんど眠っている電器屋の車が届ける……もちろん一オーダーあたりの最低金額は決めておく。それに満たない場合はしかるべき運送費を加算するから絶対に損はしない」

「でも日用雑貨は生協がすでに扱っていますよ」

「生協は発注、配送とも週一回か二回がせいぜいだろう。しかも配送は翌週、こっちは毎日だ。どっちが便利か、説明はいらねえだろう」

舌を巻いた。欠点を探そうにもすぐには思いつかない。ビジネスには素人《しろうと》の蓬莱にも、吉野のプランは極めて良くできていると思われた。脳裏に日々の売上に頭を痛め、減り続ける客に途方に暮れている家族の姿が浮かんだ。

もし、吉野の描いた絵が現実のものになるとすれば、毎朝店頭には配送する荷物の山ができ、父と兄は大型商品の設置、日用雑貨の配送にと追われることになる。そして荷物の山はそのまま店の収入へと直結する。もはや来店する客の多寡《たか》に頭を痛めることもない。

『頭を使う労働――』。吉野が言った言葉の意味の重さが蓬莱の心を揺さぶった。まさに目が覚める思いがした。

「……吉野さん。それで、私に何をしろと」

次の瞬間、蓬莱は興奮した声で訊ねていた。

「このプランに、お前の家族がどう反応するか。それを聞かせて欲しい。その上で、乗ってくる店がどれほどあるか、それを調べて欲しい」

「しかし、ウチが興味を示したとしても、他の店の人が何というか……」

「何も電器屋の全《すべ》てを代理店にしようなんて思っちゃいねえよ。むしろ電器屋全部がこの話に乗られたら困る。何しろ、電器屋は全国に四万五千以上もあるんだ。全部に手を挙げられたんじゃ、代理店の商いが薄くなり、共倒れだ。エリアによっての適正数というものがあるからな。当面、埼玉でどれほどの電器屋がこの話に興味を示すか。それを知りたい。もちろん、その仕事をやって貰《もら》うからには蓬莱、お前の店は一号店としての先行者利益が得られることを保証する」

吉野はきっぱりと断言した。

東京の気温が連日の真夏日を記録して一週間目の休日、蓬莱は藍子《あいこ》を伴って実家を訪ねた。

スバル運輸の現場勤務は年中無休ということもあって、勤務は四週六休、つまり四週間で六日の休みというシフト制を取っていた。日々の仕事で体を酷使することには慣れてはいたが、仕事から解放されると蓄積していた疲れがどっと出る。休日の前には、配送センターから藍子の待つアパートに戻り、翌日はひたすら惰眠を貪《むさぼ》る。四年生になり夏の盛りを迎えたというのに、未《いま》だ就職先の決まっていない藍子は、日中は家を空けていることの方が多かった。それでも夕方になると、近所のスーパーで買った食料品を手に戻って来ると、ささやかだが愛情のこもった手料理が食卓に上った。

二人きりで過ごす時間は、何物にも代え難い貴重なものだったが、今日ばかりはそうも言っていられない。

吉野に話を持ちかけられてから二日。その間、蓬萊は寮に戻ると一人、何度も彼のプランを検証してみた。

否定する要素はどうしても思いつかなかった。むしろ吉野のプランが実現すれば、経営難に苦しむ家電店にとって、起死回生の一発になるように思えてくる。もっとも吉野のプランを検証するだけの知識や経験があったわけではない。唯一《ゆいいつ》言えることは、文具通販の代理店になるに当たって、少なくとも家電店にはメリットはあってもリスクはない、ということだ。

試しに昨夜、藍子に吉野から貰った資料を見せてみたのだが、一読した彼女は、

「これ、面白いと思う。コンビニが宅配までやってくれるようなものだもの。いやそれ以上だわ。だってコンビニは値引きなしの定価販売だけど、こっちはどこよりも安く商品を供給するんでしょう。消費者に仕組みを理解してさえ貰えれば、絶対うまくいくわ」

目を輝かせ、たちまち乗り気になったのが蓬萊の意を強くさせた。

強い日差しが降り注ぐ中を手を繋《つな》いで電車で三十分ほどのところにある実家に向かった。駅前に軒を連ねる商店街の一画に『蓬莱電器』と書かれた看板が見えてくる。店の前で中の様子を窺《うかが》うと、昼が過ぎたというのに客の姿はない。一番目立つところに置かれた数台のテレビ。その隣には洗濯機が一台。左の壁面には二種類のエアコンが展示されている。

前に来た時より、品揃《しなぞろ》えが薄くなっているようだ。

店内に入ると、エアコンから吹き出してくる冷気が火照《ほて》った体から熱を奪っていく。

「いらっしゃいませ」

気配を感じとったのか、奥から兄の晋介《しんすけ》の声が聞えた。

「兄さん、俺だよ」

「何だ、秀樹か」

昼食を取っていたのだろう、咀嚼《そしやく》していた物を飲み込むと、晋介は少しばかり拍子抜けしたような口調で言った。

「何だはないだろう。久々に帰って来たのに」

「いやあ、悪い、悪い。てっきり客が来たのかと思ってさ」

晋介は努めて明るく振る舞ったつもりだったのだろうが、表情のどこかに落胆の色が滲《にじ》み出ている。

「店の方はどう？　今年の夏は猛暑だからエアコンはいつもの年より売れているんじゃない」

「業界全体では売上絶好調とは言うけどさ、街の電器屋はどこも青息吐息だ。注文してから設置まで、一週間かかっても、やっぱ客は品揃えも豊富なら、価格も安い量販店に行っちまう。ウチに来りゃ、すぐに設置できんのに、いっそ冷夏で業界全体の商売が冷え込んでいるってんなら諦《あきら》めもつくってもんだけどさ」吐き捨てるように言うと、「まあ入れよ」先に立って居間へ上がった。

使い古されたテーブルを囲んで、両親がラーメンを啜《すす》っている。出前のものなんかじゃない。インスタントラーメンを鍋《なべ》で煮ただけのもので、具は何も入ってはいない。そこからも店の商売が以前にも増して苦境に陥っているのが窺い知れた。

両親に一通りの挨拶《あいさつ》を終えた所で、

「今日はまたどうしたんだ。珍しいじゃないか。いきなり訪ねてくるなんて」

晋介が再び箸《はし》を取ると言った。

「兄さん。いや父さんにも意見を聞きたいことがあってね」

蓬莱は早々に切り出した。

「何だ、改まって」

「実は今、スバル運輸が新しいビジネスを始めようとしているんだけど……」

「新しいビジネス？　運送屋が何をおっ始めようとしてんのか分からねえが、電器屋の意見を聞いたってしかたねえだろう」

晋介は興味の欠片《かけら》すら覚えないといった態でラーメンを啜る。

「兄さん、いつか電話で言ったことがあったよね。最近では近所の会社や商店も、電球一つ買うにしても文具通販を使うようになったって」

「電球だけじゃねえよ。電話、電子レンジ、オーブントースター、空気清浄機、掃除機、CD－ROMにフロッピー、湯沸かしポットに冷蔵庫まで扱ってんだもんなあ。一般のお客さんが、量販店に取られて頼みの綱は古くから付き合いのある中小企業や事務所だったんだけどさ、今じゃそれもどんどん文具通販に持って行かれてしまう」

「その文具通販の代理店をやってみるつもりはない」

「はあ？」箸が止った。一瞬の間を置き、晋介はその手を左右に振ると、「無理だよそんなこと。絶対無理」

あからさまに呆《あき》れた口調で言った。

「どうしてさ」

「今の話を聞きゃあ分かんだろう。ウチの客先だったところが、文具通販から物を買い始めたってこたあ、すでに代理店が食い込んでいるってことだ。代理店になったところで、そう簡単に取引先を替えて貰うことなんてできやしねえよ」

「それをひっくり返せるとしたらどうさ」

「やれやれ」晋介は箸を置くと溜息《ためいき》をついた。「客が取引先を替えるっていうのはさ、従来使っている業者よりも新規の業者の方にメリットを見いだした場合だろ。客にとって最大のメリットって何だと思う。品揃えと価格だ。文具通販なんて、どこを取っても同じだ。そりゃあ、昔からの義理で乗り換えてくれる客がいないわけじゃないだろうが、数は知れているさ」

「兄さん、一つ忘れていることがあるよ」

「忘れていること？」

「サービスだよ」

「文具通販のサービスなんて、どこだって同じことをしてるんだろう」

「だから、今までにない高い付加価値を持った、それも本当に客のためになるサービスを提供できるとすればどうかな」

蓬莱は吉野から貰った資料を晋介の前に差し出した。

怪訝《けげん》な表情を浮かべながら、それを手に取った晋介の目が、一ページ、また一ページと紙を捲《めく》る度に、真剣なものへと変わっていく。

途中で、二人の会話を聞いていた父が「何が書いてあるんだ」と口を挟んだが、晋介は取り憑《つ》かれたように資料に没頭して一言も発しない。

丼《どんぶり》の中の麺《めん》が汁を吸ってすっかり伸び切った頃、晋介はようやく顔を上げ、ふうっと長い息を吐いた。

「驚いたな」

晋介は、口をあんぐりと開けたまま、蓬萊を見た。

資料には、吉野のビジネスプランが一読して誰にでも分かるような文章となって書き記されていた。

さすがに大学に在学していた頃は企業の研究職を目指していただけあって、受け売りに過ぎない蓬萊の説明よりも吉野が準備した資料の方が分かりが早い。

「なるほど、カウンターに通信機能を持たせれば、紙やトナーといったＯＡ機器の管理は事実上フリーになる。当日配送がなくなれば、配送コストは落ちる。それを武器に客の文具購入先を変更させる。さらに取り扱い品目を家電製品や日用雑貨に広げ、一般顧客にビジネスを拡大する。その顧客開発、債権管理、配送を俺たち電器屋に任せようというわけだな」

「電器屋は地域の状況を良く知っている。今だって電球を取り換える、あるいは電器製品を設置するために家の中に入り込む機会は当たり前にある。一般のお客とコミュニケーションを取る素地はある程度すでに確立されている。一旦《いったん》物が流れ出せば、後は毎日店に届けられる受注商品を届けるだけで、受注金額に応じた割合の金が入ってくる。つまり物理的に品揃えを増やす必要もなければ、在庫を抱える必要もない。もちろん店舗を拡張することもない。今までと違うのは、眠っている車を使って物を届けるだけだ」

晋介は再び資料に目を転ずると、腕組みをし、暫《しばら》く考えているようだったが、

「確かに、これは面白い。いや、家電店にとっては起死回生の一発となるかも知れないな」

呻《うめ》くように言った。

「それでさ——」

蓬萊は、吉野の要請を切り出そうとしたが、

「でも、問題がないわけじゃない」

晋介は蓬萊の言葉を遮ると続けた。

「最大の問題は、このビジネスの利便性をどう客に認知させるかだ。資料を読む限り、企業相手には、こちらが足を運び一旦カウンターを取り付けることに成功すれば、商品は流れるようになるだろうが、一般顧客に対しての戦略がない」

「そりゃあ一気にこのサービスを一般顧客に認知させることは難しいだろうさ。最初は今付き合いのある馴染《なじ》み客から始めていかないと……」

「つまり口コミで広がることを待つ、というわけか。しかし、ウチが出入りしている先なんて、それこそ爺《じい》さん婆《ばあ》さんの二人暮らしってところがほとんどだぞ。確かに口コミ

の威力というのは馬鹿《ばか》にならんだろうが、お年寄りの行動範囲は限られている。こうした商材の場合、口コミが圧倒的威力を発揮するのは主婦層だ。それを取り込む策を講じないことには、認知されるのは難しいだろう」

「それでもこの周りの企業や事務所を客にできるだけでも、大きな商いになるんじゃないの」

「それともう一つの問題は、オーダーの方法だな」

晋介はさらに続けた。

「受注業務の効率性を考えれば、最も楽なのはネットを通じて客がオーダーを入れてくれることだ。オペレーターもいらない。客がマウスをクリックしさえすれば、そのまま出荷指示が倉庫に転送される。しかし、高齢者の場合、パソコンなんて代物《しろもの》は持っちゃいない。となれば、ファックスを使うか、あるいはオペレーターを置き、直接電話で注文を受けるしかない」

「今の時代、老人家庭だってファックスぐらい持っているだろうさ」

「まあ、息子や娘が新機種を購入する時に、不要になった古い器械をもらうというケースはままあるだろうが、使うのは主に受信だけだろう。発信のしかたが分からないってところの方が多いんじゃないかな。俺も前にプロンプトのカタログを見たことがあるんだが、所定の用紙に製品番号と数量を記載すれば事足りるようにできている。おそらく、それをスキャナーにかければ、データがそのままコンピュータに取り込まれるって寸法なんだろうが、電話で直接の受注となると……」

「これは僕の推測だけど」蓬莱が口を開いた。「その役割を電器屋に求めているんだと思うよ」

「どういうことだ」

「どっちにしたって、このビジネスを売り込みに行くのは電器屋だろう。ファックスにはメモリー機能がついている。一旦番号を記憶させさえすれば、あとは用紙をセットしてボタンを一つ押すだけだ。その程度のことならお年寄りだって難しくはないだろう」

「まあ、そう言われればその通りかも知れんが……」

晋介は再び腕組みをして資料に目を落とした。

「それでね、兄さん。スバル運輸はこのプランを是非、実現させたいと考えてるんだ。家電店のネットワークを使えば、本来の商売ネタである電化製品も大手量販店に負けないだけの価格で販売することができる。利益もちゃんと上げられる。だけどいかに有望な事業でも一気に全国規模に広げるわけにはいかない。限られた地区で実際にこのビジネスを試し、どんな問題があるのか、どこを改善しなければならないのか、ノウハウを蓄積しないことにはリスクが大き過ぎるからね。それをこの埼玉でやりたいと言っているんだ。どうだろう兄さん。心当たりのある仲間に声を掛けてみてはくれないだろうか」

「面白い話だとは思うが……」

晋介はどうしたものかといった態で、父の方を見た。

その時、「ちょっといいでしょうか」と、今まで一言も発することなく話を聞いていた藍子《あいこ》が、初めて口を開いた。

「私、この話はやってみるだけの価値はあると思うんです。私も資料を読ませていただきましたが、このビジネスはきっと大きくなります。プランの中では、一般消費者は主に老人や赤ちゃんを抱えた家庭となっていますが、それに留まらない。どの年齢層にも、受け入れられると思うんです」

いつになく、熱い口調で話す藍子の勢いに気圧《けお》されたのか、

「どうしてそう思うの」

晋介は、少したじろいだ様子で訊《たず》ねた。

「少しでも安く買いたいと思うのは、歳《とし》なんか関係ない。誰だってそう思うに決まってます。現品さえ店頭で確認できれば、後は通販で買う。そういった流れを作るのはそう難しい話ではないと思うんです。さっきお義兄《にい》さんは、主婦層の口コミとおっしゃいましたけど、昼の公園や児童館に出掛ければ、幼児を抱えたお母さんたちがいっぱいいるじゃありませんか。生協だって共同購入しているところでは頼んだ商品を受け取るため

に、主婦が一斉に集まってきます。幼稚園、保育園、託児所はそのまま大量購入の客先になるでしょう。もちろん、そうしたところでカタログを配布するのは、代理店の告知活動の一つです。それなりの汗は流さなければなりません。だけどこのビジネスを一般消費者のあらゆる年代層に認知させる方法なら、いくらでもありますよ」

藍子は身を乗りだすと、思いもしなかったアイデアを話し始めた。

＊

東京地区配送センターで働く蓬莱を訪ねて二週間が経《た》とうとしていた。

その間、吉野はフロンティア電器に支払うコピーカウンターの開発経費の稟議書《りんぎしょ》を作成し、直属上司である三瀬《みせ》に提出を済ませていた。彼の承認はすでに取り付けていたとはいえ、最終決裁者である社長の印を貰《もら》うまでには、企画部長、財務部長、それにプランが実際に動き始めてからは最初のテストエリアとなる東京支店長、さらには直接このビジネスとは関係のない役員連中の承認までをも得なければならない。

当然決裁者の誰もがそう簡単に承認印を押すわけではない。企画の内容を詳細に検討し、納得がいって初めて印を押す。

吉野は一つ承認印が増える度に担当者を訪ねては、企画書を広げ説得に追われる日々を過ごした。もちろん、説明の内容は、三瀬に承認を得た範囲内のことだ。

つまり、八千万円の投資は、あくまでもフロンティア電器が開発したPHS内蔵型コピーカウンターの開発経費にあてるもので、その狙《ねら》いとするところはこの器械を使ってバディのビジネスを伸ばす。スバル運輸はコンサルティング・フィーとシステム構築、それに倉庫間転送を請け負うというものである。

決裁者の人数は、社長を含めて十名。三瀬の事前の根回しのせいもあって、難色を示す者はいなかったが、それでも毎日同じ話を繰り返し、最終決裁者である社長の下に稟議書を提出するところまで漕《こ》ぎ着けた時には、三瀬にプランを話してから一月近くが過ぎようとしていた。

本音を言えばこんな内部の根回しに時間を費やすよりも、本来のプランの実現に全精力を傾けたいところだが、全《すべ》ては蓬萊の返答待ちである。じりじりするような時間が流れていた。

進捗《しんちょく》状況を確かめようと、電話に手を伸ばしかけたのは一度や二度のことではない。だが、蓬萊が何のアクションを起こすことなく、自分の提案を放置しているとは思えなかった。

たった二度しか会ったことはないが、勘のいい男だ。それに何よりもビジネスに対しての熱意がある。長年商売を追い求め、その中で研ぎ澄まされた吉野の本能がそう告げていた。

ふと時計を見ると、午後十時を回っている。

今日も連絡なしか――。そう思った時だった。机の上に置いておいた携帯電話が鳴った。

「吉野さんですか？　蓬萊です」

待ち望んだ声が携帯電話から聞えてきた。真夏でも七時を過ぎると社内の冷房が切られるせいで、椅子《いす》から身を起こした背中にシャツがへばりつく不快な感触を覚えながら、吉野は電話を耳に押し当てると、

「待ってたよ。どうだ、そっちの様子は」

早々に切り出した。

「すみません、もっと早くに連絡を入れなければならなかったのですが、何分本業をこなしながらのことで……」

「そんなことはどうでもいい。状況を聞かせてくれ」

今回の話は、蓬萊とも全く無関係とは言えないが、彼はセールスドライバーが本業である。本当ならば、労《ねぎら》いの言葉の一つも最初にかけてやらねばならないところだが、吉野の口調はどうしても詰問調《きつもんちょう》になった。

「吉野さん。家電店の反応は、手応《てごた》え充分と言ってもいいと思います」

「そうか！」

回りくどい前置きをせずに、結論から話し出す姿勢がいい。吉野は思わず頰が緩むのを感じた。

「これまでの経過を順を追って報告します。吉野さんから預かったプランをまず最初に兄に話しました。最初は俄《にわか》に理解できないでいるようでしたが、企画書を読ませた段階で、明らかに反応が変わりました」

「興味を示したんだな」

「もちろんです」蓬萊は続けた。「しかし、ウチの実家一軒がこの話に乗ってもどうしようもありません。テストとして埼玉限定でこのビジネスを始めるにしても、どれほどの同業者が興味を示すかがキーになります。そこで日頃付き合いのある家電店経営者の反応を探ってみたのです」

「それで」

「話を聞いたどの店も、反応は上々でした。量販店や文具通販に侵食され、商いの規模が年々縮小しているのは、弱小家電店にとっては悩みの種です。投資もいらない。店の形態を変える必要もない。ただ少し今までより汗をかけば、それ相応の金が入ってくる。こんないい話はないとね」

「声を掛けてくれたはいいが、他の店の人たちに、バディやウチの社名を出しちゃいないだろうな」

「それを知っているのは兄だけです。他の店の人たちには、某文具通販業者、某運送会社がこういうビジネスを考えている、とだけしか言っていません」

「それを聞いて安心したよ。それで、どのくらいの店が乗り気になったんだ」

「県内ですでに八十五店舗、話を持ち掛けたほぼ全ての店が興味を示しています」

「八十五店舗！　そいつは凄《すご》い」

「正直言って、この数字を兄から聞かされた時には、我が耳を疑いましたよ」

「それだけ店の行く末に不安を抱えている経営者が多い、ということなんだな」

想像していたこととはいえ、吉野は改めて苦境に立つ家電店の現状を思い知る気がした。

「どの店も生き残りに必死です。文具通販のビジネスで上がる利益、それに本業である家電製品が量販店に充分対抗できる価格で販売でき、さらには日用雑貨も扱える。それも届けるだけで販売価格の一定金額が収入になるとなれば、弱小家電店にとっては夢のような話ですよ」

「しかし、これだけの短期間で、よくもこれほどの店と話をできたものだな」

「組合を通じて、日頃の付き合いがありますからね。もっとも組合とはいっても大型店出店対策、新製品の勉強会、カレンダーやタオル、お中元、お歳暮の共同購入をする程度で大したことはしていなかったんですよ。そのくせセールなんかしようものなら、抜けがけする気かと、すぐにクレームが入る。打開策を見いだそうと必死になっているのに、横並び一線主義を強いられる。そんな業界でしたから、どれ程の店が興味を示すだろうかと思っていたのですが、やはり時代とともに人の意識は変わるもんなんですね。問題意識を共有できる仲間に声を掛けてみたら、この数字です」

「一つ聞くが、お兄さんはその仲間に片っ端から話を持ち掛けたのか？」

「吉野さんは、興味を示した店のロケーションを気になさっているのでしょう」

「そうだ。特定地域に代理店が密集したのでは、商売の食い合いになるからな」

「ご心配なく。その点、兄はぬかりはありませんよ。企画書を読んで、おそらくプランが実行に移される際には、集中出店方式を取るつもりだろうが、へたをするとコンビニと同様、代理店が乱立する可能性があると言って、ロケーションには充分注意を払って話を持ち掛けたようです。それに私も受け持ちエリアは、スバル運輸の配送区分をそのまま応用できるんじゃないかと思いまして、事前にルートマップを渡したのです」

吉野は、蓬萊の話を聞きながら内心舌を巻いた。集中出店方式という言葉が出たこともさることながら、商圏をどう区分するか、正直なところ、物量が読めない今の時点でこれを決めることは極めて厄介な問題だと考えていた。しかし蓬萊が言うように、スバル運輸の配送エリアは長年のビジネスの中で蓄積されたデータを元に、一台の車が最も効率良く活用できる範囲とされたものだ。それをそのまま一軒の家電店の商圏とする。考えてみれば、実に理に適《かな》った発想だと思った。

やはりこいつにはビジネスセンスがある。蓬萊と出会ったのは自分にとっても天恵以外の何物でもない。

吉野は込み上げる嬉《うれ》しさを堪《こら》え切れずに、頰の筋肉が弛緩《しかん》するのを感じた。

「しかし、吉野さん。賛同してくれる同業者が現れたのは一歩前進ですが、同時に問題点も浮かび上がって来ました」

「聞かせてくれ」

吉野はノートを開くとペンを持った。

「一つは告知です。従来の文具通販が食い込んでいる企業やオフィスはまだしも、もう一つの一般消費者相手の商品についてはどのような告知活動を行うつもりなのですか」

「今家電店が抱えている客先には、すでにルートができ上がっているだろう。電球を換えるついでに売り込めばいいじゃないか。日用雑貨を翌日には確実に届けてくれるとなれば、便利この上ないサービスということはすぐに理解して貰えるはずだ。それと埼玉という地域に限定すれば、テレビコマーシャルだって打てる。全国ネットは論外だが、ローカル限定のコマーシャルならさほどコストはかからない」

吉野はかつて東亜物産にいた当時、オーストラリア駐在から帰任した同僚の体験談を思い出しながら言った。

彼が担当していたのは単価が極めて安い一般消費財。テレビというメディアを使ったのでは商売の帳尻《ちょうじり》が合うはずはないと思ったが、

『オーストラリアは広大な大陸だが、人口の密集地域は沿岸部に点在しているせいで、テレビのメインはローカルなんだ。日本じゃ儲《もう》けが知れてる商品を一般消費者に認知させるために、テレビコマーシャルなんて打てやしないだろうが、オーストラリアは違う。地域を限定すれば驚くほど安い値段で済むのさ』

埼玉限定ならばあの話がそのまま当てはまる筈《はず》だ。吉野はそう睨《にら》んでいた。

「最初の地域で成功例を作り上げることができるかどうかにこのビジネスの成否がかかっている。サービスを認知させるためには、ある程度の初期投資は覚悟している」

吉野は確信を持って言ったが、蓬萊の反応は思わぬものだった。

「おっしゃるように、全国ネットのテレビでコマーシャルを打つよりは、ローカル局は安くて済むでしょう。だけど吉野さん。料金が安いっていうのは、それだけ効果も薄いってことなんじゃありませんか」

「そうとは言いきれないだろう」

「確かに、僕も子供のころからローカル局で、個人商店に毛が生えた程度の企業がテレ

ビコマーシャルを打っているのを見ていましたよ。埼玉の場合キー局から外れたローカルはUHF局です。視聴者は東京のキー局から流される番組を当たり前に見られるんです。当然ローカル局の視聴率なんて知れたもんなんじゃないでしょうか。もちろん効果が全く期待できないというわけではないでしょうが……」

蓬莱の言葉が的を射ていることに反論の余地はない。吉野は返答に詰まった。

その一方で、わざわざこんな話を持ち出すところを見ると、蓬莱には何か考えがあるに違いない、と吉野は直感した。

蓬莱という男はそういうやつだ。代案もなしに、否定的な言葉を吐き連ねるような間抜けな男じゃない。

「何か、考えがあるんだな」

「考えといいますか……吉野さんには、そんなことは当たり前だ。すでに考えている、と怒られそうですけど……」

「いいから話してみろ。俺にだって考えの至らねえところはある。正直言うが、お前が話した、商圏の件な。スバル運輸の配送区分をそのまま代理店の商圏に使えるなんて考えもしなかった」

「じゃあ言います」蓬莱は一呼吸置くと、話し始めた。「サービスの内容やメリットという点に絞れば、テレビコマーシャルはある程度告知力はあると思います。しかし、一般消費者が求めているのは実際に自分たちが購入を考えている商品の詳細な情報なんじゃないかと思うんです」

「どうしてそう思う」

「零細家電店の商売の経験からこんなことを言うのもおこがましいのですが、消費者というのは情報を持っているようで実は無知なものなんです。常に何が売れ筋なのか、どんな商品がお薦めなのか、そうした情報を求めています。数多《あまた》ある商品の中の何がベストなのか、それを選ぶためにゆっくりと比較検討できる、そうした媒体がどうしても必要だと思うのです」

「確かに、お前の言う通りだろうな」

「実際、プロンプトを始めとする文具通販はテレビを使うことなく、ここまでビジネスを伸ばして来ました。もちろん商売の対象が企業相手だということもあったでしょうが、やはりカタログの力、つまり紙媒体の力というのは無視できないと思うのです」

「それじゃ何か、一家に一冊。ぶ厚い電話帳みたいな、カタログを配って歩くとでもいうのか」

「一般家庭に配るカタログとオフィスに配るカタログを同じにする必要はありません。もちろん一般家庭にもカタログは配りますが、内容は、価格、品質、家電製品ならば性能をこちらが自信を持ってお薦めできるものだけに限れば、商品をかなり絞り込むことができるんじゃないでしょうか。それにカタログといっても、従来の文具通販が配っているような見栄《みば》えのいいものである必要はありません。新聞紙に毛が生えた程度の紙を使ったもので充分です。よく近所のスーパーなんかのチラシが新聞に入ってますけど、けっこう便利なものですよ」

「しかし、お前、一般家庭に配るにしても、そんなものをめったやたらにポストの中に入れて回ったら、有り難がられるどころか文句が来るぞ。電話帳だって、迷惑だと思っている人間の方が多いんだ」

蓬莱が言わんとしていることは分からないではなかったが、消費者の反応が最初から好意的に出るとは思えない。吉野は首を振りながら言った。

「吉野さん」受話器の向こうから、遠慮がちな声が聞えた。「実は、お目にかけたいものがあるのです。一般消費者に配るカタログの原案。それをどう配り、受注するか。その一連の流れを、叩《たた》き台として作ってみたものがあるのです」

吉野は広い会議室の中で、一人その時を待っていた。

蓬莱から朗報がもたらされて、三日が経《た》っていた。すぐにでも会って家電店の反応、それに彼が考えたというプランを見たいという気持ちは山々だったが、年休を取らせたのではセールスドライバーのシフトに穴があく。吉野は蓬莱の次の休みを待った。

時刻はあと五分で約束の午後一時になろうとしている。蓬莱からのリクエストはただ一つ、パワーポイントの画像を投影できる器具を用意して欲しい、ということだけだった。その器械はすでにテーブルの上に用意され、スクリーンも下ろしてある。

あとは蓬莱のプレゼンを聞くだけだった。

電話が鳴った。受話器を取ると、岡本の声が聞えてきた。

「蓬莱さんがお見えです」

「すぐに会議室に通してくれ」

吉野は銜《くわ》えていた煙草《たばこ》を灰皿に擦《こす》り付けると、立ち上がりブラインドを下ろした。午後一時ちょうど、会議室のドアが開いた。

「おう、忙しいところをすまなかったな。さあ、入ってくれ」

真っ黒に日焼けした蓬莱は、本社を訪ねるということもあって、夏の盛りだというのに、スーツを着ていた。それに続いて、初めて見る若い女性が入ってきた。白のブラウスの上に濃紺のスーツを着用しているその姿は、これから入社面接を受けようとする学生そのものだ。

「こちらは？」

てっきり蓬莱一人で現れるものだと思っていた吉野は訊《たず》ねた。

「妻の藍子です」蓬莱は、少し照れたような笑いを口の端に宿しながら言った。「実は、今日お見せするプレゼン資料は、彼女が発案し制作したものなのです」

なるほどそれで合点がいった。

最初蓬莱がパワーポイントをと言い出した時には、セールスドライバーという職業とビジネスツールとの結びつきに意外な思いを吉野は抱いたからだ。

吉野は、儀礼に倣《なら》って名刺を差しだすと、名乗った。

「申し訳ありません。私、まだ学生なもので、名刺を持っていなくて……。蓬莱の家内で、藍子といいます。K大の環境情報学部の四年生です」

初々《ういうい》しさの残る顔に微《かす》かな緊張の色を浮かべながら、藍子は名刺を両手で受け、丁重に頭を下げた。

「それでは、今日のプレゼンは藍子さんがしてくれるんだね」

「そうです」

吉野の問い掛けに蓬莱が答えた。

「じゃあ、早々に始めてもらおうか。パワーポイントの投影機の準備はすでに済んでいる」

藍子は、手に提げていたバッグの中からパソコンを取りだし、投影機に繋《つな》げ始めた。その間に、蓬莱がプレゼン資料を手渡してきた。

席に着いた吉野は、すかさず十枚ほどの資料にざっと目を通した。資料の出来不出来は瞬時に分かる。要点が簡潔に纏《まと》められているか、提案の正当性を裏付けるだけのデータが記載されているか、その二点を満たしていれば、内容に期待が持てる。

藍子が制作した資料は、その二つの要件を充分に満たしているように思えた。要点だけが整理されたページとグラフやネット画面と思《おぼ》しきサンプル図が時系列に並んでおり、周到な準備の様子が窺《うかが》えた。

「それじゃ、どうぞ」

パソコンのセットが終わり、パワーポイントの最初の画面が、スクリーンに投影されたところで、吉野は言った。

「それでは始めさせていただきます」藍子は静かに口を開いた。「これからお話しさせていただく内容は、吉野さんがお考えになったプランを実行に移すに当たって、ビジネスをどう展開するか、いわば戦術にあたるものです」

画面が切り替わり、いよいよ話は本題に入った。

「すでにご承知の通り、ご提案には多くの家電店が興味を示しています。ただ、幾つかの問題点が指摘されたことも事実です。これはビジネススキームに関することではなく、プランを実行に移す場合、どういう形で消費者にサービスや価格面での利便性を告知するのか、という点に絞られます。プロンプトのように主に企業を相手にするというなら、新しく開発したコピーカウンターでOA機器の使用状況を把握し、管理の必要性がないというのは、充分な説得材料になるでしょうが、一般消費者を相手にするとなれば別の手段を考えなければなりません」

「なるほど、その通りだ」

Ｋ大の環境情報学部は名門だが、大企業に職を求めるより、ベンチャー志向の強い学生が集うところという話を聞いたことがある。さすがにプレゼンには慣れているとみえて、藍子の口調に澱《よど》みはない。

吉野は先を促した。

「吉野さんは、ローカル局でテレビ広告を打って消費者にこのサービスを認知させるということをお考えと聞きました。テレビ広告が全く消費者に効果がないとは言えないでしょう。しかし、スポットの広告は、ほとんどが十五秒程度。それだけの時間でサービスの内容を理解させるのは困難です。費用対効果を考えれば、あまり得策とも思えません。最近ではテレビショッピングが浸透し、専門のチャンネルもありますが、一つの商品を説明し購買意欲を煽《あお》るために、かなりの時間を掛け、それも何度となく同じシーンを繰り返して流すのが通常のパターンです」

「テレビショッピングだって、何も扱っている商品は一つじゃない。最も売上が見込める、いち押しの商品を流し、一度オーダーを貰《もら》えばカタログを送り付け、いわゆる普通の通販に繋げる。それが彼らのビジネススキームだ」

「おっしゃる通りです。テレビで紹介される商品は、消費者の購買意欲を煽る誘い水に過ぎません。そこから先は紙媒体に頼る従来のカタログショッピングと何ら変わりありません。言い換えると、一般消費者はカタログで商品を購入するということに、不安感も抱いていなければ、抵抗感も抱いていないことの証《あか》しだと思うのです。となれば、どうやって吉野さんがお考えになったプランに消費者の目を向けさせるか。その最初のきっかけをどう作るかが極めて重要になります」

藍子の話はもっともだった。吉野は深く頷《うなず》いた。

「吉野さん。もしも、プランが実現すれば、価格はどこよりも安く、商品はオーダーを貰った翌日にお客様の手元に届くのは間違いないのですよね」

「もちろんそれは確約できる」

「消費者にとって、最大の魅力は価格ですからね。それにサービスが加われば、価値は倍増します」

「それで、そのメリットをどう一般消費者に認知させるつもりなんだね」

「順を追って説明します。告知は三つの方法に分けて展開します。一つは、カタログの制作。これはオフィス用のものと、一般消費者用のものに分けて制作します。前者のカタログはコピーカウンターを売り込む際に手渡せばいいでしょうし、後者は日頃家電店が出入りしている一般家庭に置いてくれればいいでしょう」

「しかし、こう言っちゃ失礼だが、一般家庭といっても、街の電器屋の顧客の数なんてたかが知れているだろう」

「それがそうとも言いきれないのです。確かに、街の家電店の商い高はさほど多くはありませんが、うちクラスの店でも年に四千万円からの売上があります。高額な商品は、年間に数える程しか出ない。つまり売上のほとんどが電球や電池といった低額の消耗財であるにもかかわらずです。これは逆に考えれば、それだけ多くの人が来店して下さっているか、あるいは、注文を下さっているということの証しです」

「なるほど、必ずしも客の数は売上に比例するというわけではないと言うわけだね。言い換えればそれだけ多くの客にカタログを手渡す機会はあるということだ」

「そうです。ですからカタログは最低二種類のものが必要になるのです。一般消費者が電話帳ほどもあるぶ厚いカタログを貰ったところで、邪魔になるだけですからね。揃《そろ》える商品は、市場性がある上に、売れ筋の商品に絞れば、それほどの厚さにはならないでしょう。さらに家電製品、オムツや洗剤といった一般消費財、ペットフードといったように、それぞれのライフスタイルによって、カタログを分けられればベストです」

「しかし、そんなに何種類もカタログを作ったのでは、コストだけでも大変だ」

「そうでしょうか」

藍子は、ニッコリと笑うと吉野を見た。

「吉野さん。プロンプトのカタログを見て気が付いたのですが、あれに載っている商品は、市場でも人気のある商品が大半を占めていますよね」

「もちろん、ただ商品を揃えればいいというわけじゃない。需要がさほど見込めない商品を扱っていたのではデッドストックが増えるだけだ。その在庫金利だけでも馬鹿《ばか》にならない」

「じゃあ、黙っていても売れる商品を、どうしてわざわざメーカーは通販ルートを通じて販売するのですか」

「決まってるじゃないか。それだけ量が捌《さば》けるからだ」

「だったら、カタログ掲載する商品のメーカーからは、広告宣伝費を取ってもいいじゃありませんか」

「しかし、どれほどの客数が見込めるか……」

「それはスタートしてみなければ分かりませんが、カタログの効果は考えているほど小さなものではないと思いますよ。もちろんそれもやりようによってですが」

藍子は、パワーポイントの画面を変えた。

スクリーンに映し出された数行の文言を読んだ吉野は、胸中であっと叫んだ。

「カタログは店頭はもちろん、人気のある飲食店や駅でフリーペーパーとして配布します。これが第二の方法です。近年フリーペーパーの発行部数は急激に伸びています。首都圏で最大の部数を誇るフリーペーパーは、四百万部に上るものさえあります。しかし無料とは言っても発行元は広告を出稿する企業や、レストランなどから、しかるべき料金を取り充分な収益を上げています。このビジネススキームはそのまま今回のプランに応用できるのではないでしょうか」

吉野は思わず唸《うな》った。さすがにそこまでは頭が回らなかった。

素人《しろうと》の発想は、プロとは全く違う切り口で核心を突いてくる。いや、藍子の場合、もはや素人とは言えない。何よりもこのビジネスのポイントを確実に押さえている。とても学生の発想とは思えないものがあった。

「さらに一般消費者にサービスと価格のメリットを認知させるために、ウェブ上に価格ランキングサイトを立ち上げることを第三の方法として提案します」

「価格ランキングサイト？　何だねそれは」

考えもしなかったアイデアが次から次へと出てくる。吉野はぞくぞくするような興奮を覚えながら訊ねた。

「家電製品専門のサイトです。埼玉、延《ひ》いては全国の大手量販店の販売価格を調査し、商品毎《ごと》の実売価格を一覧として掲載するのです」

「そんなことができるものかね」

「できます」藍子は断言すると、「代理店になる電器屋の数に比べれば、大手量販店の数なんてたかが知れています。更新頻度は月毎になるのか、週毎になるのかは分かりませんが、当番制にして定期的に量販店の販売価格を調べるのはそう難しいことではありません。もちろん、大手量販店の品揃えは膨大なものですが、何も全《すべ》ての商品を調べる必要はありません。売れ筋の商品に調査対象を絞ればいいのです。消費者が欲しがっているのは、今どのメーカーのどの機種が売れているのか。それがどこで一番安く手に入るのか。そうした情報です。どこよりも安く売れ筋の商品が手に入り、しかもアフターケアは近所の電器屋がやってくれる。使い方が分からない、あるいは故障したら、電話一本で電器屋が飛んできてくれる。この利便性は、消費者に大きな安心感を与えるはずです。これは分業制で商売をしている大手量販店には絶対まねのできないことではないでしょうか」

またパソコンのキーが叩《たた》かれ、新たな画面がスクリーンの上に映し出された。

そこには『電器製品全国価格ランキングサイト』と書かれた模擬サイト画面があった。

「価格ランキングサイト自体は、ネット上では珍しいものではありません。ただ、既存のものはたとえば秋葉原の電気街、それもコンピュータ部品というように、地域、アイテムも限定されたものか、家電製品にしてもサイトを運営する業者にお金を払って載せているだけです。客観的な、それも全国規模というものは例がありません。これがもし実際に稼働《かどう》し始めれば、大きなニュースになるはずです。ネットユーザーだけでなく、既存のマスコミもこぞってこのサイトの出現を取り上げるんじゃないでしょうか」

「なるほど……。従来の客には手渡しで、あるいはフリーペーパーでカタログを配布する。その上、全国価格ランキングサイトという日本初のウェブサイトを通じて、ネットユーザーに我々のビジネスを認知させると同時に、購買意欲を喚起する……。確かに、そんなサイトは聞いたこともなければ、見たこともない。大変な話題になるだろうね」

「それにネットユーザーがこのサイトを認知するということは、そのままこのサイトを通じて、オーダーを入れてくれるお客様が増えるということにも繋がります。そうなればオーダーエントリーに要する手間は、事実上フリーになるのではありませんか」

吉野は感嘆の念を禁じえなかった。価格ランキングサイトなどということは考えもしなかった。このアイデアは使える！

穏やかな笑みを湛《たた》えながら、こちらを見る藍子の姿が、勝利の女神のように吉野の目に映った。

吉野は、テーブルの上に置いた煙草《たばこ》のパッケージに手を伸ばした。中の一本を取りだす手が震えた。前途が開けていく予感と興奮を抑えきれなかった。煙を深々と吸い込みながら、もう一度、手元にあるプレゼン資料に最初の一ページから念入りに目を通した。

カタログ、オーダーエントリーシートの見本。特にウェブサイトのサンプル画面などは、デザイン、レイアウト共に、サーバーにアップロードすれば、そのまますぐにでも使えそうなほど見事なものだった。

藍子のプレゼンをもう一度最初から脳裏で反芻《はんすう》してみる。

確かに藍子の言うように、オフィスサプライと一般家庭用の製品を一つのカタログに纏《まと》めたのでは、不要な情報が多すぎて、いずれの客にとっても使い勝手が悪くなる。そんなものを配ったところで、電話帳と同じ運命、つまりゴミと化すのは目に見えている。その点ターゲット毎に、アイテムを絞れば、種類は増えるが訴求力は格段に増す。それに両者の間で重複する商品だって少なくはない。要はカタログを分冊するのだ、と考えれば制作の手間は同じだ。製本のコストは増すだろうが、効果に比べればそんなものはたかが知れている。

そして藍子が制作したホームページ。出来栄《できば》えといいコンセプトといい、けちのつけようがない。何よりも全国価格ランキングサイトという発想がいい。同じ製品を買うなら、少しでも安くと考えるのが消費者心理というものだ。全国の量販店の実売価格が家庭にいながらにして即座に分かるのは大変な利点である。しかも近くの電器屋が同一商品をもっと安く提供するとなればアフターケアについての心配はない。販売者の顔が見えるのは大きな安心感に繋《つな》がる。そしてそれは、今は点として巷《ちまた》に散在する家電店をネットワーク化して初めて可能になることだ。その上、オーダーの翌日には、確実に客の手元に商品は届く。配送時間も、大手量販店や従来の宅配便よりも、遥《はる》かに融通が利《き》く。

これが話題を呼ばない筈《はず》はない。

「これ、あなたが一人で考えたの」

吉野は薄い煙を吐きながら訊《たず》ねた。

「まさか。義兄《あに》、それに主人と吉野さんから戴《いただ》いた資料を元に、声を掛けた販売店の反応を参考にしながら問題点を徹底的に洗い出したのです」

「でも、資料を作ったのはあなたでしょう」

「私はそれを纏めて形にしただけです」

「驚いたな」

吉野は初めて笑みを漏らした。

「ビジネスの最前線にお立ちになっている吉野さんにとって、内容は言わずもがな、稚拙なものと映ったかもしれませんが、素人《しろうと》なりに考えた結果なのです」

藍子はすっと視線を落とした。

「稚拙だなんて、とんでもない。正直言って、あなたが今行ったプレゼンの内容ね。私にとっては、考えもしなかった、というか、これから先プランを実行に移す段階で考えなければならないこと、そのポイントを全て網羅していると言ってもいい。まさに戦術の核心部分をついている」

「それじゃ……」

　藍子の顔が輝いた。その頬の辺りに、仄《ほの》かに赤みがさした。嬉《うれ》しげな顔をして、やりとりの一部始終を息を潜めて見守っていた蓬莱に一瞬視線が向いた。吉野が間違ってもお世辞なんかを言う男じゃないことを知っている彼の顔に、笑顔が宿った。

「久々に実のあるプレゼンを聞かせてもらったよ。それにしても藍子さん。あなたこれだけのプレゼン資料を用意し、さらにはサンプルとはいえ、ホームページまで作り上げるなんて、大したもんだね」

「学校のゼミでは研究成果を発表する機会が多いのです。もちろんその際には、パワーポイントを使いますし、厳しい時間の制約があります。それに学校の授業の一環として、個人のホームページを既存のソフトを使わずに制作することが義務づけられているんです。選択教科によっては、レポートもネット上で公開するということもままあることですから。この程度のものを作成するのは、コンセプトさえ決まれば然《さ》程《ほど》の時間はかかりません。もっとも今回の場合は、既存のソフトウエアを使いましたけど……」

　藍子は照れたような笑いを浮かべると言った。

「この程度っていうが、私のような年代の者には、大変なものに思えるがね」

　吉野の学生時代といえば、パソコンどころかワープロすらなかった時代である。いやコピーにしたって高くてそう簡単に使えやしなかった。レポートはオリジナルを教授に提出するもので、ゼミの発表といえば、黒板にチョークで要点を書きながら説明をするのが当たり前だった。

今の若い世代がパソコンを自在に操り、見事なプレゼンをするのも、ホームページのサンプル画面をいとも簡単に作成してしまうのも、当たり前の話なのかも知れないが、持てる技術を実践の場で発揮できる能力を持ち合わせている人間は稀《まれ》である。

一を聞いて百を知る部下を持つほど心強いことはない。ましてやそこに高い技術力を持つとなれば、尚更《なおさら》のことだ。

「藍子さん。あなた大学四年と言ったね。やはり就職はＩＴ関係に進むの？　それとも家庭に入るつもりなの？」

吉野は話題を変えた。

「実は、昨年からずっと就職活動をしているのですが、中々内定が貰《もら》えなくて……」

「そんなに高い能力を持っているのに」

「どうやら既婚者であることが、ネックになっているようなのです」蓬莱が口を挟んだ。

「女性の職場進出が進んだといっても、やはり既婚者となればいつ子供ができてもおかしくはない状況にあると採用側は考えてしまうようなのです。採用したはいいが、いきなり妊娠、育児休暇を取られてしまったのでは、会社に充分な貢献ができないうちに、制度だけを利用されて終わりってことにもなりかねませんからね。採用する側にしてみれば、二の足を踏むのも無理はないと思うのですけど……」

「それで藍子さんはどうなの。身に付けた能力を実社会で試すより、このまま家庭に入ることを望んでいるのかな」

「それでしたら、就職活動はしません」藍子の顔から笑みが消えた。「そりゃあ、いずれは子供を産みたいとは思っています。でも私だってその前に、社会に出て学校で学んだことを生かしてみたいと願っています」

「しかし、意に反して就職活動は思うようにいかない」

「はい……」

「じゃあ、もはや就職先に贅沢《ぜいたく》は言っていられないわけだ」

意地の悪い問い掛けだとは思ったが、吉野は今の藍子の置かれた立場を一つ、また一つ確認するように訊ねた。

「来年の新卒の募集は、去年のうちに終わっています。今では三年生が就職活動をしていて、すでに内定が出ている段階です……」

「あのね。一つ訊《き》きたいんだが、あなた、この仕事を私の下でやってみる気はないかな」

「それはどういうことでしょうか」

「つまりスバル運輸で働く気はないか、と訊ねているんだよ。このプロジェクトを実現させるためにね」

「でも、スバル運輸の来年入社の募集はすでに終わっていますよ」

「もちろんそれは知っているさ。それを承知で訊いているんだ」

「もしもそれが本当なら、こんな嬉しいことはありませんけど……でも……」

藍子の顔に怪訝《けげん》な表情が浮かんだ。

「今の時点では安請け合いはできないが、このプロジェクトが認められれば、あなたのような能力を持った人材が必要になる」

「スバル運輸ほどの会社でしたら、こんなホームページなんか簡単に作り上げてしまう人材が沢山いらっしゃるんじゃないですか」

「技術だけで言えばその通りだろうね。しかし、あなたは僕の企画書を読んだだけで、ここまでのプランをこれだけの短期間で作り上げた。これは現場のニーズを既に把握し切っているということにほかならない。組織というのは中々厄介なものでね。新規に事業を立ち上げようとすれば、当然人手が必要になる。だが能力に折り紙が付いた人間は常に何かしらの仕事を抱えている。えてして新規の仕事に回されてくる人間というのは、余剰となっている者が多いのだ。有能な部下を進んで差し出すような上司はどこの世界にもいやしないからね。そんな部下を貰って一から教育し、プロジェクトを進めるのは労力、時間のロスが余りにも大きい」

予期しなかった話の展開に、二人は顔を見合わせ、何と答えていいものか戸惑っている様子だった。

　そんな二人の姿を見ながら吉野はさらに続けた。

「この際だからはっきり言っておく。実はこのプランね、まだ会社の上層部から承認を取り付けてはいないんだ。もちろんバディの了解も取っていない」

「何ですって……そんな……」

　蓬莱の顔から血の気が引いた。

「それじゃ、このプランはあくまでも吉野さん個人がお考えになっていることで、会社はまだ知らないというんですか」

「正確に言えば、会社が承認したのは、ウチがそのシステムを構築し、商品の倉庫間転送を請け負うことだけだ。電気製品や一般消費財、つまりコンシューマー・マーケットに乗り出すことは却下された」

「それは酷《ひど》い。じゃあウチの立場はどうなるんです。会社名こそ出してはいませんが、すでに同業者に話を持ちかけ、八十五もの店が興味を示してるんです。兄が奔走したのも、スバル運輸が会社として本気でこのプランを実現しようとしているからだと思ったからこそのことです。吉野さん。それはないっスよ。あんまりだ」

　蓬莱は声を荒げて、吉野を責めた。

「蓬莱。そう怒るな。落ち着いて俺の話を聞け」

吉野はどすを利かせた低い声で言った。鬼だるまと言われる男にそういう声を出されて面と向かって反論してきたやつは今まで一人もいない。果たして蓬莱は口を尖《とが》らせたまま押し黙った。

「組織ってもんがどんなものなのか、もう一つだけ教えてやる」吉野は短くなった煙草を、もみ消すと続けた。「これだけの会社になるとな、経営を担《にな》う人間はリスクを好まない。失敗は即失脚に繋がる。特にウチの場合、黙っていても、セールスドライバーがノルマを達成してくれさえすれば、地位は安泰だからな。しかしな、蓬莱。この時代、新しいビジネスを模索することを止《や》めた会社に未来はない。もちろん役員室でのうのうとしている連中が定年を迎えるまでに、この会社がどうなるということはないだろう。だがな、スバル運輸がそれ以降も成長し続ける会社であるためには、従来の事業から何度も脱皮を繰り返し、新たな事業を創出し続けなきゃならねえんだ」

「それは分かりますが……」

「このプランはな、卵が先か、鶏が先かの話なんだよ」

「スバル運輸が本気になるのが先か、バディが本気になるのが先かの話だと言うのですか」

「そうだ。しかしこのプランの買い手はバディだ。彼らを本気にさせるためには、売り手である我が社がまず最初に本気である姿勢を見せなきゃならねえ。そのためには、会社の上層部の連中が首を縦に振らざるを得ない状況に追い込むことだ。つまり完全に外堀を埋めることが必要不可欠なんだよ」

「そのためには代理店となる家電店の意向を調べることが必要だったというわけですか」

「そうだ」

「でも吉野《よしの》さん。今会社の上層部は、このプランを採用することを却下したとおっしゃったじゃありませんか」

「オフィスサプライに関しては認めたよ。それも、コンシューマー・マーケットに大きなビジネスチャンスがあることも認めた上でね」

「どうしてです。プランの正当性を認めたのだったら、なぜゴーサインを出さないのです」

「リスクを冒したくないからだ」吉野はきっぱりと言った。「何しろこのプランを実行に移すからには、十九億円の初期投資が必要になる」

「十九億！」

年商四千万円ほどしかない電器屋を実家に持つ身にしてみれば、気が遠くなりそうな金額に違いない。蓬莱の顔が引き攣《つ》った。

「それだけの投資が必要と正面切って言い出されれば、誰だって腰が引ける」吉野は苦笑いを嚙《か》み殺すと、「しかしな、このビジネスにはその投資を補って余りある可能性がある」

断言した。

「そりゃあ、私たちだって吉野さんのプランに大きな可能性があることは認めています。だからこそ同業者の反応も探り、ない知恵を振り絞って、プレゼン資料や模擬サイトまで作ったんです。しかし、肝心の上層部の意向を家電店がその気になったというだけで、覆《くつがえ》すことができるんでしょうか。やはりオフィスサプライだけに止《とど》めておけと言われるのがおちじゃないんですか」

「俺だってそこまで頭が回らないほどの馬鹿《ばか》じゃない」吉野はニヤリと笑った。「本当のところを言えば、今日君たちのプレゼンを聞くまではその可能性は五分五分だと思っていた。だが、いま俺は確信を持って言える。このプランは必ず実行に移される。プロジェクトは正式に承認され、そう遠くないうちに、ゴーサインが下される」

「私たちが、考えたこんなプランが、会社を動かすものになるんですか」

藍子が俄《にわか》には信じがたいといった態で、心細げに言った。

「なる！」吉野は力強く肯《うなず》くと、「どんな会社にも常に会社を思い、未来永劫《えいごう》に亘《わた》って事業が成長し続けることを願っている人間はいる。その人物が首を縦に振れば、プロジェクトは絶対実現へと向けて動き始める。その時は藍子さん、是非あなたには私の下で働いて欲しい。そして蓬莱、君もだ」

二人の顔に交互に視線をやりながら言った。

「私もですか」

目をしばたかせながら問い返す蓬莱に向かって、

「確固たるネットワークを築くためには、お前もまた必要不可欠な人間だからな」

吉野は言い放つと、啞然《あぜん》としている二人を前に声を上げて笑った。

二人の前で大見得を切ったものの、プランを実現するためには、三瀬《みせ》を説得し、更にその上の常務会を通さなければならない。どうしたら三瀬の合意を得られるか。吉野は全身全霊を傾けて策を模索した。

まず最初に考えたのは、三瀬という男の行動原理だ。

いかに常務取締役営業本部長の役職にあろうとも、彼とて厳しく実績を問われる立場にあることは一介の社員と同じである。両者の間に違いがあるとすれば、地べたを這《は》いつくばるようにして商売を拾ってくる現場にいるか、事業部の管理者としての責任を問われる職責にあるかという点だけだ。

おそらく自分が立ち上げたビジネスを既存の営業部実績にしようとしているところを

見ると、すでにラインから外れた人間よりも、三瀬の息の掛かった部門の実績にすることにより、社内での地位を盤石なものとし、更に上を目指すという目論見《もくろみ》があってのことに違いない。元より、吉野は社内での出世など望んではいない。ただ、自分の描いた絵が現実のものとなりさえすればそれでいい。

そう考えると、三瀬を説得する手段は唯《ただ》一つ。彼の実績となる美味《おい》しい餌《えさ》を目の前にぶら下げ、それに食いつかせればいいのだ。

しかし、コピーカウンターの導入によって生じるビジネスプランに優《まさ》る餌はそう簡単には思いつかない。いや、いくら餌を小出しにしても、結局のところ全《すべ》ての案を呑《の》ませなければ結果は同じである。

吉野は腹を括《くく》った。駄目元でもう一度三瀬に正面からぶつかってみることを決意した。

役員室のドアをノックすると、来意を告げられていた三瀬が答えた。訪問の本当の目的を伝えたのでは門前払いを食らうことは分かっている。「コピーカウンターの生産計画とオペレーション開始に向けての進捗《しんちょく》状況を報告したい」吉野はとってつけたような目的を告げ、アポを取り付けたのだった。

ドアを開けると、感情を感じさせない三瀬の視線が吉野に向けられた。

「進捗状況などレポート一つ上げてくれれば済むものを、自ら足を運ぶところをみると、よほどいい知らせがあるんだろうねえ」

三瀬は早々に棘《とげ》を含んだ言葉を投げつけると立ち上がり、部屋の中央に置かれたソファに腰を下ろした。

「本部長のお力添えもあり、コピーカウンターの生産は再来月には始る予定です」

「再来月？　それは随分時間がかかるもんだね。すでに開発は終わっているんじゃなかったのかね」

「もちろん開発は終わっていますが、生産ラインの整備、それに部品の調達等事前準備がありまして、直ちにとはいかないのがメーカーの常なのです」

本当のことを言えば、正式な発注などしていない。フロンティア電器には開発費用の八千万円を支払っただけである。こうしたトリックが成り立つのも、コピーカウンターの購入費用はバディが持つと報告してあったからだ。つまり三瀬を説得し、プランを常務会で承認されるまで全てのことをやりおおす時間は二ヶ月しかない。まさに吉野は自らに背水の陣をしいたのだった。

「それで、バディとの交渉はどうなっている」

「大枠での合意はできています。後は細部を詰めるだけです」

吉野は平然とまた一つ嘘《うそ》をついた。

「それだけの報告をするためにわざわざ来たのかね」

早くも三瀬は吉野が腹に一物を持っていることを悟ったようだった。彼の瞳《ひとみ》に警戒の色が浮かんだ。

こうなったらつまらぬ駆け引きをしている場合ではない。吉野は腹に力を込めると、率直に切り出した。

「本部長。今日ここに伺ったのは他でもありません。私の当初のプランをもう一度考えていただけないかと……」

「またその話か」三瀬は嫌悪《けんお》の色を露《あらわ》にしながら言った。「その件ならば、考え直す余地などないよ」

「なぜです。折角スバル運輸が、ただの運送会社から脱却し、新たな糧《かて》を得ようとしているというのに、みすみすそのチャンスを逃すつもりですか」

「だから、何度も言っただろう。リスクが大き過ぎるんだよ。最終的に資本金の半分に相当する資金を注ぎ込むプロジェクト、しかもプロンプトという圧倒的シェアを握る会社があると言うのに、そんな大金を注ぎ込むなんて、正気の沙汰《さた》とは思えないね」

「正気の沙汰とは思えないのは、これだけのチャンスを見逃そうとしてる本部長の方です。それではお訊《たず》ねしますが、スバル運輸がこのまま一介の運送業に甘んじていて未来はあるのですか。郵政がいずれ民営化されれば、宅配貨物、我々のメインのビジネスである商業貨物の分野にも今以上の勢いで手を伸ばして来るのは明白です。事実、極東通運はその時に備えて、配送拠点を現在の二千八百ポイントから五千ポイントに増やし、着々と準備を進めています。宅配市場での競争が激化すれば、早晩商業宅配の市場に手を伸ばしてくる。その時、我々はどう戦うつもりです。対抗手段についてのお考えはあるのですか」

「郵政民営化なんてどうなるか分かったもんじゃねえだろ。与党の中でだって、反対してる議員は少なくないんだ」

「しかし郵政は危機感を持っていち早くその時に備えているじゃありませんか。事実、ゴルフやスキー、それどころかすでに業界最大規模のコンビニと専属契約を結び宅配荷物にも手を伸ばしている。生き残りを賭《か》けた戦いはすでに始っているんです」

「んなあこたあ分かってる」三瀬は吐き捨てるように言うと、「俺は不愉快だ。こんな不意打ちのような手段はもっとも嫌うところだ。帰れ。お前の顔など見たくもない」

腰を浮かせた。

「待って下さい！」ここで三瀬に席を立たれては全てが終わりだ。吉野は必死で食い下がった。「三瀬さん。あなたはもっと上のポジションを目指してるんでしょう」

どうやら図星だったようだ。ぎくりとした顔をして、三瀬の動きが止った。

ここが踏ん張りどころだ。理詰めではどうしようもない男だが、それならそれで方法はある。野心を抱いている人間ならば、それを擽《くすぐ》ってやればいい。吉野は一気に押した。

「だったら、あなたはスバル運輸の将来を考える義務がある筈《はず》だ。おそらく、ここ数年で個人宅配市場、商業宅配市場の双方共に環境は激変する。あなたがもし、その時社長になったらどうそれに対処するつもりなんですか。今の社長も、今年で六年目になる。慣例では社長の任期は二期八年。二年後には新しい社長が選出される。そんな時に、トップの座についても、今しかるべき手を打っておかなければ、業績は低迷し、その対処に奔走するだけだ。あんた、それでもいいのか」

「吉野、一つだけ言っておく。社長の座なんてな、狙《ねら》ってなれるもんじゃねえよ。正に時の運というやつでな。俺には興味のない話だ」

「嘘だ！」吉野は声を大にして断言した。「だったら、なぜバディの倉庫間転送の売上を既存の営業部に持っていこうとしたんだ。あんたが統括する部門の実績を上げるというなら、俺だってあんたの部下だ。そのまま新規事業開発部に任せておいても同じことだ。それを敢《あえ》て担当を変えるのは、あんたは、自分の腹心になるだろうと目す人間に恩を売り、しかるべき時に向けての布石を打つつもりじゃないのか」

「吉野、言葉に気をつけろ。妄言もここまで来ると、許容の範囲を超えているぞ」

三瀬は声を押し殺すと、ぐいと顔を近づけてきた。しかし、吉野は怯《ひる》まない。三瀬の言葉など聞えなかったというように更に続けた。

「社長になる人間はな。会社の全責任を持つんだ。年商七千五百億、従業員数三万二千。車両台数二万。人的、物理的資源についての全責任を背負うんだ。おそらく、郵政、極東通運との競争が激化したとしても、会社がただちにどうなるということはないだろう。しかし、今ここで新たなビジネスを手にしなければ、スバル運輸が辿《たど》る道は分かり切っている。運送業という一つのフィールドで戦う限り、他社に抜きんでたサービス、顧客が価値を見いだすサービスを提供しなければならない。だが、そんなものはすでに行き着くところまで来ている。時間指定にしても、クールにしても、荷物の直《じか》取り、代引き……おおよそ考えつくものは全てやっちまってる。そうなれば次にくるものは何か。価格競争しかないだろ。そうなりゃ文字通りの消耗戦だ。郵政や極東通運を向こうに回して、体力勝負で勝ち目があると考えているのかよ」

余りの語気の激しさに、さすがの三瀬も怒ることを忘れてしまったらしい。ただ吉野の顔を呆《ほう》けたように見詰めていたが、やがて口を開いた。

「お前の今の言葉、会社を思う余りの心情から出たものと解釈して忘れてやる。だがな吉野。俺を含めて役員というのはお前が思っているほど馬鹿じゃない。いま言ったぐらいのことは、充分に考えている」

「だったら、どんなプランを以《もつ》て対処するってんです。それを聞かせて貰《もら》いたいものですね」

そんなプランを考えだせる能力がある人間が、会社にいるとは思えない。大体、三瀬にしたところでそうだ。それだけの能力を持っているのなら、自分のプランを聞いただけで、もっとポジティブな反応を示したことだろう。

「うぬぼれるな！　お前はただの部長だ。平取ですらない人間だ。どういう権利があって、会社の戦略にかかわることを教えろなんて言葉が吐ける。分をわきまえて物を言え」三瀬も、我慢がならないといった態で語気を荒げた。「いいか、会社というのはな、組織の論理で動くものだ。それはお前のような一介の社員だけに適用される論理じゃない。常務会だって同じだ。考えてもみろ、仮に、仮にだぞ、俺がお前の案を常務会に提案したとしても、それが通ると思うか。資本金の半分に相当する投資を、誰が承認するってんだ。現実を良く見据えることだ」

「現実を見据え、将来を考えるからこそ言っているのです」

三瀬はゆっくりと首を振ると、明らかに皮肉の籠《こも》った笑いを浮かべた。

「もうその手には乗らんよ」

「その手？」

思わず問い返した吉野に三瀬は言った。

「お前が新しいビジネスを考え出す能力に長《た》けていることは認めてやる。実際、エクスプレス、スーパー・エクスプレスを始めとして、お前が起案したプランの中には、今のスバル運輸の大きな収益源となっているものも少なくない。だがな、成功したビジネスの裏で、物にならなかったプランも山ほどある。普通の人間ならば、起案したプランの思惑が外れれば、その後始末に追われ汲々《きゆうきゆう》とし、責任を追及されるところだ。ところがお前ときたら、プランが思惑通りに運ばないと見るや、すぐに新しいプランをぶち上げる。周囲の人間が、新たに提示されたビジネスプランに目を奪われている間に、尻拭《しりぬぐ》いを部下に任せ、さっさとお前は新しいプロジェクトに専念しちまう。それがお前のいつもの手だ。そんなお前の身勝手な行動の陰で泣いてきた社員がどれほどいるか、考えたことがあるか。一度だって思惑通りに進まなかったプランのクロージングを自分でやったことがあんのかよ」

吉野は返す言葉が見つからず、思わず沈黙した。

そんな吉野の姿を見て、三瀬はさらに追い打ちをかけるように続けた。

「お前は夢に溺《おぼ》れ過ぎる。酔い過ぎる。お前のそんな姿を見ているとつくづく残念でならないよ。確かにお前は有能な社員だ。だがな、自己実現のためには組織の論理を曲げてでも、それを叶《かな》えようとする。お前の下では部下は育たない。今のセクションになぜ飛ばされたか、それが最大の理由だ。スバル運輸においてはな、組織の論理を超越した権限を持つ人間は一人しかいない。社主だけだ。だから吉野。この話は俺に何千回、何万回したところで無駄なことだ」三瀬は立ち上がると吉野に背を向けた。「もうこの部屋へは来ないでくれ。お前からのアポは受けない。報告は全てレポートでいい」

その日を境に三瀬は一切の接触を拒むようになった。

もしも、彼が一介の部長程度の役職にあれば、その上の本部長に話を持ち掛けることもありうる話だが、本部長、しかも常務となればまさに部門の運営の全責任を負う立場にある。その三瀬が首を縦に振らない以上、プランを実現することは不可能だ。

本来ならば、早々に方向転換を図り、新たなビジネスを創出するために知恵を絞らなければならないことは分かっていた。だが、今回のプランは、数々の新規ビジネスを創出してきた吉野にとって、規模、将来性の双方の観点から考えても、最大かつとてつもない可能性を秘めていることは間違いなかった。

惜しい。捨てるにはあまりにも惜し過ぎる。

未練と言われればそれまでだ。いかに成功への確信があったとしても、筋を通さなければならないのが組織の論理だということも承知している。ましてや、莫大《ばくだい》な投資を必要とされるプロジェクトともなれば、三瀬のみならず常務会の承認を得なければならない。よしんば、他の役員にこの話を持ち掛け、常務会に諮《はか》ることができたとしても、第一関門である三瀬でさえ説得することができなかったのだ。他の役員がプランを承認することはありえない。

吉野は完全に行き詰まっていた。将棋でいえば大勢が決し、次の一手すら見つからない。あとは詰まれるのを待つばかり。そんな閉塞感《へいそくかん》に襲われていた。

俺の提案は単に課せられたノルマを達成するなんてケチなもんじゃない。スバル運輸の将来がかかっているんだ。どうしてそれが分からない。

何度となく資料を広げ、計画を最初から子細に検討しても欠点は見当たらない。その度に吉野の胸中に忸怩《じくじ》たる思いと空《むな》しさが込み上げてくる。

そうした思いは、やがて三瀬に対する嫌悪、延《ひ》いてはスバル運輸の組織に対する絶望感へと変わっていった。

もちろん、このまま口を噤《つぐ》み、ノルマを達成すべく小さな商売を拾うことに専念しても、自分が定年を迎えるまでの間にスバル運輸の経営が危機的状況に陥ることはないだろう。しかし、長いスパン、いや十年という単位で考えれば、スバル運輸が単なる運送業者から脱却し、新たな事業を展開しないことには生き残れない。

これほどまで実現性、収益性、そして将来性のあるプランを何度説明しても分かってくれない。そんな低能揃《ぞろ》いの会社にいる価値などあるのだろうか。第一、俺は三瀬に見切りをつけられた人間だ。もし彼が目論見《もくろみ》通り社長の座に就くようなことがあれば、状況は良くなるどころか、ますます悪くなるに決まっている。いや、今でさえも自分の人事権は彼に握られている。そんな人間に正面から嚙《か》みついた俺を飛ばすことぐらい、今日にでもできる。

ここら辺が潮時かも知れない。いずれにしてもこうなった以上、俺に復活の目はない。ならば切られる前にこちらが切るか——。

すでに一度転職を経験している吉野に、会社を変わることに抵抗はない。もちろん、十六年も過ごしてきたスバル運輸に愛着はある。三瀬に人事権を握られているとはいえ、彼もいきなり自分を首になどできるはずがない。おそらくしかるべきタイミングを見計らって、営業や企画とは無縁の、スタッフ部門に飛ばす。せいぜいがその程度だろう。だが、営業の第一線で働いてきた吉野にとって、今の部門から追われることは命を奪われるのと同じことだ。サラリーが保証されたとしても、そんな仕事で企業人としての余生を送ることは吉野の選択肢にありはしない。

もし、辞めるならば今のポジションにいるうちだ。管理部門に飛ばされ、慌《あわ》てて次の職場を探しても、その理由をとことん訊ねられる。上司と対立した結果、閑職に甘んぜざるを得なかった人間を採用する会社などあるはずがない。自分を売るなら今しかない。

吉野は決意した。

机の引き出しを開けると、中から社用箋《せん》を取りだした。辞表の書き方は知っている。万年筆を手にすると、最初の一行に『辞表』と書いた。本来ならば、毛筆を使うのが礼儀なのかもしれないが、所詮《しょせん》は会社を去るに当たっての事務処理上の最初のステップに過ぎない。そんなことは構いはしなかった。

行間を開け、本文を書きかけた時、

「部長、ちょっとよろしいでしょうか……」

慌てて社用箋を隠しながら顔を上げると、立川が立っていた。

「何だ」

「実は、蓬莱君から提出された八十五の家電店の位置を地図上にプロットしてみたのですが、ちょっと気になることがありまして」

立川は、埼玉県の地図を机の上に広げた。点在する赤いシールは代理店に名乗りを上げた家電店の位置である。

「問題があるのか」

「代理店の立地に引っ掛かるところがありまして……」

「どんな」

「この地図に各エリアの地目を重ねてみたのですが、各代理店の担当エリアによって、商業地と住宅地が明確に分れるところが少なくないのです。我々の計画では、まず最初にコピーカウンターを武器に、従来のプロンプトの客先をバディのものにするということでしたが、商業地にある代理店の収益はすぐに上がるでしょう。しかし一般消費財がメインになる代理店は、サービスがコンシューマーに認知されるまで、へたをすると開店休業状態になるのではないかと思うんです。それで果たして住宅地にある代理店のモチベーションが維持できるかどうか、そこが不安なのです」

「なるほど、言われてみればその通りだ。それでお前、どうしたらいいと思う。気が付いただけじゃ何にもならねえ。わざわざ俺にこんな話をするからには考えがあるんだろうな」

「もちろんです。部長には大分しごかれましたからね」

立川は爽《さわ》やかな笑みを浮かべながら言った。

「話してみろ」

「最善の策は、オフィス向けのサービスと一般コンシューマー向けのサービスを、段階を経ず同時に進めるべきだと考えます。もちろん、そのためには現行のバディの品揃え、特に一般消費財の品揃えを充実させなければなりませんが、どうせ、オペレーション開始の後、さほどの時間を置かず増やさなければならないことに変わりはありません。どうでしょう、この際、コピーカウンターの設置開始に合わせ、一気に一般コンシューマーに向けての告知活動を始めては」

「始めてはじゃなく、始めるべきだ、だろ」

叱《しか》ったんじゃない。吉野の顔に自然と笑みが浮かんだ。

「はい！　始めるべきです」

立川が顔をほころばせ胸を張った。

「周辺環境か――よくそこに気が付いたな。確かに代理店の立地条件はどうにもならない。このビジネスが成功するかどうかは代理店の働き如何《いかん》にかかっている。彼らが高いモチベーションを以て仕事に邁進《まいしん》するか否《いな》かは、どれだけの収益が上がるかどうかだ。日々銭が転がりこんでこなけりゃ、たちまちやる気を失っちまうだろうからな」

「ウチの配送区分で受け持ちエリアを決めたのは名案でしたが、やはり落とし穴はあったんですね」

「今気が付いて良かったよ」

「もっとも、ここまでエリアが限定されていなければ、住宅地と商業地をうまくブレンドするような形で代理店も決められたかもしれませんが……」

「それじゃ配送効率が落ちる。ウチの配送エリアも見直さなければならないし、そうなれば今度はスバル運輸のシステムからオペレーションを見直さなけりゃならなくなる。やはり決められたフィールドでプレイするしかないのだ」

最初に出会った頃は、厄介者扱いされ、追いやられるようにこのセクションに来た立川が、ここまで成長した。この男を鍛えたのは自分だが、立川もまた並大抵ではない努力を重ねてきたに違いない。それを思うと、吉野の胸に熱いものが込み上げてくると同時に、部下を見捨てて会社を去ろうとしたことを恥じた。

俺は逃げはしない。部下である立川、蓬莱の労苦に報いる責任がある。

その時だった、吉野の脳裏に、今し方立川に言った言葉が思い出された。

『決められたフィールドでプレイするしかないのだ』

頭の中でスイッチが入る音がした。

そうか、三瀬があいう態度を崩さない限り、同じ土俵で勝負をしても結果は同じだ。彼に勝つためには、新たなフィールドで戦えばいいのだ。

かつて三瀬が吐いた言葉が、吉野の耳に蘇《よみがえ》った。左遷《させん》人事の理由をはっきりと告げられたからじゃない。『組織の論理を超越した存在』、『社主』、その二つの言葉が何度も耳の中で木霊《こだま》した。

社主か――。吉野は心の中で呟《つぶや》いた。そうかその手があったか。もはや三瀬と何度話しても同じだ。ここまで三瀬との関係がこじれた以上、自分の取るべき道は一つしかない。

吉野は前途に一筋の光明を見いだしたような気がして、思わず頬の筋肉が弛緩《しかん》するのを感じた。

その日帰宅した吉野は早々に旅支度を始めた。どれほどの日数を要することになるかは分からない。

替えのスーツを一着。襯衣《はだぎ》とワイシャツ。それにネクタイはバッグに詰め込めるだけのものを用意した。ブリーフケースの中には、自分の夢が込められた資料が一部入れられている。全《すべ》ての準備が整ったことを確認した吉野は階段を下り、夕食を摂《と》るためにキッチンへと向かった。

帰宅の際に、いつものように食事を先にするか、風呂《ふろ》を先にするか、と訊《たず》ねて来る母の姿はない。食卓の上には、すぐに食事に取り掛かれるよう、夕食が準備されていた。二階に籠《こも》った自分が降りて来る間に、父の世話でもしているのだろうか。だとすれば、自分が先に食事に手をつけるわけにもいかない。吉野は、テレビのリモコンに手を伸ばしかけた。

その時、廊下を慌《あわ》ただしく駆けて来る足音が聞えた。足の自由が利《き》かない母のものではない。おそらく一足先に帰宅していた佳奈子のものか。それにしても妙だ。狭い家のことである。駆けるほどのことはない。ただならぬ足音に、吉野は不吉な予感を覚えた。

ドアが音を立てて開いた。血相を変えた佳奈子が飛び込んできた。

「お父さん。救急車！　お爺《じい》ちゃんが……」

佳奈子は言うが早いか受話器を取り上げ、ボタンをプッシュした。

「救急車をお願いします——住所は世田谷区太子堂——」

必死に叫ぶ佳奈子の声を聞きながら、吉野は席を蹴《け》ると廊下の奥にある両親の寝室に向けて駆け出した。理由など聞くまでもない。寝たきりになっていた父の容態に何か変化があったに決まっている。寝室の障子は開け放たれたままだ。部屋に飛び込んだ吉野の目前に、ベッドに横たわる父に取りすがる母の姿があった。

「どうした！」

「お父さんの様子がおかしいんだよ。何だか苦しそうにしていて……」母は吉野を振り返ることもなく言うと、「お父さん、お父さん、大丈夫？　どこか苦しいの」

必死に呼びかけた。しかし、すでに言語というものを発しなくなって久しい父は顔を顰《しか》め苦しげな息を吐くだけである。

「母さん。ちょっとどいて」

吉野は二人の間に割って入ると、額に手を押し当ててみた。父がアルツハイマーを患《わずら》ってから六年。当然、この病に関しては些《いささ》かの知識はある。患者が最も警戒しなければならないのは感染症である。健康な人間ならば、二、三日休んでいれば治る風邪も、寝たきりの老人には命取りになる。肺炎でも併発すれば、それまでだ。

掌《てのひら》から父の体温が伝わってくる。熱はないようだった。しかし、いつもとは違い、呼吸は不安定で、どこか苦しげである。体に何らかの異変が生じているのは間違いないように思われた。

「いつからおかしくなったんだ」

「あなたが帰って来る前に、オムツを交換した時は、いつもと変わりなかったんだけど……」

すっかり狼狽《ろうばい》した母がすがるような視線を向けてくる。

吉野は父が纏《まと》った浴衣《ゆかた》をはだけ、肌に触れた。瘦《や》せ衰えた胸に浮かんだ肋骨《ろっこつ》の感触と共に、じっとりとした汗が手に触れた。それは体温を調節するための生理的機能からくるものではなく、どこか病的な、冷や汗、あるいは脂汗《あぶらあせ》といった方が当たっていた。父の体内で何かが起こっていることは、医学に素人《しろうと》である吉野にも容易に想像がついた。

「まずいな……早く医者に診て貰《もら》った方がいい」

吉野がそう呟いたのと同時に、佳奈子が駆け込んできた。

「救急車すぐに来るって」

「佳奈子、おそらくお爺ちゃんはこのまま入院することになるだろう。お前はお爺ちゃんの身の回りのものを用意してくれ。救急車には俺が乗って行く。お前は準備ができたら、お婆《ばあ》ちゃんと一緒に病院に来い」

「分かった」

佳奈子は言うが早いか、バッグを取り出すと準備を始める。

「あなた、しっかりして下さいね。もうすぐ救急車が来ますから。すぐに楽になりますから」

反応のない父に語りかける母の声にかぶさるように、遠く救急車のサイレンの音が聞えてきた。

救急治療室で、一連の処置が終わった時には、深夜になろうとしていた。

ずらりと並んだ診察用のベッドはカーテンによって仕切られている。やがてその一つが引き開けられると、診察に当たっていた医師が姿を現わした。看護師が、ストレッチャーに移し替えた父を静かに狭い空間から引き出した。

「吉野さん。今日は家に帰るのは無理ですね。このまま入院していただくことになります」

元よりここに運び込んだ時点で入院はすでに覚悟している。吉野が黙って肯《うなず》くと、クリアフォルダーを持った看護師が、

「それじゃ入院手続きをお願いします」

と、事務的な口調で言った。

母はストレッチャーに乗せられた父の傍らを離れる気配がない。

「佳奈子、お前がやれ。お爺ちゃんの病状は俺が聞いておく」

吉野が命ずると、

「では、症状についてご説明しますので、こちらに……」

医師が救急治療室の一画にある診察室のカーテンを引き開けた。吉野が粗末な丸椅子《まるいす》に腰を下ろすと、カルテに暫《しばら》く目を走らせていた医師が口を開いた。

「失礼ですが、息子さんでいらっしゃいますか」

「はい」

「お父さんはアルツハイマーと診断されていたのですね」

「ええ」

「発病されてからどれくらいになります」

「もう六年になります……」

「六年ですか……それは病名を告げられてからのことでしょうから、症状はもっと先からあったのでしょうね」

「ええ、健忘症ということで片づけていた時期を加えれば八年くらいにはなりますか……」

「そうですか」医師は深刻な表情を浮かべると、「心臓が大分弱ってますねえ」

苦しげな言葉を吐いた。

「心臓ですか」

「ええ、実はアルツハイマーの患者さんの多くは、病状の進行と共に、寝たきりになり、肺炎などの合併症を発病し亡《な》くなるケースが多いと言われてきたのですが、最近の報告では死因は心臓死が最も多いと報告されているのです。これもまた統計的な数値ですが、この病気は発病してからの平均寿命が六年から十年と言われておりましてねえ。お父様の年齢から考えても、いつ何があってもおかしくはない状態に入ったとお考えいただいてよろしいかと思います」

胸中に冷え冷えとした感覚が走った。正直言って、痴呆《ちほう》に陥った老人を抱えて行く苦労には筆舌に尽くしがたいものがある。物忘れが激しくなった初期の頃はともかく、意思の疎通《そつう》が不可能になり、徘徊《はいかい》が始った時には、早くこの地獄のような苦労から解放されたい。つまり父の死が一刻も早く訪れないかと願ったことも一度や二度のことではない。

しかし、実際に死期が近いことを告げられてみると、胸中を過《よぎ》るのは、肉親に対する思慕の念であり、健在だった頃の父の姿だった。

「それは、危篤《きとく》状態に入ったということでしょうか」

吉野は父が一日でも長く生き延びることを願いながら訊ねた。

「いや、とりあえず危機的状況は脱したと申し上げてよろしいかとは思うのですが……それもこの二、三日の様子を見ないことには何とも言えません。吉野さん。はっきり申し上げてこの病気の場合、いつ心臓が停止するか、それは誰にも分からないのです。突然停止してしまうこともあれば、中にはこのまま何ヶ月、あるいは年という単位で持ちこたえる方もいらっしゃるのです」

「それではその間、このまま入院ですか」

「その方がいいと思います。とにかく何が起こってもおかしくはない。そういう状態にあることはご承知おき下さい。もし今までかかっていた病院の方に転院したいとおっしゃるのでしたら、病状が安定した時点でそうしていただいても構いませんが」

医師は明確には言わないが、何が起こってもおかしくはない、と告げるところをみると、父の余命はもはや幾許《いくばく》もないと踏んでいるのだろう。残念ながら、アルツハイマーに決定的治療法はない。ましてや病状がここまで進んでしまえば、転院させたところで同じことだ。それに、看病のために通院することを考えると、この病院の方が距離的にはずっと近い。

「いえ、その必要はないと思います。こちらに入院させていただきたいと思います」

「そうですか。分かりました」医師は新たな書類を取り出すと、何事かを記入しながら、「とりあえず、今日は応急処置を施したに過ぎません。明日にでも、詳しい検査をしてみますので、結果が出ればもっと詳しいことがお話しできると思います」

「分かりました。宜《よろ》しくお願いいたします」

吉野は一礼すると席を立った。

人気のない薄暗い廊下を歩き、入院受付に向かうと、手続きをしている佳奈子がいた。

「先生、何て言ってた」

吉野がたった今医師に告げられた内容を話して聞かせると、佳奈子は、

「そうかあ……でも入院のことは仕方がないけど、心臓のことはお婆ちゃんには話さな

い方がいいね。いつ心臓が停るかも知れないなんて言ったら、きっとお婆ちゃんショックを受けると思う。それに介護施設に入れることだって頑《かたく》なに拒んで、自分の手で一切の面倒を見てきたんだから。一時でも傍らを離れないなんて言い出しかねない。お婆ちゃんだって持病を抱えてるんだもん、お爺ちゃんより先に参っちゃうかも知れないし」

佳奈子もさすがに深刻な顔をすると、ふと吉野に目を向け、「それで検査結果は当然お父さんが聞いてくれるんでしょ」

と訊ねてきた。

ずっとそれを考えていた。父の容態がどういう方向に進むのか、それを見極めるために二、三日の時間は要するという。検査の結果が出るまでだって、それ位の時間はかかるだろう。できることなら、せめて検査の結果が出るまで傍にいてやりたいのは山々だが、今の自分にはそんな時間はない。

面と向かって三瀬《みせ》にあれほどの言葉を投げつけたのだ。おそらく彼のことだ、こちらの魂胆を知った限りは、事によると自分を現在のポストから外し、更なる閑職へ追いやってしまうことも考えているだろう。新規事業開発部部長――。いくら左遷《させん》されたとはいえ、これだけの絵を描き、実現に向けて邁進《まいしん》してこられたのは、その肩書きがあればこそのことだ。その点だけから言えば、新しいビジネスを創出し、会社に提案するという大義名分は充分に成立する。だが、一旦《いったん》管理部門にでも追いやられてしまえば、組織の中で二度と自分が新しいビジネスを立ち上げる機会はなくなる。

もはや、三瀬が断を下すのが早いか、自分が新たな行動に打って出、結果を出すのが早いか、まさに時間との勝負だ。それを思うと、たった一日たりとも他のことにかかわっている時間はない。

「済まないが、検査の結果はお前が聞いてくれないか」

佳奈子の顔色が変わった。

「どうして？　どうしてお父さんが聞かないの」

「俺は、明日から出張に出ることになっているんだ。とても大切な仕事があってな」

「実の父親の命が懸《か》かっているってのに、それ以上の大事があんの。誰かに代わって貰えばいいじゃない」

「誰かじゃ駄目なんだ。俺が行かないことには……」

皆まで言わないうちに佳奈子の鋭い声が飛んだ。

「それって、お父さんのうぬぼれじゃないの？」

「どういう意味だ」

「何かの本で読んだことあるもん。おおよそ企業と言われる所に余人を以《もっ》て代えがたい仕事なんてありゃしないって。誰かがいなくなれば、次に新しい人が出てくる、それが企業というものだってね。私、それ当たってると思う。だってそうでしょう、社長が死んだからって、会社が潰《つぶ》れる？　新しい社長が取って代わるだけじゃない。企業だけじゃないわ。人の世なんてそんなもんよ」

「一般論としてそれは当たっているが、今回の仕事は俺のオウンマターだ。俺以外にこの仕事の内容を知っている人間は会社にいないんだ」

「じゃあ、日にちをずらせばいいじゃない。相手がどんな人かは知らないけど、事情が事情でしょ。話せば駄目出す人間なんていやしないわ」

「事は一日、いや一刻一秒を争うことだ。俺はこの仕事に命を賭《か》けている。それが実現するか否《いな》か、その瀬戸際《せとぎわ》に立たされているんだよ」

「じゃあ、実の父親がどうなってもいいの。容態が心配じゃないの」

「心配しているさ。だけどな佳奈子、男には全《すべ》ての私情を殺してでも勝負をしなけりゃならない時がある。俺はいま正にそういう場面に立たされているんだよ。おそらく検査の結果がでるまでには二、三日はかかるだろう。それまでに仕事が済めば……」

「それまでに仕事が済めばって、一体何日家を空けるつもり」

　佳奈子は、詰《なじ》るような視線を向け、呆《あき》れた口調で言った。

「分からない……一日で終わるか、あるいは一週間になるか……」

　吉野は佳奈子から視線を外すと、遠くを見詰めながらぽつりと漏らした。

「お父さんは鬼だわ。人の皮を被《かぶ》った鬼。いいわ、検査の結果は私が聞く。だけどお父さん、これだけは言っておく。お父さんが家を空けている間にもしものことがあれば、一生このことを後悔することになるよ。忘れないでよね！」

佳奈子の言葉が胸に突き刺さった。

吉野は無言のまま立ち上がると、一人両親がいる病室へと歩き始めた。


短いトンネルを抜けると、古都京都の街並みが車窓に広がり始める。

新幹線のドアが開きホームに降り立った瞬間、茹《う》だるような熱と湿気を含んだ大気が吉野を包む。ブリーフケースとボストンバッグ一つという軽装で、駅前からタクシーに乗り込んだ吉野は、「南禅寺へ」と、ドライバーに行き先を告げた。

エアコンの効いた車内にいるにもかかわらず、膝《ひざ》の上に置いたブリーフケースを握り締める手がじっとりと汗ばんでくる。

吉野は最後の賭けに出ようとしていた。

今の社内で直属上司である三瀬の同意を得られぬ以上、自分のプランを百パーセント実現することは、もはや不可能だ。状況を覆《くつがえ》す手段はただ一つ。社主である曾根崎昭三《そねざきしょうぞう》の後押しを得ることだ。現在ではれっきとした一部上場企業に名を連ねるスバル運輸とはいえ、社主の力は絶対的なものである。それはまさに神の声にも相当し、何人もそれに逆らうことは許されない。

もちろん、今や直接経営に携わってはいない社主の力を借りるということは、組織に身を置く人間の立場からすれば掟破《おきて》り以外の何物でもない。展開次第では、懲罰が与えられるどころか、会社にいることもできなくなるだろう。

しかし、このプランが中途半端《はんぱ》な形で実現するくらいならば、スバル運輸に自分がいる理由はない。もしも社主に直訴して、却下された時には自ら進んで辞表を提出する。

吉野は一週間の休暇届けを出し、不退転の覚悟を以て、京都行きを決行したのだった。

「お客さん。南禅寺のどの辺ですか」

運転手の呼びかけに、我に返った。

「曾根崎さんの家を知っているかな」

「曾根崎さんでっか。スバル運輸の社主さんですね」

「そうだ」

「それでしたら、あの家です」

運転手の指差す方を見ると、土塀で囲まれた二階建ての邸宅がある。手入れが行き届いた松の大木の向こうに、黒い屋根瓦《がわら》が真夏の日差しを反射して鈍い光を放っていた。

タクシーを降りた吉野は、固く閉ざされた門の前に立ち、インターフォンを押した。

もちろん約束など取り付けてはいない。社主がいるのかいないのか、それすらも確かめてはいない。ただ彼は引退してからというもの、京都を離れることはめったになく、一代で築き上げた莫大《ばくだい》な財力を目当てに集まってくる人間たちを相手に過ごすのを常としている、ということだけは知っていた。

社主に会うまでは絶対に京都を離れない。何度でも押しかける。そのために、吉野は入社以来初めての夏期休暇を申請してこの地に赴いていた。

「はい、どちら様ですか」

年老いた女性の声が答えた。

「スバル運輸東京本社新規事業開発部部長の吉野公啓《まさひろ》と申します。社主にお目にかかりたく、お伺いいたしました」

「東京本社の吉野さん……ですか。お約束は」

「ございません」

「それでしたら、曾根崎はお約束のある方以外とは、会わしませんと思いますわ」

「無礼は承知の上でございます。用件は会社の将来に関わることです。是非社主に直接お話申し上げたいと、お伝えいただけませんでしょうか」

「会社のことでしたら、社長はんからご報告を受けているはずですが」

「全てのことが社長にまで届くとは限りません。今のスバル運輸に何が必要か、会社の基盤を更に確固たるものとし、事業が更なる発展を遂げるための話です。何卒《なにとぞ》、その旨《むね》を社主にお伝えいただけませんでしょうか」

吉野は噴き出す汗を拭《ぬぐ》うことなく、インターフォンに向かって頭を下げた。

「只今《ただいま》、曾根崎は外出中でございます」

暫《しば》しの沈黙の後、スピーカーから抑揚のない声が聞えてきた。それが嘘《うそ》か本当かは分からないが、そう言われると吉野にも答えようがない。

「そのようなお話で、社員の方がお見えになったということは、帰宅したら、伝えておきますので、今日のところはお引き取り願えませんでしょうか」

「今日はお帰りになるのでしょうか」

「いつになるかは分かりませんが……」

「それでは、それまでここで待たせていただきます」

「それでも、曾根崎が会うかどうかは分かりませんえ」

「結構です。こうした形でお目通りをお願いするからには、私もそれ相応の覚悟を決めてのことです」

その言葉が終わらぬうちに、インターフォンが切れる音がした。

吉野は門の廂《ひさし》の陰に身を置くと、初めて汗を拭った。煩《うるさ》いほどの蟬《せみ》の鳴き声が、湿気をたっぷりと含んだ暑さに拍車をかける。スーツのズボンの太腿《ふともも》の辺りが、じっとりと濡《ぬ》れて来るのが分かる。猛烈な喉《のど》の渇き、それに体がニコチンを欲していたが、病の床にある父を置いて訪ねてきたのだ。元より曾根崎に会うまでは、この場を離れない覚悟はできていた。すでに矢は放たれたのだ。こうなれば根比べである。

もっとも、そうは言っても不安が無いわけではなかった。インターフォン越しに話した相手が何者なのかは分からない。夫人か、あるいは秘書なのか。いずれにしても気の利《き》いた人間ならば、このような形で突然訪ねてきた吉野が本当にスバル運輸の社員なのかどうか、それを会社に問い合わせるに違いない。そうなればいずれ京都支店の人間が現れ、この場から自分を立ち去らせようとするだろう。あるいは不審者として、警察に通報するかもしれない。

しかし、その一方で吉野にはある確信があった。曾根崎の性格である。

大阪の船場で運送会社を興《おこ》した彼が、一代にしてスバル運輸をここまでの企業に育て上げた背景には、社員を家族のように思い、その意気に感じた従業員たちの労苦を惜しまぬ働きがあってのことである。創業期には自宅に社員を居候《いそうろう》させ、寝食を共にし、喜びも苦労も共に分かち合った時代があったと聞く。そうした過去を考えると、冷徹な経営者というよりも、むしろ親分肌の性格を持ち合わせた人物像が浮かんでくる。経営の第一線を離れ、京都で引退生活を送っているとはいえ、会社のためと直訴する社員と一言も言葉を交すことなく、すげなく追い返すとは思えない。

もしも、このまま自分に会うこともせずに放っておくような人物であったなら、それまでのこと。もはや話の分かる人間はスバル運輸にはいない。新たな道を歩むべく黙って会社を去るだけだ。

どれほどの時間が経《た》ったのだろう。気が付くと、真夏の太陽は西の山の稜線《りょうせん》に隠れようとしていた。暑さも大分和らいできたような気がする。

その時だった。堅く閉ざされた門が微《かす》かに軋《きし》む音をたてながら開き、老齢の女性が顔を覗《のぞ》かせた。紛れもない曾根崎夫人である。吉野は思わずその場で直立不動の姿勢を取ると、頭を垂れた。

「吉野はんとおっしゃいましたなあ」

夫人は柔らかな声で言った。

「はい」

「せっかくですが、曾根崎は今日は戻らへんのどすわ。美山の方にでかけましてなあ。何や今日はあちらの方で夕食を取り、そのまま宿に泊まるといわはって」

「美山……ですか」

「へえ。ここから小一時間のところどす」

「美山のどちらでしょうか。そちらへ伺えば社主にお会いすることはできるのでしょうか」

「それは行かない方がよろしいのと違いますやろか。吉野はんがお見えになったことは伝えましたんどすが、あん人は何よりも筋っちゅうもんを大切にする人でおますよって。

前に申し上げた通り、ワシは会社の経営から身を引いた人間や。どないな用かは分からへんけど、会社のことには一切かかわるつもりはないと言いましてな。わざわざ押しかけても、会わしまへんと思いますわ」

夫人の口調は柔らかだったが、その陰には吉野の願いを頑として撥《は》ね付ける響きがあった。

「美山へは暫《しばら》くご滞在になるのでしょうか」

「さあ、それは何とも申し上げられまへん。街はこの暑さですよってになあ。あん人も歳《とし》ですよって、涼を取るために二日三日滞在することもあれば、一晩で帰ることも……。何分きままな隠居暮しでおますよってになあ」

「それでは明日また伺わせていただきます」

「今も申し上げましたが、明日も戻るとは限りまへんで」

「元よりそれは覚悟の上でございます。社主にお話しを聞いていただくまでは、東京に戻らない覚悟で来ているのですから」

「吉野はん。どない大切な用かは私には分からしまへんが、あまり意地を張らん方がえぇのと違いますやろか。曾根崎も歳をとってから大分丸くなりはしましたが、その分だけ怒った時はそらもう激しいもんがあります。まあ社員さんは子供も同然ですから、駄々をこねられても多少のことには目を瞑《つむ》りもしますやろうが、度を越すと取り返しのつかんことになりますえ」

「私の話を聞いていただいた上で価値なしと社主が判断されたのなら、どんな罰でも受けます。会社を去れとおっしゃるのでしたら、そのようにいたします。私も不退転の決意を以《もっ》てここに伺っております。今奥様は、社員は子供も同然だとおっしゃいましたが、もし本当にそうだとお考えであれば、不肖の息子の一生に一度のお願いだと思って、どうか……どうか、社主にお目文字が叶《かな》いますようお力添えいただけないでしょうか」

「不肖の息子の一生に一度のお願いどすか」夫人は穏やかな笑みをたやさぬまま、表情を変えることなく続けた。「そうまで言われれば、もう一度取り次いではみます。そやけど吉野はん。願いが叶うかどうかの保証はできまへんで。全ては曾根崎が決めることですよって」

「ありがとうございます。それでは今日はこれで失礼いたします。また明日伺わせていただきます」

吉野は夫人の言葉に一縷《いちる》の望みを託し、深々と頭を下げると邸宅を後にした。

京都の街に夜の帳《とばり》が下りようとしていた。小川が流れる道沿いをあてもなく歩いた。

ふと脳裏に蓬萊の顔が、家族の顔が浮かんだ。

すでにこのプロジェクトには、蓬萊一家を巻き込んでいる。もし、ここで計画が頓挫《とんざ》するようなことになれば、事は自分が責任を取って会社を辞めればそれで済むというような単純な問題ではない。蓬萊にしてみれば、屋根に登らされた揚げ句、梯《はしご》を外されたも同然だ。第一、八十五店もの家電店主をその気にさせておいて、どう申し開きができるというのだ。彼らがこれだけの短期間で、代理店になる気になったのは、それだけこのビジネスに活路を見いだしたからに他ならない。その期待が裏切られたとなれば、当然怒りの矛先は蓬萊一家に向く。これればかりは俺が会社を辞し、頭を下げて詫《わ》びを入れたところで済む問題ではない。

それだけじゃない。俺だっていつ息を引き取っても不思議ではない父を病院に残し、その看病を老いた母と佳奈子に任せてきたのだ。生ある者の命が尽きるのは、宿命というものだが、その最期《さいご》を看取《みと》ってやれない。しかも自分の夢を貫き通すためにだ。目的が達せられたのならまだ申し開きもできよう。しかし何の成果もなく手ぶらで帰ることになれば、こんな親不孝は許されるものではない。

蓬萊、そして家族のことを思うと、何が何でも社主に会い、プランを実行するにおいて力添えを貰《もら》うまでは東京には帰れない。いや帰るものか。

吉野《よしの》は奥歯を嚙《か》みしめ、決意を新たにしながら携帯電話を取りだした。

幸い、宿はすぐに取れた。河原町御池にある京都ホテルである。タクシーに乗り込んだところで、父の容態が気になった。時刻はすでに八時を過ぎている。この時間ならばすでに佳奈子も母も病院にはいないはずだ。佳奈子の携帯に電話を入れた。

「お父さん」

囁《ささや》くような佳奈子の声が聞えてくる。

「どうだ、お爺《じい》ちゃんの様子は」

「今のところ落ち着いているみたい。さっき病院を出てタクシーで家に向かっているところ」

「検査はどうだった」

「結果はまだ出ていないけど、先生の説明は昨日の繰り返しだった……」

「お袋はどうしてる。大丈夫か」

「お婆《ばあ》ちゃん、今日も朝からずっとお爺ちゃんに付き添っていて、大分疲れたみたい。いま隣で寝てる」

声を潜めているのは、母を起こすまいとしているせいなのだろう。持病を持ちながら夫の検査に立ちあうのはさぞや辛《つら》かっただろう。自分が傍にいれば、検査の間は父の病室で休ませることもできただろうにと思うと、吉野は深い罪悪感を覚えた。

「すまない……。お父さんが傍にいてやれば、お前たちにこんな苦労をかけなくとも済んだだろうに」

「いいの……」

佳奈子の声が途切れ、暫しの沈黙があった。タクシーは古都の街の中心に向かって疾走していく。

「もしもし、佳奈子」

回線が途切れたのかと思った吉野が呼びかけると、

「謝らなければならないのは私の方……」

佳奈子は言った。

「どうして？　何でお前があやまらなきゃならない」

「今日、お婆ちゃんの姿を見ていて分かったの。夫婦の絆《きずな》がどれだけ深いものかってことを……。お父さん、お母さんが死んで寂しい思いをしてきたんでしょう。辛い思いをしてきたんでしょう？　お婆ちゃんにも叱《しか》られたの。お父さんの気持ちも考えてあげなさいって」

一瞬吉野は何と答えたものか言葉に詰まった。こんな問い掛けを佳奈子にされたのは初めてのことだったからだ。

「……ああ……そりゃあ寂しかったよ。辛かったさ……」

「お母さんを愛していた？」

「ああ……」

「お父さん、その寂しさを紛らわすために、ますます仕事に没頭したんだよね」

吉野は沈黙した。それが答えだった。

「お母さんだって、そんなお父さんが好きだったんだもんね。いつも、お父さんが家のことなんにも心配しないで仕事出来るように、文句一つ言わないで家を守ってたもん。私に厳しかったのも、お父さんに心配かけちゃいけないって思ってたからだし……。お父さんが仕事に打ち込んでいる限り、お母さんはお父さんの中で生き続けているってことだよね」

「佳奈子……」

「なのに私、昨日は酷《ひど》いことを言っちゃった……。ごめんなさい……。これからお爺ちゃんのことは私も面倒みるから。お婆ちゃんと一緒に看病するから……だからお父さんは思う存分仕事に打ち込んでいいよ」

佳奈子の一言一句が心に染《し》みた。吉野は目に熱いものが滲《にじ》み出てくるのを感じた。

「……ありがとう……」

微かに声が震えるのが分かった。それ以上言えば涙になる。吉野はかろうじての言葉を吐いた。

「大丈夫だよ。お爺ちゃん、今までもったんだもの。またすぐ家に帰れるよ。だからお父さん、心配しなくて大丈夫だよ」

「今夜は京都に泊まる。携帯はいつでも繋《つな》がるようにしておくから、何かあったらすぐに電話してこい」

「分かった」

「それじゃ」

「うん……」

吉野は、佳奈子の声の余韻を惜しむように、電話を切った。

翌朝、吉野は再び曾根崎《そねざき》の邸宅を訪ねた。

雲一つなく晴れ渡った空からは、真夏の太陽が容赦なく照りつけてくる。門の前に立ち、然程《さほど》の時間も経っていないというのに、早くも体から噴きだした汗が、スーツの上着、そしてスラックスまでもを濡《ぬ》らしていく。

昼を過ぎ、太陽がまた西の山並に消えようとする時間になっても、曾根崎は現れなかった。

今日もまた、無駄足だったか……。

そう思いかけた時だった。一台の黒塗りのベンツが現れると、門の前で停った。運転手が降り、後部ドアを開けると、和服を纏《まと》った小柄な老人が降り立った。紛れもない曾根崎昭三《しょうぞう》の姿がそこにあった。

身長は一六〇センチそこそこといったところだろうか。日頃は贅《ぜい》を尽くした暮らしをしているであろうに、無駄な肉一つない。いやむしろ、突きだした顴骨《けんこつ》がひどく特徴的で、痩《や》せているという印象さえ抱かせる。齢《よわい》八十になろうというのにオールバックにした髪は黒く、何よりも眼光の鋭さには猛禽《もうきん》のそれを彷彿《ほうふつ》とさせるような冷徹さと威厳が満ち溢《あふ》れていた。

「吉野君というのは君か」

「はい」

曾根崎は鋭い眼光で吉野を一瞥《いちべつ》すると、意外なほど穏やかな声で訊《たず》ねてきた。

いきなり名前を呼ばれて、吉野は思わず直立不動の姿勢を取った。

「なんや会社の将来について重大な話があるいうことやが、京都くんだりまで押しかけてきて何事や」

「社主に是非、お力添えを戴《いただ》きたいことがありまして、ご無礼を承知で押しかけました」

「ワシはすでに隠居の身や。仕事のことについては、報告は受けるが口は差し挟まんのが決まりでな。あんた、朝からここで待っとったらしいが、力添えっちゅうんやったら何を話しても無駄やで」

「社主が一代で築き上げたスバル運輸が、ただの運送会社から脱皮し、更に飛躍する話だとしてもですか」

「あんたの話が本当なら、会社の幹部かて馬鹿《ばか》やない。聞くだけの耳は持っとるやろう。

その上で筋のええ話やったら、自然とワシの耳にも入る。それもやらんでワシのところに来るのは、筋違いっちゅうもんやで」

「今回社主にお聞きいただきたいプランは、会社上層部に提案を行い、その一部を認めていただいたものですが、最も肝心な部分については実行を拒否されたものです」

「それやったら尚更《なおさら》のことや。会社をどう舵《かじ》取りして発展させていくかは、次の世代が考えることや。ワシはこの通り八十を迎える老人やで。後何年生きられるか分からへん。そないな老いぼれが、任すと言うた会社の経営方針に口を差し挟んだら、混乱するばかりや。あんたも、本社の部長の職にあるんや。それくらいのことは分かるやろう」

曾根崎の口調は穏やかだったが、言葉の端には有無を言わせぬ響きがあった。

「会社、いや組織というものは、規模が大きくなり安定すればするほど革新的な提案を受け付けなくなるものです。現在のスバル運輸もまた、その例外ではありません」吉野は気を奮い立たせて続けた。「社主はお気づきですか。会社が大きくなるにつれて、大卒社員が入って来、それも最初は名もない二流三流の学校ばかりだったのに、今では有名校からの学生が大半を占めるようになりました。人間は、社主のように夢を追い、その実現に向けて心血を注ぐ者ばかりではありません。多くは安定を望み、一年三百六十五日、いや十年一日のごとく同じ仕事を続けることを願いこそすれ、変化を望みません。そうした観点から言えば、今のスバル運輸は、大樹から流れ出る樹液を吸おうと幹に群がる蟬《せみ》の集団です。このままの状態が続けば、いかに大樹といえども、樹液は吸い尽くされ早晩樹《き》は枯れ果ててしまうでしょう。そうならないためにも、新たな種を蒔《ま》き、樹を育てなければなりません」

「それもまた、次の時代を担《にな》う人間たちが考えればええことや。ワシはたった一台の車から商売を始め、会社をここまで育て上げた。創業者としての役割は立派に果たしたと思うとるし、自分の人生に充分満足しとる。もちろん会社が未来永劫《えいごう》に亘《わた》って繁栄してくれればそれに越したことはないが、人の命が永遠でないのと同じように、会社にも永遠という言葉は存在しない。これから先、会社をどないするかは、そこで働く人間たちが考えることや」

「社主、私は会社の中堅幹部として自分に課せられた使命を果たしたいという気持ちを抱いているからこそ、ここに伺ったのです」

吉野はきっぱりと言い放った。

「ほう。そらまたご大層なこっちゃ」

曾根崎はとぼけたような口調で言うと、話は終わったとばかりに門の方に向かって歩きかけた。

ここで立ち去られては全《すべ》てが終わりだ。吉野は必死で食い下がった。

「一つお聞かせ下さい。社主は創業者としての使命を果たしたとおっしゃいましたが、創業当時の夢は何だったのですか。どんな目標を胸に働いてこられたのですか。会社を大きくすることですか。それとも……」

「そうやなあ……」曾根崎の足が止った。目が遠くを見詰めるように宙に向けられた。

「正直言うて、会社を大きくしようなどとは考えもせんかったなあ。当時は、お客さんがどないしたら喜んでくれるか、高い料金に見合うサービスを提供してやれるかしか考えなんだ。それを叶《かな》えるために必死になって汗水垂らして働いて、ふっと気が付いてみたら、会社がこないに大きゅうなっとった、ちゅうのが本当のところやろうなあ」

「つまり社主は、お客さまの喜ぶサービスを提供することを考えて仕事に励んだ。結果は自然とついてきた、というわけですね」

吉野は念を押した。

「そうや」

「私がご提案したいプランはまさにそれです。社主は、セールスドライバーという同業他社に類を見ないシステムを作り、日本中にネットワークを持つ一大企業にスバル運輸を育て上げられた。しかし、今のスバル運輸はただの運送会社に留まっているだけです。確かに、企業から発送される荷物を請負い、最終的にお客様にお届けするのは我々であり、満足のいくサービスを提供し、双方に喜んでいただくのが使命ではあります。それが実行されている限り、スバル運輸は安泰とは言えるでしょう。しかし、今の業態から、一歩踏み込めば、さらにお客様に喜んでいただけるサービスを提供し、結果スバル運輸は大きな飛躍を遂げる可能性があるのです」

「すると、あんたのやりたいことというのは、何か別の事業を始めようちゅうことか」

「失礼を承知で申し上げます」吉野は前置きをすると、止《とど》めの言葉を吐いた。「世の中には、社主のように恵まれた生活をしている人間は極めて稀《まれ》です。大資本に押され、日々の生活に窮している小売店もあれば、買い物一つするにしても、体の自由が利《き》かず大変な苦労を強いられている老人、乳飲み子を抱えて身動きがとれないでいる母親もおります。あるいは、都市部では当たり前に安く買える商品も、過疎地《かそち》であるがゆえに定価で買うことを余儀なくされている人も多くいます。私が是非とも社主に聞いていただきたいプランとは、スバル運輸のネットワークを使い、人々の生活をもっと豊かにすることです。社会のためになるビジネスを創出することです」

吉野は脳裏に介護に明け暮れてきた母の姿を思い浮かべながら言った。

長い沈黙があった。太陽が沈んだ西の空はあかね色に染まり、門柱に灯が点《とも》った。

「社会に役に立つビジネスか……」曾根崎はぽつりと漏らすと、「そないな話なら、聞くだけ聞いてみようか。ただし吉野君、あんたも会社のルールを曲げてここまできたんや。つまらん話やとワシが判断した時には、ただではすみまへんで。それなりの覚悟はできとるんやろな」

一転して八十になる老人とは思えない凄《すご》みのある声で言った。

元よりこのプランが実現できるかどうかに自分の全てを賭《か》けている。

吉野は黙って頷《うなず》いた。

「ほなら、入りなはれ」

その言葉を合図に、吉野の背後で、閉ざされていた門が静かに開いた。

そこはまさに成功者の住処《すみか》に相応《ふさわ》しい豪邸だった。門から玄関までは、躑躅《つつじ》の植栽が道をつけ、その根本に置かれた照明が足元を照らし出している。

すでに玄関の引き戸は開け放たれ、そこに和服を着た曾根崎夫人が主の帰宅を迎えるように佇《たたず》んでいた。

「お帰りやす」

曾根崎は、無言のまま頷くと、

「婆《ばあ》さん。こちらをな、応接室に通してくれへんか。この暑い最中《さなか》に、朝からワシの帰りを待っていたんや。喉《のど》も渇いとるやろう。何か冷たいもんでも出してやってな」

草履を脱ぎながら命じた。

「へえ」

すかさず夫人が、曾根崎の脱いだ草履を片づけにかかる。

「吉野君。すまんが着替えを済ませるまで待っとってくれるか」

いきなり押しかけたのは自分である。社主が話を聞いてくれるなら何時間でも待つ覚悟だ。

「ありがとうございます」

さすがの吉野も恐縮して頭を下げた。

「ほなら、吉野はん、こちらの方へ」

応接室は広い玄関から長大な廊下を少し進んだ所にあった。僅《わず》かな距離を歩く間に、檜《ひのき》の香りに混じって、香の匂《にお》いが仄《ほの》かに漂ってくる。ぶ厚いドアが開くと、そこは三十畳ほどはあろうかという広い洋室になっており、豪華な応接セットが中央に置かれていた。

「どうぞ、そちらにお掛けになってお待ち下さい。すぐに冷たいものをお持ちしますよって」

「恐縮です」

夫人が下がったところで、吉野は長椅子《ながいす》の中央に腰を下ろすと、早々にブリーフケースを開け、用意してきた資料を取り出した。曾根崎の年齢に加えて、ビジネスの現場を離れて随分経《た》つことを考えると、ネットを始めとする現代社会のテクノロジーを理解させるのは、困難なように思われた。それを考慮し、藍子《あいこ》のプレゼン資料のポイントを絞り込み、文字よりも図を多くして、然程の知識がなくとも理解しやすいようにしてあった。

　程なくして夫人が戻ってくると、「どうぞ」と言いながら大ぶりのグラスに入れられた麦茶を差し出して来た。

　吉野は礼を言うと、冷えた麦茶を一息に飲み干した。渇いた喉を冷たい液体が滑り落ちて行く。萎《しお》れた植物が水を得て、生気を吹き返すように吉野の体に力が漲《みなぎ》って来る。

「喉が渇いておらはったんやなあ」夫人は目を細めながら用意してきたポットの中から新たな麦茶を注ぐと、「あの暑さの中、よう我慢しはりましたなあ。そやけどよろしゅうおました。吉野はんの熱意が通じて」

　吉野を労《ねぎら》うかのように、しみじみとした口調で言った。

「こうして社主にお話を聞いていただけるのも、奥様のお陰です。改めてお礼を言います。本来なら門前払いを食わされてもしょうがないところでした。取り次ぎいただきまして恐縮の限りでございます」

「そないにお礼を言われるようなことは何もしてまへん。私は、東京本社からこういう方がお見えになったと報告を入れただけですよって」夫人は口に手をやってくすりと笑い、「ここにはいろんな人が入れ替わり立ち替わりお見えになります。財界人、政治家、芸能人……。そやけど、吉野はんのような目的でウチの人を訪ねて来られた方は後にも先にも初めてのことでおますよってにな。あん人も驚いていたようどすえ」

「すいません。仕事のこととなると見境がつかなくなるものですから」

「あの人はきっと吉野さんを試したんどすわ」

「試した？」

「わざわざ京都までお越しになるなら、それ相応の理由があることはウチの人かて分かってます。そやけどその熱意や覚悟がどれほどのものか、それをあの暑い中に立たせておくことで、吉野はんを試されたんどすわ。情には情で、熱意には熱意で応《こた》える。あん人はそういう人でおますよってなあ。今でこそ、スバル運輸は日本有数の運送会社になりましたけど、ここまでに育て上げるまでには、そら大変な時期もありました。そやけど、そんな時にも従業員の誰一人としてあん人の下を離れなかったのは、そんな人柄に惹《ひ》かれたからやなかったかと思うとります」

「社主が奥様と二人で立ち上げた頃のご苦労はお聞きしております」

「へえ……」夫人の視線が宙の一点に向いた。「今とは違ってわてが会社に出入りしていた頃は、所帯も小さくて、社員は皆さん家族のようなもんでおましたさかいになあ。そらいろんなことがおました。そうそう、あん人が情に厚いと言うたら、こんなことがおましたんや。会社を始めた頃から、それはもう身を粉にして働いてくれはった運転手さんがおりましてなあ。それが事故に遭って……」

「亡《な》くなったのですか」

「まだ三十三でおました……。奥さんは三十になったばかりで二人の子供を抱えていてなあ。事故は相手側に過失があったんどすが、あん人はそれでもえらくそのことを気にかけて。会社が苦しい時期やったけど、充分過ぎるくらいの弔慰金と二人の子供が大学を終えるまで、学費の面倒までみはったんどす。あれほど会社を思い、忠実に仕えてくれた男の家族を見放すわけにはいかん、と言わはって……」

夫人の言葉を聞きながら、吉野にも思い当ることがあった。

作業中の事故にまつわる話である。

吉野が入社して間もなく、ある配送センターで、ドライバーの一人が荷物の仕分け作業中にコンベアに足を挟まれ、足の指を切断するという事故が起きたことがあった。彼は、見舞いに来た支社長を前に、事故は会社の安全管理にあり、訴訟も辞さないと凄み、一千万の金を要求した。支社長はその言葉を聞くと、手にしていた鞄《かばん》の中から要求された金額を無造作に取り出し、その男の前に積んだという。しかし、実際にその時支社長が用意して来た金額は三千万。つまりそのドライバーが、変な色気を出さなければ、その三倍の金額を手にできていたはずだった。

熱意には熱意を、情には情を以《もっ》て応える。まさに曾根崎とはそういう男なのだ。

やはり京都に来て良かった。自分の判断は間違ってはいない。曾根崎に自分のプランを理解させることができれば、彼は必ずや動く。

吉野の全身に闘志が込み上げてきた。

「すんません。なんやつまらんことをお話ししてしまいましたわ。なんや吉野はんを見ていると、ふとあの運転手さんと重なってしもうて。堪忍《かんにん》でっせ。そなら私はこれで……」

夫人は照れたような笑いを浮かべると、一礼して応接室を出て行った。

それから程なくして小千谷縮《おじやちぢみ》の浴衣《ゆかた》に着替えた曾根崎が姿を現わした。

「ほなら話を聞こうか」

正面のソファに腰を下ろした曾根崎が静かに口を開いた。その姿からは、先ほどまでの隠居を決め込んだ老人の気配はない。切るか切られるか。目の前にいる男の能力を見極めんとするかのような鋭い眼差《まなざ》しを容赦なく向けてきた。

「それではお話し申し上げます――」

吉野はそれから二十分程の時間をかけて、プランのあらましを話した。その間曾根崎は、老眼鏡をかけた目を時折吉野に向けるだけで、資料を食い入るように見詰めたまま一言も言葉を発することはなかった。話が終わってからも、曾根崎は資料を何度も見返しては、何事かを考えているようで、長く重苦しい沈黙が応接室の中に流れた。サイドボードの上に置かれた、アンティークの置き時計の音だけが、時を刻んでいる。

どれほどの時間が流れたのだろうか、やがて曾根崎は資料をテーブルの上に置くと、吉野をじっと見詰め、

「話は分かった」

すっかり汗をかいたグラスを持ち上げ、麦茶を一口飲むと続けた。

「確かに君の言う通り、このプランが実現すれば、社会のためになる仕事をスバル運輸は提供できることになるやろう。それを理解した上であえて訊《き》きたいことがある」

「何なりとお訊《たず》ね下さい」

「一つは、このカウンターを使った紙の管理や。コピー用紙っちゅうもんは、何もコピー機だけで使われるもんとちゃうやろう。他の用途で使われるものも多いはずやが、それをどない管理するつもりや」

「おっしゃる通りです。確かにコピー用紙はコピー機だけで使われるものではありません。しかしこれは、本来のコピーで使われる以外の用途分を予《あらかじ》め見越して、オーダーエントリーシステムの補充点を最初から高くしておけば、解決できる問題です。このプランで実際に物を運ぶのは家電店です。彼らが配送する商品は紙ばかりではありません。文具、食品、電化製品、そうした消耗財を日々配送することになります。コピー以外の用途で紙が使われることが多い傾向が見られるオフィスでは、補充点を上げる、逆に少ない場合は補充点を下げる。最初は手間がかかりますが、それはこのビジネスが始まっ

た当初の一定期間の動向を摑《つか》むだけで済むと思われます」

　吉野は質問に応えながら、内心では曾根崎の理解能力の高さ、最新のテクノロジーに関しての知識の深さに驚いていた。同時に、八十になろうという老人にどこまで話が伝わるかと案じていたが、どうやらそれは杞憂《きゆう》に終わりそうだと意を強くした。

「なるほど、それでは、一般顧客のオーダーに関してはどうかな。特に家電製品のオーダーだ」

「と申しますと」

「君の説明では、オーダーはインターネットかファックスを使うと言うたが、ネット上に全国価格ランキングサイトを立ち上げるという案は面白い。しかし、実際の消費者というものは、現品を見たその場で、購入するかしないか、決めてしまうもんとちゃうやろか。量販店の店頭価格をメモし、家に戻ってコンピュータと向かい合い、そこで改めてオーダーを入れるということは少し現実離れしてへんか」

　待っていた質問だった。吉野は、上着の内ポケットから携帯電話を取り出すと、

「これをご覧下さい」

「携帯電話をどないするんや」

　怪訝《けげん》な表情を浮かべ問い返して来る曾根崎を無視して、吉野はボタンを操作した。

「ここに表示されているのは、全国価格ランキングサイトのダミー画面です」

それは藍子がプレゼン用に制作したウェブサイトのサンプル画面で、この質問があることを予期して、サーバー上にアップロードしておくことを命じておいたのだった。

吉野は携帯電話を机の上に置くとさらにボタンを操作した。

「例えばある消費者が、フロンティアのプラズマテレビの購入を考えたとします。その場合、この選択画面の商品群の中から、『テレビ』を選択します。更にメーカーでフロンティアを選択、そして型番を入れる……」

「型番？　そないなものが分かるんか」

「量販店の表示には漏れなく型番が記載されています。その点は確認済みです」

断言した吉野《よしの》は更にボタンを操作し、型番をインプットした。画面が変わり、そこにランキングが表示された。

論より証拠とはよく言ったものである。ダミーとはいえ、現実を突きつけた方が遥《はる》かに理解が早い上に、何よりも相手に与えるインパクトが違う。曾根崎の顔に、ほう、というような驚きの色が浮かんだ。

「このシステムを使えば、消費者はその場でどこの店が一番安いのか、瞬時に確認することができます。そしてどこの量販店よりも、安く、そして手厚いアフターケアができるのは我々をおいて他にありません。何しろ、先に申し上げたように、店舗の家賃、人件費といった固定費は、我々のオペレーションでは事実上ゼロに等しいのですから。それに扱う商品は、売れ筋に限るわけですから、量販店のように膨大な商品を揃《そろ》える必要もありません」

「しかし、携帯電話からインターネットに繋《つな》げるとなると、若い世代はともかく、ワシのような高齢者には無理があるんとちゃうか」

「おっしゃる通りです。ですから高齢者や携帯電話を使いこなせない消費者には、カタログによる告知をし、ファックスで注文を受けます。幸い高齢者家庭は現在の家電店の数少ない重要な客先です。すでに販路はでき上がっています。売り込みをかけ、このサービスの利便性を認知させるのは難しい話ではありません」

曾根崎は腕組みをすると、じっと画面を凝視したまま動かない。

「更にもう一点付け加えるならば、近い将来携帯電話からのネットへのアクセスは遥かに楽なものに変わる筈《はず》です」

「というと」

「ＩＣタグです。ほんの芥子粒《けしつぶ》ほどのチップに実に十の三十乗もの個別情報を記録させることができるのです。この世に存在する全《すべ》てのものに番号をふっても、まだ余りある数です。現時点ではコストがかかることもあって、それほど普及はしていませんが、すでにユーロ紙幣には偽造防止のために、ＩＣタグが埋め込まれることが検討されています。数年のうちにはコストは一気に下がり、全ての商品にこれが採用されるでしょう。

そうなれば、面倒なインプット作業は必要ありません。携帯電話を商品に翳《かざ》すだけで、価格情報が得られるようになる。そういう時代が、すぐ先までもう来ているのです」

「なるほどなあ。そこまで考えてのことやったか」

曾根崎は初めて感情を露《あらわ》にして唸《うな》った。

同意とも取れる言葉に、吉野の心が沸き立った。社主を口説き落とすことができさえすれば、社内で異を唱える者はいやしない。後はプランを実行に移すだけだ。

「しかしな、吉野君よ。投資金額の十九億ちゅうのは大金やで。本当にこの商いにそれだけの投資をして有り余る利益を上げられるんか」

「できます」

「その根拠は何や」

ここが最後の勝負どころだ。三瀬《みせ》には理解されなかったが、曾根崎ならばきっと分かってくれるはずだ。睨《にら》みつけるような目を向け、返答を迫る曾根崎の視線を捕らえながら、吉野はこのプランの最大の狙《ねら》いを話し始めた。

「個人情報です」

「個人情報？」

曾根崎の眉《まゆ》がぴくりと動いた。

「そうです。それがこのビジネスの最大の旨味《うまみ》であり、スバル運輸がただの運送会社から脱却し、新しいビジネス展開を可能たらしめる武器になるのです」

「どういうことや、もう少し詳しく説明してくれへんか」

「このプランが実際に稼働《かどう》し、オフィス、あるいは一般消費者からのオーダーが入り始めれば、どこの誰にどういった商品が届けられるか、つまり個々のお客様がどんな商品を必要としているか、というデータが黙っていてもコンピュータの中に日々蓄積されて行くことになります。これは、マーケティングの見地から言えば、まさに宝の山に他なりません」

力を込めて吉野は言った。曾根崎は無言のまま、テーブルの上に置かれたグラスに手を伸ばし、黙って麦茶を啜《すす》ると、先を促すかのように吉野を見た。

「社主のところにも、日々膨大な量のダイレクトメールが送られて来ますでしょう」

「ああ、マンション、別荘、車にゴルフ会員権……毎日山のように送られて来る」

「それが何を元にしているかはお分かりでしょう」

「おそらく高額納税者リストあたりを見てのことやろうな」

「おっしゃる通りでしょう。一千万を超える納税を行っている高額納税者はそれだけ可処分所得も多い。つまり業者にとっては、絶好のターゲットと映る……」

「しかし、日々送られてくるダイレクトメールなんちゅうもんは、受け取ったほとんどの人が封を開けることもなく、そのまま捨ててしまうのが関の山っちゅうもんやで」

「それは高額納税を行っている人間をひと括《くく》りにして、いわば当たれば幸いと、機械的に告知活動を行っているからです。すでにこれだけのご自宅を構えていらっしゃる社主に、どれだけ豪華なマンションのパンフレットを送り付けたところで興味を示すはずはありません。言い換えれば、ＤＭを送る方は、高額納税者の納税額と住所は知ってはいても、生活の実態までは把握しきれていない、と言えるでしょう」

「それはその通りやろうな」

「しかし、我々が日々手にし、蓄積していくデータは違います。どこの誰がどんな商品をどれだけの頻度で購入するか。消費量はどのくらいか。購入金額はどのくらいなのか。支払いは滞りなく済んでいるか。極めて詳細にして、精度の高い個人情報を手にすることができることになるのです」

　曾根崎は、じっと吉野に視線をやったまま一言も発しない。さらに吉野は続けた。

「このプランが実行に移され、ビジネスが順調に立ち上がっていけば、商流は激変するでしょう。オフィスサプライは元より、嵩張《かさば》る商品や家電製品は全てバディから、ついでに一般消費財も、という流れが定着するでしょう。何しろオーダーを入れれば翌日には家庭まで届けてくれる上に、価格も安いのです。拒絶される要因はどこにもありません。そうなれば、メーカーだって何とか自社の製品をバディに扱って貰《もら》おうと必死になるでしょう」

「しかし、消費者の購買傾向を摑んでいるからと言っても、DMを打っても無駄っちゅうもんと違うか。ワシと同じように開封せんまま、ゴミ箱行きが関の山ちゅうもんやで」

「それはやり方次第です」

「どないするっちゅうんや」

「最初にご説明したように、今回のビジネスではカタログを一般消費者向けのものと、事業所向けのものに分けて制作します。新規参入を望むメーカーのものや、新商品の案内はその中に盛り込めば充分です。訴求力という点ではカタログの編集いかんで、充分な効果を発揮するでしょう」

「なんや、個人情報の使い道はそれだけか」

曾根崎はあからさまに拍子抜けしたような表情を浮かべたが、

「それだけではありません。個人情報の使い道は他にもあります」

吉野は、ここからが本番だとばかりに声に力を込めた。

「先ほど社主の元には、マンションや別荘などのDMが毎日山ほど送られて来る、とおっしゃいました。確かに現状のDMの送り方を見ていると、無駄で終わるケースがほとんどと思われます。しかし、世の中にはこれから家を買おうと考えている人間は山ほどいます。そうした人たちにとっては、DMも迷惑極まりないものだとはいえないでしょう。要はターゲットを絞りこむことができさえすれば、充分な効果を発揮するということです。そしてここに大変なビジネスチャンスが存在するのです」

「それは何や」

じれたように曾根崎が言った。

「対象を絞り込み、ＤＭを発送し、一般家庭に届ける……その事業をスバル運輸がやるのです」

ほう、というように目を見開いた曾根崎は、身を乗り出した。

手応《てごた》えあり、と踏んだ吉野は、ここぞとばかりに押した。

「我が社の最大のライバルである極東通運が、全国の配送拠点《デポ》を二千八百から五千に増やすという計画を発表したことはご存知ですね」

「もちろん知っている」

「彼らの最大の狙いは通常の郵便物ではありません。もっと嵩のあるもの。つまりＤＭを主なターゲットにしていることは間違いありません。しかし、私のプランと彼らの戦略が大きく異なる点は、ＤＭを送り付けるターゲットのセグメント、つまり絞り込みまでをも我が社が受け持つという点です」

「そんなことが可能なんか」

「できます」吉野は断言した。「例えば、社宅や賃貸マンションに住み、定期的にオムツをオーダーしてくる家庭があったとしましょう。あるいは、老人家庭で大人用のオムツを購入している家庭でもいい。前者の場合はマンションや住宅の潜在的購入需要があると考えられます。また、後者の場合は、介護用品の需要があるということになります」

「なるほど、顧客の消費動向を把握できれば、そういうビジネスが展開できるというわけか」曾根崎は腕組みをしながら唸ったが、「しかし、購買動向だけでそれほど細かく客の生活環境を把握できるものかね。マンションが賃貸かどうか、社宅かどうかなんてことは住所からは分からへんのとちゃうか」

新たな疑問を投げ掛けてきた。

「それを可能にするのが代理店です」

「なに？」

「私が街の家電店を代理店にしようと目論《もくろ》んだのは、そうした意味合いがあってのことです。文具通販のトップであるプロンプトの代理店の多くは街の文具屋です。商売の形態からしてオフィスに出入りすることはあっても、一般家庭まで入り込むことはありません。それに配送そのものは地場の運送会社に任されています。つまり、個々の顧客に関しての詳細な情報のフィードバックを得ようにも、システム上、不可能なのです。しかし、私のプランは違います。街の家電店は、どの家が社宅なのか、賃貸なのか、そうした地域情報を確実に摑《つか》める立場にあります。一度そうした情報を顧客データの中にインプットしてしまえば、DMを送る対象者はコンピュータが自動的に絞り込んでくれます。そしてそのDMは、消費者にとってまさに自分の知りたい情報が掲載されたものなのです」

「家電店を代理店にすると、そういう利点もあったんか……」

もはや、説明はいらなかった。

「確かに君の言う通り、そこまで顧客の個人情報を把握することができれば、企業は効率良くDMを送付することができる。削減されるコスト、効果も従来の比ではないやろう。いやスバル運輸にとっても、DMを送付する対象者を絞り込む手数料、それに配送費の両方から収益を上げられることにはなるな」

曾根崎は、すっかり感心した態で自ら進んで吉野の説明を補足した。

「DMの配送は注文された商品を客先に届ける際に、一緒に梱包《こんぽう》してしまえばいいのですから、事実上、コストはゼロ。配送料金は全てスバル運輸の利益になります」

吉野は胸を張って答えた。

「しかし、そうした形で個人情報を使うということに関して問題はないんか。何や、この頃テレビや新聞を見とると、個人情報が流出したとか煩《うるさ》いことを言われているようやが」

曾根崎は新たな疑問を投げ掛けてきた。

「許容の範囲と考えます。現在でもクレジット会社を通じて、会員に保険や別荘を紹介するというようなことは行われています。もちろんＤＭを送りたいと考えている企業にデータそのものを売り渡したというなら犯罪になりますが。先にも申し上げたように、顧客情報は宝の山、いわばこのビジネスの生命線です。データを渡してしまっては元も子もありません」

曾根崎の目尻《めじり》に皺《しわ》が寄った。獲物の質を見極めるように鋭かった眼光も、いつの間にか穏やかなものに変わっている。改めてそうした曾根崎の姿を見ていると、社主というよりもただの好々爺《こうこうや》を前に、たわいもない茶飲み話をしているような、ほのぼのとした気持ちになってくる。

「吉野はん。あんた、ほんまにおもろいことを考えなはったなあ」

「恐縮です」

吉野は頭を下げた。

やった、と思った。社主である曾根崎が決断すれば、社内でその意向に逆らう人間はいない。プランは実行に向けて動き出す。そうした確信とともに、胸が熱くなるような達成感が心中を満たしていく。だが再び吉野が頭を上げた時、たった今、曾根崎の顔に宿った好々爺然とした笑いは消え失《う》せていた。

「ただな、一つ最後に疑問があるんや」

「何でしょうか」

まだ安心するわけにはいかない。吉野は再び気を引き締め、曾根崎の言葉を待った。

「あんたのプランが筋のええものやっちゅうことも、個人情報がスバル運輸にとって宝の山やっちゅうことも良く分かった。しかしな、実際に顧客からオーダーを受けるのはバディやろう。つまり、顧客情報を握るのは、スバル運輸やない。バディや。そこのところはどないに考えとるんや」

曾根崎の疑問は的を射たものであることは間違いない。吉野は意を強くして答えた。

「おっしゃる通り、オーダーを受けるのはバディです。顧客情報はバディのオーダーエントリーシステムの中に蓄積されていきます」

「ほなら、スバルはどうやってそれを活用できるっちゅうんや」

「まさに私がこのビジネスのパートナーとしてバディを選んだ理由はそこにあるのです。バディは庫内作業から配送までの物流業務を全《すべ》て外部に委託しています。当然、出荷作業を行う際には、オーダーエントリーシステムに入ったのと全く同じ情報が庫内機器を制御するシステムに渡されます。そこを運営、管理するのがスバル運輸——」

「それはちゃうやろう」

突然曾根崎の声が、吉野の言葉を遮った。口調は穏やかだったが、有無を言わせぬ鋭さと、重い響きがあった。思わず押し黙った吉野を諭すように、曾根崎は言った。

「それでは本来バディのものである情報を、スバル運輸が流用するちゅうことになるで。まさに個人情報の流用を請負業者がやる。商行為上、許されん行為をすることになるのとちゃうか」

蟀谷《こめかみ》の辺りに、痺《しび》れたような感覚が走った。手の関節が、固まってしまったように動かない。重苦しい感覚が、背筋を走り、じっとりと汗が噴きだして来る。吉野は次の言葉が見つからず、その場で固まった。

「どないなんや、吉野はん」

容赦のない問い掛けに、吉野はますます身を硬くするばかりだった。

「そこまで頭が回らんかったか」

曾根崎は静かに言った。

終わった、と思った。

曾根崎の言葉に間違いはない。確かに彼の言う通りだと思った。顧客からオーダーを貰うのがバディである限り、顧客情報はバディのものだ。いかに庫内作業の際にそれをスバル運輸が手にしようとも、それを流用することは許されない。

どうしてそこに気がつかなかったか。

吉野は己の迂闊《うかつ》さを責めると同時に、これまでの全てが水泡に帰していく、無力感に襲われた。

「あのな、吉野はん。商売で一番大切なのは、信義を曲げんちゅうことや。つまらんわる知恵を駆使してお客様を騙《だま》すような商いは必ず失敗するもんや。お客様だけやないで、うちの仕事を請け負う業者、従業員にも正直でなければ成り立つもんやない」

言葉がなかった。吉野はまともに曾根崎の顔を見られずに、無言のまま頭《こうべ》を垂れた。

「物事にはルールっちゅうもんがある。スバル運輸はな、あんたも知っての通り、会社の命ともいうべきセールスドライバーにもルールの厳守を義務づけて来た。些細《ささい》な違反でも許しはせん。どんなに実績のあるセールスドライバーでも、切符を切られれば即仕事を失う。それを決まりとしてきた。なのにあんたは、それを自ら進んで犯そうとする。それをワシが許すと思うたか」

「いえ……決して……」

「ならば、どないするつもりや、この話。矛《ほこ》を収めて東京に帰るか」

ここで、「はい」と言ってしまえば全ては終わる。曾根崎の言うことに反論の余地はない。かと言って、せっかくここまで漕《こ》ぎ着けたプランを反古《ほご》にしてしまう気にもなれなかった。

吉野は答えを探して知恵を振り絞った。しかし、どうしても曾根崎を納得させうる返事は見つかりそうもない。

「思いつかんか」

絶対的なタイムリミットを前に、思考はまとまらず、むしろ混乱していくばかりだった。

刻一刻と終わりの時が近づいている。

握り締めた拳《こぶし》から、力が抜けていく。

その時、頭の上から曾根崎の声が聞えた。

「簡単な話や。ルールにのっとり、大手を振ってまかり通るような仕組みを考えればえぇのや」

思わず顔を上げた吉野の目の前に、穏やかな笑みを浮かべる曾根崎の顔があった。

「あんたは大変なタヌキやと思うとったが、まだ若いなあ。古ダヌキとまではいかんようやな」

曾根崎は呵々《かか》とひとしきり笑い声を上げると、

「バディの資本金はなんぼや」

おもむろに曾根崎が訊《たず》ねてきた。

「四十億です」

「四十億か……」

曾根崎は天井を仰ぐようにして、暫《しば》し何事かを考えているようだったが、

「上場はしとるんか」

「いいえ」

「よっしゃ、バディに十二億、ワシが出資したろ」

「はあ？」

思いもしない言葉に、吉野の口から間の抜けた声が漏れた。

「資本金の三〇％を握れば役員を送り込むことができる。その上で、マーケティングの子会社を立ち上げれば問題は解決や」

「しかし社主。このプランを実行に移すに当たっては、初期投資だけでも十九億の資金が要ります。それではあまりに……」

「十九億は会社の金。十二億は、ワシの金や」曾根崎《そねざき》の目尻に再び皺が寄った。「あんたも、わざわざ京都まで来て、会社の金を使うことをねだるんやったら、何でワシの懐《ふところ》を当てにせんのや」

「そうは言われましても……」

「聞いてはいるやろうが、ここにはいろんな人間が出入りする。それも皆ワシの金が目当てや。人間この歳《とし》になるとな、人の魂胆というもんが透けて見えるようになる。中には死に金やと思うても、くれてやるつもりで金を出すこともある。そやけどな、あんたのプランには夢がある。ワシが一代で築き上げたスバル運輸が、生まれ変わり、大きく飛躍していくっちゅう夢がな。何や、あんたの必死な様子を見てると、ワシの若かった頃を思い出してしもうてな。十二億程度の金は、どうということはない。もっとも本を正せば、これもスバル運輸の社員が稼いだ金や。それが会社のためになるんやったら、生きた金の使い道っちゅうもんや」

曾根崎の一言一句が吉野の胸に染《し》みた。熱いものが込み上げ、目頭から涙が滲《にじ》んでくる。

「バディにしたかて、この話に乗るには、商品アイテムを増やさなならん。家電製品のような、高額商品を扱うとなれば資金も必要になるやろう。ただしその時に、増資分をワシに引き受けさせられることを呑《の》むかどうか。そこのところは、あんたの腕次第やで」

「必ず、社主のご厚情を無にいたさぬよう、全力を挙げて……」

最後まで言い切ることができずに、吉野は目頭を拭《ぬぐ》った。

闇《やみ》を切り裂きながら疾走する新幹線の車窓に映る顔がほころんでいる。

吉野は賭《か》けに勝った満足感と、いよいよ夢が実現に向けて動き始める高揚感を抑えきれなかった。

今日一日、何の知らせもなかったところをみると、とりあえず、父の容態も安定しているのだろう。この分なら、検査の結果を聞きに病院に出掛けることができる、そのことも吉野の心を軽くしていた。

テーブルの上には、一缶のビールが置かれている。それがたった一人で挙げる祝杯だった。今夜はできることなら浴びるほど酒を飲み、至福の時を過ごしたい衝動に駆られたが、父の看護のために日中病院に詰めていたであろう母のことを思うと、酔って家に帰るのは気が引けた。それに、やはり社主への直訴という大胆な行動に出ることに、緊張していたのか、アルコールがいつになく良く回る。

名古屋で停車したことは覚えているが、いつしか吉野は深い眠りに落ちていた。

気が付いた時には、すでに新幹線は東京のビルの谷間を縫うようにして走り、ぐっと速度を落としていた。多くの乗客を乗せた終電間際《まぎわ》の山手線が、追い抜いて行く。車内放送が、間もなく東京に到着することを告げる。

吉野は慌《あわ》てて身支度をすると、デッキへと向かった。ドアが開くと、ねっとりとした熱が全身を包んだ。いつもの習慣で、車中留守番モードにしていた携帯電話を取りだした。液晶パネルにメッセージが残されている表示があった。

ホームを歩きながら、メッセージボックスにアクセスした。

『一件の新しいメッセージがあります。最初の一件』――。無機的な女性の声に続いて、若い女の声が聞えてきた。

「もしもし、お父さん……」

佳奈子だった。明らかにいつもと声のトーンが違う。暗く打ち沈んだような声。不吉な予感が吉野の脳裏を過《よぎ》った。

「おじいちゃんが……夜の八時に亡《な》くなりました……今、九時です。連絡が遅れてごめんなさい。お婆《ばあ》ちゃん、携帯使えないから……。私も買い物に出てて、最期《さいご》を看取ってあげられなかった。これから遺体を家に運びます……」

その後に何かを言おうとしたのだろうか、しばしの間を置いてメッセージが終った。

普通ならば、すぐに連絡をくれ、あるいはすぐに帰ってこいとでも言うものだろう。しかし、そうした当たり前の言葉すら残さなかったところに、佳奈子の悲しみが込められているような気がした。

親父《おやじ》が死んだ？……まさか……。

吉野の足が自然に停った。耳の奥がしんと鳴り、周囲の雑踏の音が聞えなくなる。命あるものに必ず最後の時がやってくるのは避けられない宿命だ。だが、父は一昨夜入院したばかり。最後の時が、いつやって来てもおかしくはないことを暗に告げられていたとはいえ、まさかその時がこんなに早くやって来るとは考えもしなかった。

どれくらいそうしていたのかは分からない。気が付いた時には、ホームに乗客の姿は無く、残っているのは吉野一人だった。

携帯電話を操作する手が震えるのを覚えつつ、吉野は自宅へ電話をかけた。呼び出し音が耳朶《じだ》を打つ。二度、三度——。ようやく受話器が持ち上がる音と共に、「吉野でございます」母の声が聞えてきた。

「……母さん……」

次の言葉が出てこない。吉野は沈黙した。

「公啓《まさひろ》かい。今どこにいるの」

「東京駅……。今着いたところだよ……たった今メッセージを聞いた……親父、駄目だったのか……」

「昼に検査があってね。それまでは容態も落ち着いていたのだけど……」

母の声が俄《にわか》に震えだし、後が続かなくなった。

「母さん……俺……」

こんな親不孝があるだろうか。いつ心臓が停ってもおかしくはないことを知りつつも、己の夢の実現のために東京を離れた。そこには入院させた以上、父の傍らには常に医師がいる。何か病状に変化があれば、即座に適切な処置が施され、最期の時を迎えるにしても京都から駆けつけるくらいの時間はあるだろうという安易な気持ちがどこかにあったことは否《いな》めない。

しかし、社主を訪ねるタイミングは今日この時をおいて他になかったのだ。その判断に間違いはなかった。少なくともそのことに関して言えばいささかの後悔の念も覚えない。だが、理屈と感情は別物である。親の死に目に立ちあえなかった。その現実が吉野の心を苛《さいな》んだ。

「いいんだよ。急なことだったんだから。しょうがないじゃないか」母の声が震えた。

「病室にいた私だって気が付かなかったくらい静かに逝《い》ってしまったんだもの。また明日きますからねって声をかけたら、息をしていなかったの……。本当に静かな最期……。苦しまずに逝った。それがせめてもの慰めってもんだよ……。あなただって家族のために必死で働いてきたんだもの」

「佳奈子は？」

「あの子も出掛けてて死に目には間に合わなかった。お父さん、この病気に罹《かか》って六年。しかたがないとはいっても、本当は家族に迷惑かけたとでも思っていたんだろうねえ。たった一人で逝ってしまうんだから……。でも公啓、佳奈子には労《ねぎら》いの言葉の一つもかけてやってね。あの子、お爺《じい》ちゃんが死んだことを知らせたら、すぐに駆けつけて来て、遺体の搬送から、葬儀の手配まで一人でやってくれたんだから」

「分かってる……とにかくすぐに家に帰るから。これから先のことは全《すべ》て俺がやるから……」

後の言葉は続かない。吉野は電話を切った。

面会時間の終わりは八時である。八時と言えば、俺が社主の了解を取り付けた時間だ。思いがそこに至った時、社主への直訴が思いもよらぬ形で成功したのは、見えざる何か、いや、父の霊が自分の夢を叶《かな》えさせるべく力を貸してくれたのかも知れない。そんな気がしてならなかった。

日頃信仰とは無縁の吉野も、この時ばかりは心の中で手を合わせ、今は亡き父の霊に感謝の祈りを捧《ささ》げながら、これだけの代償を支払ったのだ、このプロジェクトは何があってもものにしなければならない、と天を見上げた。

父の葬儀を終えた吉野が出社したのは、それから四日後のことだった。席に着くと間もなく、待ちかまえていたように机の上の電話が鳴った。受話器を通して、感情を押し殺したような三瀬《みせ》の声が聞えてきた。

「すぐ私の部屋まで来い」

有無を言わさぬ口調に、三瀬の不機嫌さが漂っている。

来たか――。

用件は分かっている。吉野は予《あらかじ》め用意していた資料を持つと、役員室に赴く際には着用が慣例となっている上着を手に部屋を出た。始業時間を迎えたばかりの営業部は、引っ切りなしに掛かってくる電話に対応する営業マンの声が充満している。今まではフロアの片隅に間借り同然に追いやられ、日々の仕事に忙殺される同僚を横目に閑職に甘んじていたが、それも間もなく変わる。プロジェクトが公《おおやけ》のものとなり、本格的に動き始めれば、体が幾つあっても足りないほどの忙しい日々が続くことになるだろう。

最上階にある役員室に向かった。吉野の姿を認めた秘書課の女性が、「常務がお待ちです」と、そのまま三瀬の部屋に向かうように言った。

重厚なドアをノックすると、即座に応答があった。

入り口に立った吉野を三瀬は睨《にら》みつけると、

「吉野！　お前とんでもないことをしでかしてくれたな」

呻《うめ》くように言った。

「社主に直訴することが掟破《おきて》りだということは充分に承知しております。しかし本部長――」

「お前の言い分は、これからゆっくり聞く。一緒に社長室に来い」

三瀬は上着を引っ摑《つか》むと、吉野に一瞥《いちべつ》もくれることなく、傍らを通り過ぎ部屋を出た。

社長室はさらに廊下を奥に進んだところにあった。考えてみると、社長室に入るのは、入社以来これが初めてのことである。社主の了解を得た以上、いかに社長といえどもその意向に逆らうことはできない。しかし、円滑にプロジェクトを進めるためには、三瀬はともかく、少なくとも社長を説得し、全面的協力を取り付ける必要がある。吉野は気を引き締めると、三瀬に続いて部屋に入った。

社長室は、三瀬の役員室の倍ほどの広さがある。中央には応接セットがあり、さらに十名程が座れる楕円形《だえんけい》の会議用のテーブルと椅子《いす》が置かれてあった。執務机の背後の壁には、社主の写真が掲げられ、つい四日前に会った曾根崎の顔が三人を睥睨《へいげい》するかのように見下ろしている。

「連れてまいりました」

社長の時任忠志《ときとうただし》は、強《こわ》ばった顔でじろりと吉野を見ると、

「二人ともそこに掛けたまえ」

会議用のテーブルを目で指した。

時任は、スバル運輸が大卒社員を採用した際の第一期生である。学歴の如何《いかん》を問わず、新入社員に現場業務が課されるのは今も昔も変わりない。時任が入社した当時は、その期間も今とは比べものにならないほど長く、確か五年ほど高卒の作業員に交じって、配送センターでひたすら荷物と格闘する日々を過ごした、と聞いたことがある。その後、本社で長く財務畑を歩み、曾根崎が第一線を退くと同時に社長の座についたのだが、現場のことも熟知していれば、数字にも強い。決して侮《あなど》れない人物であった。

吉野は、二人と正対する形で腰を下ろした。

「君、一体どういうつもりかね。いきなり社主に呼び出しを食らって、何事かと京都に飛んで行ってみれば、君のプランに全社を挙げて取り組めと言う。寝耳に水とはまさしくこのことだ。君は組織のルールというものをどう考えているんだ」

時任は、ぶ厚い紙の束を机の上にばさりと放り投げると不快感を露《あらわ》にして言った。かつて三瀬に提出した資料であることはすぐに分かった。自分を呼び出す前に、三瀬との間でプランの詳細と、事の経緯について、話し合いが持たれたらしい。

「私が取った行為が、決して許されるものではないことは充分に承知しております。いかなる懲罰が下されようとも異存はありません」吉野は頭を深く下げると、「ですが社長、これもスバル運輸の将来を考えればこそのことです。その点だけは、どうかご理解いただきたいと思います」

時任と三瀬の目を交互に見詰めながら、自らの気持ちを奮い立たせようと、吉野は胸を張った。

「確かに、君が考えたプランは面白い。社主に説明したように、このプランが実現すればスバル運輸は、ただの運送会社からマーケティング・カンパニーとして新たな事業へと乗り出すことになるだろう。しかしね、君の資料に目を通しただけでも問題点は幾つも目につく。実現への道のりはそう簡単なものではないと思うがね」

「楽をして新規事業をものにできるとは考えてはおりません。当然実現までには幾つもの困難があることは百も承知しておりますし、その覚悟もできているつもりです」

「簡単に言うなよ」時任は眉《まゆ》を顰《ひそ》めると、「例えばこの十九億円もの初期投資だ。君の計算書によれば、年八％のリターンがあると言うが、これは事業が君の思惑通りに運ぶことを前提としてのことだろう。もしも、バディの事業の伸びが予想を下回った場合は、当然キャッシュフローは格段に悪くなる。こうしたプロジェクトを行う場合の判断基準とされるリターンは、六％前後が分岐点とされるのが一般的だ。それ以下であればやる意味がない。つまり誤差は僅《わず》か二％しか許されない」

さすがに財務畑が長いだけあって、時任は投資効率から攻めてきた。

「年八％のリターンというのは、あくまでもバディの物流全般を請け負った際のもので、付随して発生する新規事業によって得られる利益は計算の中に入っておりません」

「君の言う新規事業というのは、日々蓄積されて行く顧客情報を元にしたＤＭを送る際のセグメンテーション・サービスや、発送手数料のことを言っているのかね」

「そうです。社長、ＤＭの市場というのが、どれだけの規模があるかご存知ですか」

「いや……」

さすがにそこまでは把握していないと見えて、時任は口籠《くちご》もった。

「二〇〇〇年実績で、約三千二百億円。これは国内の全広告費の五・七％になる額です。これだけの巨大市場でありながら、送付する客先のセグメンテーションはクレジット会社の会員、あるいは各種団体の名簿を元にして闇雲《やみくも》に送り付けているのが現状です。さらに注目すべきは、この不況下にありながら、DMの市場は伸び続けているという点にあります。それも封書から葉書へシフトして、コスト削減を狙《ねら》っている企業が多いにもかかわらずです。もしも、このオペレーションが実現すれば、極めて詳細かつ膨大な顧客情報を元に、企業の目的に合った顧客を選びだし、狙い撃ちにすることができるというわけです。既存のDM代行業者は、一件当たり十円程度の手数料を取っていますから、我々もその程度の収益を上げるのは難しいことではありません。さらに通常は、それに配送費がかかるわけですが、我々の場合は、オーダーされた商品を発送する際に、同梱《どうこん》してしまえばいいのですから、事実上配送コストはゼロ。つまり丸々利益になるわけです。これを加味すれば八％のリターンは充分にクリアできると考えます」

「しかし、それは事業が軌道に乗ればの話だろう。従来のバディの主な顧客であるBTO　Bの市場でさえ、プロンプトの牙城《がじょう》を崩すには大変な困難があるだろうし、ましてやB　TO　C、つまり一般コンシューマーにサービスが普及するまでにはどれほどの時間を要するかは全くの未知数というものではないかね」

「おっしゃる通りでしょう。しかし、どんなビジネスでもスタート直後から、待ち構えていたように客が殺到するなどということはあり得ません。しかるべき種を蒔《ま》き、それが芽吹き実を結ぶまでには、それなりの時間が必要となります。もちろん、たわわに実を生す大樹とするためには、充分な肥料を与え、手間と暇をかけ汗を流さなければならないでしょう」

「それも尋常ならざる手間と暇。それに労力が必要だ」

吉野は時任の言葉に頷《うなず》くと、

「これをご覧下さい」

持って来た資料を二人の前に広げて見せた。藍子が用意した、カタログのサンプルや価格ランキングサイトの模擬画面のハードコピーである。

「すでにお聞き及びかとは思いますが、私の考えているプランと、従来の文具通販が行っているオペレーションの最大の違いは、家電店を代理店に使うことにあります」

「それは三瀬君からも社主からも聞かされた。コピーカウンターを武器に事業所に入り込む。一般コンシューマーについては従来の家電店の販売ルートを使うということもね。確かに家電店を使うというのは名案だと思うが、果たしてどれほどの期間で八％ものリターンを見込める顧客数を確保できるものかね」

「お客様がこのサービスの利便性を認知すれば、急速に広がると私は確信しています」

吉野は、それからフリーペーパーを用いての告知活動を始めとする戦略、それから止《とど》めとばかりに、携帯電話を取り出すと、価格ランキングサイトの模擬画面にアクセスして見せた。

曾根崎の前で価格ランキングサイトにアクセスして見せた時と同様、二人の顔に驚きの色が宿った。その反応に意を強くした吉野は一気に押した。

「家電店は、顧客を開発するだけでなく、バディが取り扱う商品の価格優位性を常に調査する役割を担《にな》う存在となります。はっきり申し上げて、こうした調査を一社で行うのは不可能でしょう。もちろん、その気になればできないことはないでしょうが、膨大な手間とコストがかかりますからね。しかし、家電店を代理店としてネットワーク化できれば話は別です。何しろ、全国には四万五千からの店舗があるのですから」

「しかし、肝心の家電店がそう簡単に話に乗ってくるかね。第一、商圏、つまり一軒あたりの受け持ちエリアはどうするつもりだ。特定地域に代理店が密集したのでは、個々の店の売上は伸びない。高いモラルを持って、これだけの仕事をして貰《もら》うからには、それなりの収益を上げられる仕組みを作ってやらないことには……」

三瀬が首を振った。

「すでにテストを行う埼玉では八十五の家電店から代理店になる内諾を得ています」

「なに！　すでにそんなところまで話を進めているのか」

時任の顔色が変わった。三瀬は知らされていない事実が次々に出てきて、面子《メンツ》を潰《つぶ》されたと言わんばかりに苦々しい顔つきで吉野を睨みつけている。

しかし、時任を説得するためには、プランの実現可能性を見せつけることとしかない。

吉野は三瀬を無視して話を続けた。

「正直申し上げて、四万五千余の家電店を全て代理店にしたのでは、個々の家電店がこのビジネスから満足の行く収益を上げるのは無理です」

「それでは個々の代理店の商圏はどう確立するつもりなんだ」

「スバル運輸の配送車一台当たりの受け持ちエリアを、代理店一軒の商圏とする、と考えております」

「なるほど、物量から考えれば妥当な線とは言えるだろうな」

時任が思わず同意の言葉を漏らした。

「翌日配送のオーダーエントリーは受注当日の午後六時に締め切ります。そのデータのバッチ処理に要する時間は、約一時間、長くとも二時間をみれば充分です。配送先、及び商品の明細は、午後八時までには代理店に転送されます。その中に、テレビやエアコンといった設置業務が必要なものがある場合、家電店はその準備をただちに整える。つまり配送順から、設置までの段取りをオーダー受注の当日には全て済ませておくことができるわけです。さらに、配送時間は、街の家電店という地域密着型の商売の特性上、かなりの融通が利《き》くと思われますので、これもまた顧客の要望に限りなく近いものが提供できると考えております」

「君の言うことを聞いていると、全てのことがスムーズに行くように思えるが、問題点はないのかね。会社の金を十九億も使おうというんだ。不安の一つも覚えるのが当たり前だろう」

　三瀬は明らかに皮肉の籠った言葉を投げ掛けて来た。

「もちろんあります」吉野にもまだ解決しなければならないと考えている点は多々ある。「最大の問題は、バディがこのプランに乗ったとして、我々がこの業務を現在バディの物流業務を請け負っている会社から、どうスムーズに受け継ぐかということです」

「というと」

　時任が訊《たず》ねてきた。

「これは推定値ですが、現在のバディのビジネス規模から考えると、全国レベルで倉庫使用料、これはハンドリングチャージを含めてですが、相場から言って二十億程度の経費がかかっていると考えられます。これだけのビジネスを失うとなれば、倉庫会社も必死になるでしょう」

「大胆なディスカウントをしてくるとでもいうのかね」

「そうじゃありません。既存の倉庫会社がケツを捲《まく》るんじゃないかということですよ」

「どういうことだ」

「切られると分かった業者が果たして最後の日まで、高いモラルを持ってバディの業務を遂行するか、ということです。既存の業者を切るに当たっては、契約を更新しない旨《むね》を事前に通告しなければなりません。それを知らされた業者が、意図的に出荷を遅らせる。あるいは、業務を拒否する。そんな手に打って出ないとも限りません。もしも、そんなことが起きたら、現在バディが持っている顧客は一斉にそっぽを向いてしまう。一度失墜した信頼を取り戻すのは並大抵のことではありません。この辺は、よほど用意周到にことを運ばなければ、実際にオペレーションが始った後、代理店となった家電店が苦労を強いられることにもなりかねません」

「それだけかね」三瀬が険のある声を上げると、「それ以前の問題があるんじゃないのか」指先でとんとんと机を叩《たた》きながら身を乗り出した。

「と言いますと」

「バディだ。肝心のバディがこのプランに乗ってくるかどうか。君はその承諾をまだ貰ってはいないのだろう」

三瀬はぴしゃりと言い放つと、口を結んだ。

「バディに関して言うならば、すでにそれなりの楔《くさび》を打ち込んであります」

時任《ときとう》はともかく、三瀬が何とか吉野のプランを葬《ほうむ》り去ろうとしているのは明らかだ。返答を言い淀《よど》む、あるいは弱気を見せれば、ここぞとばかりに一気呵成《いっきかせい》に巻き返してくるのは目に見えている。吉野は腹に力を込めて言った。

「楔？　どんな」

時任が訊ねてきた。

「もし、今回の提案を蹴《け》るというのであれば、このビジネススキームをプロンプトに持ち込む、そう言ったのです」

「恐喝そのものだね。そういうやり方は私はあまり好かんね」

三瀬は鼻を鳴らした。

「すると、バディがこの話に乗って来なければ、プロンプトに目標を変えるつもりなのかね」

時任が少し驚いた様子で、目を見開いた。

「いいえ、もしもバディが乗ってこなければ、更に下位の文具通販メーカーにこの話を持ち掛けるつもりでおります。なにしろ文具通販市場はプロンプトの独壇場、ビジネススキームも確立されていますからね。いかにこのプランに価値を見いだしたとしても、現状のオペレーションを根底から覆《くつがえ》さざるを得ない話にそう易々《やすやす》と乗ってくるとは思えません」吉野は一呼吸置くと、「ビジネススキームが確立されている上に、盤石のシェアを持つ会社は、どの業界においても大きな変化を望みません。しかし、現状を何とか打開し、発展の意欲に燃えている会社は違います。そうした観点から、私はバディをパートナーとしての第一候補としたのです」

敢《あ》えて『パートナー』という言葉を使い、スバル運輸は単なる下請けではなく、同格の立場でこの事業に参画するのだということを、時任に印象づけた。

「それでバディの反応は」

「プロンプトという言葉が出た時点で、明らかに反応が変わりました。すでに真剣にこのプランの実現性について検討を重ねております」

「まあ、確かにプロンプトがこの新型コピーカウンターを手にしたら、バディに挽回《ばんかい》のチャンスはないだろうからな」

　時任は苦笑しながら小さく頷いた。

「それじゃもう一つ訊《き》くが、仮にバディがこの話に乗って来たとして、従来の代理店をどうするつもりなんだ。君は今、バディが使っている既存の倉庫会社が切られると分かった時点で、モラルの低下を招き、サービスレベルも下がるのではないか、ということを懸念《けねん》材料に挙げたね。それは代理店にも言えることじゃないのか。今回のプランのキーは、街の家電店を代理店に仕立て上げるというところにある。これが実現すれば、現行のバディの代理店を全て切らざるを得なくなることを意味する。こんな計画を代理店が耳にすれば、たちまちのうちに仕事を投げ出してしまって、バディのビジネスが立ち行かなくなってしまうのは自明の理というものではないのかね」

　三瀬は吉野が挙げた問題点を、執拗《しつよう》に蒸し返した。

「本部長、私は問題点となるものを挙げよと言われたので、申し上げたまでです。それを認識している限りは当然解決策も考えてあります」

「ほう、どう解決するつもりだ。聞かせてくれ」

「これだけの大規模なプロジェクトとなれば、当然最初から一気に新たなオペレーションに移行するというわけには行きません。プランを百パーセント実現するまでには最低三つのフェーズを経なければなりません」吉野は、落ち着いた声で切り出した。「フェーズ・ワンでは、新たに代理店となる家電店は、バディの既存の客先にコピーカウンターを設置し、現在のオフィス向けのサービスを盤石なものとすると共に、さらにプロンプトの客先にこの機械を設置、オフィスサプライのシェア奪回を目指します。この時点での売上は、新規開発分を除いて、全て既存の代理店に計上されるようにします」

「それじゃ、新たに代理店になる家電店はただ働きになるじゃないか」

三瀬は、語気荒く迫ったが、

「まあ、最後まで話をお聞き下さい」

吉野は三瀬を遮り、続けた。

「確かに、フェーズ・ワンの時点では、オフィスサプライに関して言えば家電店はただ働きになることは事実です。付け加えれば、既存の倉庫会社もそのまま継続して使用し続けることを想定しています」

「馬鹿《ばか》な。そんなことをすれば代理店が新規顧客の開発に真剣に取り組むとは思えないし、第一、バディの物流経費にしても二重の負担を強いられるじゃないか」

「それがそうはならないのです」

「なぜだ」

「簡単な理屈です。私のプランの最大の目的は、従来のオフィスをメインとしたバディのビジネスに、新たにコンシューマーという一般顧客を対象にしたビジネスを付け加えることにあるからです。つまり、新規に扱うことになるコンシューマー向けのオペレーションについては、既存の代理店や業者には何の影響も及ぼさないということです」

「なるほど」時任が相槌《あいづち》を打った。

「現行の業者、代理店はあくまでも既存ルートでの業務を続ける。新たに代理店になる家電店は、コンシューマー向けというように、棲《す》み分けを行うというのだね」

「その通りです」どうやら、時任はこちらの話に大分乗り気になってきたらしい。意を強くした吉野は、深く頷《うなず》きながら答えた。「対象顧客の棲み分けが出来ている以上、既存の物流会社、代理店から文句が出ることは考えられません。その間に我々の元には、最大の目的である個人情報が蓄積されていく……。これがフェーズ・ワンです」

「しかし、コンシューマーと、オフィス向けで重複する商品が多々あるだろう。そうした商品の在庫金利は馬鹿にならんぞ」

三瀬は吉野の口を黙らせようとするかのように、次々に否定材料を探し出してくる。

「確かに、重複する商品は多々あります。しかし、それはバディが既存のビジネスを伸ばし、さらに新たなマーケットを獲得できることを考えれば安い投資というものでしょう。それにそうした状況は長くは続きません」

「するとフェーズ・ツーでは、在庫の統合を行うことを考えているのだね」

時任は三瀬の言葉を無視して、先を促すように言った。

「フェーズ・ワンの目的は、ビジネスマーケットにコピーカウンターを導入し、プロンプトのシェアを奪うこと。ほぼ手つかずの状態にあるコンシューマー・マーケットにサービスを浸透させながら、家電店に業務に慣れてもらうこと。それから外部顧客の商品の保管、入出庫を含む庫内作業を一括して我が社が請け負うのは初めてのことですので、業務に慣熟することにあります。ここで培《つちか》ったノウハウを元に、在庫の統合、代理店の移行を初めて行う……」

「その時点で新たに建設する物流センターがフル稼働《かどう》するというわけだね」

「おっしゃる通りです。それもフェーズ・ワンで建設した施設の増築を行い、現行のバディの商圏である関東、中部、関西への翌日配送を行える規模にします」吉野は声に力を込めた。「そう考えればフェーズ・ワンの時点で、在庫が重複しているのはあながち悪いことではないのです。仮に、既存の倉庫業者が切られることに反発し、なにかしらの手を打って出たとしても、在庫は新たに建設される我が社の倉庫にあるのです。日々のオペレーションが滞ることは絶対にありません」

「まるでだまし討ちのような手法じゃないか」

三瀬が吐き捨てるように言った。

「だまし討ち？　ビジネスは切るか切られるかですよ」これまで吉野の提案のことごとくに異議を差し挟んでくる三瀬の態度にじっと耐えていた吉野であったが、さすがにその言葉は我慢ならなかった。

「今の我が社の現場でも、セールスドライバーが汗水垂らしてどんなにがんばろうとも、ある日突然、何の理由を告げられることもなく、仕事を切られることは多々あることじゃないですか。もちろん、バディの場合は、既存の業者を何の予告もなしに切り捨てることなどできないでしょう。要は契約を継続するかしないか、ただそれだけの話です。つまり経営的判断。ビジネスの現場では少しでもメリットのある業者と手を結ぶのは、経営的見地からすれば当然のことではありませんか。非難されるようなことはこれっぽっちもありませんよ」

「じゃあ、既存の代理店はどうするんだ。コンシューマー・マーケットが順調に立ち上がり、新たな物流センターが準備万端整った時点で切り捨てるというのか」

三瀬は顔を紅《あか》く染めながら迫った。

「個々の代理店の能力次第です」

「能力次第だと？」

「物流センターが一つに統合された後、代理店はオフィス向けの商品のみならず、コンシューマー向けの商品も扱わなければならない上に、配送と電化製品の設置も行わなければならなくなる。それができる代理店は残ればよし、できなければ脱落していくしかありません。既存のやり方に固執して、新しいビジネスに対応できなければ、それは仕方のないことなのではありませんか」

「君。それは社主に話したこととかなり内容が違うねえ」話が進む度に、肯定的に吉野の話を聞くようになっていた時任の態度が一変した。「君は、今回のプランはスバル運輸のネットワークを使い、人々の生活をもっと豊かにすることだ。社会のためになるビジネスを創出したいのだ、と言ったそうじゃないか。だからこそ社主も心を動かされたのだ。文具通販の代理店は、街の文具屋がほとんどだと聞く。日々の暮らしに汲々《きゆうきゆう》とする家電店を生かし、同様に文具通販に押されて代理店をやって日々の糧《かて》を何とか得ている街の文具屋を切り捨てると言うのでは一方だけを生かして、もう一方を殺すということになるのではないかね。それが社会のためだと言えるのかね」

「それはプロンプトのケースですよ。実はバディの代理店を文具屋が請け負っているケースは極めて少ないのです」

「えっ」

思いもしなかった答えだったのだろう、時任は呆《ほう》けたように口をぽかんと開けて吉野を見た。

「バディの代理店を務めているのは主に大手のリース会社です」

「リース会社？　どうしてそんな業種がバディの代理店になっているんだ」

「簡単な理屈ですよ。今の時代、オフィスで使われる機器の多くはリースです。当然リース会社は業務の関係上、多くの会社に出入りしています。彼らはそのついでに、オフィスサプライをバディから購入することを持ち掛けた。何しろ、一旦《いったん》販路を切り開いてさえしまえば、後は全くの手間入らずで売上に応じた一定金額が黙っていても懐《ふところ》に転がり込んでくるのです。こんな美味《うま》い話はありません。行きがけの駄賃のようなものです。打撃を受ける小さな代理店は、バディの場合極めて少ないと言えますし、小さな代理店であれば、新しいスキームにもむしろスピーディに対応してくれるでしょう」

「で、フェーズ・スリーは？」

もはや三瀬は何も喋《しゃべ》らない。時任が息を呑《の》むように訊《たず》ねてきた。

「バディがまだ進出していない、関東、中部、関西以外の地域への進出です。このビジネスを盤石なものにするためには、北海道と関西に配送拠点がどうしても必要です。加須《かぞ》の物流センターからは本州のほとんどの場所に翌日配送をすることが可能ですが、四国、九州、北海道は不可能です。もちろん再び多額の投資が必要になりますが、埼玉でのテストがうまく行き、このプランが順調に推移することが実証されれば、利益は確実に上げられるはずです。その時点でのリスクはもはや無きも同然と言えるでしょう」

「最終的にはどれくらいの投資額になるんだ。その君が考える全国ネットワークを構築するまでには」

「ざっと六十億……」

時任がさすがに呆《あき》れた顔をした。

「関東で成功すれば、事業を拡大するのは当然のことではありませんか」

「そうなるまでプロンプトが黙って指を銜《くわ》えて見ているとは思えんがね」

三瀬が苦々しい声を上げたが、口調に先ほどまでの勢いはない。

「プロンプトのビジネススキームは確立されたものであるがゆえに、そう簡単に臨機応変な対応ができるとは思えません。我が社の現行のビジネスにしたところでそうじゃありませんか。競合他社が急に料金を変えた、あるいはサービスレベルを上げたからといって、すぐに対応することができますか。組織が大きくなり、オペレーションができ上がっている大企業ほど、素早い動きなどできるものではありません」

社長室を長い沈黙が支配した。三瀬は眉間《みけん》に皺《しわ》を寄せ机の一点をじっと見詰め、一方の時任は、ぶ厚い資料を何度も入念に見直している。

社主の了解を取り付け、二人から投げ掛けられた疑問の数々をことごとく論破した以上、プロジェクトへのゴーサインが出ないとは思えなかったが、それでも二人、いや少なくとも時任からの協力の確約を得られなければ、目的を達成する難易度が格段に違ってくる。

吉野は息を呑んで、次の言葉を待った。

「分かった……」

目を上げた時任が、資料を閉じると言った。

「やってみたまえ。ただし途中の状況次第では、キャンセルもありうるという条件での話であることは申し添えておくよ」

「ありがとうございます」

吉野は深々と頭を下げた。胸中にまた一つ、難関を乗り越えた喜びと達成感が込み上げてくる。

「ここまで、プランができてるんだ。もうすでに君の頭の中には、これを実行する上で必要な陣容ができ上がっているんだろう」

「はい！」

「話してみたまえ」

「プランを実行に移すに当たっては、正式なプロジェクトチームの発足が必要不可欠です。現在の新規事業開発部の陣容だけでは無理です。フルタイムのメンバーとして新たに二名の人員補充、さらにパートタイムのメンバーとして、庫内システム、オーダーエントリーシステムの開発要員としてスバル《S》情報《I》システムズ《S》から三名の要員を任命してくださるよう要請いたします」

「適任者についての目星はついているのか」

「SISからの要員については、任務の重要性を充分に認識していただいた上で、最適と思われる人物を、とお願いいたします。ただ、フルタイムのプロジェクトメンバーについては、どうしても必要な人間がおります」

「それは誰だ」

「一人は、東京地区配送センターでセールスドライバーをしている蓬莱秀樹。もう一人は、その妻で現在K大の四年に在籍している蓬莱藍子を来春採用の上、プロジェクトチームに配属していただくことを要請いたします」

と吉野は締めくくった。


三瀬に続いて吉野は社長室を出た。

自室の扉を開け、役員室に入る際にも、三瀬は振り返ることもなければ、一言の言葉も発しなかった。無理もない。一度自分が却下したプランが、社主への直訴という掟《おきて》破りの方法で復活し、社長にも認められたのだ。面子《メンツ》を潰《つぶ》された、いや吉野の行為は事実上の謀反《むほん》とさえ映っただろう。だが、もはや三瀬にこのプロジェクトを覆《くつがえ》すことなどできはしない。

秘書が控えるブースを通り過ぎる際に壁に掛かった時計を見ると、時刻は午後一時半になろうとしていた。社長室に向かったのは始業直後のことだったから、四時間半もの時間を費やしたことになる。緊迫する時を過ごしたというのに、いささかの疲労も覚えないのは、やはりずっと温めてきたプランがいよいよ日の目を見るという達成感が心中を満たしているからだろう。

エレベーターに乗り、一人になったところで、蓬莱夫妻をプロジェクトのフルタイムメンバーに迎えると切り出した時の二人の顔が脳裏に浮かんだ。

「十九億もの大金を投じるプロジェクトメンバーに、何でセールスドライバーなんだ。ましてやもう一人は、まだ学生だと。気は確かか吉野」

社主に次いで社長の承認を取り付けたことを不愉快極まりないと思っている三瀬は、怒気を露《あらわ》に嚙《か》みついてきた。

「蓬莱は配属早々東京地区配送センターの優秀ドライバーとして表彰された男です。そればかりか、私のプランを即座に理解し、埼玉の八十五もの家電店から了解を取り付けたのは、他の誰でもありません。蓬莱秀樹です」

「蓬莱って、野球部にいて、東京リンクスに入りそこねた男だろう。高卒の野球小僧じゃないか。そんなやつに何ができるんだ」

「このプロジェクトに必要なのは、困難に立ち向かう熱意と柔軟な発想を持った人材です。第一高卒のどこが悪いのです。能力のある者にはそれに相応《ふさわ》しい待遇と地位を与える。信賞必罰がスバル運輸のカンパニーポリシーではありませんか。彼はこのプロジェクトになくてはならない存在です」

「蓬莱君が家電店の了解を取り付けたと言ったが、それはどういう経緯でのことなのだね」

時任が訊ねてきた。

「蓬莱の実家は埼玉で家電店を営んでおりましてね。プロジェクトを円滑に進めるためには、あの業界に精通した人材が必要なのです。ましてやこのプロジェクトを全国に広げて行くとなれば、そうした知識に加えて、精神的にも肉体的にも極めてタフな人間でなければなりません。蓬莱なら適任です。必ずや期待に応《こた》える働きをしてくれる。私は確信しています」

「なるほど。それで、その奥さんというのは」

「フリーペーパーを始めとする広告宣伝戦略、価格ランキングサイトを発案し、模擬サイトを独力で立ち上げたのは彼女です。企画力というものは天性のものです。社歴、職歴は関係ありません。私のプランが社主、社長に認められるまでにブラッシュアップすることができたのは、彼女の能力があってこそのことです」

「そういう経緯があったのか」時任は頷《うなず》くと、「しかし、彼女はまだ大学生なのだろう。我が社から内定を貰《もら》っているのかね」

と訊ねてきた。

「いいえ。昨年から就職活動を行っているにもかかわらず、どこからも内定はでておりません」

「どうしてまた。K大と言えば、一流じゃないか」

「既婚者であることがネックになっているらしいのです。社長、これは拾い物です。これほど高い能力を持っている人材を放っておく手はありません。彼女は間違いなく一級の能力を持っています」

吉野は強く推した。

「確かに、私のような歳《とし》の人間が見ても、資料に添付されたサンプルはどれもこれも極めて分かりやすくできている上に、一貫したコンセプトで成り立っている。柔軟な発想や企画力というものは、君が言う通り天賦《てんぷ》の才によるところが大きい」時任は改めて、資料に目を通すと、うんうんと頷き、「いいだろう。どこも内定を出していないのなら、我が社で採用しようじゃないか」

社長が断を下したとなれば、それを覆《くつがえ》すことができる人間はいない。

新規事業開発部のあるフロアにエレベーターが止り、ドアが開いた瞬間、見慣れた今までの光景が一変した。

忙しく電話の応対に追われる営業部員たちを横目に通り過ぎる度に、閑職に追いやられた屈辱感が込み上げてきたものだが、もはやそんな気持ちに襲われることはない。これからは、自分がスバル運輸を支える新しい大樹を育てるのだ。

吉野は大手を振ってフロアを横切ると、新規事業開発部に入った。

目ざとくその姿を認めた立川と岡本が、一斉に視線を向けてきた。

「立川。ちょっと話がある。こっち来い」

「はい！」

バネ仕掛けの人形のように立ち上がった立川の目に、怯《おび》えの色が宿った。無理もない、考えてみれば、窓際《まどぎわ》の席に呼びつけられてろくな目にあった例《ためし》はない。

果たして立川は、吉野の前にやってくると、

「何でしょうか」

すっかり緊張した様子でか細い声を上げた。

「ここに座れ」

吉野は傍らに置かれたパイプ椅子《いす》を指した。

「はい……」

刑場に送られる囚人のようにうなだれた立川が、身を硬くして腰を下ろした。

「あのな、例のバディの話な、今日正式にゴーサインが出たからな」

「本当ですか」

顔を上げた立川は、まるで幼稚園児が初めて手品を見せられたような驚きに満ちた顔で吉野を見た。

「初期投資金額は十九億だが、最終的な投資金額は、六十億円になる」

「その了解を会社から取りつけたんですか。一体どうやって」

「お前には下働きをさせてばかりで、まだこのプロジェクトの全体像がどう変化したか、そのことを話していなかったな。まあ、これを見ろ」

吉野は机の上に資料を広げると、初めて立川に詳細なプランを時間をかけてゆっくりと説明して聞かせた。最初は緊張の色を露にしていた立川も、プランの全体像が明らかになるに連れて、目の色が変わって来た。おそらく、プロジェクトが公《おおやけ》のものとなり、社員全員がこのことを知れば、同様の反応を示すであろうことを吉野は疑わなかった。

話の締めくくりとして吉野はPCのキーを叩《たた》くと、価格ランキングサイトにアクセスした。

「こいつはな、今言った全国の家電店店頭の電化製品の実勢価格を掲載するランキングサイトの模擬画面だ。例えばここに顧客が興味を持った、商品の型番をインプットするとだな――」

吉野はパンフレットにサンプルとして掲載された型番を打ち込み、リターンキーを押した。画面が切り替わり店名と価格が安い順にずらりと並んだ。

「ほれ、この通り、日本で一番安い店が一目瞭然《いちもくりょうぜん》になる」

「凄《すご》い……」

「もちろん、PCを使わなくとも、携帯電話からもこのサイトにアクセスできる。つまりこの時点で、量販店の店頭はただのショールームと化す。現品の確認は量販店で、発注はバディへ、設置は翌日最寄りの家電店が行うというわけだ」

「もちろん、これは家電製品に限ったことじゃないんですよね。取り扱い品目の全てにおいてこれをやるんですね」

「当たり前だ。一般消費財の価格調査を全国レベルでやるとなれば、ちょっと見大変な手間がかかると思われるだろうが、代理店となる全国の家電店が、ネットワーク化できるとなれば話は別だ。日々配達されてくる新聞の折り込みチラシに掲載された価格をチェックすることだってできる」

「データの更新は誰が担当するんです」

「もちろん家電店だ。データベースには代理店が自由にアクセスでき、常に最新の情報をインプットできるよう、システムを構築しておく」

「しかし、ディスカウントショップはどうするんです。あの手の店は、通常の仕入れルートとは違って、倒産した店や資金繰りに窮した店の商品を現金で買い叩き、原価を割る値段で同じ商品を販売していますが」

「そんなものは無視だ」

「それでは、必ずしもバディがどこよりも安く商品を提供できるとは……」

「限らないさ」吉野は立川の言葉を途中で遮ると続けた。「ディスカウントショップなんていうのは、所詮《しょせん》売り切れ御免の商売だ。仕入れることができる商品量には限りがある。それを一々追う必要はない。それに、ディスカウントショップは自宅配送をしてくれるわけじゃない。それに比べて、我々の取り扱う商品は、その多くがメーカーからの直接仕入れ。在庫が切れる心配はない。大量仕入れと大量販売、それに無店舗による低価格販売、加えて宅配とアフターケアというサービス。仮に十円や二十円他の店に比べて高いとしても、客が享受《きようじゆ》できるメリットはこちらの方が数段でかいさ」

「確かにちょっと考えただけでも、宅配というサービスは客にとって大きな魅力ですよね。オムツやトイレットペーパー、ペットフードやガーデニング用品……。嵩《かさ》のある物や重量のある物を運ぶのに苦労している人は多々いるでしょうからね」

「その通りだ。核家族化が進み、老人家庭は今後数を増すばかりだ。寂しさを紛らわすために、ペットを飼い、ガーデニングに励む老人も少なくない。だが、そうした人たちが、重くて嵩のある商品をどうやって運ぶんだ。幼い子供を抱えた主婦だって同じさ。乳母車を押しながら、オムツやトイレットペーパーをぶら下げて帰って来るのは大変だ。車に子供を乗せて、スーパーに行くのだって、考えているよりずっと大変なことなんだぜ」

「食品は扱わないのですか」

「オフィスでもニーズがある上に保存の利《き》く商品。つまり、即席麺《めん》やコーヒー、缶詰といった商品は扱ってもいいだろうが、生鮮食品は駄目だ。品質保持の問題もあるし、ものによっては温度管理が必要になる。それも倉庫、輸送中の車両の双方に保冷設備を施さなければならない。それに要する投資は莫大《ばくだい》なものになる上に、保管、輸送双方の効率ががくんと落ちる。我々が取り扱うのは、あくまでもドライグローサリーに限る。その範疇《はんちゅう》で価格競争力があると判断した商品は何でも売る。それがこのビジネスのポリシーだ」

「凄い……まさかこんな短期間に当初のプランがこれほど変貌《へんぼう》を遂げているとは考えもしなかった……会社が十九億出す気になったのも頷けます」

　立川の目の周りは上気したようにうっすらと赤らんでいる。

「正直言って、了解を取り付けるのは並大抵のことではなかったさ。当初このプランを持ち掛けた三瀬さんには物の見事に却下されたからな」

「それをどうやって覆したのです」

「社主に直訴したのさ」

「社主に？……直訴！」

　立川の声が裏返った。

「そうだ。このあいだ取った休暇のあいだに社主を訪ねたんだ」

「そ、そんなことよく……大丈夫なんですか」

「俺はこのプランに全てを賭《か》けた。社主に却下された時には、会社を辞するつもりで最後の手段に打って出た。いいか立川。組織というものは大きくなればなるほど、革新的なアイデアには異を唱え、芽の段階で摘み取ろうとする人間が必ず出てくる。データの収集や整理ばかりをお前にさせて、全体像を明らかにしなかったのは、プランの全容が事前に漏れ、邪魔立てをする人間が現れることを恐れたからだ。勘違いするなよ、これは何もお前を信じていないということじゃない。お前にしたって、データを収集する過程で、どうしてそんなものが必要なんだと訊《き》かれれば、知っていることの一端を話さなければならなくなることだってあるだろう。勘のいいやつなら、それだけでも俺が何を企《たくら》んでいるのか、悟らんとも限らない。知らない方がやりやすいことだってある。そういうことだ。しかし、お前の集めたデータがあったから、ここまでこられたんだ」

　立川は複雑な表情をして黙って聞いていたが、

「本当に私、役に立ったんですか」

ぽつりと訊いた。

「ああ。蓬莱と俺を引きあわせるきっかけを作ったのもお前だからな。そうでなけりゃ、ここまででかい絵を描くことはできなかった」

「私は、自分の人事考課が低いことは知っています。どこにも引き取り手がなく、体よくここに追い出され、それが何を意味していたかも……。ここで失敗すれば、後はありません。だけど、今の言葉を聞かされて、少し前途に明りが見えたような気がします」

立川の目に、打って変わった光が宿った。「私は、部長を信じてついて行きます。要求に副《そ》えるかどうかは分かりませんが、このプロジェクトを完成させるために、全力を尽くします。その上で、やはり評価が変わらず、会社を辞めることになっても、悔いはありません。この部署でもダメなら、違う仕事についたとしても結果は同じのような気がします。でも、たとえ評価されなかったとしても、部長のプランを完成させるために、少しでも役に立った。自分でそう思えたら、きっと次は別の展開を迎えることができる。そう思うんです」

「プロジェクトが正式に認められた以上、お前には今までにも増してきつい労働を強いることになる。俺の要求は厳しいぞ」

「はい……」

「ついてこれるか」

「はいっ！」

立川は正面から吉野の目を見詰めてきた。そこには先ほどまで、吉野に怯えていた負け犬のような光はなかった。将来に希望を見いだした男の姿があった。

吉野は、その時初めて企業人として、いや人間としてこれまでの自分に何が欠けていたのかをはっきりと悟った。

夢を見させてやること。

そう、どんな人間にでも将来に希望を見いださせてやること。それが必要だったのだ。

俺は今まで自分だけの夢を追い求めてきた。しかしもっと大切なことがある。

何かが吉野の中で変わりつつあった。その感触を嚙《か》みしめながら、吉野は電話に手を伸ばした。


吉野が立川を伴ってバディに赴いたのは、それから三日後のことだった。

プロジェクトのゴーサインが正式に下りたといっても、肝心のバディがプランに乗って来ないのでは話にならない。

バディの会議室で、物流部長の勝部、運輸課長の鬼沢、マーケティング部長の藤崎を前にして、吉野は慎重に言葉を選びながら口を開いた。

「以前にご提案申し上げたコピーカウンターの件ですが、ご検討いただけましたでしょうか」

「そりゃああなた、ウチが断ればこの話をプロンプトに持ち込むと言われたんだ。プランを検証することなく断り、プロンプトにこの機械を採用されることにでもなったら最初に話を聞いた我々の立場がない。ましてやその結果、彼らのビジネスが伸びたりでもしたら、我が社にとっては今後のビジネス展開に大きな影響をおよぼしますからね。この機械を導入することによって、ご提案通りの効果が得られるかどうか、真剣に検討せんわけにはいかんでしょう」

藤崎が苦笑しながら言った。「物流部のみならず、マーケティングセクションも含めて、プランの整合性、実現性をあらゆる角度から検証させていただきましたよ」

「それで、結論はどのように？」

次の言葉如何《いかん》で今後の話の展開が変わってくる。吉野は思わず身を乗り出して訊《たず》ねた。

「確かに吉野さんのご提案は、理に適《かな》っている……。物流、マーケティングの両方の見地から見てもね」

「それでは、コピー機にカウンターを設置することに関しては、異存なしというわけですね」

「基本的には、その方向でさらに検討を続けるということです」

「プランの整合性、実現性が実証された。その上さらに何を検討しなければならないと言うのです」

「このプランを実現するまでには、解決しなければならない問題点が多々あるということですよ。それも簡単には解決できない問題ばかりだ」

予想された反応だった。いやむしろ以前のプレゼンだけを以《もっ》て、提案したプランを検討したのだから、問題点が出てこない方がおかしい。あれから三ヶ月。この連中が前に提示した資料を元に検討を重ねている間に、こちらのプランは大きな変貌を遂げている。連中の上げてくる問題点を悉《ことごと》く論破し、ブラッシュアップしたプランを提示した時、彼らはどんな反応を示すだろうか。

その瞬間を思うと、思わず笑いが込み上げてきそうになるのを、吉野はぐっと噛み殺し、次の言葉を待った。

「順を追ってお話ししましょう」藤崎がメモに視線を落としながら切り出した。「まず、肝心のカウンターです。前回のお話ですと、カウンターの価格は六万から十万ということでしたが、費用をお客様に負担していただくわけにはいきません。かといって、このコストを我が社が持つのは負担が大きすぎる」

吉野は無言のまま頷《うなず》くと、隣に座る立川にちらりと視線をやった。予《あらかじ》め指示したわけでもないのに、彼は一言一句を聞き漏らすまいと、一心不乱にノートにペンを走らせている。

「それに設置は誰が行うのか、というのも問題です。ほとんどのコピー機に取り付けが可能とのことでしたが、汎用性《はんようせい》が高いということは、それぞれのメーカーが設置業務を請け負ってくれるというわけではないでしょうからね」

「いま藤崎が話したのは、大前提となる部分です。ここから先は、仮にカウンターの問題がクリアされたとして、プランが次の段階に入った後の話になりますが……」勝部が口を開いた。「まず物流面の問題をお話ししましょう。当日配送を止《や》めることは、確かに在庫の削減にも繋《つな》がるので、オペレーションコストも格段に下がります。しかし、PHSからリアルタイムに入ってくるPPC用紙の補充情報を自動的に出荷指示情報として庫内コントロールシステムに繋げるとなると、現在使用しているオーダーエントリーシステムの改造が必要になります。これは単純な作業ではありませんよ。それにこれにかかるシステム開発費だってかなりのものになるでしょうからね」

「配送にしたところで問題はあります」鬼沢が勝部の言葉が終わるのを待ちかねていたように話し始めた。「現行のオペレーションでは、当日配送と翌日配送の一日二回に物量が分散されているために、専属車の多くは二トン車が多いのです。翌日配送一本に絞れば、当然物量は増す。つまり車種変更を余儀なくされる。当然運送会社に多大な負担がかかるわけですが、吉野さん、前回のお話では、パン屋や新聞配送車両など、昼間空いている他業種の配送車両を使うことができるのではないか、というお話をなさっていましたが、その目処《めど》はおつきになったのですか」

「いいえ。色々と当たってみましたが、正直申し上げてこればかりは当てが外れました」

本来ならば言葉に詰まるところだが、ここまで上げられた問題点は、全《すべ》て解決できることばかりだ。吉野は余裕を持って答えた。しかし、どうやらバディの連中には、そうは映らなかったと見えて、藤崎が眉《まゆ》を吊《つ》り上げながら再び口を開いた。

「マーケティングの見地からも問題がないわけではないのです。確かにPPCの管理が事実上フリーになる。これは大きなセールストークになることは事実です。ですがねえ、ご存知の通り、顧客を開発してくるのは代理店です。彼らが一軒一軒を回り、新しいシステムを説明し、新規の客を獲得してくるまでにはそれ相応の時間がかかるでしょう。カウンターの費用、システムの開発費、配送車種の変更に伴うコストアップ。もちろん在庫の削減、人件費などコストをカットできる部分も多々あるのですが、果たして投資に見合うリターンが得られるかどうかを考えると、素直に首を縦に振るわけにはいかんのです」

「御社が問題点と考えられているのは、おおむね今話された点に要約されると考えて宜《よろ》しいのでしょうか」

吉野は落ち着いた声で訊ねた。

「大まかな点ではその通りです」

藤崎の返答を機に、吉野は満を持して反論に出た。

「お話を伺っておりますと、問題点は投資に見合った効果が期待できるかどうかという点に集約されると考えますが、その点ならご心配はいらないと思います」

「どうしてそう言えるんですか」

藤崎が怪訝《けげん》な表情で訊ねた。

「まず、カウンターの件ですが、確かに御社が一括購入し、客先に設置して歩いたのでは初期投資はそれだけでも莫大なものになります。その費用を回収するだけでも長い時間がかかるでしょう。しかし、カウンターに関して言えば、何も御社が購入する必要などないのではないでしょうか」

「どういうことかな」

「リースにすればいいのです」吉野は事も無げに言い放った。「それなら仮にカウンターの価格が十万円だとしても、月々のリース料なんて知れたものです。それで新規顧客を開発でき、延《ひ》いてはＰＰＣの販売量の増加に繋がると考えれば、リース料を御社で持ったとしても利益は出ます。それにリースを使うというのは、御社の代理店が主にリース会社であることを考えれば、彼らにとっても悪い話じゃないはずです。リース会社は本来の仕事として日々多くのオフィスに出入りしている。御社の代理店になったのだって、彼らにしてみれば行きがけの駄賃みたいなものだからじゃありませんか。だったら、カウンターを武器に、更に自分たちが代理店となる新規顧客先を得られる上に、リース料まで手にできる。こんな美味《うま》い話はないと映るはずです。彼らは必死になってプロンプトの顧客に攻勢をかけ、バディに変えさせようとしますよ。プロンプトの顧客は約二百万と聞きます。この一％を獲得したとしても大変な数ですよ」

藤崎は虚を衝《つ》かれたように、口を半開きにして吉野を見た。

「それから、システムの件ですが、これについては御社のトータル物流オペレーションということで新たな提案をしたいと思います」

「新たな提案？　何だね」

勝部が真剣な眼差《まなざ》しを向けながら訊ねてきた。すかさず立川がブリーフケースを開けると、中からプレゼン資料を三部取り出し、それぞれの前に置いた。

「これからお話しすることは、いま皆さんがおっしゃった問題点を解決し、さらに新たなビジネスに無理なく参入する、そのプランです。内容についてはすでに我が社のトップから承認を得たもので、御社の合意があれば、即座に実現に向けて動き出すことが確約されているものです。いわばスバル運輸から御社への公式な最終提案と言えるものです」

怪訝な表情を露《あらわ》に、三人が資料を手に取ったところで、吉野はプランのあらましを話し始めた。

プレゼンが始まると、ほどなくしてバディの面々の顔色が変わった。目が俄《にわか》に真剣味を帯び、誰も一言も発しない。長い時間が流れ、吉野が口を閉ざすとようやく、

「しかし、それだけのオペレーションを行おうとすれば、とても今の物流施設では、こなしきれるものではないぞ。新たにかなり大規模な施設を持たないことには、どうにもならん」

勝部が唸《うな》るように言った。

「勝部さん。それも今回新たにご提案申し上げたいことの一つなのです」

どうやら、獲物は突きつけた餌《えさ》に興味を示したようだ。

考えていた通りの展開に吉野は内心舌なめずりをしながら、さらに話を続けた。

「おっしゃる通り、このプランを実行に移すとなれば、御社の物流を根本から見直さなければなりません。いや見直すというより一から構築し直さなければならなくなります。現在使用している倉庫では、新たに商品アイテムとして加わる家電製品やドライグローサリーを保管するスペースもなければ、出庫作業を円滑に行う能力も持ち合わせてはいないでしょうからね」

「吉野さん。あなた簡単にウチの物流を根本から見直すと言うが、これだけの事業を始

めようとすれば、今の倉庫は使えない。システムだって再構築しなければならない。つまり我が社の現行オペレーションの全てを一新するということだよ。莫大《ばくだい》な投資が必要となる。ただでさえ業績が思わしくないのに、それだけの投資をする体力が我が社にあるはずがないじゃないか」

勝部が顔を赤らめながら言った。

「もちろん、これほど大きな提案をするからには、投資の全てを御社に負わせるつもりは毛頭ありません。我が社も応分のリスクを負う覚悟はあります」

「その応分のリスクというのは、どの程度のことをお考えなのかな」

「倉庫の用地、建物はこちらで用意いたします。御社の新しいオペレーションに合わせたものをね。これだけでも建物、庫内機器等を合わせて十九億の投資になると見込んでいます」

「そんなことが可能なのか。オーダーメイドということになれば、万一思惑通りにことが運ばなければ、倉庫は他に転用が利《き》かんぞ。それに十九億というのは、少し安過ぎはしないか」

「サービスを翌日配送一本に絞れれば、新たに建設する倉庫から本州のほとんどの部分をカバーできることになりますが、さすがにそれほどの規模のものをいきなり建設するのはリスクが大きすぎます。スタートの時点では、ビジネスの展開地域を関東と限定します。それなら十九億で充分です。実際にビジネスがプラン通りに運べば、更に施設を拡大するつもりです」

「なるほど、それなら十九億でもこと足りるだろうが……本当に御社はそれだけの投資をするというのかね」

「先に申し上げた通り、本件に関しては社長から直々の決裁を受けております」

「で、条件は？　御社だってそれだけの投資を我が社のためにしようと言うんだ、当然要求はあるんだろ」

「もちろんです」吉野は身を乗りだすと、声に力を込めた。「第一は倉庫です。これは庫内オペレーションも含めて、全て我々スバル運輸に委託していただきたい」

「倉庫の業務請負で投資を回収しようということだな」

「その通りです」

三人は黙って頷くと、先を促すような視線を送って来た。

「第二は、新しいオペレーションを確立するに当たっての現状分析、システム構築を我が社の関連会社であるスバル情報システムズに受注させていただきたい」

三人の顔色が変わった。勝部が口を開きかけたが、吉野は構わず続けた。

「第三は、倉庫から新しく代理店となる家電店までの運送業務を我が社に一任していただきたい。以上三点がスバル運輸の条件です」

「ちょっ、ちょっと待ってくれ」勝部が眉を顰《しか》めながら、口を挟んだ。「倉庫の件はともかく、新しいシステムを構築するに当たって、御社の関連会社を使えと言うが、その費用だけでも大変な額になるんじゃないのか。システムと一口で言うが、あなたのプランに沿って新しいオペレーション向けに構築し直すとなると、最低三つのシステムは一から作り直さなければならないんだよ。コピーカウンターに内蔵されたPHSから発信されてくる補充情報を受けるには現行のオーダーエントリーシステムをいじらなきゃならない。新倉庫となれば、倉庫全体をコントロールするウ《W》エアハウス・ビ《B》ジネス・システ《S》ム、それに庫内機器を管理するウ《W》エアハウス・コ《C》ントロール・シ《S》ステム……。特にWBSに関しては、いまウチが使っている倉庫のものでさえ、二十万ステップからのプログラムで構成されているんだ。こいつを新たにというと——」

「それは当日配送を始めとする、過剰なサービスを行おうとするからシステムに余計な負荷がかかるのです。勝部さん、一つお伺いいたしますが、御社の当日配送受注の締め時間は十一時となっていますが、本当にこれを厳守なさっていらっしゃいますか」

「厳守するように伝えてはあるが、中にはオーダーシートの文字をスキャナーが読み込めず、エラーが生じることがあるので、完全にとはいかんが……」

「その場合はどうなさっているのです」

「システムは十一時半で自動的に締められてしまうので、処理が間に合わないものは強制入力で押し込んでいる」

　やはり思った通りだった。吉野は思わず笑みが漏れそうになるのを堪《こら》えて言った。

「コンピュータというのは魔法の箱じゃありません。予め決められたこと以外は何一つできない極めて馬鹿《ばか》な代物《しろもの》です。イレギュラーな処理をしようとしても融通が利かない。当日配送が無くなれば、そんな問題がなくなるばかりか、業務は極めてシンプルなものになる。当然プログラムのステップ数は減少し、新システムの開発コストは安くなる。ラフな見積もりは資料の中に添付してありますが、約四億といったところです」

「四億？　いやに安いな」

「スバル情報システムズは、システム構築はもちろん、物流全般に亘《わた》るコンサルティング業務を生業としている会社です。一括受注させていただければ、当然コストは安く済みます。それにシステムを新たに構築するといっても、一から始めるわけではありません。既存のパッケージに御社独自の要件を加味してモディフィケーションすればいいだけですからね」

「そうしたノウハウはすでに持ち合わせているというわけだね」

「はい」

　吉野は力強く頷《うなず》いた。

「問題は、商品アイテムを増やすとなると、それにかかる仕入れの資金だな」藤崎が資料に目を落しながら言った。「ドライグローサリーはともかく、家電製品は高額だ。順調に商品が捌《さば》ければいいが、うまく回転しなければ資金繰りがたちまち行き詰まってしまう。たとえ最初は関東限定にしても、かなりリスキーな感は否《いな》めないね」

来た！　と思った。ここからが勝負だ。吉野は気を奮い立たせるように身を正した。

「おっしゃることはごもっともです。確かに商品、特に家電製品が順調に回転しないことには、資金繰りは行き詰まり、御社の経営そのものに甚大《じんだい》な影響を及ぼしかねません。その点に関しても、我が社は応分のリスクを負う覚悟があります」

「と言うと」

「リスクを共有するために、御社に十二億の資金を増資分として提供させていただきたいのです」

「十二億を増資する？　十九億の資金を投入して我が社のために新倉庫を建設した上に、さらにそれだけの金を投資しようというのかね」

藤崎のみならず、三人は呆《ほう》けたようにぽかんと口を開けて吉野を見た。しかしそれも一瞬のことで、

「なるほど、そういうことか」藤崎は吉野の魂胆が見えたとばかりに薄笑いを浮かべると続けた。「我が社の資本金の三〇％を握れば、役員を送り込み、経営に口を差し挟むこともできる。つまり、それによって我が社の物流そのものを全《すべ》てスバルさんが押さえ

てしまおうというわけか」

「考えを変えれば同じ船に乗り、運命を共にしようということです。御社のビジネスが飛躍的に伸びれば、扱う物量は増大する。結果我が社も儲《もう》かる……。これは我が社がこのプランを提示するに当たってのコミットメントと取っていただいて結構です」

「運命共同体ねえ。物は言いようですな」藤崎は鼻を鳴らすと、「しかし空手形は困りますよ。まさか、新たに建設する倉庫の建設費に加えて、増資分の件まですでに御社の上層部からの了解を取り付けているわけではないのでしょう」

意地の悪い笑いを浮かべて吉野を睨《ね》め付けるような目で見た。

「いいえ、了解はすでに取り付けてあります。あとは御社のご決断次第です」

再び三人は沈黙した。

「吉野さん。その自信は一体どこから来るものなんだ」藤崎が理解しかねるといった態で首を傾《かし》げながら口を開いた。「あなたの言っていることを聞いていると、失敗などあり得ないというように聞えてならない。一般コンシューマー・マーケットに乗りだす。それも家電店を代理店にしてというのは、正直言って面白いアイデアだと思う。しかしね、企業相手と違って、不特定多数のコンシューマーを相手にビジネスを展開するのは、そう簡単な話じゃないよ」

「一般コンシューマーに向けて、どうアクセスするか。そのプランもまたお渡しした資料に記してあります」

吉野は身を乗りだすと、藤崎が広げた資料を捲《めく》り、マーケティングプランが書かれたページを指し示し、かつて曾根崎や時任、三瀬にした話を順を追って聞かせた。

最後に止《とど》めとばかりに、携帯電話を取り出すと、藍子《あいこ》が作成した価格ランキングサイトのダミーサイトにアクセスし、それを三人の前に突きつけた。

「なるほど、家電店を代理店にすると、こんなこともできるのか」

藤崎が腕組みをしながら唸った。

「確かに家電店には少額商品を買い求めるばかりとはいえ、多くの人が出入りしている。電球一つ換えられない老人家庭にも出入りしている。そこにフリーペーパー。更には価格ランキングサイトか……」

「文具通販がここまでビジネスを伸ばした最大の要因は、価格と宅配をしてくれるという利便性にあります。一般消費財のみならず、家電製品もどこよりも安く家庭にいながらにして手に入れられる。しかも、近所の家電店が設置を行い、設置や使用方法までアドバイスしてくれるとなれば、消費者にとってこれほど有り難いサービスはないはずです。何よりも安心感が違います」

三人の反応に充分な手応《てごた》えを感じた吉野は、胸を張って断言した。

「しかし、価格ランキングサイトはすでにウェブ上にあるじゃないか。特に目新しい物とは思えんが……」

藤崎は吉野の提案に重要な漏れがないかを検証するかのように訊《たず》ねてきた。

「現行の価格ランキングサイトは、商品や調査エリアに限りがあるか、あるいは出店者がサイト運営者に料金を支払って任意で掲載しているものばかりです。このランキングサイトは違います。代理店となる家電店が、自ら調査し日々メンテナンスを行うものです」

「そうは言うが、現行のランキングサイトを見ると、かなり安い値段で、全国どこへでも配送する店を紹介しているところもあるよ。ほら、これがそうだ」

藤崎は前に置いたパソコンを操作すると、そのサイトにアクセスし、吉野の前に突きつけた。

立川がはっとした様子でメモを取る手を止める気配があったが、一瞥《いちべつ》してそれが既視のサイトであることを悟った吉野は動じなかった。

「単に安いというなら、ディスカウントショップに行けば大手量販店よりも安い値段で同じ商品を売る店は幾らでもあるでしょう。ですがね、藤崎さん。先ほども申し上げたように、ここにアップロードされた店は、あくまでも出店者がサイト運営業者に金を払って掲載して貰《もら》っているものです。価格ランキングサイトと謳《うた》うには、客観性に欠けるものだという感は否めません。それに、このサイトに出店している店は、販売はできて

も その後のサービスを提供することはできません。例えば、東京に住んでいる人間が、ただ価格が安いというだけで、大阪の店からプラズマテレビを買うと思いますか？　いきなりでかい箱に入ったテレビを送り付けられて、設置を自分でやると思いますか？　仮に購入したとしても、梱包材《こんぽうざい》の始末はどうするのです？　不具合が起きた時、あるいは使い方が分からない時は大阪の業者がはるばる東京まで来てくれるのでしょうか」

「それは……あなたの言う通りだろうな……」

「その点、代理店となった家電店から買えば、安い上に設置もしてくれれば、メンテナンス、アフターケアの相談にまで乗ってくれる。消費者がどちらにメリットを見出《みいだ》すかは、明白と言うものではありませんか」

もはや藤崎も次の言葉が見つからないとばかりに押し黙った。

「最後に一つ訊《き》いてもいいかな」

短い沈黙の後に、再び口を開いたのはまたしても藤崎だった。

「どうぞ、何なりと」

「私もマーケティングのプロの端くれだ、あなたのプランは良く分かった。正直言って感心したよ。しかしねえ、肝心の家電店はどうなんだろう。果たして我々の代理店となってくれるだろうか。このプランに興味を示してくれるだろうか」

「その点ならご心配には及びません。すでに埼玉では八十五軒の家電店が代理店になることに合意しています」

「何！　もうそこまで話はついているのか」

「藤崎さん。私は空手形は切りません。こうしたお話を持ち掛けるからには、プランの実現性についてはとことん煮詰めた上でのことです。準備は全てできています。あとは御社のご決断を待つだけですよ」

今度は前よりもずっと長い沈黙があった。三人は資料を何度も見直していたが、

「ご意向は確かに承りました」

やがて藤崎が口を開いた。

「言うまでもないことですが、これほど大きな提案となると、我々だけでは返答しかねます。結論を出すには経営判断を仰がなければなりません。それまで暫《しばら》く時間をいただけませんでしょうか」

元より即答など期待していない。しかし、三人の様子を見ていると、当初の反応とは違い、明らかにプランに対して前向きな姿勢が見て取れるようだった。

「結構です。いいお返事を貰えることを期待しています。もしも疑問な点がありましたら、何なりとお訊ね下さい。いつでも参上いたします」

最後に丁重に頭を下げると、吉野は立ち上がった。

新規事業開発部を残してフロアの灯が全て落ちた。

時刻は午後十時を回っている。現場では荷を満載したトラックが全国各地に向けて疾走しているはずだが、さすがにこの時間ともなると、本社ビルに残っている人間はそういない。寒々とした蛍光灯の光の中で、吉野は机に両肘《ひじ》をつき、両手を組んだ姿勢を保ちながら、じっと電話を見詰めていた。

バディにプロジェクトの改訂案を話し、資本参加を申し出てから一月が経《た》とうとしていた。あれから何度か現場レベルでの会議が持たれ、今日はバディ、スバル運輸両社のトップ同士の会合が行われることになっていた。今日の結果如何《いかん》で、プロジェクトの成否が決まる。誰よりもプランの詳細を知っているのは他でもない、この自分だ。会合に同席したかったのは山々だったが、時任はそれを許さなかった。

「君のプランは頭の中に叩《たた》き込んである。今更現場の人間が同席する必要はないよ。まあ、私を信じて結果を待つんだな」

いかに吉野とて、社長にそう言われれば返す言葉などあろうはずもない。

確かに現場レベルでの会議の様子は逐一詳細なレポートに纏《まと》め、時任に報告してあった。当初は難色を示していた彼も、このプランがスバル運輸にとって、新しい事業の柱となることを理解した様子だった。この間にバディから投げかけられた数多《あまた》の問題点も、ことごとく論破した。しかし、ビジネスにおいて最も大切なのは、クロージングである。相手が発した、ほんの思いつき程度の些細《ささい》な疑問に即答できなかったばかりに、それまでの苦労が全て水泡に帰す。そんなことは、当たり前に起きることだ。

果たして、時任はうまく話を纏めてくれるだろうか。

それを考えると、事実上の最終決定の場ともいえる今日の会合に同席できないことが、吉野は苛《いら》だたしかった。

じりじりするような時が流れた。針が一秒また一秒と時を刻んでいく。

少し離れた席では、立川が山となった書類と格闘している。ゴーサインが出れば、すぐにプロジェクトチームを招集し、プランの実現に向けて動き出さなければならない。その最初の会議の場で提出する資料を纏め上げにかかっているのだ。メンバーとなる人間が、一読して内容を理解できるものに仕上げろ。それが立川に命じた課題だった。プランのコンセプト、チームの組織図、財務分析表、実施までのスケジュール……。彼が準備しなければならない資料は山ほどある。

立川は、このところ終電間際《まぎわ》まで連日残業をし、黙々と仕事をこなしている。その労苦に報いるためにも、何としてもバディの首を縦に振らせなければならない。

『頼みましたよ、時任さん！　全てはあんたにかかってるんだ。しっかりやってくれよ！』

吉野は電話を見詰めたまま、心の中で叫んだ。

電話が鳴った。一度目のベルの音が鳴り止《や》まないうちに、吉野は荒々しく受話器を取り上げた。「吉野です！」

「時任だ……」

待ちに待った時任の声が聞えてきた。少しばかり、呂律《ろれつ》が怪しいのは酔いのせいだろう。

「社長！　どうでした。バディは何と」

立川が顔を上げ、視線をこちらに向けて来るのが分かった。

「心配するな。バディは大筋で君のプランを呑《の》んだ」

「そうですか！　呑みましたか！」心中を満たしていた不安が払拭《ふっしょく》され、喜びが込み上げてくる。しかしそれも一瞬のことで、時任の言葉の中にあった一言が気になった。

「大筋でと言うと、バディは何かプランの変更か、あるいは条件でも持ち出してきたのですか」

「大したことじゃない。君のプランを実行することに異存はないが、ただ一点、バディへの資本参加だけは呑めないと言うんだ」

笑顔がそのまま凍りついた。バディに資本参加できないとなれば、オペレーションが始った後、日々蓄積されていく個人情報をスバル運輸は自由に使えなくなることを意味する。それでもスバル運輸の本来の仕事である運送事業は、飛躍的に増大するだろうが、スバル運輸がマーケティング・カンパニーとして生まれ変わるという最大の目的を達成することはできない。

「社長！　それでは意味がありません。個人情報を我が社が自由に使えることにならなければ……」

「まあ、そう慌《あわ》てるな」時任は、大声で吉野の言葉を制すると続けた。

「俺だって馬鹿じゃない。君の狙《ねら》いは充分に理解している」

「しかし……」

「バディはな、本体への資本参加には難色を示したが、思わぬ代替案を出してきたよ」

「代替案と言いますと」

「マーケティングと物流を兼ねあわせた子会社を設立したいと言うんだ。我が社と共同でね」

「出資比率はどうなるのです」

「五〇、五〇の同比率。出資額は十億ずつだ。それなら悪い話ではあるまい」

どうだ、と言わんばかりに時任が言った。

確かに、出資比率が同じ子会社を新たに設立し、そこにマーケティングと物流を任せるとなればバディと対等な立場で会社の運営を握ることができる。悪い話ではなさそうだった。

「どうやら、バディは君が睨《にら》んだ通り、随分と苦戦しているようだね」吉野が交渉の結果に納得したと見たのか、時任の声は弾んでいる。「君が提案したプランはバディにとっても、渡りに船だったようだよ。本社から物流とマーケティングを分離してしまえば、余剰となった人員はそのまま子会社に移すことができる。もちろん子会社に移る人間は、当初出向という形を取らざるを得んだろうが、数年もすればそのまま移籍というのがどこの会社でも決まり事だ。つまり、体よく人員整理ができるというわけさ。しかも希望退職を募るというわけじゃない。無駄な金を使わず人件費を減らせる上に、組織の合理化を図れるとなれば、財務体質は劇的に改善される」

「バディ本体は実質上ホールディングカンパニーとなり、事業の大部分を子会社に任せるというわけですね」

「その通りだ」

「一つお伺いします。子会社を設立するのは異存ありませんが、プロジェクトを始めるに当たって、最初からバディの人間をチームに加えなければならないのでしょうか」

「その必要はない。埼玉、ひいては関東地区のオペレーションがうまく軌道に乗り、全国にそれを広げて行く時点で、バディの従業員を現場に入れることにする。少なくともフェーズ・スリーに入るまでは既存の顧客は今の代理店を使わざるを得ないのだからな」

「なるほど」その裏に潜む二人の経営者の意図が吉野には透けて見えるようだった。「プラン通りに事業が拡大すれば、子会社の業績は急激に上がる。当然待遇だって今のバディよりも良くなる。世間では出向というと、とかく左遷《させん》というイメージがありますが、必ずしもそうとは限りませんからね」

親会社を子会社が凌《しの》いでしまったという例は幾らでもある。それと同じことがバディにだって起きる可能性は充分にある。

「そうなるかどうかは吉野君、君の手腕一つにかかっている」

「ご安心下さい。分かっています」吉野は自らの決意を確固たるものにすべく言い放つと、「プランの全《すべ》てをご承認いただき、ありがとうございました」

受話器を耳に押し当てたまま頭を下げた。

「礼を言う必要なんかない。私が求めるのは結果だ」時任は一転して経営者らしい冷徹さの籠《こも》った口調で言った。「それに君のプランを全面的にバックアップしたのは、私なりの考えがあってのことだ」

「と言いますと」

「これから数年の間に、我々の業界に何が起こるかだ。中でもキーになるのは郵政公社の動きだ。今の時流から考えれば、彼らがますます宅配ビジネスに本腰を入れて来るのは間違いない。そうなれば真っ先に食われるのは極東通運が持つ市場だ。郵便局約二万五千、それに比べて極東通運の配送拠点は二千八百。今後五千に増えたとしても、とても太刀打ちできない。となれば、極東通運が次に狙いを定めてくるのは、我が社のメインである商業貨物だ。食うか食われるかの戦争が始まる。そのためにも新規の事業を一刻も早く確立しておかなければならないのだよ」時任は断固とした口調で言うと、「いいか吉野君。このプロジェクトにはかつて君が言ったように、これからのスバル運輸の将来がかかっている。失敗は許されない。それを忘れないことだ」

話を締めくくった。

身が震えた。吉野は「分かっております。お言葉しかと肝に銘じて全力を挙げて取り組みます」と言いながら頭を下げ、受話器を置いた。

時任が言った最後の言葉。「これからのスバル運輸の将来がかかっている。失敗は許されない」という言葉が耳から離れなかった。プロジェクトについにゴーサインが出たという喜びはどこかに消し飛んでいた。

時任は新しく設立される子会社には十億の投資をすると言った。新たに加須《かぞ》に建設する物流施設やシステムへの投資を合わせれば二十九億もの巨額な資金が動くことになる。その全てを自分の責任において行うのだと思うと、これまでただの一度も感じたことのないない重圧感に、吉野は押し潰《つぶ》されるような気がした。

果たして俺は本当にこのプランを成功に導くことができるのだろうか。

そんな弱気が頭を擡《もた》げてくる。考えてみれば今まで実現させたエクスプレスやスーパー・エクスプレスなんてもんは、通常のサービスにちょっとした工夫を凝らしただけの代物《しろもの》だ。特別な設備投資が必要だったわけじゃない。だが、今回は違う。二十九億の金を使い、そして新しい会社まで立ち上げ、それを軌道に乗せなければならないのだ。

握り締めた拳《こぶし》の中に冷たい汗が滲《にじ》んでくる。ふと気が付くと、こちらを見ている立川と視線が合った。すでに賽《さい》は投げられたのだ。ここから先は前へ進むしかない。リーダーたる自分がここで弱気を見せるわけにはいかない。吉野は気を奮い立たせ立川を呼んだ。

「社長からだったんですね」

会話を聞いていたのだろう、机の前に座った立川が訊《たず》ねてきた。

「バディは合意したそうだ。正式なゴーサインが出た」

吉野は静かに言った。

「いよいよですね」

「ああ……。資料の方の準備はどうなっている」

「もうほとんどでき上がっています」

立川は、席に取って返すとぶ厚い紙の束を前に置いた。それにざっと目を通した吉野

は、

「うん、これなら大丈夫だろう。ただ、プレゼンに使うパワーポイントの画面はもっと要点を絞り込んでおいた方がいい。手渡す資料とプレゼンの画面が一緒なんて、能無しのすることだ。プレゼンはこちらのコンセプトを短時間で伝えるもの。資料はあくまでも補強材料だ。それを忘れるな。メンバーの人選はすでに済んでいるから、来週早々に第一回目の会議を開く。それまでに作業を全て終わらせてくれ」

「分かりました」

「それから、組織についてだが、一つ付け加えておいて欲しいことがある」

吉野はかつて総合商社に在籍した当時に参加した子会社の物流プロジェクトの管理手法を思い出しながら言った。

「何でしょう」

立川は手にしていたペンを構えた。

「まず、プロジェクト全体を統括するリーダー、つまり俺の下にアシスタントマネージャーを置く。それは立川、お前がやれ。俺の手となり足となって全体を見るんだ」

「私がですか？」

「そうだ。俺のコンセプトを一番理解しているのはお前だからな」

「はい……」

さすがに立川も緊張の色を露《あらわ》にして頷《うなず》いた。

「それから、その下に各役割に応じてチームを作りリーダーを決める。システム、データ分析、輸送、庫内オペレーション、それから代理店開発、都合五つのチームだ。その上にチームリーダーだけで構成されるコミッティを置く」

立川が吉野の一言一句を聞き漏らすまいと、ペンを走らせる。

「代理店開発チームのリーダーは蓬莱だ」

「コミッティの役割は？」

「この手のプロジェクトはな、進捗《しんちょく》状況の管理がキーになる。コミッティのメンバーは毎週月曜日にミーティングを持つことにする。その際にその週の達成目標を決めると同時に、進捗状況をチェックする。もしそこで前の週に提出した目標が達成されていない場合は、その原因を徹底的に追及する」

「なるほど、これだけ大きなプロジェクトとなれば、一つのチームの遅れが全体の遅れとなりますからね」

「その通りだ。そして更に毎月一回、メンバー全体の会議を持ち、多角的な視点から全体の問題点を洗い出し、そのつど軌道修正を行っていく」

「分かりました」

「それから、一回目の会議が終わり次第、直ちに三日間の合宿を行ってコンセプチュア《概念》

ル・デザイン《設計》を作る」

「何ですそれ」

「一つ教えといてやる。こうした大きなプロジェクトを行う時にはな、まず最初に理想的な最終像を具体的な形でメンバーの全員が共有するのが大切なんだ。積み上げ算でやろうとしたら、いつまで経《た》っても前へなんか進みやしない。ゴールから線を引き、どうしたらそこへ行き着くかを考えるんだ。この時点では予算なんか考えなくていい。絵に描いた餅《もち》でもいいんだ。当然、プロジェクトが進むに従って、非現実的だと思われる点は多々出てくるだろうが、修正を施す度に完成度が増し、最終的に落ち着くところへ落ち着く。とにかくこれを完成させないことには話にならない」

吉野はそう言うと、話は終わったとばかりに、再び受話器を手に取った。何度かの呼び出し音の後に蓬莱の声が聞えてきた。

*

仕事を終え、東陽町の駅に向って歩いていた蓬莱の携帯電話が鳴った。

液晶画面には非通知の表示が出ている。

蓬莱は足を止め、電話を耳に押し当てた。

「決まったぞ、蓬萊。バディが俺たちのプランを呑《の》んだ」

吉野の声が聞えた。

「それじゃ、いよいよ始まるんですね」

「ああ、そうだ。たった今、社長から連絡があった」

「良かった……。おめでとうございます、吉野さん。本当に良かった……」

蓬萊は心から祝福の言葉を贈った。

「お前のお陰だ。それに藍子《あいこ》ちゃんもな……。お前たち二人の協力がなかったら、当初の俺のプランだけではバディは首を縦に振らなかっただろうし、会社もここまで本気にはならなかったろう」

吉野はいつになく殊勝な言葉を吐いた。

「そんな……プランが実現したのは、吉野さんの描いた絵があったからです。僕たちがやったことなんて、素人《しろうと》の思いつきみたいなものですよ」

「まあいい。お互いを褒めあっていても仕方がない」吉野は微《かず》かに笑いを含んだ声で言うと、「だがな蓬萊。俺たちはこのプロジェクトのスタートラインに着いたばかりだ。言わば予選を勝ち抜いて、決勝戦に出る資格を得ただけに過ぎない。会社が俺たちに要求しているのは、結果を出すこと。トップでゴールを切ることだ。何しろこのプロジェクトには、二十九億もの投資がなされる。失敗したら、俺たちの首、一つや二つで済む話じゃない」

一転して吉野の厳しい声が聞えてきた。

「二十九億！」蓬莱の声が裏返った。

「吉野さん、初期投資は十九億じゃなかったんですか」

「あれからプランに変更があってな。バディとの関係を強固なものにするために、スバル運輸は十二億の金を増資分として提供することを申し出た。だが連中はそれだけは同意しなかった。その代わり両社共同で物流とマーケティングを行う子会社の設立を提案してきた。そのために必要な資金が十億増えたというわけさ。十九億が二十九億に増えたところで、やらなきゃなんねえことが変わったわけじゃねえ。失敗が許されないのは同じことだ」

瞬間、蓬莱の脳裏に、あのドラフト会議の当日、自分に代わって東京リンクスに一位指名され、チームメイトから祝福される男の姿が浮かんだ。

あの時、自分の胸中を満たしていたものは、絶望と嫉妬《しっと》、その二つの感情しかなかった。抱いていた夢が大きければ大きいほど、ダメージは人の肉体と精神の双方を蝕《むしば》んで行く。おそらくこれまで数々の新規事業を成功させてきた吉野は夢が潰《つい》えた時の恐怖を知らない。プロジェクトの責任者は彼だが、これからは自分もそのチームの一員に名を連ねるのだと思うと、あの日の苦い思い出が脳裏をよぎり、携帯電話を握り締めた掌《てのひら》がじっとりと汗ばんで来るのを感じ、蓬莱は身を硬くした。

「それでだ」吉野は蓬莱の心情を察する様子もなく語りかけて来る。「お前には代理店開発チームのリーダーをやって貰《もら》う」

「私がですか？」

リーダーとなれば、当然部下を使うことになる。年齢、社歴、学歴から言っても、自分には荷が重すぎるポジションだった。

「バディの現行のビジネス、つまり企業向けの代理店は、フェーズ・ワンが終わるまで継続して使わざるを得ない。お前はまず、プランに同意した埼玉八十五の家電店にオペレーションの仕組みを徹底させ、プロンプトの顧客に営業をかけバディの顧客へと変えさせろ。新しく代理店が開発した客先は、取ってきた者のアカウントとなる。加須《かぞ》の物流センターが稼働《かどう》し始めるまで、二年はかかる。その時まで家電店に何もさせないでおくのはもったいないからな」

「本格的に家電製品、ドライグローサリーの一般コンシューマー向けのオペレーションを開始する前に、業務に慣れさせておくというわけですね」

「そうだ。物流システムを一から変更するとなれば、どんな想定外のことが起きるか分からない。オペレーションを変更したために、配送がうまく行きません、なんて理屈は一客には通用しない。今まで当たり前に届いていた荷物が届かなくなる。そんなことが一度でもあってみろ。その時点で客は逃げちまう」

「しかし、私にチームを引っ張って行くことができるでしょうか」

蓬莱は不安を口にした。

「お前、意外とつまんねえこと言うんだな」吉野は、蓬莱の言葉を聞き終えると、静かな声で言った。「今回のプロジェクトの最大のポイントは、家電店の使い方にある。お前以上に、この業界に精通している人間が社内のどこにいるんだよ。第一な、実力勝負がスバル運輸の決まりだ。歳《とし》や社歴、ましてや学歴なんか関係ねえ。これだけの金を使うんだ。実施までの時間も限られている。これから家電業界について一から勉強しますなんて悠長なことをさせてる暇はない」

「しかし……」

そう言われても、やはり不安は拭《ぬぐ》い切れない。だが、吉野は聞く耳を持たないとばかりに蓬莱の言葉を遮った。

「そんなに不安なら、一つ言っといてやる。埼玉のオペレーションが稼働し始めるまで、代理店開発チームのフルタイムメンバーはお前一人だ。営業からは、パートタイムの人間を出して貰うことにはなるが、これは次のフェーズに備えてのことだ。オペレーションを全面的に展開する時には、組織の力がなけりゃ、一気に代理店網を整備することなんてできゃあしないからな。連中は、これから二年、お前のやり方をじっくりと学び、代理店の開発と管理手法を身に付け、ノウハウを築き上げる。そしてそれを完全なマニュアルとして明文化するんだ。それがお前の任務だ。お前は自分の才覚とやる気を信じて、思う存分働けばいい。直属上司は俺だ。俺がゴーサインを出したことは誰にも邪魔させねえ」

吉野の言葉が胸に染《し》みた。全身の筋肉の間を痺《しび》れるような感覚が突き抜けて行く。人に信頼されることの重み、いや感動が、久しく忘れていた蓬萊の闘争本能に火をつけた。

一点を競《せ》り合う試合の九回裏。無死満塁の場面で、リリーフを任されたあの時。内野手がマウンドに集まり、「蓬萊、頼んだぞ」と言いながら白球を託された。四球も外野フライも許されない。内野ゴロか三振で仕留めるのが自分の役割だ。俺は、チームの信頼に応《こた》えようと全力で投げた。ネット裏に座り、自分の投球を観察しているスカウトのためなんかじゃない。チームを勝利に導くために、俺は必死で投げ、そして勝った。

あの時の達成感。いや何よりも自分の力を信じてくれた仲間の期待に応えられたあの喜びは、何物にも代え難いものがあった。

「分かりました。吉野さんの期待を裏切らないよう、全力をつくします」

蓬萊はあの時のことを思い出しながら言った。

「それでこそ蓬萊だ」

吉野の力強い声が聞えた。

「それで、当面私は何をすればいいのです」

「お前と、藍子ちゃんがフルタイムのメンバーとしてチームに加わって貰うことについて、会社から合意を取り付けたことは前に話したな」

「はい」

「可能な限り早い時期に、人事異動の辞令を出して貰うようにするが、来週早々に第一回目の会議を行う。フルタイムとパートタイムメンバーを全員招集して、詳細なプランの説明をする。それが終わり次第、早急に三日間の合宿を行う。もちろん藍子ちゃんにも参加して貰いたいんだが、彼女は学校があるからなあ」

「私の方は大丈夫です。すでに異動の件は、配送センターにも伝わっていて、引き継ぎは全《すべ》て済んでいます。藍子の都合は訊《き》いてみないと分かりませんが……。でもいいんですか、藍子は内定をいただいたとはいっても、正式な社員じゃないんですよ」

「そんなこと構うもんか。彼女には価格ランキングサイトやホームページ、それにフリーペーパーの担当をやって貰うことは決まってるんだ」

「しかし、藍子の出番は、まだ先のことでしょう」

「いや、一般コンシューマー向けのホームページはともかくとして、価格ランキングサイトは早々に立ち上げる」

「どうしてです。だって、それを立ち上げたところで、当面はバディの価格優位性を消費者に認知させることはできないじゃありませんか」

「布石を打っておくのさ」

「布石？」

「考えてもみろよ、蓬萊。今でもネット上に価格ランキングサイトと謳《うた》ったものがあることは事実だ。だがな、こいつは出店者がサイト運営業者に金を払って掲載して貰っているものだ。つまり客観性に著しく欠ける上に、全ての商品を網羅してるわけじゃない。それでも年商四億からの商売になっているのは、それだけアクセスがあるからだろ。消費者はそれだけ安い商品を探しているんだよ。そんなところに既存のサイトを凌《しの》ぐアイテム数と、客観的データを満載したフリーサイトが立ち上がったらどうなると思う」

「当然、利用者はそこに利便性を見出《みいだ》すでしょうね」

「当たり前だ。家電店が自らの足で集めたデータを掲載するんだ。消費者は当然目当ての物を購入する前に必ずこのサイトを覗《のぞ》きにくる。当面、バディへの直接的メリットは文具やオフィスサプライに限られるだろうが、俺たちのオペレーションが実際に稼働し始めれば、掲載される全ての商品アイテムにおいて常にランクの上位はバディの提供する商品によって占められることになるはずだ。このサイトを覗くのが習慣になった消費者は、抵抗なくオーダーを入れてくる」

「今のうちに種を蒔《ま》いておくというわけですね」

「そうだ。サイトの準備が整い次第、我々はこれをニュースリリースとして流す。サイトに掲載された情報量と精度が認識されれば、これが話題にならないはずがない。その時点で企業は飛びついてくる。あとはそれを代理店に流せば、面倒な商談無しに代理店も労せずして新規の客先を開発できるってわけだ」

蓬萊は舌を巻いた。最も難しいビジネスのスタート時に、一気に加速をつけるために、あらかじめ種を蒔いておく。いやそればかりではない。価格ランキングサイトの精度はこれからのビジネス展開の大きな鍵《かぎ》になる。価格調査にどれだけの労力を要するのか、それは未知数だ。吉野はかつて当番制にしてデータの更新をするつもりだと言ったが、これも実際にやってみないことには分からない。埼玉限定とは言っても、全ての量販店やチラシに目を配るのは一店舗では無理だ。どのくらいの数の代理店がその任に当たらなければならないのか、それを事前に検証しておくことは必要不可欠なことだ。

「分かりました。とにかく最初の会議と、合宿の日程が決まり次第、ご連絡下さい」

蓬萊は電話を切った。終電の時間は迫っていたが、一刻も早く藍子に連絡を入れたかった。返す手で、ボタンを操作した。藍子の声が聞え始める。

ひとしきり吉野との会話のあらましを話したところで、藍子が応えた。

「吉野さんが会議に出ろと言うのなら、是非私も出たいわ」

藍子の声は弾んでいる。そこからでも社会人としての第一歩をこれほど大きなプロジェクトの一員として刻むことができる、その喜びが伝わってくるようだった。

「学校の方は何とかなるのか」

「大丈夫。単位はもう取り終えているし、卒論だってさぼっているわけじゃないから」

藍子は、こともなげに言い放つと、「それにしても吉野さんて、やっぱり切れ者ねえ」

心底感心した声を漏らした。

「ビジネスを考えさせたら、天才的だよ。それに度胸もある。俺なんて、プロジェクトの投資額が二十九億と聞いた時点で、体が固まっちゃったもの。しかも、当初は然程《さほど》の効果が期待できないことを承知で、二年後に向けて価格ランキングサイトを立ち上げる。普通なら、支出を極力抑えたいと考えるだろうに」

「だから、あの人は切れ者だって言ってるのよ」

「確かに、代理店が情報収集のノウハウを身に付けるまでには、時間がかかるだろうしね」

「そうじゃないの。これにかかるお金なんて、ほとんどゼロなんですもの」

「どうしてさ」

「考えてもみなさいよ。価格を調査するのは誰よ」

「家電店に決まってるじゃないか」

「その労働に対して吉野さんは情報収集料を払うって言った？　そんなこと言わなかっ

たでしょ。埼玉の八十五軒は、二年後の本格的オペレーションの開始以後の商売に繫《つな》がると思えば、皆ただでサイトの運営に励むに決まってる。それだけじゃない、このサイトをスバル運輸、バディのどちらに置くにしても、両社ともサーバーを自社で持っている。つまり私にホームページを作らせれば、必要経費は一人分の人件費だけでしょ。お金を使わなければならないとしたら、ウェブから入ってきたオーダーをどうやって受注システムに繫げるかってことくらいかしら。それにしたって、新しい物流センターを建設する際には、新しく作り上げなきゃならないものだし、当然汎用《はんよう》が利《き》くものをと考えているはずよ」

なるほど、言われてみればその通りに違いない。蓬萊は、改めて吉野の突出したビジネスセンスと用意周到さを垣間見《かいまみ》た思いがした。

「秀樹君、私、その会議と合宿、何があっても参加する。あなたの情熱と、吉野さんというリーダーがいれば絶対このプロジェクトは成功する。小が大を食う。それも既存の流通に見放された家電店をコアにしてね。こんな痛快な仕事なんてめったに出会えるものじゃない。それにもうこのプロジェクトは、吉野さんだけのものじゃない。秀樹君の夢でもあり私の夢でもある。実現に向けて全力を尽くそうよ。何があっても成功させよう」

藍子の決意を込めた声が蓬萊の耳に響いた。

プロジェクトメンバーが一堂に会する最初の会議は、翌週早々に開催された。

本社ビルの会議室にメンバー全員が揃《そろ》うと、岡本が資料を配布して行く。吉野の合図を機に部屋の灯が落とされ、スクリーンにパワーポイントの画面が映し出された。

演壇に立った吉野は淡々とした口調で、プランの概要を話し始めた。会議室には、システム、営業、庫内オペレーション、財務といった、プロジェクトに関係する部署から集められた二十人を超す社員がいたが、誰もが一言も発することなく吉野のプレゼンに聞き入っている。

吉野の口からビジネスの規模を表すキーワードが語られる度に、感嘆とも驚きともとれるどよめきが社員の間から上がった。薄暗い室内で、画面を食い入るように見詰める社員たちの目の色がぎらついた光を宿して行く。

当然の反応だった。既にプランのあらましを聞いていた蓬莱にしても、改めて吉野のプレゼンを聞いていると、このプロジェクトの壮大さ、そして何よりもスバル運輸が新しいビジネスをものにすべく大きく舵《かじ》を取った、その実感がひしひしと伝わってくる。

会議室に入って来た当初は、一介のセールスドライバーが、本社の並み居るプロフェッショナルたちに混じって、果たしてどれだけの仕事ができるかと不安に駆られた蓬莱も、数少ないフルタイムメンバーとしてこのプロジェクトに参加できる喜びと興奮を覚えずにはいられなかった。

プレゼンが終わり、部屋が明るくなったところで、

「何か質問は？」

吉野は一同を見渡しながら訊《たず》ねた。

すかさず一人の男が手を挙げた。部屋に集まった面々の所属と名前は、資料の最初のページに書き記してある。

「笹山《ささやま》さん、どうぞ」

名前を追うと、ＳＩＳのシステム部門の課長である。いかにも頭脳労働者といった雰囲気を漂わせる笹山は、金縁眼鏡を指先で押し上げると、ゆっくりと口を開いた。

「プランそのものに疑義を差し挟む余地はありません。実に見事なものだと思いますよ」笹山は一応、同意の言葉を述べながら、「ただ、このスケジュールですがね、システムの開発、インスタレーションは合わせて六ヶ月しかありませんね。これは常識からすれば随分短いという気がします。どれほどのアイテム数を扱うのか。一日の物量はどの程度なのか。季節変動性はあるのか。綿密な現状分析をやった上でないと、果たしてこれほどの短期間でＷＢＳを始めとするシステムを完成させ、間違いなく稼働《かどう》させることができるのかは確約できません。この点についてはどう考えていらっしゃるのです

か」

　と訊ねた。

「確かに、現状分析を綿密に行わないことには、倉庫のサイズやレイアウト、庫内機器のスペックも確定できません。これについては、早晩、バディのシステム部から過去五年間分のデータがテープで渡されることになっています。それを分析すれば、少なくとも現行のバディのオペレーションは正確に把握できます」

「それはもちろん、我々ＳＩＳがやるわけですよね」

「物量分析はもちろん、コンサルティングとシステム開発はＳＩＳの得意とするところですからね」

「なるほど。だったらなおさら開発期間については確約できませんね」

「確かに、システム、特にＷＢＳを現行のバディのオペレーションに沿った形に作り上げようと思えば、大変な費用と時間がかかります。彼らの話では、現在使用しているシステムは二十万ステップからのプログラムになると言われていますからね」

「そんなにでかいんですか！　まあ、当日配送がなくなれば、システムは多少小さくなるでしょうが、それでも六ヶ月じゃ無理ですね」

　これほど大きなプロジェクトである。しかも各分野のプロフェッショナルがプランを詳細に検討し始めたとなれば、疑問の一つも出ない方がおかしいのは百も承知している。

どうなることかと、蓬莱は息を潜めて成り行きを見守った。

「笹山さん、今回のプロジェクトを進めていく上で一つはっきりと心得ておいて欲しいことがあるのです」吉野は笹山の顔を見据えると言った。「現状分析は行いますが、その結果がどう出ようと、私は現行のバディのオペレーションをそのまま踏襲するつもりはありません」

「じゃあ、どうするっていうんですか」

「WBSは『ファルコン』を使うつもりです」

「ウチのパッケージソフトを」

吉野は深く頷《うなず》くと、

「新しいオペレーションは、ファルコンが持っている機能に合わせて組み立てます。つまり庫内作業を始めとするオペレーションの全《すべ》てをシステムに合わせて再構築するのです」

「しかし、ファルコンはパッケージソフトという性質上、汎用性を持たせておくために、必要最低限の機能しか持ちあわせていない代物《しろもの》ですよ」

「WBSに必要なのは、その必要最低限の機能じゃないんでしょうか。要は入庫、在庫、出庫の管理の機能を持っていれば、それで充分なはずです。想定される全ての事態をコンピュータにやらせようとすればシステムが重くなるのは当然です。コンピュータ本来の能力を最大限に発揮させるためには、作業の標準化が絶対に必要です。その点、ファルコンはパッケージソフトという性質上、その標準化をとことんまで追求したものに仕上がっている。逆の言い方をすれば、作業をファルコンに合わせて行えば、オペレーションもまた標準化でき、効率も上がる」

「凄《すご》い……」

隣に座っていた藍子が唸《うな》った。

「それでも六ヶ月では無理でしょうか」

「まあ、多少のモディフィケーションは必要でしょうが、そういうことなら何とかなるかもしれませんね」

笹山は納得したふうで、やりとりの要点を書き留めるのか、ペンを走らせた。

「いいでしょうか」

蓬莱の近くに座った男が手を上げた。

「柳川《やながわ》さんですね。どうぞ」

資料に目を走らせると、東京営業部の第三課課長とある。肩書きからすれば、おそらく質問は代理店のことに違いあるまい。蓬莱は緊張して彼の質問に耳を傾けた。

「このオペレーションが成功するか否《いな》か、最大のポイントは代理店となる家電店の働き如何《いかん》にかかっていると考えます。家電店が地域密着型の商売をしていて、土地勘や顧客情報を握っているという点は理解できましたが、配送はどうなんでしょう。効率良く荷物を届けようとすれば、予《あらかじ》め配送順に荷物を積み込んでおかなければなりません。家電店にそうしたノウハウがあるとは思えませんが」

吉野の目が蓬莱に向いた。

「それは、これからプロジェクトチームにフルタイムメンバーの一人として加わって貰《もら》う蓬莱秀樹君に答えて貰いましょう。皆さんも知っての通り、彼は昨年まで野球部にいて、現在は当社のセールスドライバーをしています。家電店を代理店に使うというアイデアを出したのも彼ならば、埼玉の代理店を開発したのも彼です」

「ほう」という声と共に、一同の好奇に満ちた視線が蓬莱に向けられた。

いきなり話を振られて蓬莱は戸惑った。それでも身を硬くしながら立ち上がると、腹に力を込めて口を開いた。

「ご指摘の通り、配送の現場でいちばん手間がかかるのは、荷物の仕分けです。今現場では、荷物とは別にセールスドライバー毎《ごと》に打ち出された伝票を手作業で整理し、並べ替えるということをやっています。もっとも、そうは言ってもドライバー一人が担当するエリアの中で、さらに細分化されたブロックナンバーが記載されたシールが貼《は》られていますから、それをそのまま応用すれば、後は慣れの問題だと思います」

「しかし、荷物は配送センターで積み込むわけじゃない。家電店までは、我が社のトラックが運び、そこで一度降ろされる。そしてまた積み込みだ。つまり家電店の店頭で、もう一度、今度は手作業で仕分けが行われるんだろ。どれほどの物量があるかは分からないが、かなりの手間がかかるんじゃないのかな」

手間と言われればそうかもしれない。蓬莱は一瞬言葉に詰まった。

「笹山さん」その様子を見て取った吉野がすかさず口を挟んだ。「そのラベルは色を分けて打ちだすということもできますか」

「エリアの中のブロック別にラベルの色を変えるというわけですね」

「そうです。それなら店頭での仕分けも簡単に済みます」

「もちろん可能ですよ。多少ファルコンのプログラムをモディフィケートしなければならないし、プリンターも色の数だけ用意しなければならないですが、大した作業でもないし、投資の額にしたところで知れたものでしょう。二十九億もの予算の中ではね」

笹山は苦笑しながら言った。

「皆さんに一つ認識しておいていただきたいことがあります」吉野は笹山の言葉が終わると、一同を見渡しながら続けた。「今回のプロジェクトの成否を握るのは代理店です。システム構築、物流センターの運営、代理店までの配送については、これまでの我々のノウハウが全て応用できます。しかし、実際にお客様と接するのは誰でもない、新しく設立される子会社の代理店となる家電店です。彼らは物流に関してはずぶの素人《しろうと》です。

間違いが起きれば、それは即座にお客を無くすことに繋《つな》がるのです。その点を充分考え、配送上の負荷を減らすオペレーション作りを心がけていただきたい。そのためには埼玉地区で行われる最初のビジネスで、問題点を徹底的に洗い出し、物流センターが本格稼働した際には、そこで培《つちか》ったノウハウがそのまま応用できるような体制を整えておくことが必要です。蓬萊から上がるレポートは全て皆さんに回します。全力を尽くして円滑なオペレーションができるよう、是非ともご協力いただきたい」

吉野は頭を下げた。

それから幾つかの質問が上がったが、吉野は如才なくそれらの全てに答えると、会議は終了した。

誰もが初めて明らかにされた、吉野のプランに興奮の色を隠せないでいるようだった。

立川、そして蓬萊と藍子の三人が残ったところで、

「どうだ、蓬萊。本社の会議は」

吉野が満足したような表情を浮かべながら訊ねてきた。

「いきなり質問に答えろと言われた時には、緊張しましたよ。吉野さんの助け船がなければどんなことになっていたか……」

正直な感想だった。たった一つの質問に答えただけでも、居並ぶ各分野のプロフェッショナルを相手に、これからやっていけるのか、そんな弱気が頭を擡《もた》げてくる。

「全てを知っているのは他の誰でもない。お前だ。もっと自信を持て」

「でも、ＳＩＳには有能なコンサルタントがいるじゃないですか」

「有能？」吉野は突然声を出して笑い始めた。「コンサルタントが有能だってどうして言える」

「コンサルタントってのは、依頼された会社の業務を分析して、時には経営戦略も提案するんでしょう」

「そりゃあ、お前、能無しの経営者や実社会を知らない学生の言うことだ」吉野は真顔になって、蓬萊、藍子《あいこ》の双方を交互に見やりながら、「世間ではとかくコンサルタントというと、何やら万能の神の集団のように思いがちだ。常に学生の就職希望の上位にコンサルタント会社があるのが何よりの証拠だ。だがな蓬萊、考えてもみろ。コンサルタントの言うことに従っていれば会社の経営がうまく行くというなら、社長なんていらねえぞ」

藍子が、こくりと頷いた。

「だがな、そんなやつらでも使い道はある」吉野はにやりと笑うと続けた。「あいつらはデータを分析することにかけてはとてつもないノウハウを持っている。実は、こうしたプロジェクトを行う際には、このデータ分析というのが大変なんだ。成果は限られたものだが、今回の場合でもバディからは過去五年間の物量データが何の加工もされることなく渡されるんだからな。データ分析なんて大した頭はいらねえ。極端な言い方をすれば単純労働。力仕事だ。そんなことにかかわっている暇は俺たちにはねえ。頭を働かせ、考えに考えぬかなきゃならねえことが山ほどあるからな」

「だけどプランは吉野さんが独断で決めたものじゃない。第三者のチェックが入ったものだということを証明しておく必要がある。かと言って意に沿わないものが出て来ては困る。そこで吉野さんは今日の会議で縛りをかけた……。そういうことだったのですね」

藍子が、静かな笑いを宿しながら言った。笹山と吉野とのやり取りの最中に「凄い……」と漏らしたその意味が今になって蓬萊にははっきりと分かった。

「そういうことだ」吉野は、ほうという顔をしながら藍子を見ると、「持てる資源はフルに使う。目的を達成するためには何でもな。それが俺の主義だ。蓬萊、藍子ちゃん、これからがいよいよ本番だ。厳しい要求もするだろうが、プロジェクトの成否を握るのは代理店と、いかにこのサービスを一般コンシューマーに認知させるかにかかっている。しっかり頼んだぞ」

蓬萊は深く頷くと、決意を新たに吉野の目を見詰めた。

「凄いな。これだけの代物をたった三日間で作り上げたのか……。量といい、内容といい、へたな修士論文なんか足元にも及ばない」

　三日間の合宿を終えた足で実家に戻り、でき上がったばかりのコンセプチュアル・デザインに目を通し終えたところで、兄の晋介が唸った。ぶ厚いバインダーに綴《と》じられたそれは、六章からなり、総ページ数は二百三十にもなった。

　企業で働いた経験のない晋介が驚くのも無理はない。作成に携わった蓬莱、藍子にしても、企業の中で各分野のプロフェッショナルと呼ばれる人間たちの能力の高さ、定められた目的に向かって邁進《まいしん》するエネルギーの凄《すさ》まじさに圧倒されたものだった。こんな場所に俺の居場所なんかない、と途方に暮れる思いさえ抱いた。

「吉野さんは本当に凄いよ。何しろ三日間のうち、これを仕上げるための指示を出したのは、初日の挨拶《あいさつ》の時だけ。それもプランを実現するための最良の方法を書け。夢物語でも何でもいい。とにかくそれぞれの経験と知識を最大限に活用し、これ以上のものは無いというものを最終日までに提出しろと言っただけだったんだ」

「その後は、各分野を担当するチーム毎に分かれて早々に作業に入ったんですけど、二日目なんて、朝の八時に朝食を終えると、夜十二時まで休み無し。昼食だってお弁当ですもの」

　珍しく興奮した口調で話す藍子だったが、さすがに疲労の色は隠せない。

「しかし、担当分野に分かれて書き上げたとなれば、全てのコンセプトを合わせた時に、整合性を取るのは大変だったんじゃないのか」

晋介は信じ難いといった態で、改めてコンセプチュアル・デザインに目を落しながら訊《たず》ねた。

「当然、僕もそう思ったよ。最終日にこれの検証をするといった時には、収拾がつかないことになるんじゃないかとね。でもね、実際に各チームから上がってきたプランを繋げてみると、これがものの見事にピタリと嵌《はま》るんだ。もちろん微調整はあったけどさ」

「信じられんな。だって合宿には二十人以上の人間が参加したんだろう。一人や二人ならともかく、それだけの人が知恵を出し合ったものが、すんなり形になるなんて……」

現実に三日間の成果を目の前にしても、晋介は小首を傾《かし》げるばかりである。

「今にして思えばだけど」藍子が言った。「吉野さんが最初の会議で渡した資料が、コンセプチュアル・デザインの原形として充分な物だったという点はあると思います。それに最初の章、つまりマネージメント・サマリーを読んでいただけば分かると思いますけど、庫内オペレーションは、ＳＩＳが販売しているパッケージソフトに極力合わせたものにすること、不必要に物流機器を近代化する必要はない、という明確な指針があったからじゃないかと思うんです」

「確かに夢物語を書けと言われれば、纏《まと》め上げるのは大変だろうが、そうした制限があるとなれば、おのずと結論は決まってくるよなあ。しかし、せっかく十九億円も出して新しい物流センターを作ろうってのに、何でまた機器を近代化する必要はないなんて言ったんだろう。工場だって人減らしのために、ロボットを導入している時代だ。最新鋭の機器を導入してオペレーションの合理化を図る、千載一遇のチャンスじゃないか」

「僕も最初はそう思ったけどね。吉野さんは、こう言ったよ。『何もセンターを物流機器メーカーのショールームにする必要はない。文具だけならともかく、一般消費財や家電製品を扱うとなれば、商品のサイズも重量も千差万別だ。保管方法、出庫の手順も違ってくる。となれば当然、機械に任せていたのでは融通が利《き》かない。例えば出庫を自動化したとしても、在庫補充が追いつかなければ、意味がない。それは誰がやるか。結局人だろ。だから全《すべ》てをオートメーション化する必要なんかないんだ。それをしっかり頭に叩《たた》き込んでおけ』とね」

「なるほど、一口に物を出荷すると言っても、形態は様々だからな」

「例えばPPC用紙なんて物を、一束オーダーしてくる人はそういないだろう？　オーダーはケース単位が圧倒的に多いに決まってる。もしもこれをストックロケーションに自動補給しようとしても、元々パレットの上に山となって保管されているものだからね。誰かがそれをばらしてコンベアに乗せなきゃ自動補給なんてできやしない。つまり二度手間になる。それならパレットに出荷伝票を貼り、そのまま出荷した方が一度の作業で済む。家電製品も同じさ。新しい倉庫は多層階になりそうなんだけど、コンベアに乗らないテレビや冷蔵庫といった大型家電は、一階、あるいは二階部分に集中させた方が効率が上がる。エレベーターで上げ下ろしをしていたんじゃ大変な時間がかかるからね」

「ふうん。吉野さんって、営業畑の人だと聞いていたが、物流システムやコンピュータについても良く理解してるんだな」大学で電気工学を勉強した晋介には、それだけでも吉野の言わんとしていることが即座に理解できたようだった。「特にパソコンを使い慣れた今の人たちは、コンピュータってもんは何でも意のままに動いてくれる人工頭脳を持ち合わせた代物《しろもの》と考えているようだけど、それはソフトにそう動くよう予《あらかじ》めプログラムが書かれているからだもんな。大きな物流センターなんかをへたに近代化したら、想定外のことが起きた時点で、システムはうんともすんとも言わなくなっちまう」

「吉野さんも同じことを言ったよ。だからＳＩＳが開発したパッケージソフトに合わせて、オペレーションを構築しろと命じたんだよ」

「それで、秀樹。お前はこのコンセプチュアル・デザインのどの部分を担当したんだ」

「もちろん、代理店開発のパートさ」

晋介はすかさずそれに該当するページを開くと、目を走らせた。

「なるほど、配送をスムーズに行うために、受け持ち区域の中をさらに細分化してエリアをラベルの色で識別するのか。これなら、素人でも荷物の仕分けに戸惑うことはないだろうな」

「店頭には毎朝、物流センターから荷物が届けられる。後はそれをお客さんの所に届ければ、売上の一定割合がマージンとして店に転がり込んでくる」

「しかしなあ」晋介の顔が曇った。

「配送はいいとしてだ、肝心の店の収益はどうなるんだろう」

「それは代理店の営業努力次第じゃないか」

「それはそうだが、店に落ちる利鞘《りざや》はどれくらいだったかな」

「吉野さんの概算では、紙で一〇％、ＯＡ用品で七％、ドライグローサリーで二五％……」

「肝心の電器製品は？」

「現行の利鞘と同じ程度、つまり二〇％は落とせると踏んでいるよ」

「まあ、確かにそれくらいの利益が落ちるんなら、誰も文句は言わんだろうが」晋介の言葉はいつになく歯切れが悪い。「しかし、電器製品が実際にこのルートで販売されるのは、物流センターの業務が軌道に乗ってからの話だろう。二年間は企業向けに、電器製品とは関係のない商品を配送しなけりゃならんのか」

じれたように言った。

「それは、前に話したことだろ」

「それは分かっている。ただ、その間我々が最も得意とする電器製品の販売を指を銜《くわ》えて見ていなけりゃならないのかと思うと、何だかもったいない気がしてさ」

「兄さん、それは欲張り過ぎってもんだよ。埼玉の八十五軒の家電店にしたって、最初から全ての製品を扱わなきゃならないとなれば、混乱するに決まってる。最初は企業向けの製品から始めて、ノウハウを確立する。仕事に完全に慣れたところで、嵩《かさ》がある上に設置を必要とされる電器製品を扱い始める。それが一番間違いのない方法というもんじゃないのかい。それに企業向けと言うけど、業界ナンバーワンのプロンプトの顧客数は全国で、二百万からあると言われているんだ。これを新型コピーカウンターを武器に、バディに引き込むことができれば、それだけでも大変な商売になる。なにも今の店をたたんで商売変えするわけじゃないんだし、プラスアルファなんだから」

「それに、何も顧客は企業だけとは限りませんよ」藍子が蓬莱の言葉を継いだ。「プロンプトのサービスはすでにある程度一般コンシューマーにも浸透しています。実際トイレットペーパーや洗剤、レトルト食品やカップ麺《めん》、インスタントコーヒーやタオル、こうした製品を販売していますからね。もちろんバディだって同じです。企業で働く人にバディのサービスが認知されれば、その人たちが家庭で使う用品も同じルートを通じて買うようになるんじゃないでしょうか」

「藍子ちゃんが考案した価格ランキングサイトやフリーペーパーを用いて告知活動を展開するというのだね」

「ええ、本当はネットを通じて全てのオーダーが入ってくれれば、受注から出荷の効率は格段に上がるのですけど、お年寄りはそうはいきませんからね。やはりペーパーメディアの力が必要だと思います。どこよりも安く、翌日ご自宅に配送に伺います。これは大変な謳《うた》い文句になりますよ」

　藍子は胸を張った。

「そうなるように量販店の価格調査は、徹底してやらないといけないね」

「価格ランキングサイトの精度は、このビジネスの生命線です。信頼に値しないと消費者が判断すれば、たちまちそっぽを向かれてしまうのは間違いないのですから」

　藍子は急に真顔になって、蓬莱、晋介を交互に見ると念を押した。

「分かってるさ」蓬莱は力強く頷《うなず》くと、「それで兄さん、なるべく早い時期に八十五軒の家電店を集めて、一度説明会を開こうと思っているんだけど」

　晋介を見た。

「そうだな。物流センターの完成を待たずとも、新しい商売ができるとなれば、早い時期に顔合わせをしておいた方がいいだろうな。皆お前の提案には乗り気になっているし」晋介はそこで何事かに思案を巡らすと、「ただな、秀樹。一旦《いったん》皆を集めたとなると、どんな質問が出てくるかは分からないぞ。もし、そこでお前が即座に回答できなかったり、あるいは不安を覚えさせるような素振りでも見せれば、その時点でやる気をなくす店が出て来ないとも限らん。その辺は大丈夫なんだろうな」

念を押すような視線を向けてきた。

そう言われてみると、さすがに蓬莱も不安を覚えないではない。

「何か、気掛かりなことでもあるの」

「まあ、無いではない」

「どんな」

「一つは、最大の競合相手であるプロンプトがどう出てくるかだ」晋介は蓬莱の反応を探るように静かに言った。「確かに、このプランは良くできている。しかしな、実現性が高いということは、同時に誰もが真似《まね》できると言うことと同義語じゃないだろうか。もしもだぜ、この価格ランキングサイトや、フリーペーパー、更にはＰＨＳ内蔵のコピーカウンターをプロンプトがそのままパクったらどうなると思う。今でも彼らは圧倒的シェアを持っているんだ。コピーカウンターにしたって、何もフロンティア電器しか製造できないというものじゃないんだろう。この技術は自販機ですでに実用実績がある。特許があるわけじゃない。家電店だって、日本には四万五千もある。俺たちがネットワーク化した以外の家電店にプロンプトの代理店になることを持ちかけたら、喜んで手を挙げる所だって出てくるだろうさ。そうなった時、果たして吉野《よしの》さんの考え通りにことが運ぶだろうか」

確かに、晋介の言うことはもっともだった。経営に苦しんでいるのは埼玉だけに限っても、すでに代理店になることを内諾した八十五店舗だけじゃない。他にも多くの同業者がいる。プロンプトがそうした家電店を代理店にと持ちかけたら、おそらく兄が言うような展開を迎える可能性は極めて高い。

「お義兄《にい》さん」沈黙した蓬莱に代わって藍子が口を開いた。「確かにその可能性はあると思います。このビジネスをモデルにして乗り込んで来るのは何もプロンプトに限ったことじゃないでしょう。おそらく、スバル運輸の競合会社である極東通運だって他の文具通販会社と手を組んで、この分野に乗り出してくることは充分に考えられます」

「藍子ちゃんは、それでも我々が勝てるという確証があるのかい」

「確証と言うほどではありませんが、私たちに勝機があるとすれば、先行者利益です」

「それは、ちょっと頼りないな」

晋介の冷たい言葉が蓬莱の胸を射た。

「そうでしょうか」しかし藍子はめげなかった。「確かに一つの企業が革新的アイデアを以《もっ》て、ある種のビジネスを成功させた場合、必ず追随する企業が出てくるでしょう。でも、多くの場合、それは先行企業がある程度の成功を収めた後のことです。新しいビジネスの兆《きざ》しだけを嗅《か》ぎ取った時点で、参入してくるということはまずありません」

「しかし、家電業界を見ていると、革新的製品というものは、どのメーカーもほとんど機を同じくして出てくるものだよ」

「お言葉ですが、その例はこのビジネスには当てはまらないと思います。家電メーカーがそのような製品をほぼ同時に市場に出せるのは、それぞれのメーカーが持つ特許が複雑に絡《から》み合っていて、事前に開発情報が漏れるからでしょう。それに一社だけが革新的製品を市場にリリースしても、それだけでは市場性を持たない。要するにそれが業界の標準となることで、消費者にこれからの時代を担《にな》う製品だと認知されるからじゃないでしょうか。その点サービス業は違います。先鞭《せんべん》をつけ、成功を収めた企業が市場を支配する。それが常です。事実プロンプトが後続企業の追撃を許さず、圧倒的シェアを握っているのが何よりの証拠というものです」

今度は晋介が黙った。それに意を強くしたのか、藍子はどこにこんな押しの強さがあったのかと、唖然《あぜん》とするような強引さで言い放った。

「不安材料を挙げろと言われれば、幾らだって出てきます。誰もが気が付かないでいる落とし穴だってあるでしょう。でも、もうプロジェクトは走り始めているんです。今は成功を信じることとです。たとえ、プロンプトが同じ手法でこのマーケットに乗り出して来てもいいじゃありませんか。代理店となる家電店には何一つリスクがあるわけじゃない。それどころか客先を一つ開発すれば、幾らになるかは別として利益を上げることだけは間違いないのですから」

＊

「そこへ掛けたまえ」

常務室に入ると、三瀬が部屋の中央に置かれた応接セットを目で指した。彼の机の上に置かれた書類箱には、未決裁の書類が山と積まれている。言われるままにソファに腰を下ろした吉野を待たせたまま、三瀬は読みかけの書類に目を走らせると、やがて丁重に判を押し、それを『決裁』と書かれた箱に入れ、ようやく立ち上がった。その手には、先に提出したコンセプチュアル・デザインのファイルを持っていた。

「チームの組織、それぞれのコミッティの役割については異論を差し挟む余地はない。しかしこの組織図を見ていると、君が全《すべ》てを取り仕切るように思えるが、そう解釈していいのかね」

「プロジェクト実施の許可、予算使用の承認も戴《いただ》いた限りは、プラン通り、期限内、予算内でオペレーションを完成させ、想定通り、いやそれ以上の成果を上げるのが私の責務だと考えております」

吉野は三瀬が何を言わんとしているのか、その真意を測りかねながらも、きっぱりと断言した。

「うん、そうだろう。しかしね、このコンセプチュアル・デザインには、一つ決定的に欠けているものがある」

一転して重々しい口調で言った。

「それはどんな点でしょう」

「コンティンジェンシー・プラン、つまり君の目論見《もくろみ》通りにことが運ばなくなった時の対処策だ」

「それは実際にビジネスが予想通りに運ばなくなった時、新たに建設する物流センターをどうするか、投下した資金をどんな形で回収すべく対処するかと言ったことでしょうか」

「そうじゃない。それ以前の話だ」三瀬は首を振ると続けた。「確かに、我々はこのプロジェクトにゴーサインを出した。しかし、物流センターが完成し、本格的にビジネスがスタートするまでには、現時点では予想もできなかった事態が必ず発生する。システム構築費、センターの建設費用、庫内機器……。君の目算が狂う可能性はいくらでもある。予算が膨れ上がる、あるいはオペレーション開始の時期が遅れることは、即キャッシュフローに影響を及ぼし、想定した利益を生むことを難しくする。我々はあくまでも利益を追求する企業だ。プロジェクトの進捗《しんちょく》状況、あるいは想定以上に予算が膨らむ可能性が出てきた場合、それまで投下した資金を捨ててもプランを白紙に戻した方がまだました、という選択肢がないとは言えないんじゃないかな」

「今後の進捗状況如何《いかん》では、損切りをしてでもプロジェクトをキャンセルすることがあるということですか」

三瀬は表面上穏やかさを装《よそお》ってはいるが、この期《ご》におよんでもまだプロジェクトをつぶそうとしているらしい。

冷たいものが吉野の背筋を走った。ようやくここまで漕《こ》ぎ着けたプロジェクトが、途中でキャンセルされる。そんなことは断じてあってはならない。「しかし、すでに代理店となる家電店には、今回のプロジェクトはスバル運輸、バディが全力を挙げて取り組むことをコミットしてあります。それにＳＩＳにしても、すでに――」

「君らしくもない言葉だねえ」容赦のない三瀬の声が吉野の言葉を遮った。「損を覚悟で大金を注ぎ込む馬鹿《ばか》がどこにいる。経営を担う者としては、それも当然の選択肢の一つというものじゃないか」

確かに三瀬の言葉は間違ってはいない。大規模なプロジェクトではどんな不測の事態が起きないとも限らない。一旦着手したら最後、完成まで幾ら金を注ぎ込んでも突き進む公共事業とは違い、企業においては投下した資金に見合うだけの効果が上げられないと判断した時点で、ストップをかける。それができない経営者は無能の烙印《らくいん》を押されても仕方がない。問題は誰がどういう判断基準で断を下すかだ。

さすがの吉野も次の言葉が見つからず、押し黙った。

「君の覚悟のほどは承知してるさ。しかしね、最終的に七十億もの巨額な投資をするプロジェクトを、リーダーである君に丸投げして経営陣は一切関知しない、というのはいささか問題だと思うのだ。そこでだ、社長とも話したのだが、君がチームを業務に応じて幾つかのコミッティに分け、その進捗状況を週、月単位で管理する。その手法を我々も取り入れようと思うのだ」

「つまり、プロジェクトチームの上に、経営陣によるコミッティを設け、我々の仕事を監視、管理するというわけですね」

「その通り。最高決定機関として常務会をハンドリング・コミッティとするのだ」

三瀬は大きく頷くと、別の付箋《ふせん》が付けられたページを開いた。そこにはプロジェクトのスタートを起点にゴールまで、各チームがこなさなければならない主項目が時系列に記載され、それらが蜘蛛《くも》の巣のように複雑に交差した線で結ばれたパートチャートが記載されている。その何ヶ所かに三瀬が書き込んだものだろう、赤いペンで印がつけられていた。

「この印がついている所がハンドリング・コミッティの面々がチェックを入れる個所ですか」

「そうだ」

ざっとそれらの個所に目をやった吉野は、一つの共通点を見出《みいだ》した。

「これを見ますと、主に庫内機器メーカーや設計施工《せこう》業者に仕事を依頼するといった多額の費用が発生する際に、必ずチェックが入るように見て取れますね」

「従来の規定では、経費を使う際には稟議書《りんぎしょ》で済ませていたが、今回は金額が金額だからな。君はその時点でプロジェクトの進捗度合を我々に詳しく説明すると同時に、経費使用の承認を得なければならない。つまりゴールに辿《たど》り着くまでには、それだけの関門を乗り越えなければならないというわけだ。一つ残らずな」

越せなかった時、どうなるかは分かっている。その時点でプロジェクトはキャンセルされるのだ。

「本部長、一つお訊《き》きしてもよろしいでしょうか」

「何だね」

「もし、プロジェクトが途中でキャンセルされるようなことになった場合のコンティンジェンシー・プランはお持ちなんですか」

「ハードルを越えられないということは、このプロジェクトをやる意味がない、ということと同義語だよ。白紙に戻す。それがコンティンジェンシー・プランだ」

「それでは当社がマーケティング・カンパニーとして新たなビジネスを物にできる機会は消滅します。個人情報を元に、ＤＭという巨大マーケットに食い込むこともできなくなります。つまり今の運送業に専念するというわけですね」

「そういうことだ」三瀬は言わずもがなといった態で頷《うなず》くと、「ただな、たとえ途中で想定外の出来事が起こり、プロジェクトがキャンセルされたとしても、今回の話はオール・オア・ナッシングの話じゃない。少なくともバディからはＳＩＳのコンサルティング料金、新オーダーエントリーシステムの構築費用、そして倉庫間転送、新しく代理店となる家電店までの運送という仕事は確保できる。それだけでも我が社にとっては、大きなビジネスだ。日々蓄積される個人情報を使って、ＤＭ市場に参入することを我々が狙《ねら》っていることをバディはまだ気付いてはいないが、それを彼らに教えてやればきっと乗り気になるだろうさ。その宅配メールをしかるべき料金で我々が請け負えば、結果は同じだ」

三瀬は、どうだ、とばかりに胸を張ったが、その様子からはここに至っても尚《なお》、スバル運輸がマーケティング・カンパニーとしての機能を併せ持つ企業に生まれ変わろうとしているのに、あくまでも物流会社に留まろうとする彼の意図が見て取れた。

「それはどうですかね。バディに代理店になる家電店の開発ができるのでしょうか。ＤＭの対象となる顧客のセグメンテーション、つまり更に詳細な情報収集を行うための教育は？　価格ランキングサイトの構築は？　そのメンテナンスは？　フリーペーパーの作成は？　お言葉を返すようですが、このプロジェクトはコンセプチュアル・デザインに書かれたことのどれ一つが欠けても成功はおぼつかないですよ」

そう、このプロジェクトを成功させるためには、自分が考えたプランのたった一つの要素が欠けることも許されない。一つでも歯車が狂えば、たちまち全体像が音を立てて崩れ出す。実現させるためには、プランの全体像を知り尽くし、強烈なリーダーシップを発揮できる人間、何があっても成功させてみせるという執念を持った人間の存在が不可欠だ。それをやれる人材は、自分を措《お》いて他にいない。

三瀬の言葉はそうした吉野の自負と、この仕事に賭《か》ける情熱を根底から否定するもの以外の何物でもないように思われた。

「まあ、そう熱くなるな」吉野の語気の激しさに気圧《けお》されたのか、三瀬は宥《なだ》めるように言った。「もちろん、私だってプラン通りに事が進むことを願ってはいるさ。しかしな吉野、これだけの資金を注ぎ込むんだ。進捗状況を確認し、そのつど適切な判断を下すのは、経営に携わる者の当然の責務だ。我々が問題なしと判断すれば、事はプラン通りに運ぶ。もし、軌道修正しなければならないと判断されるようなことがあればそれを指示する。ただそれだけのことだよ。そう難しく考えるな」

確かに、そう言われれば三瀬の言にも一理ある。プロジェクトの実施はすでに承認事項だ。少なくとも、プラン通りに事が運べば、ハンドリング・コミッティにしたところで、無闇《むやみ》に異を唱えたりはすまい。要はプロジェクト・マネージャーとしての責務を充分に果たしていれば、全ては思いのままに進むことに変わりはないのだ。

　吉野は考えを新たにして、もう一度パートチャートを見た。やはり三瀬の興味は多額の投資が発生する部分に限られている。となれば、答えは明確だった。投下資金を予算内で抑えることが実証されさえすれば、全てはプラン通り、自分の意のままに進むのだ。それに元よりプロジェクトを予定の期間内、予算内で終わらせることは最重要事項だということは充分に認識している。つまり今の方針を変えることなく、淡々と仕事をこなせばいいだけの話だ。

　それに、ハンドリング・コミッティに逐一状況を報告し、許可を得るのは悪い話ではない。実務のリーダーたる自分の報告を承認し、更に前に進むことを許可したとなれば、万が一失敗した時には、その責めを問われるのは自分だけではない。ハンドリング・コミッティに名を連ねた役員全員は一蓮托生《いちれんたくしょう》、自分と責めを分け合うことになる。そう、保険だと思えばいいのだ。

「分かりました。それでは本部長がチェックをお入れになった時点で、ハンドリング・コミッティを招集していただき、次のステップに進むことへの許可を戴くことに致します」

　吉野は居住まいを正すと頭を下げた。

　三瀬はその殊勝な態度に満足したと見えて、うんうんと頷くと、

「現時点でハンドリング・コミッティの招集が必要と思われるのは八回だが、状況次第では随時招集することもある。それは念頭においてくれたまえ」

「はい……」

「それから、これは言うまでもないことだが、プロジェクトに所属するメンバーは誰一人として、必要以上に業者との接触を避けることだね」

「それは、どういう意味でしょうか」

「決まってるじゃないか。庫内機器メーカーや物流センターを建設する業者にしてみれば、何とか受注を得ようと必死になるはずだ。どんな手を使ってくるか分からないからね。もしも、過剰な接待、あるいはそれに類する行為があった場合は、厳罰を以《もっ》て臨む。それをメンバーにも周知徹底してくれたまえ」

馬鹿を言うんじゃない！

吉野は口元まで出かけた言葉をすんでのところで呑《の》み込んだ。俺は、このプロジェクトに命を賭けている。それは金のためでもなければ、名誉や出世のためでもない。自分の夢を実現するためだ。

込み上げる怒りに、蟀谷《こめかみ》がひくつくのを感じながら、

「分かっております。それでは私はこれで……」

憤然と吉野は席を立った。

めまぐるしく日々が過ぎて行った。

正月気分も冷めやらぬその日、スバル運輸の会議室では、定例のウイークリー・ミーティングが行われていた。各チームのリーダーが一堂に会したところで、立川が一枚のペーパーを配布し始める。全員にそれが行き渡ったところで、吉野がおもむろに口を開いた。

「それじゃ始めようか。まず最初にシステムについての進捗《しんちょく》状況を話してくれ」

配布されたペーパーには、各チームがこの一週間に行わなければならなかった業務内容と、デッドラインが記してある。それが期日通りに完了していれば、そのアイテムは消され、次にこなさなければならない業務が、そのデッドラインと共に新たに書き加えられることになっていた。こうしておけば、どのチームの仕事が遅れているかが一目瞭《いちもくりょう》然《ぜん》になるという寸法だった。

「ウ《W》エアハウス・ビジ《B》ネス・システ《S》ムの構築状況から説明します」ＳＩＳでシステム部門を統括する笹山《ささやま》が口を開いた。「すでにご承知のように、バディの既存のオペレーションについては、年末までに物量と現状分析の双方が終了しています。それを元に、当社のパッケージソフトである『ファルコン』をフルに活用すべく、オペレーションの再構築とモディフィケーションのポイントを洗い出している最中です」

「モディフィケーションをすべき点の洗い出しにはどれくらいの時間がかかる」

「新倉庫のオペレーションが、コンサルティング・チームから出されたものと然程《さほど》違いがないとすれば、一ヶ月あれば充分だと思います」

WBSのモディフィケーションは新倉庫が完成するまでに終了しておけば問題はない。彼がやらなければならない仕事の内容から考えれば、現時点においての優先順位は遥《はる》かに低い。それを最初に持ち出すところが吉野には気になった。

それでも吉野は、ペーパーにずらりと並んだ項目の中の一つをペンで消すと、新たに『WBSモディフィケーション・ポイントの洗い出し』という項目を書き加え、一ヶ月後のデッドラインを書き記した。

「それで、オーダーエントリーシステムの進捗状況は」

「実は、当初の予定よりも作業は遅れております」

思った通り、笹山は、金縁眼鏡の下の目をすっとペーパーに落とすと、歯切れの悪い口調で言った。

『バッド・ニュース・ファースト』はビジネスの基本である。にもかかわらず、人は必ず悪い知らせの前に良い知らせを口にするものだ。

「何故《なぜ》だ」

吉野は苦々しい思いを抱きながら訊《たず》ねた。

「理由は二つあります。バディの現行のオーダーエントリーシステムの解析に思いの外時間がかかったこと。第二は、プログラミングに割く要員が不足していて、業務がはかどっていないのです」

「笹山さん。あんた先週も同じことを言ったな。その上で遅れは必ず取り返す。そう約束したよな。それが一週間経《た》っても、何の進捗も見られないというのはどういうことなんだ」

「手が足りないんですよ。プログラミングというのは一見単純作業のように思われるでしょうが、実はプログラマーの力量が最も問われるものなのです。高い技量を持ったプログラマーならば一行で済むところが、技量の低い者だと二行、三行になる。そうなれば当然コストも嵩《かさ》めばできあがるシステムも重くなる。優秀なプログラマーは、皆一様に仕事を抱えておりますし、その中から人員を割くのは容易なことでは……」

「そんなことは分かっている。だがな、このプロジェクトに会社が幾ら投資しようとしているかは知っているだろう。総額で七十億だ。いいか七十億だぞ。これに匹敵するようなでかい仕事を今ＳＩＳが抱えているのか。金額だけじゃない。このプロジェクトにはスバル運輸のこれからがかかっているんだ。まさに社運を賭けたプロジェクトだ。何をおいても優先されてしかるべき仕事じゃないのか」

「そうは言われましても、いずれの仕事にも納期がありまして」

笹山は、うっすらと額に滲《にじ》んだ汗を手の甲で拭《ぬぐ》った。

「社内の仕事だから、納期が多少遅れても言い訳ができるとでも言うのか」

「いや、決してそういうわけじゃ……」

「まだ分かってないようだな」吉野は机の上に置いた概念設計を広げると、最後のページを開けそれを笹山の前に突きつけた。プロジェクトの全体スケジュールが書かれた、パートチャートの部分だった。

「これの見方は知ってるよな」

さすがに笹山の顔が屈辱で白くなった。しかし、吉野は構わず続けた。

「ここに書かれているのは各チームの仕事の節目となる主項目で、それぞれが線で結ばれている。太い線はクリティカル・パス、つまりこのプロジェクトを成功裡《り》に終わらせるための最も重要な部分を結んだものだ。現時点におけるクリティカル・パスはシステム、あんたのパートに集中している。これが期日通りに終わらなければ、プロジェクト全体の遅れに繋《つな》がることになるんだぞ」

「それは分かっております」

「いや、分かってないね」吉野は冷たく、笹山の答えを撥《は》ね付けた。

「いいか、今我々が取り組んでいる新しいオペレーションは、新物流センターの建設が終わって、よーいドンで始るもんじゃない。プランの全《すべ》てが実行に移される前に、現行のバディのビジネスの中で、顧客がこちらの思惑通りの反応を示すかどうかを一つずつ確認しながら進んで行くんだ。その最初のステップは、新たに代理店となる家電店が開発してきた顧客のオーダーを現行のバディのWBSに流すところから始る。それが成功して初めて次のステップへ移れるんだ。代理店だってそれに向けて着々と準備を進めているというのに、肝心のオーダーエントリーシステムが出来ていないんじゃ話にならないだろうが」

吉野は、込み上げる怒りを抑えきれずに、ドンとパートチャートを掌《てのひら》で叩《たた》いた。傍らにいた立川が、飛び上がった。その勢いに気圧されたのか笹山は、じっと俯《うつむ》いたまま一言も発しないでいる。

「とにかく、スケジュールの遅れは許さない。何があっても期限通りに仕上げろ。これはプロジェクトリーダーとしての命令だ」

「分かりました……。ただ、今も申し上げたように、高度なスキルを持ったプログラマーは数が限られています。オーダーエントリーシステムの構築に人員を割いたせいで、他の業務に支障が出た場合は、吉野さん、あなたが責任を持って下さるのでしょうね」

それを何とかするのが、管理者たるお前の仕事だ、と言いたくなるのを堪《こら》えて、吉野は、

「あんたの上司と交渉しろってんならやってやるさ。俺の仕事はこのプロジェクトを成

功裡に終わらせることだけじゃない。後始末もまたリーダーの務めだからな」

皮肉を交えて答えた。

それを機に、ウイークリー・ミーティングは俄《にわか》に緊張したものとなったが、幸いなことに、他のチームに特に問題になりそうな遅れはなく、二時間ほどで会議は終わった。

メンバーが一斉に席を立ち、立川、蓬萊《ほうらい》の二人だけが部屋に残った。

書類を片づけながら、

「立川、蓬萊。ちょっとお前等に話がある」

吉野は部屋を出て行こうとした二人を呼び止めた。

「何でしょうか」

立川が緊張した面持ちで、直立不動の姿勢を取った。

「そう硬くなるな。俺だって理由もなくどやしつけたりはしねえよ」

「はい……」

「二人にちょっと話しておかなきゃならねえことがある。その前に立川。早々に取りかかって貰《もら》いたい仕事がある」

「何でしょうか」

「建設業者と、庫内機器メーカーを選定するに当たっての入札書類を作って欲しいんだ」

「ビッドパッケージを私が作るんですか」

怪訝《けげん》な表情をして立川が問い返してきた。

「実はな、その二つに関しての業者を選定するに当たっては、入札で決めようと考えている。我々が満足行く施設を予算内、期限内で作ってくれるなら、業者なんかどこでもいい。幸い、ウチにはこの方面に関して面倒なしがらみはねえからな」

「部長の考えに異存はありませんが、私にビッドパッケージなんて代物《しろもの》を作れるでしょうか。第一私は、建築に関しての知識なんてこれっぽっちも持ち合わせてはいませんよ」

「入れ物のビッドパッケージについては、俺にいささかの心得がある。お前は俺の要求するデータと資料を集めて、指示に従ってそれを纏《まと》めてくれればいい。庫内機器については、SISがバディの物量やオペレーションを分析したデータな、あれをサマリーしたものとコンセプチュアル・デザインをそのまま渡すだけでいい」

「それだけでいいんですか」

「庫内機器メーカーはこの道のプロだ。物量データと、オペレーションの概念がしっかり伝われば、それに見合った機器や、庫内レイアウトまで奇麗に仕上げて持ってくる。メーカーによって、提案は微妙に異なるだろうが、最終的にはそれぞれのいいとこ取りをして、最も安い業者に仕事を与えりゃいいだけだ」

「期限はいつまでですか」

「本当はもう少し後でもいいと思っていたのだが、今日のミーティングの反応を見ていて、考えが変わった。たとえ図面レベルの話でも、実際に自分たちがこれを作るんだという物を、形として見せた方が実感が湧《わ》くだろうし、何よりもそれぞれに与えるプレッシャーが違ってくる。できるだけ早い方がいい」

「アサップ……ですね」

「そうだ。お前も俺の意図が読めるようになってきたな」

「大分、鍛えられましたから」

　立川は照れたような笑いを浮かべた。

「それから、これは絶対に他言無用だが、このプロジェクト、状況次第ではキャンセルもありうるからな」

「何ですって！　キャンセルって吉野さん。それどういう意味です」

　それまで黙って話を聞いていた蓬莱が血相を変えて、訊ねて来た。

「実は去年、このプロジェクトが動き始める直前に本部長に呼び出されてな。俺たちのチームの上に、取締役連中からなるハンドリング・コミッティができたんだ。その目的は、プロジェクトが予定通りに進行しているか、予算が膨らむことはないかをチェックすることにある。加えて多額の資金を使用する際には、事前にハンドリング・コミッティの許可を得なければならないことになったんだ。今更説明するまでもないのだが、完成が遅れる、現行のバディのオペレーションを使ってテストをしても想定通りにビジネスが伸びない、あるいは投下資金が想定外に膨らむ。そんなことになれば、新しいビジネスは利益を生むどころか、赤字の垂れ流しになる。それじゃプロジェクトを進める意味がない。大火傷《おおやけど》をしないうちに、損切りをしてでも止《や》めた方がいい。そういう選択肢もあるってことだ」

「それで、今日笹山さんを厳しく叱責《しっせき》したわけですね」

「そうだ」吉野は頷《うなず》くと、「人間ってもんは不思議なものでな。仕事がでかくなればなるほど、想定外のことが起こり、予算が膨らむのも当然だと考える。納期や完工時期が遅れるのもしかたがないとも思うのさ。だがな、俺に言わせりゃそんなものは単なる甘えだ。どんなでかいプロジェクトでも、期日も予算も当初の予定通りに収めることができなきゃ成功とは言えねえ」

苦々しい思いを抱きながら、吉野は煙草《たばこ》をふかした。

「しかし、もしもキャンセルなんてことになったら……」それでも蓬莱は動揺の色を隠しきれないようだった。

「いや、吉野さんの手腕を疑っているわけではないのです。でも、この新しいビジネスに賭《か》けている家電店の人たちのことを思うと……」

「お前の立場は良く分かってるさ」

実際、このところ蓬莱が代理店向けの新マニュアルの作成に追われながら、今や遅しと再生の足がかりとなるビジネスが始まる時を待っている店のモチベーションを維持すべく、足を棒にして家電店を駆けずり回っていることは知っていた。

「蓬莱、心配するな。俺は絶対にこのプロジェクトを期限内、予算内に終わらせてみせる。もちろん、投資に見合う結果も出す。プラン通りに進んでいる限り、ハンドリング・コミッティだって、キャンセルなんかしやしない。全員が一丸となって目的に突き進めば、俺たちの描いた絵は、実現するんだ。だから俺を信じて、精一杯の仕事をしろ」

吉野は蓬莱の心に芽生えた不安を和らげるように続けた。

二人の視線がじっと吉野に向けられた。いずれの目にもつい今し方まで浮かんでいた動揺の色も、不安も怯《おび》えも、見事に消え去っていた。

「もう、ここまで来てしまったんじゃ、どうしようもないじゃないですか」

蓬莱が、口元に穏やかな笑みを宿すと、静かに首を振りながら言った。

「何だ、その気のない返事は」

吉野は煙を吐き出しながら、にやりと笑った。

「もう、同じ船に乗り込んじゃったんです。しかもその船は岸壁を離れて、いまや大洋のまった只中にいる。引き返すこともできない」

　立川が続けた。

「心配するな。お前等が乗り込んだ船は、泥舟なんかじゃねえ。鋼鉄製の、巨大戦艦だ」

「史上最大の戦艦は見事に撃沈されましたけどね」

「そうだったな。こいつあ、たとえが悪かった。戦艦じゃなけりゃ、近代技術の粋を凝らしたイージス艦だ。それでも安心できねえか」

「信頼してますよ、艦長。ただ、めったやたらにミサイルだけはぶっ放さないで下さいよ。誤爆なんかしようものなら、つまんない紛争の引鉄《ひきがね》になりかねないんですから」

　立川が珍しく軽口を叩いた。

「ああ、分かった」吉野は、笑い声と共にまた一つ煙を吐くと、

「忙しくなるぞ。しっかりやれ」

　煙草をもみ消しながら席を立った。


　一月が終わりを迎える頃になって、チームに藍子《あいこ》が加わった。

　新入社員の入社は四月だが、それを待っている時間はない。人事部長室で一枚の辞令を授けられた。それが藍子の入社式だった。待遇は事務技術職。四大卒の女子学生の採

用が珍しくない昨今とはいえ、運送会社であるスバル運輸では初めての登用だった。

プロジェクトチームの部屋は、新規事業開発部と兼用となっていたが、藍子の職場は、二つ下のフロアにあるシステム開発室である。出勤時は、夫である蓬莱と一緒だったが、一旦《いったん》会社に入ってしまえばめったに顔を合わせることがない。蓬莱はこのところ、代理店となる家電店向けのマニュアルの作成に追われていたし、藍子は藍子で、早々に価格ランキングサイトとホームページの作成に没頭していた。当然帰宅時間は別々。土日を除けば、二人で食事を取ることもままならない日々が続いていた。

もっともそうは言っても、価格ランキングサイト、ホームページの双方とも、すでに原形はでき上がっている。あとは利用者の使い勝手を考え、いかにそれらをブラッシュアップしていくかだ。

藍子は必死に知恵を振り絞り、大学で身に付けた最先端の技術を駆使して作業を進めた。

画面を埋め尽くしたプログラムと格闘していると背後から声が聞えた。振り向くと、

「どうだ、藍子ちゃん。仕事は順調か」

珍しくそこに吉野がいた。彼は、傍らの椅子《いす》に腰を下ろすと、藍子が向かい合っていた画面を覗《のぞ》き込んできた。

「順調と言えば順調ですけど、この手のホームページは簡単な操作でいかに早く目的の

情報に行き着くことができるかが命ですからね。お客さんがフラストレーションを覚えるような代物だと、たちまちそっぽを向かれてしまいます。それを考えるとなかなかこれで良しという気になれなくて……」

「このビジネスは対面販売じゃないからね。その点、いま君が作っているホームページがお客さんとの最初の接点になる。ユーザーフレンドリーであることが何よりも大切だ」吉野は、そう言うと、「しかし、こう言っちゃ失礼だが、こんな難解なプログラムを大学を出る寸前の君が自由に操れるとは驚きだね。よっぽど真面目《まじめ》な学生だったんだな」

　すっかり感心した態で、改めて画面を覗き込んだ。

「それは餅《もち》は餅屋ってもんですよ。この程度のものなら、今どきの学生なら誰だって書けますよ」

「へえっ。俺が学生の頃なんて、まともに勉強なんてしやしなかった」

「でも、吉野さんて最初は東亜物産に入社なさったんでしょう？　総合商社は今だって人気業種ですもの、成績が悪くちゃ入れなかったでしょうに」

「大学の試験なんてちょろいもんだったさ。代返は日常茶飯事。それに試験ともなれば『良い席、良い友、良い視力』なんて言葉が当たり前に横行していた時代だったからね」

「まあ、それじゃカンニングで」

「少なくとも真面目な学生じゃなかったことだけは確かだな」吉野は声を上げてひとしきり笑うと、「それで、今はどんな作業をしてるんだ」

真顔になって訊《たず》ねてきた。

「お客さんの購入履歴が自動的に画面に表示できないかと思って……」

「購入履歴？」

「ええ、ネット販売のサイトを見ていて思ったのですけど、いずれのサイトも商品を購入するプロセスには、必ず目当てのものを検索しなければならないというステップがつきまといます。だけど、今度のビジネスの場合、多くのお客様、特に一般コンシューマーは、同じ商品を購入するケースが大半なんじゃないかと思うんです。たとえばオムツとかトイレットペーパー、洗剤なんてものはそうころころと購入メーカーが変わるわけじゃありませんよね。だから前に自分が買った品目を再オーダーする際に再検索をかけることなく、目当てのものが自動的に画面に現れ、それをクリックすればオーダーエントリー画面に切り替わるようにしたら便利だと思って」

「なるほど、確かに言われてみればその通りだ」

吉野が感心した様子で藍子を見るのが分かった。

「それにこうした仕掛けを作っておくことには、もう一つメリットがあります」

「聞かせてくれ」

吉野の目が〝鬼だるま〟のそれに変わった。

「新製品の告知です」藍子はキーボードから手を離すと、吉野に向きあって話を続けた。「吉野さんのプランでは、私たちが扱う商品には二つの条件があるんですよね。一つは売れ筋であること。もう一つは価格の面で圧倒的にこちらが安いこと……」

「その通りだ。一般消費財にしても家電製品にしても全《すべ》てを扱おうとしたら、どんだけでかい物流センターを建てても追いつかない。当然デッドストックも増える。それに、消費者は常に売れ筋、言い換えればお奨めの商品情報を欲しがっている」

「ビジネスが軌道に乗れば、メーカーからの売り込みだってあるでしょう？」

「もちろんあるだろうね。定番商品として扱って貰《もら》うべく、有利な取引条件をもちかけ、商売を伸ばそうとしてくるだろうさ」

「その時に、購入履歴の隣にたとえば『新製品情報あり』とか『キャンペーン商品あり』とかの文字を表示させる。それをクリックするとその商品の説明画面に飛ぶ。そんな仕組みも作れないかと考えてるんです」

「それができたら素晴らしいが……しかし、そんなことができるものなのか」

吉野が目を丸くして訊ねてきた。

「できないことはないと思います。実際、書籍の通販では、あるタイトルを検索すると、その本を購入したお客さんが他にどんな本を買ったか、ということが表示されますからね。この仕組みを応用すれば難しくはないでしょうね」

「ぜひやってくれ。それはいい」

吉野は身を乗り出してきた。

「でも、問題がないわけではないのです」

「どんな」

「商品の購入履歴を表示するとなると、ホストコンピュータに記録されている情報をオンラインで提供しなければなりません。その際のセキュリティーが問題です」

「なるほど、個人情報が漏れてしまう可能性があるというわけか」

「もちろん、漏洩《ろうえい》を防ぐ手だてがないわけではありません。顧客ナンバーとパスワードの双方をインプットしないと、その情報は表示されない、あるいは情報を暗号化しておく、といったようにね」

「どちらにしても、顧客ナンバーを入れなければオーダーは入れられないんだろ。もちろんパスワードも」

「それはそうなんですが、やはりホストコンピュータと常にオンラインの状態で繋《つな》げておくのは、問題があると思うんですね。もしハッキングされて、個人情報が流出するようなことにでもなったら、取り返しのつかないことになりますから……」

実際頭の痛い問題だった。ウェブサイトの使い勝手を高めようとすればするほど、セキュリティーは脆弱《ぜいじゃく》になる。かといって、オーダー一つ入れるのに一々面倒な手続きを踏ませていたのでは、客は居着かない。藍子は答えを見つけあぐねていた。

「しかし、そのアイデアを捨てるのは惜しいな」吉野は腕を組みながら深い溜息《ためいき》を漏らすと、ひとしきり何事かを考えている様子だったが、「藍子ちゃん。君、このことをシステム部の誰かに相談したか」

と訊ねてきた。

「いいえ。だってこれはまだ私のアイデアの段階に過ぎないんですもの」

「一つ教えといてやる。企業ではな、そのアイデアが重要なんだ。それにな、世間じゃサラリーマンというと、とかく飼い犬の集団であるかのようなニュアンスで呼ばれるもんだが、現実はそうじゃない。サラリーマンは誰もが立派なプロフェッショナルなんだ。よし、早々にシステム部、それにスバル情報システムズのしかるべきメンバーを集め、君のアイデアを検討させよう。きっと何らかの解決策が見つかるはずだ」

吉野は、ぽんと藍子の肩を叩《たた》くと、その調子で頑張ってくれと言い、席を立とうとした。

企業ではそのアイデアが重要なんだ——。吉野の一言が引鉄となって、藍子はこの仕事を始めてから思いついていた考えを話す気になった。

「あのう、吉野さん」

「ん？」

「私、一つ思いついたことがあるんですけど……」

「何だ」

腰を浮かしかけた吉野が再び椅子に座った。

「素人《しろうと》の思いつきかもしれないですけど、いいでしょうか」

「話してみろよ」

吉野は、口元に穏やかな笑みを浮かべると促してきた。

「今回のプロジェクトはバディの扱う商品を、企業、一般コンシューマーに向けて販売する、その庫内業務から配送までをスバル運輸が受け持つ。それが目的ですよね」

吉野の顔に、今更何を言い出すのだ、と言わんばかりの怪訝《けげん》な表情が宿った。同じ質問を立川や蓬莱《ほうらい》がしたならば、罵声《ばせい》の一つも飛んで来たところだろう。

「私、それだけじゃもったいないと思うんです」

「と言うと、他に何かビジネスチャンスがあると言うのか」

「はい」

「どんな」

吉野の目が細くなった。彼の内面に潜む〝鬼だるま〟の本能が露《あらわ》になった。こうなると、相手が男だろうが女だろうが関係ないことは藍子だって知っている。果たしてこれから自分が話す内容を、吉野はどう考えるだろうか。やはり素人だと嘲笑《ちようしよう》されて終わるのだろうか。不安が頭を擡《もた》げてきたが、一旦話し始めた以上、途中で終わらせるわけにはいかない。

藍子は、意を決して口を開いた。

「出店料金なしのショッピングモールをこのサイトとリンクさせたらどうだろう。そう考えたんです」

「何だそりゃ」

想像もしたことのない提案だったのだろう、吉野は理解ができないといった様子で問い返してきた。

「現在でもウェブサイト上には、幾つかのショッピングモールが存在します。彼らのビジネスモデルは、全国レベルでは店舗展開が難しい中小企業や各地の名産品を販売する商店をモールに集め、出店料金を取ることで成り立っています」

「それは知っている」

「モールを運営する会社の謳《うた》い文句は『無店舗で全国のお客さんを相手に商売ができる』。確かにそれに間違いはありませんが、現実はそう甘くはありません。一説には彼らのサイトに店を広げても、それに見合う収益を上げているのは四割程度と言われています」

「出店した店が取られているのは出店費用だけじゃない。業績が上がらなければ、サイトの作り方や告知方法に問題があると言って、コンサルティング料金をふんだくられるって話だ」

「もしもですよ。私たちが出店費用無料のショッピングモールを運営したら、どうなると思います」

藍子《あいこ》は、吉野の反応を確かめながら、恐る恐る訊ねた。

「そんなうまい話があるもんか。きっとそう思うだろうね。第一、我々にしたところで、出店料を取らないんじゃ儲《もう》けにならない」

「そうでしょうか」

「じゃあ、どこで儲けるんだよ」

「配送料です」

吉野がはっとした顔で身を硬くするのが分かった。

「つまりこういうことです」手応《てごた》えを感じた藍子は、ここぞとばかりに一気に押した。「ウェブ上のショッピングモールの大手の年商は二百億に達しようとしています。出店企業は三万七千にもなります。もし、スバル運輸が出店費用を無料でモールを運営したら出店企業はどう動くでしょうか。ウェブ上の売買には配送という行為が必ずつきまといます。出店料は無料。その代わり配送は全てスバル運輸に任せる。それを条件とした

ですけ」

「そんなものはそれぞれの出店企業が作るんです。実際、今だってそれは出店企業がやってるんですから。こちらが用意すればいいのは、窓口となるサイトと、サーバーだけですけ」

「しかし、出店企業のホームページは誰が作るんだ」

ら……」

「確か現行のショッピングモールの出店費用は……」

「大手だと、月額四万円近く。安いところでも二万円は取られます」

「もちろん窓口となるサイトを設けたといっても、そのまま何もしないというわけにはいかんだろう。出店費用を無料にするのは無理があるが、仮に一万円だとしても出店企業にしてみれば、家賃は従来の四分の一で抑えられる。しかも、三万七千もの店からの配送を独占できるとなれば、これはでかい商売になるな」

「それにオーダーがこちらのサーバーを経由するとなれば、受注件数は確実に把握できますから、運送業者の浮気はできない。それにスバル運輸は代引きサービスもすでに行ってます。出店企業の募集、告知活動、代金決済はセールスドライバーにやらせればいいだけの話です。現行のオペレーションを何一つ変えることなく、従来のビジネスの新規顧客を開発できるということになりませんか」

吉野の顔が見る間に朱に染まっていく。それは怒りのせいなんかじゃない。新たなビジネスチャンスを手にした興奮からのものであることを、藍子は疑わなかった。

「面白い！　設備投資、オペレーションを維持して行くために、幾らの投資が必要かは分からないが、これは検討してみる価値がある。こんなビジネスが展開できるのは、運送会社ならではのものだ。他のどんな業種でも真似《まね》できない」

果たして吉野は、顔をくしゃくしゃにしながら言うと、藍子の肩をがっしりと握ってきた。

「今度は何の話かね」吉野が役員室のドアを開けた途端に、うんざりした表情を露骨に浮かべた三瀬が訊《たず》ねてきた。「例のプロジェクトの件か。もしそうだったらハンドリング・コミッティの席で聞くよ」

わざわざアポを取り、個別の面談を申し込んできたからには、進行中のプロジェクトに何か不測の事態が起きたと踏んだのだろう。それならば事前に相談を受けるよりも、役員全員が顔を揃《そろ》える場で報告をさせれば吉野はたちまち窮地に陥る。三瀬は執務席の椅子《いす》に腰を下ろしたまま、視線を合わせようとしない。

「プロジェクトは順調に進んでいます。スケジュールにも特に遅れはありません」

「ならば特に話なんかないだろ」

取りつく島もないと言うのはこのことだ。三瀬は冷淡な言葉を吐くと、聞くべき話などないとばかりに視線を机の上の書類に向けた。

「今日お伺いしたのは、他でもありません。今進行中のプロジェクトを機に、我が社の既存のビジネス、つまり宅配事業を急速に伸ばせるチャンスを見つけたのです。そのプランを是非三瀬さんに聞いていただきたいと思いまして」

「宅配事業を伸ばす？」初めて三瀬は顔を上げた。彼は眉間《みけん》に皺《しわ》を寄せながら、暫《しば》しの間吉野をじっと見詰めると、フッと口元を歪《ゆが》め、「まさか、また金のかかる話じゃないだろうな。そんな話なら御免だよ」

お前の魂胆など見え透いているといった態で、顔の前で手を振った。

「本部長。投資のいらないビジネスなど、どこの世界にもありはしませんよ。ビジネスとは常に投資に見合ったリターンを追い求めるものでしょう」

「ああ、確かにその通りだ。だがな、会社はお前のプロジェクトに最終的には七十億、いいか七十億もの投資をしようとしてるんだぞ。その新たに考えついたビジネスとやらが、どれだけの金を必要とし、なんぼの儲けを生むものかは分からんが、とにかく金のかかる話は御免だね。それにお前、そんなこと考えている場合か。自分の置かれた立場を考えろ。スバル運輸はお前のプロジェクトに社運を賭《か》けているんだ。まず、今取り掛かっている仕事を立派に為《な》し遂げ、約束した通りの結果を出す。それが先決だろう。新しいビジネスの話はそれからだ」

三瀬は怒気の籠《こも》った声を張り上げた。

「新たに、四万近くの顧客を開発し、配送を一手に引き受けるチャンスがあるとしてもですか」

「四万？」具体的な数字を出されて、一瞬、三瀬の目がきらりと光ったが、すぐに首を左右に振ると、「そんなうまい話があるもんか」

吐き捨てるように言った。しかし、三瀬の口調が微妙に揺《ゆら》いだのを吉野は見逃さなかった。

それも道理というものだ。セールスドライバーや営業マンには、対前年比一一〇％のノルマが課せられているが、その全員の営業成績の結果を問われるのは誰でもない。常務取締役営業本部長たる三瀬だ。そんな立場にある人間が、四万の顧客を開発できるという話に心を動かされないわけがない。

「今回のプランは運送業であるスバル運輸だからこそできるもので、他業種には決して真似のできないものです。しかも今の我が社の現有戦力を活用するだけで済む話なのです」

「それを実現するには、なんぼの投資が必要なんだ」

「概算では二十億といったところでしょうか」

「二十億！」三瀬の声が裏返った。

「お前、気は確かか。七十億の他に二十億の追加投資だと。そんなことができるわけないじゃないか。馬鹿《ばか》も休み休み言え」

「二十億が二年以内で回収できるとしてもですか」

三瀬はあからさまに大きな溜息《ためいき》を吐《つ》いた。

「一体お前のその自信はどこから来るものなんだ。俺には分からんよ。お前のビジネスセンスには卓越したものがあることは認めるさ。だがな――」

吉野は三瀬の言葉を途中で遮ると、

「今回の話はゼロから始めるものではありません。すでにでき上がっているビジネスモデルがあるんです。言葉は悪いですが、我々はそれをぱくり、我が社の持つ機能をフルに使って更に魅力的なサービスを顧客に提供するだけなんです」

とにかく俺の話を聞け、とばかりに吉野は腹の底から声を振り絞った。

「しょうがねえやつだな」三瀬は、聞こえよがしに舌打ちをしながら立ち上がると、部屋の中央に置かれた応接セットに腰を下ろした。

「それで、どんな話なんだ」

「ネット上にショッピングモールと呼ばれるサイトがあるのはご存知ですね」

「ああ、知っている。若い連中がベンチャーで始めたもんだろ。店舗を持とうにも持てないでいる地方の個人商店や、中小企業を集めて商品を紹介し、通販させるサイトだよな」

「それを我が社が立ち上げるんです」

「しかしお前、ネット上のショッピングモールなんて、すでに幾つかの大手によって牛耳られちまってるんだろ。そんなところに今更のこのこ乗り出して行っても、うまく行くもんかね」

「それはやり方一つです」

「まあ、お前のことだ。それなりの案を持ってはいるんだろうが」

三瀬は迂闊《うかつ》には話に乗れないとばかりに、吉野の腹を探るような視線を向けて来た。

「彼らのビジネススキームは実に単純なものです。まず、入り口となるサイトを立ち上げ、出店する企業のホームページとリンクさせる。収益源となるのは主に出店費用で、最大手のサイトでは月額四万円の料金を取っています」

「年間にして一店舗あたり四十八万円か。確かに物理的な店舗を抱え、従業員を手当てすることを考えれば、安いと言えば安いが、果たしてそれに見合っただけの収益が上がるもんかね」

「サイトに出店している企業の六割は赤字だと言われています。そこに我々がつけ込む隙《すき》があるのです」

「どういうことだ」

「理屈は簡単です。出店費用をどこよりも安く設定する。その代わり、サイトを経由して受注した商品の配送は、全《すべ》て我が社が請け負う」

「安くすると言っても、どのくらいにするつもりなんだ」

「月額一万円です」

「おいおい。一万円だと。それでどうして二十億の投資をして二年で回収できるってんだ」

「出店費用が安くなれば、各企業の採算分岐点は格段に低くなる。我々の収益は出店企業一店舗から年間十二万円。もし、大手サイトと同数の顧客を集めることができれば、それだけでも四十八億。投資を補っても余りある数字です」

三瀬の目が俄《にわか》に真剣味を増した。明らかに話に乗ってきた証《あかし》だった。

「それで、二十億の内訳は」

「二十億は、四万の出店企業が集まった場合に必要とされるサーバーの投資額です。これだけの顧客数をこなすとなれば、百台は必要になるでしょうからね。もちろん、これは状況に応じて増やしていけばいいわけですから、初期投資はこれほど大きなものにはならないでしょう」

もちろん三瀬の下に乗り込むからには、吉野も周到な下調べはしてある。スバル情報システムズに依頼して、ネット上のショッピングモールを運営する最大手と同等のモールを運営するに当たって、どれほどの投資が必要なのかは詳細に摑《つか》んでいた。

「で、維持費は」

「サーバーの管理費、それに伴う人件費も含めて年間一億程度はかかると思います。収益からすれば微々たるものですよ」

「しかし仮にそれだけのサーバーを置くとなると、当然物理的スペースも必要になるよな」

「もちろん」吉野は頷《うなず》くと続けた。

「もっとも、サーバーなんてどこに置いておいたっていいのです。極端な話ですが、日本じゃなくたっていい。中国あるいはインドだっていいんです。実際、アメリカでは、メーカーのコールセンターをインドに置き、顧客からの問い合わせやサポートを全て現地の人間にやらせているのは、今や当たり前のことになっていますからね」

「英語を使える人間を探すのに苦労しない国ならともかく、いかに機械相手とはいえ、日本語ができないんじゃ、海外にサーバーを置くわけにはいかんだろう」

三瀬が苦笑を浮かべながら言った。

「それがそうでもないのです。最近では、中国には日本人の若者が多く渡り、そうした業務に就いている例は幾らでもありますよ。しかも彼らは日本よりもずっと安い人件費で働くことも厭《いと》わない。まあ、海外は極端としても、国内でもサーバーを置く施設を探すのはそれほど難しい話ではないと思いますよ。地方では企業の撤退が相次ぎ、産業の空洞化が進んだせいで、空家になった工場やオフィスはごまんとありますからね」

「なるほどな。確かに地方にそうした施設を見つけだすことは難しくはないだろうな。家賃だってたかが知れている。本当にそれだけの店舗から発送される荷物をウチが独占できれば、そこから上がる収益は莫大《ばくだい》なものになる」どうやら三瀬は本気になってきたようだった。目の色を変えると、「だがな、受注した商品の配送が確実にウチに落ちるという保証はあるのか。そのようなシステムを作らなければならないんじゃないか」

念を押すように訊ねて来た。

「三瀬さん、お忘れですか。以前その最大手のショッピングモールを運営する会社から、宅配便のオンライン出荷と、伝票作成システムについての話があったことを」

「あっ！」

虚を衝《つ》かれたかのように、三瀬が声を上げた。

「出店する企業には、予《あらかじ》め顧客ナンバーとスバル運輸の担当支店の番号をリンクさせておきます。客のオーダーが入ったところで、配送伝票がそのまま支店の端末から打ち出せるようにしておけば、後はウチのセールスドライバーが集荷に行けばいいだけです。漏れは絶対にありません」

「残るは、どれだけの出店企業をこちらのサイトに乗り換えさせ、利用者にウチが立ち上げるモールをどう認知させるかだな」

すっかり乗り気になったと見えて、三瀬は身を乗り出して来た。

待っていた反応だった。

「ウチの最大の強みはドライバーがただの配送役じゃないってことですよ。セールスドライバーという通り、客と直《じか》に商談を行って、荷物を取って来ることが仕事の一つです。セールスドライバー、それに営業マンをフルに活用すれば、モール出店企業をこちらのサイトに乗り換えさせることはそれほど難しくはないでしょう。出店企業にしてみれば、経費が四分の一で済むのは大変な魅力と映るはずです」

「で、利用者の認知度はどう高めるつもりだ」

「これは今私がやっているプロジェクトの中で、認知度を高めていけるのではないかと考えています。フリーペーパーや企業向けのカタログに、URLとサービス内容を大きく掲載する。ウチがバディと共に、家電店を使った文具、一般消費財の宅配ビジネスに乗り出したことを発表すれば、大きなニュースとして扱われるでしょう。その上、さらにスバル運輸がどこよりも安い出店料のショッピングモールを開設したとなれば――」

「マスコミも放っておくはずがないな。扱いは更に大きくなる」

吉野の言葉が終わらぬうちに、三瀬が弾んだ声を上げた。

「三瀬さん。これは単にウチがショッピングモールを開設し、その配送を一手に引き受けるというだけの話ではないのです。バディとのビジネスを、効果的に立ち上げる手段でもあるのです。ご協力いただけないでしょうか」

吉野は思わず、テーブルに両手をつくと腰を浮かせた。

三瀬はじっと吉野を見詰めたまま、しばらく沈黙していたが、

「そういう話なら、協力せんわけにはいかんな」

やがて口を開くと、不気味なほど穏やかな声で言った。

「ありがとうございます」

また一つ、描いた絵が実現する。その興奮、充実感が胸中に込み上げて来るのを感じながら、吉野は頭を下げた。

「ただし、一つ条件がある」

思わず顔を見た吉野の前に、目を細め不敵な笑みを宿す三瀬の顔があった。彼は、半身になって乗り出すと、

「どうだ、吉野君。この話、俺に任せてはくれんか」

「と、いいますと」

吉野は俄にその意味が理解できずに問い返した。

「知っての通り、我が社の営業マンに課せられたノルマは対前年比一一〇%。これが決まりだ。まあ君に任せていても、プラン通りにことが運べば、ノルマは簡単に達成でき

るというものだが、功績の全てが君の発案となるとねえ……」

なるほどそういうわけか。吉野は三瀬が言わんとしていることを即座に理解しながらも、口を閉ざして次の言葉を待った。

「まあ、俺に貸しを作っておけということだよ」さすがに三瀬もばつの悪そうな笑いを宿すと、「これは君にとっても悪い話じゃない。正直言って、俺にも出世の欲はある。いや充分にまだ上が狙《ねら》えるポジションにいると言ってもいいだろう。俺が業績を残せば、出世レースは有利に運び、当然社内での発言力も増す。そうなればだ、今後私が君の後ろ盾になって、何かと力を貸してやれるというわけだよ。うふ、うふふふ」

下卑た笑い声を上げながら、テーブルの上に置かれたシガーケースに手を伸ばし、中の一本を口に銜《くわ》えた。

吉野の胸中に、三瀬に対する嫌悪《けんお》の感情が芽生えてきた。出世？　そんなものが欲しければくれてやる。俺にとって何よりも大切なのは、自分の夢を実現することだ。それにこの話をくれてやった程度のことで、今後彼が自分の味方になるならば悪い話じゃない。

「いいでしょう」吉野は強《こわ》ばった頬をゆるめてニッと笑うと、「詳細なビジネスプランは、できるだけ早く提出いたします。それではこれで……」

すっくと立ち上がり、役員室を後にした。

プロジェクトが本格的に動き始めてから半年が過ぎ、再び梅雨の季節がやって来た。

当初遅れが目立っていたオーダーエントリーシステムの開発も、吉野の強烈な管理手法が功を奏して、何とか予定通りに完成を迎え、バディが現在使用しているＷＢＳとの接続テストも完了した。

いよいよプロジェクトは、フェーズ・ワンのコンセプトの段階を終え、実践の場へと移行するところに来ていた。ここから先は、バディの現行のオペレーションの中で、新型コピーカウンターを武器にどれだけプロンプトのシェアを食えるか、一般コンシューマー向けの販売実績を伸ばすことができるかにかかって来る。

もし、テストケースとなる埼玉地区で、はかばかしい実績が残せなければ、新物流センターの建設も叶《かな》わないばかりか、プラン自体が全て水泡に帰すことになる。

そんなことは断じてあってはならない。成否を握るのはこれからの自分の働き如何《いかん》にかかっている。

蓬莱はこの半月ばかり、会社には一切顔を出さず、埼玉地区の代理店回りに追われていた。

朝六時に家を出ると、その足で実家に向かう。まず最初にチェックするのは新聞の折り込み広告である。バディが扱う商品と同じものがあれば、ただちにそれを藍子が作成した価格ランキングサイトに入力する。その作業が済むと、慌《あわ》ただしく朝食を摂《と》り、大手量販店の店頭に向かう。将来バディが扱うことになる売れ筋の高額商品の価格を調査し、それをまた価格ランキングサイトに入力する。

いまさら言うまでもないことだが、同じ商品でも蓬莱電器のような小規模店と、大手量販店の価格差は歴然としており、ランキングサイトに名を連ねるのは、大手量販店の名前ばかりとなった。小規模店をここまで追い込むことになった相手の優位性を自らの手で告知する。その行為にやるせないものを感じなかったと言えば嘘《うそ》になる。だが、これもサイトの客観性と利便性を消費者に認知させ、こちらの準備が整った時点で一気に攻勢に出るための手段なのだ。そう自らに言い聞かせ、蓬莱は黙々と価格調査とランキングサイトの精度を上げる作業に没頭した。

昼からは店を両親に任せ、兄の晋介と共に藍子の作ったフリーペーパーの配布に受け持ちエリアを駆けずり回った。

三日が過ぎ、十日が過ぎても、吉野からは何の連絡もない。家電店が配送する荷物も、唯《ただ》の一個として届いてはこない。もちろん、そう簡単にオーダーが入り始めるとは思ってはいなかったが、全く反応しない市場に蓬莱は不安を覚えるようになっていた。

転機が訪れたのは、そんなある日のことだった。量販店の価格調査から帰って来ると、一足早く戻っていた晋介が蛍光灯を二本、手に持ち出掛けようとしているところにぶつかった。

「兄さん、配送かい」

「ああ、近所の寺田さんのところだ。あそこはお婆《ばあ》ちゃんと寝たきりのお爺《じい》ちゃんがいるだけだからな。電球の交換も自分たちではできないんだ」

晋介も、十日経《た》ってもオーダーが一つも入ってこないとなると落胆の色を隠せないようで、声は沈んでいる。

「そんな状況なら、ウチのサービスを使ってくれればいいのに……。日頃の買い物だって苦労してるに決まってる」

「そうだよなあ……。やっぱり告知をフリーペーパーのポスティングだけに頼っているのが良くないのかな。確か吉野さんのプランでは、埼玉限定のテレビ広告も打てば、駅なんかにもフリーペーパーを置くことになってるんだったよな。こっちが動き始めてから十日も経つんだ。そろそろ援護射撃をしてくれないと、代理店の連中がやる気を無くしてしまわんとも限らんぞ」

晋介の言うことはもっともだった。ビジネスに限らず、人をやる気にさせるのはターゲットの反響だ。そして徒労感は乗算的に人間から意欲を削《そ》いで行く。しかし、もし今の時点で、大々的に広告を打ったとして、それでも消費者から反応が無かったら――。

結果は、更に悪いものになる。吉野のことだ、おそらくその程度のことは考えているに違いない。だとすれば、この十日間に自分たちがやってきたことに何か決定的に欠けていることがあったのだろうか。

思いがそこに至った時、『問題解決のヒントは、常に現場にある』。いつかテレビドラマの中で、役者が言ったセリフが脳裏に浮かんだ。

現場か。そう言えば直接客とこのビジネスの話をしたことが無かった。何が問題なのか、直接利用者となる人間から話を聞いてみれば、何か分かるかも知れない。

「兄さん、その配送、俺も一緒に行っていいかな」

「それは構わんが……」

「寺田さんのところは、老夫婦二人だろう。このビジネスを直接説明して、どんな反応を示すのか、それを見てみたいんだ。何か打開策が見つかるかもしれない」

蓬莱はそう言うと、先に立って配送車に乗り込んだ。

寺田夫妻の家は、車で五分ほどの場所にあった。狭い路地に車を停め、呼び鈴を鳴らすと玄関のドアが開き、八十になろうとする老婆《ろうば》が姿を現わした。足が少しばかり不自由なのだろうか、手には杖《つえ》を持っている。

「蓬莱電器です。蛍光灯の付け替えに参りました」

「お手間をかけて申し訳ありませんねえ。お願いします」

　晋介が「失礼します」と言いながら、指示された場所の蛍光灯を付け替えにかかる。その間を利用して蓬莱は、老婆に向かってフリーペーパーを差し出しながら早々に訊《たず》ねた。

「お婆ちゃん。これ、この間ポストに入れさせていただいたんですけど、ご覧になりましたか」

「ああ、これね。見ましたよ」

「どうですか、これ。日頃買い物はご苦労なさっているんじゃないですか。このサービスを使えば、近所のスーパーよりもずっと安く、日用品の多くを購入できるんですよ。それに注文した商品は翌日家まで届けてくれるんです」

「それは分かってるんだけど、注文はファックスじゃないと駄目なんでしょう。年寄りにはファックスは受信専用。発信しようにも操作が分からなくて……」

　はっとした。蓬莱は、かつて晋介と交した会話を思い出した。そう、老人家庭で問題となるのは、発注の仕方だ。そのことを話しておきながら、フリーペーパーを一軒でも多くの家庭に届けることに気を取られていたために、すっかり忘れていた。

「お婆ちゃん。この商品の中で、普段必要としているものがありますか」

　蓬莱はフリーペーパーを広げ、老婆の前に差し出した。

「ありますとも」一瞥した老婆が即座に答えた。「ウチはお爺ちゃんが寝たきりで、オムツが必要でね。私はこの通り、足が不自由でしょう。だから嵩《かさ》張る物を運ぶのには苦労するのよ。それに缶詰、食用油、お茶……色々ありますよ」

「じゃあ、ファックスの使い方が分かれば、このサービスを使いたいと」

「もちろん。価格だって安いし、配達までして下さるんなら是非」

「僕が説明します。一度番号をファックスに記憶させれば、あとはボタン一つで済むことです。簡単なことです」

「それならお願いしてみようかしら」

「ありがとうございます」蓬莱は注文の品を聴き取りながら、オーダーシートに製品番号と数量を記入し、最後に「電話番号がお婆ちゃんのお客様番号になります。住所は最初のオーダーの時だけで結構ですから、次からは必要ありません。代金は、クレジットカードでも、お届けに上がった時に支払っていただいても結構ですから」

「私たちはクレジットカードなんか持っていないから、代金引き換えでいいわ」

「分かりました」蓬莱は、全《すべ》ての項目に必要事項が漏れなく記載されたことを確認すると、ファックスの前に立った。「いいですか、これから僕が相手先の番号を機械に記憶させます。お婆ちゃんはここに紙を置いて、このボタンを押せばいいだけです。さあ、押してみて下さい」

老婆の指先が恐る恐るといった態で、ボタンに触れた。ファックスが唸《うな》りを立てて紙を呑《の》み込んで行く。

「どうです？　簡単でしょう。午後六時までにご注文いただければ、明日必ず商品は届きます」

「へえっ、便利なものねえ。これなら私でも大丈夫。精々使わせていただくわ」

それが蓬萊電器の受注第一号となった。まさに『問題解決のヒントは、常に現場にある』の言葉通りだった。そう考えると、やるべきことは山ほどある。蓬萊電器の顧客となっている高齢者家庭は、何もこの一軒だけじゃない。他に何軒もある。当初ターゲットとしていた、乳幼児を抱えた母親にこのサービスを認知させるためには、児童館や公園を回り、手当たり次第に告知活動を行うのが最も効果的だろう。子育てに追われる若い母親たちには必ずネットワークがある。一人がこのサービスを使い、利便性を認めれば、その情報は瞬《また》く間に広がって行くに違いない。それに保育所だ。共働きの家庭では、日常の買い物は悩みの種だ。その負担が軽減されるとなれば、きっと飛びついてくる。フリーペーパーを保育所に置くことに成功すれば、認知度がぐっと高まる。

蓬萊は、店に戻るとすぐに、パソコンに向かい、一通のメールを作成した。タイトルは『受注成功例』とした。送り先は埼玉八十五軒の代理店である。おそらく他の家電店でも、どこをどう攻めていいのか、思案に暮れていることだろう。成功例を情報として共有することは、組織的にビジネスを行う上では基本中の基本だ。一旦《いったん》突破口が見つかれば、代理店の士気が上がり、それは即座に実績として現れてくるはずだ。

それが証拠に蓬莱がメールを打っている間にも、晋介は早々にフリーペーパーを引っ摑《つか》むと、

「ちょっと何軒か得意先を回ってくるわ。さっきの寺田さんのような家庭は他にもあるからな」

そう言い残すと小走りに店を出て行く。おそらく、他の代理店でも、このメールを目にした瞬間から、同様のことが起こることを蓬莱は疑わなかった。

夕刻になって、携帯電話が鳴った。液晶画面には久しぶりに見る吉野《よしの》の名前があった。

「メールを見たよ。どうやら手応《てごた》えを摑んだようだな」

〝鬼だるま〟と呼ばれる吉野の顔に、笑みが宿っているのが見えるような声だった。

「すいません。フリーペーパーをできるだけ多くの家に配ることに気を取られて、ターゲットを絞り込むことを忘れてました。無駄な時間を使ってしまって……」

思わず頭を下げた蓬莱に向かって、「いいさ。そう簡単に注文が舞い込んでくるとは思っちゃいない。こうしたビジネスってのはな、最初は反応は鈍いもんだが、ある一点で急速に伸びるもんだ」

吉野は予期していた反応だったとばかりに言った。

「しかし、このサービスを認知させるには、以前吉野さんがおっしゃっていた、メディアを使った告知活動が必要だと思います。点を一つずつ潰《つぶ》して行くのは大切ですが、一気にブレイクさせるとなるとやはり……」

「分かってるよ」吉野は力強い声で答えた。「ビジネスというものはな、ある意味農業と似ているところがある。畑を耕し、種を蒔《ま》く。そしてそこに充分な水を撒《ま》き、日を当ててやらなきゃ、作物は育たない。今までお前たちがやってきたのは種蒔だ。ここに雨を降らし、日を当てるのはこれからだ」

「それじゃいよいよメディアを使った告知活動を行うのですね」

「フリーペーパーは埼玉全域にほぼ行き渡った。それに価格ランキングサイトも大分充実してきたようだ。いいか、ランキングサイトを告知するにしてもだ、それをこれから立ち上げる予定だと発表するのと、その情報を摑んだ人間がその場からアクセスして現物を見ることができるのではインパクトが違うだろ。俺はそのタイミングを待っていたんだ。俺はこれから広報室の連中と、記者発表とプレスリリースを出す時期を話しあう。それが決まり次第、もう一度、フリーペーパーのポスティングをやれ。間違いなくこれは新聞記事になる。多くの人間がこのサイトとサービスの存在を認知するはずだ。心配するな、効果は必ず現れる」

なるほどそういう理由だったのか。

蓬莱は、今さらながらに吉野の周到なプランに舌を巻いた。

「だがな、そうは言っても、当初の事業計画からみると、客の食いつきが思いの外悪いのは事実だ。今日もハンドリング・コミッティの席で随分やられてな」

その言葉を聞いて、蓬莱はギクリとした。プロジェクトが目論見《もくろみ》通り推移しなければ、いつでもキャンセルがありうる。かつて吉野が言った言葉が脳裏を過《よぎ》った。

「まさかキャンセルってことじゃ……」

「心配するな。中には不安を口にする役員もいないではなかったが、幸い三瀬さんがな……」

「三瀬さんが？　だってあの人は、当初からこのプロジェクトに反対の立場をとっていたんでしょう？　一体どういう風の吹き回しです」

「ここだけの話だがな。藍子《あいこ》ちゃんがウェブ上にスバル運輸がショッピングモールを立ち上げる話を俺に持ち掛けたことは知っているよな」

「ええ」

「俺はそのアイデアを三瀬さんにくれてやったのさ。つまりあの人の実績となるようにな」

「だってあの話は今回のプロジェクトの一連の流れの中から出てきたことじゃないですか。それをどうして三瀬さんに――」

「会社の中にも政治ってもんがあってな」吉野は苦笑しながら続けた。「あの人は常務という今の地位に満足していない。更に上を目指している野心家だ」

「常務の上というと専務ですか」

「その上だよ。だが、社長の座に登り詰めるためには、それなりの実績が必要だ。その点から言やあ、スバル運輸がショッピングモールを立ち上げ、軌道に乗れば出店料、配送料の双方から莫大《ばくだい》な利益が転がり込む。その業績が認められれば、三瀬さんが次期社長の座を手中に収めるのも絵空事とは言えなくなる。そのためには、何が何でも俺たちのプロジェクトを成功させなければならないというわけさ。現金なもんだぜ。ハンドリング・コミッティの場で彼はこう言ったよ。『ビジネス。それも社運を賭《か》けた新規のビジネスというものには困難は付き物だ。吉野にはこれまで数多《あまた》の新規ビジネスを立ち上げてきた実績がある。今、断を下すのは時期尚早に過ぎる』とね。俺の直属上司がそこまで言えば、面と向かってキャンセルなんて言葉を口にする役員なんていねえわな」

随分虫のいい話もあったものだ。蓬莱の胸中に三瀬に対する嫌悪《けんお》の気持ちが込み上げてきた。

「だがな、俺たちの尻《ケツ》に火がつき始めていることには変わりはねえ」吉野の口調が一転して俄《にわか》に真剣味を帯びたものになった。「そこでだ、一つお前にやって欲しいことがある」

「何でしょう」

「このサービスの利用者を増やすために、次の手を打つ」

「どんなことをやればいいのです」

「お前、ステルス・マーケティングって言葉を知ってるか」

おもむろに訊ねてきた。

「いいえ」

「ターゲットと定めた人間に、物を売り込まれていると気づかれないよう、自然な流れのなかでアプローチを図るんだ。一つ例を上げよう。たとえばお前があるゲームのハードを売ろうとしているとしよう。普通なら、店頭にサンプルマシーンを置き、来店した客に直《じか》に触らせ、購買意欲を誘うか、パンフレットを店頭に置くか、あるいはメディアに広告を打つか。用いられる手法は、せいぜいその程度だろう」

「そうですね。思いつくのはそれくらいしかありませんね」

蓬莱は同意した。

「だがな、それでも客はそのマシーンの性能を確かめるために、店頭に足を運ばなきゃならねえ。現物に触れるのは、広告を見て余程の興味を覚えた人間か偶然出くわした人間だけってことになる。それをカバーするのがステルス・マーケティングだ。この手法を用いると、客へのアプローチはこう変わる。まず最初にバイトを雇い二人一組のチームを作る。彼らはコーヒーショップや空港や病院の待合室、どこでもいい。人が集まりそれなりの時間がかかる場所で、ゲームを始めるんだ。実際にゲームをするのは一人。片割れはさもそこに偶然居合わせ、相方がやっているゲームに興味を覚えたふうを装《よそお》う。そして周囲にいる人に聞こえよがしに言うんだ。『面白そうね！』ってな。そして話しかけられたゲームをやっている人間は言うんだ。『やってみる？』。周囲の人間がそれに興味を示す素振りをみせればしめたものさ。後はゲームを次々に試させればいい。ただし、決して売り込むことはしない。そこがミソだ」

「それってサクラですよね」

「てっとり早くいやあ、そういうことになる。だがな、この手法の効果は馬鹿にできない。一旦、そのゲームに触れた人間がゲームを気に入れば、友人知人にも話をする。つまり口コミでゲームの素晴らしさは鼠算《ねずみざん》式に広がっていく。極めて自然な成り行きの中でだ。なぜだか分かるか。売り込まれたとは思わないからだ」

「なるほど、実際に試したことのある知り合いの体験談というものは、説得力がありますからね」

「この手法は、俺たちのビジネスを広げる上でも効果がある筈《はず》だ。蓬莱、お前はすぐにバイトを用意しろ。ターゲットは主婦、老人、とにかく地域の中で同様の環境に置かれる人たちと頻繁に接点がありそうな人間なら誰でもいい。そして例えば幼い子供を抱えている主婦だったらこう命じろ。『児童館や付き合いのある家庭に出入りする際に、カタログを持ち込み、そこでオーダーシートを広げ実際に記入する演技をしろ』とな。もちろん児童館のような場所でしかける際には、ペアだ。相棒となった人間が『へえ、こんな便利なサービスがあるんだ』、そう叫べば、俺たちのビジネスは確実に浸透していく。バイトを集めるのはそう難しいことじゃないだろう。彼らには今後一年間の発注商品については、一〇%の値引きをする。家計を預かる立場にある人間には、その程度でも魅力的な仕事と映るだろうさ」

確かに、そう言われてみればこの手法には、それなりの効果が見込めそうな気がした。消費者の心理というものは極めてデリケートなものだ。最初からこちらが何かを売り込むことを目論《もくろ》んでいると悟れば、必ず警戒心と先入観を以《もっ》て対峙《たいじ》する。だが、この手法の場合は違う。物を売り込まれているとは気づかないうちに、極めて自然な流れの中で売り込まれているのだ。

これはもしかすると、自分たちのサービスを浸透させる決定打になるかも知れない。そんな予感が込み上げてくる。

「分かりました。早々に取り掛かります」

蓬莱が同意すると、

「それから、例のコピーカウンターだがな」

吉野は話題を転じた。

コピーカウンターの件を持ち出されて、蓬莱は言葉に詰まった。このところ、一般コンシューマーを対象に活動を続けてきたせいで、そちらの方は全くの手つかずだったからだ。

「それが……」

「そこまでは手が回らねえんだろう」

見透かしたように吉野が言った。

「はい……」

「手が足りねえのは分かってる。だがな、その方は本社の営業部が動いている。すでにお前の実家の担当エリアだけでも十一社、五十台の設置の了承を取り付けたからな」

「本当ですか」声が弾んだ。「しかし、本社の営業がどうして……」

いかに吉野といえども、本社の営業部を自由に使うことなどできやしない。

吉野はひとしきり自嘲《じちょう》めいた笑い声を上げると、

「三瀬だよ。俺たちとは目的は違うが、プロジェクトには奴《やつ》の将来がかかってるんだ。さすがにここまで来ると、三瀬さんもお前一人に顧客の開発を任せておくわけにはいかんと思ったんだろうさ。蓬莱、忙しくなるぞ。カウンターの設置は、家電店の仕事になる。そいつの設置が終わり、ステルス・マーケティングがうまくいけば荷物が押し寄せるぞ。これからが本番だ。しっかりやれ」

一転していつもの〝鬼だるま〟の声になって言った。

家電店が代理店として動き始めてから、三ヶ月が過ぎた。

当初、動きが全く見られなかったオーダー数も、新型コピーカウンターの設置とステルス・マーケティングによって一般家庭への認知度が浸透するにつれ、日を追う毎《ごと》に急激な上昇カーブを描き始めていた。

吉野が満を持して打って出たフリーペーパーの駅や家電店店頭への配布に加えて、埼玉のローカル局のテレビコマーシャルがそれに拍車をかけた。まさに嬉《うれ》しい悲鳴というものである。サービスは全国紙でも大きく報じられ、東京に住んでいるせいでまだサービスを受けられない母や佳奈子に至っては、いつ始まるのかと催促してくる始末だった。

このままの勢いで顧客数が伸びれば、遠からずバディの関東地区物流センターの能力はピークに達することは明白で、新物流センターの建設は急務の課題となりつつあった。

しかし、多額の予算を使用する際には、ハンドリング・コミッティに名を連ねる経営陣の前で進捗《しんちょく》状況のプレゼンテーションを行い、承認を取り付けるのが当初からの約束である。

その日、プロジェクトが始まって以来、二度目のハンドリング・コミッティに出席するために、吉野は一人役員会議室に赴いた。

　プロジェクターにパソコンをセットし、間違いなく作動することを確かめ、資料を役員が座る席の前に置いたところで、ハンドリング・コミッティの面々が集まり始めた。最後に社長の時任《ときとう》が席に着いたところで、吉野はパワーポイントの最初の画面をスクリーンに映し出し、前口上もそこそこに本題を切り出した。

「これまでのプロジェクトの進捗状況について、ご説明申し上げます」楕円形《だえんけい》のテーブルを囲んだ役員たちの目がスクリーンに向く。「現在までに本社営業部が主体となって開発した企業は五十社、カウンター設置が終わったコピー機は七百台を超えました。一般コンシューマーのアカウント数は、今日現在で五千。オーダーは一日平均ビジネス用途で二件、一般コンシューマー向けで二百六十件を数えます。一オーダーあたりの平均単価はビジネス用途で、二万五千円、コンシューマーでは、五千六百円という数字が出ています。一見したところ開拓したアカウント数に比べて、オーダー数が少ないように思われるでしょうが、プロンプトの顧客数が全国で二百万、一日当たりのオーダー数が八万ということを考えればおよそ四%、我が社の実績もほぼ同程度で推移していると考えられます。初速としては、極めて順調に推移していると申し上げてもよろしいでしょう」

「むしろ、コンシューマー向けのサービスについては、プロンプトの実績を上回っていると言えるね」

ショッピングモールのアイデアを献上してからは、態度が一変した三瀬が吉野の言葉を後押しするかのような言葉を吐いた。

「その通りです」吉野は彼の態度のあまりの豹変《ひょうへん》ぶりに、思わず笑いが込み上げそうになるのを堪《こら》えて、「当初の予想では、日々のオーダーは獲得した顧客の三％程度と見込んでいたのですが、すでに五・二％に達しております」と、胸を張った。

「二％以上も予想を上回るとは意外だね。正直言って、このサービスがこれほど一般コンシューマーに受け入れられるとは思っていなかった」

時任が俄には信じがたいと言った態で首を捻《ひね》った。

「もっとも問題がないわけではありません。一般コンシューマーのオーダー傾向です」吉野はパワーポイントの画面を替えると、話を続けた。「これは、曜日毎の受注件数をグラフにしたものです。ご覧戴《いただ》いてお分かりになる通り、企業からの発注は、曜日による変動はあまり見られませんが、一般コンシューマーからの発注は、木曜日と月曜日に増加するという傾向が見てとれます。ご承知の通り、現在行っているサービスは、金曜日受注の商品の配送は翌週の月曜日となっておりますので、顧客はそれに合わせて商品を発注してくるということ。更に一顧客当たりの発注頻度は、週に一・四回になり、必要量をこまめにオーダーしてくるというパターンが見て取れるのです」

「なるほど。しかし、発注しても商品が届かない週末を避ける傾向が現れるのは分かるが、こまめにオーダーを入れて来るというのはどういう理由かな」

「おそらく顧客の住宅事情が反映されているのではないかと思われます。特にマンションやアパート、社宅といった住居では、保管スペースには限りがありますからね。ドライグローサリーをまとめ買いしても、それを置いておく場所がない。切れかかっても、夕方六時までにオーダーを入れれば翌日には確実に手元に発注品が届く、その安心感がこうした発注傾向に現れているのではないかと思われます」

「確かに君の言う通りかも知れんね」時任は吉野の分析に頷《うなず》きながらも、「だがね、まだ物量がこの程度に収まっているうちはいいが、ビジネスが順調に伸び続けたらこれはこれで問題だよ。たった二日のピークに合わせるために、それに見合った機能を持たせようとするのは無駄が大き過ぎる。庫内作業員の調整も大変だ。そればかりじゃない。代理店に受注品を届ける配送車のやりくりも大変だぞ」さっそく難問にぶち当たったとばかりに、眉間《みけん》に深い皺《しわ》を寄せながらグラフを見詰めた。

「社長のおっしゃることはもっともです」吉野は余裕を持って答えると、パソコンのキーを押し画面を転じた。『新物流センター　オペレーションの概要』と記された画面が現れた。

「このグラフはこのままの状態で現行のサービスを行った場合の物量とオーダー数の推

移予測です。現時点でも、木曜と月曜のオーダー数には他の曜日と比べて、二〇%もの差があります。おそらくお盆や年末年始、連休前のピークには、その三〇乃至《ないし》は四〇%物量はアップするでしょう。それに新物流センターの機能を合わせていたのでは、庫内機器、作業、配送車のいずれにも膨大な無駄が生じるばかりか、家電製品がラインナップに加われば配送荷物を捌《さば》き切れないという事態が発生する可能性がありますし

「それをどう解決するのだ」

時任が先を促すように訊《たず》ねてきた。

「問題解決の方法は至ってシンプルです。土日も受注業務を行えばいいのです」

「何？　じゃあ何か。年中無休のオペレーションを行うというのか」

誰もが考えもしなかったアイデアだったのだろう。時任のみならず居並ぶ役員の間から、騒《ざわ》めきが起きた。

「そうです」吉野は平然として答えると、「考えてもみて下さい。我が社の現場に至っては、土日なんか関係ない。年末年始を除いては年中無休です。毎日朝早くから夜遅くまで、最後の荷物一個を届けるために、配送車は街の中を走り回っているじゃありませんか。だったら受注担当者、庫内作業員の勤務をシフト制にして、年末年始以外は年中無休にすれば、土日も配送業務を行うことができるはずですね。センター内で働く庫内作業員はパートで賄《まかな》います。同時に、オーダーエントリーを行う人間も、パートを使え

ばいいのです」

あっ、という顔をして、時任が目を見開いた。

「そうか、その手があったか」

「顧客からの発注はネットかファックスで入ってきます。前者の場合は、自動的にオーダーエントリーシステムを経由して、倉庫に流れますから人手は要りません。後者にしても、オーダーシートを読み取り機にスキャンさせればいいだけの単純労働。パートだって数時間の研修で済みます。このご時世です。世の中には、土日を返上してでも現金収入を得たいと願っている人間はごまんといます。ましてや、流れてきたファックスを読み取り機にかけるだけの仕事なら、会社を退職して暇を持て余しているシルバー層にだってできるでしょう」

「なるほど、それなら無理なく土日の配送もできるかもしれないね」

時任は腕組みをしながら唸《うな》った。

「それにオーダー数を均一化するメリットはそれだけじゃないんです」吉野は、止《とど》めとばかりに更に続けた。「配送車の積載効率です。現行の配送車の積載効率はおよそ六五%。つまり積載スペースの三五%は空の状態で走っているわけです。ここに各代理店に配送する荷物が加われば、私の試算では八五%以上にアップします。しかも、届け先は代理店と極めて限られたポイントで、荷降ろしにさほどの時間はかからない」

「つまり、土日の配送は、単にピークを無くし物量を均一化させるだけでなく、現行使用している配送車の積載効率のアップにも繋《つな》がるということだな」

三瀬が吉野の言葉を纏《まと》めた。

「社長、これはチャンスです。最大の競合相手であるプロンプトは、土日の配送サービスは行ってはいない。新物流センター開設、子会社の設立とともに、年末年始を除いての年中無休のサービスを実現すべきです。その時がプロンプトが築き上げた文具宅配のビジネススキームを打ち破り、真の意味で我が社がこの分野のビジネスリーダーとなりうる時です」

吉野は、巧みに新物流センターの建設が、このプロジェクトの成否を握っているというニュアンスを織り込み、時任に迫った。

埼玉地区でのテストの実績、そしてプロンプトが支配するマーケットを奪取できるプランを目《ま》の当りにして、もはやこれ以上論議を交す余地はないと踏んだのだろう、時任の目の色が変わった。

「よし、分かった」果たして時任は、どんと机を叩《たた》くと、「それで、次のフェーズは」と身を乗り出して訊ねて来た。

「埼玉地区の実績は今後も順調に伸びることは間違いないと思います」吉野はちらりと三瀬を見やると、「本社営業部のご助力もあり、コピーカウンターの設置は順調に進んでいます。先に、五十事業所、七百台の設置を終えたとご報告申し上げましたが、実際には家電店の設置が追いつかないだけで、設置待ちの企業は百を超えています。今月中には、千五百台のカウンターの設置が完了する見込みです。一般コンシューマーのアカウントが一万を超すのも、そう遠くはないでしょう。ここまでくれば一刻も早く、新物流センターの建設に着手すべきです」勢いのまま一気呵成《いっきかせい》に押した。

「君のことだ、その準備はもう済んでいるんだろう」

時任は、上気した顔に笑みを宿しながら先を促した。

「本部長のご指示通り、公明正大な手順を踏んで最適な業者を選定すべく、すでに庫内機器、建物の建設会社に渡すビッドパッケージの準備はできております。もちろん、期限、費用共に枠内で収めることは大前提としたものであることは言うまでもありません」

「しかし、庫内機器メーカーと建設会社のビッドを同時にやるわけにはいかんだろう」

「もちろんです。中身が決まらなければ器の設計はできませんからね。まず最初に、庫内機器の選定とレイアウトを確定します。庫内機器メーカーはこちらの想定する物量と庫内オペレーションのコンセプトさえ固まっていれば、それを形とするまでにさほどの時間はかかりません。私には以前の会社で同様の施設を立ち上げた経験があります。極めて現実的にして最適なものをご提案することを確約いたします」

「大した自信だな」時任は、ここまで来ると何もいうことはないとばかりに、「後は黙って新物流センターができ上がるのを待っていればいいというわけか」苦笑いを浮かべながら頭を振った。

「いいえ、一つお願いがあります」

「お願い？　何だね。金のかかる話なら御免だよ」

一転して真顔になって時任が言った。

「今回のビジネスの開始と同時に、我が社の業績を更に飛躍的に拡大するためのご支援を仰ぎたいのです」

「そりゃあ、これだけの大金を投下するんだ。私ができることなら、何でもするが……」

怪訝《けげん》な表情を露《あらわ》にして問い返してきた時任に向かって、

「一つは、物流センター建設と同時に、スバル運輸がバディとともに企業のみならず、一般コンシューマー向けに文具、ドライグローサリー、そして家電販売までを行うということを大々的にメディアを使って告知して欲しいのです。埼玉地区の成功を例に取って……」

「それはお安い御用だ。埼玉でのビジネス規模が君の想定通りに運べば、黙っていてもメディアは放ってはおかんだろう。ある程度の広告費を使ってでもやってやる」

「それともう一つ」

「まだあるのか」

「それについては、三瀬常務からご提案があります。今回のビジネスを機に、四万もの新規顧客を開発できる方法です。ただこれについては、初期投資として二十億の投資が必要になりますが、三瀬常務の案を私共で検討した結果、少なくとも二年以内でその投資は回収できる上に、メディアへの訴求力は今回のプロジェクトと相まって、極めて大きな力を発揮することは間違いないと判断したものです」

吉野は高らかに宣言すると、時任の隣に座る三瀬に視線を送った。

スクリーンに反射した光に照らされた三瀬の顔がぱっと輝くと、彼は満を持していたといった態で吉野が授けたプランを得意げに話し始めた。

秋――。埼玉地区でのテスト販売は完全に軌道に乗った。
毎朝、スバル運輸のトラックが蓬莱《ほうらい》電器の前に横付けされると、顧客毎《ごと》にパッキングされた荷物が店頭に積み上げられた。ドライバーから手渡された配送リストに従って、仕分けするのはちょっとした重労働だったが、売上金額の平均一五%が実収入となるのだ。それを思うと力仕事も然程《さほど》苦にはならない。事実、蓬莱電器が担当するエリアだけでも、コピーカウンターの設置が終わった企業は六十を超え、一般コンシューマーのアカウントは百五十軒を超していた。実収入は、一日一万二千円を超え、月額三十六万円からの実入りになった。仕分けが終わるとすぐに、晋介《しんすけ》は配送に出掛け、それと同時に父がコンピュータに向かって、価格ランキングサイトに新たなデータを打ち込み始める。店番をするのは、いつの間にか母の役割となっていた。

これに新物流センターが本格稼働《かどう》した後、販売商品のラインナップに名を連ねることになる家電製品が加われば、収益が飛躍的に増すことは間違いない。代理店の誰もが手《て》応《ごた》えを感じていた。これこそが窮地に立たされた家電店再生の足がかりになることを確信し、更なる顧客の開発に汗を流した。

その日蓬莱は、久方ぶりに本社に出向いた。「お前に見せたいものがある」携帯電話から聞えてくる吉野の声は、いつになく上機嫌だった。何ヶ月ぶりかでスーツを身に纏《まと》い、ネクタイを締めた蓬莱が最初に目にしたのは、パーティションで区切られ『新規事業開発部・プロジェクトルーム』とプレートが掲げられた立派な部屋だった。そこには営業部の片隅に追いやられ、間借り同然に僅《わず》かなスペースが与えられていたに過ぎなかった頃の面影はなかった。以前はフロアに姿を見せても、無関心を装《よそお》っていた営業部員たちも蓬莱の姿を見るや、その目に羨望《せんぼう》と期待の入り交じった視線を向けて来るのも大違いだった。

ドアをノックし、新しい部屋に入った蓬萊は我が目を疑った。かつては吉野の他に、立川と岡本がいただけの新規事業開発部には、三つの大きな島ができ、三十名はいるだろうか、部員たちが仕事に没頭している。部屋の片隅にはホワイトボードが設置されたチーム専用のミーティングスペースまであった。

「おう、蓬萊、来たか」

余りの激変ぶりに戸口に佇《たたず》んだ蓬萊を、いち早く見つけた吉野が声を掛けてきた。

「吉野さん、これ、どういうことです」

もちろん、藍子からプロジェクトチームが増強されたという話は聞いてはいたが、現実は、蓬萊の想像を超えていた。

「すっかり様変わりして驚いただろう」窓を背にして他の部員よりも一回り大きな執務机に座った吉野がにやりと笑いながら言った。「これもお前の地道な努力の賜物《たまもの》だ。テストは予想以上の実績を上げている。会社もこのプロジェクトは行けると踏んだ。今バディが取り扱っている製品を家電店を通じて売るというだけなら、新物流センターの完成を待つまでもない。家電製品を扱うまでに、ビジネスを全国レベルで展開するためには、それなりの陣容が必要になる。その結果がこれさ」

「驚きました。まさかこれほどまでにチームが膨れ上がっているとは、考えもしなかった……」

「ここにいるのは、フルタイムのメンバーだけだ。他にもＳＩＳのパートタイムメンバーや全国各地の担当者を含めれば、いまや百人近くの人間がプロジェクトのために動いている。もちろんお前の席は確保してあるから安心しろ」

吉野は、三つに分かれた島の一つ、それも課長が座る席を目で指した。

「あの席が？」

思わず問い返した蓬莱に向かって、

「昨日辞令が下りた。お前は今日から新規顧客開発チームの課長だ」

「私が課長ですか」

島に居座る面々を見ると、いずれも自分より年上の人間ばかりだ。しかもその数は十人はいるだろう。

「不満か」

「いえ……そういうわけじゃ……」

「お前はそれに相応《ふさわ》しい実績を残したんだ。胸を張って辞令を受けろ」吉野は一枚の紙を差し出すと、「セールスドライバーの頃に比べれば、本社勤務になってお前の給料も下がっちまった。課長になってもその穴を埋めるまでにはならんだろう。だがな蓬萊、ここから先どんな待遇を勝ち取るかはお前の才覚と努力次第だ。これからは頭に汗をかけ。脳味噌《のうみそ》に錐《きり》を刺し込んで、血が噴き出るまで考えろ。ビジネスにこれで充分という言葉はない。どうしたら今より一銭でも多くの利益を上げられるか。自分の夢を実現できるか。それを常に追い求めるのがお前の仕事だ」

厳しい言葉とは裏腹に、温かい目で蓬莱を見た。

「分かりました。慎んでお受けいたします」

辞令を受け取る手が微《かす》かに震えた。もちろん職責に対する重さもあったがそれだけではない。自分の業績が評価された。込み上げるその感動が形となって現れたのだ。

吉野は目を細めながら頷《うなず》くと、

「さて、儀式は終わりだ。蓬莱、今日お前を呼んだのは、辞令を渡すのも一つだが、見せたいものがあってな」吉野はそう言うと、「立川、例のものを持って来てくれ」大声で命じた。

すぐ傍の席にいた立川が心得たとばかりに席を立ち、部屋を出て行った。

「何です？　改まって」

「まあ、すぐに分かる」吉野はゆっくりと席を立つと、「皆ちょっと集まってくれ」部下に声を掛けるとミーティングスペースに歩み寄った。三十人の部下たちが机を囲んだところで、立川が白い布で覆《おお》われた一抱えもある何かを持って現れた。

「こいつがこれから俺たちがぶっ建てる新物流センターだ」

吉野は、白い布を一気に取り払った。

透明なプラスチックのカバーの中に収められた模型が表れた。居並ぶ部員の間からどよめきが起きた。誰もが興奮と感動の色を露に、食い入るように模型を見つめている。

新物流センターの外観はグレーの外壁で覆われ、その高さからすると多層階になっていることが分かった。地上階の中央には、プラットホームがあり、それを挟む形で左右に六つずつ、都合十二のトラックドックが設けられている。そして倉庫本体とは別に三階建ての事務棟が隣接し、そこにはバディと共同出資でつくる子会社のロゴが鮮やかに描かれている。

「立川、新物流センター長となるお前から概要を説明してやってくれ」

「はい」模型にくぎ付けになった一同を前に立川が口を開いた。「新センターは四階建て。延べ床面積にして六千坪の規模になります。一階は、保管貨物の入出荷を行う機能が集約され、貨物の受け入れ、及び各地への出荷は十二あるシッピングドックを使い、関東地区への配送は主にプラットホームから行います。二階は文具や日用品等、バラで出荷される商品のピッキングエリア。三階四階部分はパレット単位の商品保管エリアで、PPC用紙等、ケース単位の出荷はこの部分から直接行われることになります。出荷貨物の庫内移動は全《すべ》てコンベアによって行われ、一階部分で配送ルート別にソートされ、四十あるラインに流れ落ちていきます。日々補充される貨物は、到着と同時にエレベーターによって三階四階部分に上げられ、保管される――」立川は淀《よど》みない口調で、新物流センターの概要を長い時間をかけて説明した。そして最後に、事務棟に話題を転ずると、「今回の物流センターの事務棟は、現場業務を管理する機能を持つだけに留まらず、コンピュータルームを併設します。これは新物流センターをコントロールするWBSのホストコンピュータを置くと同時に、新たに開設するウェブ上のショッピングモールを管理するサーバールームもここに置きます」

「ショッピングモール？　何ですそれ」

藍子はこのところそのサイトの開発に追われ、土日を休むこともままならない状態が続いていたのだったが、どうやら他の人間たちには初めて聞くものだったらしい。部員の一人が訊《たず》ねてきた。

「ウェブ上でショッピングモールを新たに我が社が運営するんだ。既存のモールのどこよりも出店料を劇的に安くしてな。ただし受注商品の配送は全てスバル運輸に委託することが条件だ。既存のショッピングモールは一月四万の家賃を取る。ウチのモールはその四分の一、月額一万円だ。これは出店企業にとって決して馬鹿《ばか》にならない金額だ。我々の試算では家賃をその程度に抑えても、充分やっていける。それどころか受注商品の配送を一手に引き受けられれば、本来の業務で莫大《ばくだい》な利益が上げられる。何しろ、最大手のモールには四万からの出店企業があるんだ。家賃を餌《えさ》に、そいつをごっそりこちらでいただこうというわけだ」

吉野は目をぎらつかせながら言い放った。

「そいつぁいい。あの会社との商談では、悔しい思いをしましたからね。連中の慌《あわ》てる姿が目に見えるようです」

この部署に配属されるまでは営業部にいたのだろう、中の一人が手を叩《たた》かんばかりに歓声を上げた。

「ショッピングモールの準備は整いつつある。準備が完了したところで、我が社はバディの宅配ビジネスの全国展開と合わせて全てのビジネスプランを大々的に発表する」吉野の視線が蓬莱に向いた。「埼玉地区の実績が公《おおやけ》になれば、全国の家電店がこぞって代理店になりたいと申し出てくるだろう。だがな、一つだけ言っておく。代理店になりたい家電店が現れたからといっても、すぐに飛びつくんじゃねえぞ。やたら数だけ増やせばいいというもんじゃない。一軒あたりの適切な商圏を考えて代理店を置かなければ、共倒れとなりかねない。そうでなくとも、充分な利益が上がらなければモラルは下がる。通販ビジネスは顧客から信頼と信用が得られるかどうかだ。それを忘れるな」

「分かりました」蓬莱は気を引き締めて答えると、「それで、ビジネスプランの発表はいつになるのです」

「このまま順調にサイトの開発が進めば、ひと月のうちにはやれるだろう。それに合わせて、既存のウチの配送エリアを正確に把握しておけ。埼玉同様、代理店は一配送エリアにつき一軒となるからな」吉野は念を押し、話を締め括《くく》った。

新聞の経済面に『スバル運輸とバディ合弁会社を設立。オフィスサプライに合わせ、一般消費財の宅配ビジネスに本格参入』『スバル運輸、ショッピングモール開設』『スバル運輸、アクセスフリーの価格ランキングサイト運営』という記事が大々的に掲載されたのは、それからひと月後のことだった。

蓬莱はその記事を、藍子と共に出社途中の電車の中で見た。記事には、埼玉地区でのテストの結果が詳細に報じられ、更には一介の運送会社に過ぎなかったスバル運輸が、持てる機能を極限まで発揮し、新たな市場に乗り出すことによって、確立されたと思われていた通販、そしてショッピングモールのビジネススキームが根底から覆《くつがえ》される可能性を示唆《しさ》していた。

プロジェクトがここまでこぎつけることができたのは、もちろん吉野の才覚と情熱の賜物であることに疑いの余地はない。しかしそれよりも、この八ヶ月の間、寝食を忘れて仕事に取り組んできた藍子の労苦が、世の中に大々的に報じられる成果となって結実したのだと思うと、万感胸に込み上げるものがあった。

蓬莱は記事を読み終えると、まだラッシュ前の電車の中で、隣に座る藍子に新聞を手渡した。

一読した藍子は顔を上げると、穏やかな笑顔を浮かべながら蓬萊を見た。その目にはうっすらと涙が浮かんでいるようだった。

「秀樹君……私、あなたと結婚して本当に良かった」藍子はぽつりと言った。「こんなこと言うと叱《しか》られるかもしれないけれど、野球選手の奥さんになるよりもずっと良かった」

野球か――。そういえばそんな夢を抱いていたこともあったっけ。

今となってはそれも遠い昔のことに思えてくる。あの時覚えた絶望感も挫折感《ざせつかん》も、今となっては心の片隅にすら残っていないことに蓬萊は初めて気が付いた。

「だって、もしもあのままあなたがプロ野球選手の道を歩んでいたら、スバル運輸に入社してこんな大きな仕事をさせて貰《もら》うこともなかった。実家の商売にしたって、あのまま秀樹君が東京リンクスに入団していれば、別の意味で繁盛《はんじょう》したかも知れないけれど、真の意味で家業が再生したとは言えなかったと思うの。だけど今回のビジネスは違う。一から十まで、全てが秀樹君や私、そして家族の皆の努力の賜物……」

確かに藍子の言う通りだった。腕一本でのし上がるプロ野球の世界には、それはそれで確かに魅力があった。しかし、それとは別に組織を使って大きな夢を実現させる。それも家族と一致団結して目的を達成する。そこから得る喜び、そして達成感にはまた別の喜びがあった。何よりも、日を追って増えていく配送荷物を前に、汗みずくになりながらも生き生きと働く家族の姿を見るのは、何物にも替えがたいものがあった。

「藍子には本当に感謝している。プロジェクトがここまでこぎつけられたのは、藍子のお陰だ。僕について来てくれたことに感謝している」

蓬莱は、藍子の手を優しく握り締めた。

藍子の目尻《めじり》から一筋の涙が流れた。彼女は、それを隠すように、蓬莱の肩にそっと頭を預けてきた。

＊

整地が済んだ一万二千坪の新物流センター用地に、新春の穏やかな日差しが降り注ぐ。

広大な用地の一画には、プレハブ二階建ての現場事務所が建ち、そこから少し離れたところに、大きなテントが設営されている。地上四階建て、延べ床面積六千坪の巨大物流センターの起工式がいよいよ始まろうとしているのだった。

黒塗りの車が次々に現れると、礼服に身を包んだ社長の時任《ときとう》、営業本部長の三瀬を始めとするスバル運輸の役員や、建設会社、庫内機器メーカーの重役たちが姿を現わした。時が経《た》つにつれ、紅白の幕で覆われたテントの中は、華やかな雰囲気に包まれていった。

今日の儀式に自分の出番はない。入り口に佇《たたず》み、式に参列する来賓者たちに丁重に頭を下げる吉野は、それでも自分の思い描いた夢がついに実現しつつあるのだと思うと、高揚する気持ちを抑えきれなかった。

やがて一台のベンツが静かに停ると、羽織袴《はかま》姿の小柄な老人が下り立った。忘れもしない曾根崎昭三の姿がそこにあった。

「社主、遠路はるばる御足労賜り、恐縮でございます」

吉野は慌てて駆け寄ると、直立不動の姿勢を取り深々と頭を下げた。

「おめでとう、吉野はん。ようここまで漕《こ》ぎ着けなはったな。立派なもんや」

頭を上げた吉野の前で、曾根崎はうんうんと頷きながら目を細めた。

「これも社主のご助力があったからこそのことでございます」

その言葉に嘘《うそ》はない。京都でのあの夏の日。直訴した自分のプランに曾根崎が耳を貸してくれなければ。そして後押しがなければ……。厄介者として閑職に甘んじていた人間の話を、社内の誰がまともに聞いただろう。全ては一代でスバル運輸を日本有数の運送会社に育て上げた、この老人の鶴《つる》の一声があったからだ。

「プロジェクトの進捗《しんちょく》状況は、折に触れ時任はんから報告を受けているが、あんたの目《もく》論見《ろみ》通り、順調に推移しているようやね」

「埼玉地区でのテストの結果が公になって以来、全国の家電店からの問い合わせが殺到いたしまして、いまや代理店の数は全国で七千軒を超え、更に日々伸び続けております。

バディの売上高も代理店網が整備されるに連れ、飛躍的に上がり、我が社の貨物の取り扱い量も当初の予想を遥《はる》かに超えたレベルで順調に増加しております」

「あんたの考えなはったサービスは、それだけ世の中の人が待ち望んでいたものやったんやなあ。あの時、あんたが言わはった『このプロジェクトはスバル運輸のネットワークを使い、人々の生活をもっと豊かにすることだ』という言葉は本当やった。運送業ちゅうもんは、物を右から左に流して終わりやない。工夫次第で人様に喜んでいただけるサービスを創出できる無限の可能性を秘めたものやっちゅうことを、改めて思い知らされましたわ」

「恐縮でございます」

「そやけどな、吉野はん。大事なのはこれからでっせ」

曾根崎は穏やかな口調の中にも、厳しさの籠《こも》った声で言った。

「承知しております。総額九十億円もの巨額な投資を行うのです。それを回収し利益を上げるのは並々ならぬことであると……」

「そんなことを言うてるんやない」曾根崎は吉野の言葉を遮ると続けた。「今までのスバル運輸なら、競争相手は同業他社。どんだけ多くの荷物を集められるかが勝負やった。商売に勝つか負けるかも、全てはスバル運輸の社員一人ひとりの責任やった。そやけどな、この商売は違うで。量販店に押されて苦境に立たされている家電店の人たちは、あんたのプランに賭《か》けなはったんや。代理店さんとなった家電店に充分な利益を上げさせ、満足してもらわなあかんちゅう義務がスバル運輸に生じたんや。そう考えれば、代理店さんもまたスバル運輸の立派なお客さんや。それを忘れたらあきまへんで」

お客様にどうしたら喜んで貰えるか。今のスバル運輸があるのも、曾根崎がそれだけを考え日々の仕事に没頭した結果である。その言葉は吉野の胸に重い余韻を残しながら染《し》み渡った。

「お言葉、決して忘れません」

曾根崎は整地が済んだ広大な用地をぐるりと見渡すと、

「それにしても吉野はん。あんたにはええ夢を見せて貰いましたわ。ワシもこの先そう長うない。スバル運輸が生まれ変わるのをこの目で見ることができたんは、ええ冥土《めいど》の土産になりましたわ」

大きな目を細めて笑い声を上げた。

「そんな、冥土の土産などと……」

曾根崎もすでに八十を超えている。人生の残り時間が少ないことは明らかだが、まさか相槌《あいづち》を打つわけにも行かない。思わず口籠った吉野に、

「ええのや。永遠の命などあるわけがない。遅かれ早かれ人間は皆死ぬもんや」曾根崎は、澄み切った空を眩《まぶ》しげに目を細めて見ると続けた。「吉野はん。人間には神様から

与えられた人生を全うするという他に、もう一つ義務がある。人を育てるいう大きな義務がな。どうや吉野はん。あんたもいつまでも、現場の最前線に立って、棒振りをしている歳《とし》やないやろう。このプロジェクトが軌道に乗ったところで、人を育てる方に回ってみる気はないか」

「しかし、このプロジェクトは先の長いものになります。私は企業人としての人生をこのプロジェクトに賭けるつもりで臨んでおります。それに私は現場の方が性に合っていると……」

「あんたも仕事離れの悪い人やな。それとも何か、スバル運輸にはそれほど人材がおらんとでも言うんか」

「いえ、決してそういうわけでは……」

瞬間、蓬萊、藍子、そしてこのプロジェクトが本格的に進み始めてから、別人のように変わった立川の顔が脳裏に浮かんだ。曾根崎の言う通り、この僅《わず》かな間でもスバル運輸におちた種子は、芽を吹き確実に根を張り、立派な若木へと育ちつつある。

「どうや、吉野はん。あんたこのプロジェクトが一段落したところで、取締役営業本部長をやってみる気はないか」

「私が……ですか」

考えもしなかった曾根崎の申し出に、吉野は何と答えていいものか言葉に窮した。

「まあ、役員になれば、責任は重くなる。今までのようなヤンチャもでけんようにもなる。そやけどな、あんたが鍛える部下の体に宿る遺伝子は、また次の世代へと脈々と受け継がれて行くことになるんや。それはそれで吉野はん、おもろいことでっせ」

「しかし、私にそんな能力があるでしょうか」

「何を言うとりますんや。あんたは会社から九十億もの金を引っ張り出し、プロジェクトをここまでにした当事者でっせ。もっと自信を持ちなはれ」

「しかし、そのポジションには三瀬本部長がおります」

「あれはあんたに比べれば器が小さい。三瀬については、分にあったポジションを与えるようにするよって、あんたは何も心配せんでええ」

曾根崎は、いとも簡単に言い放った。

その時、テントの中から時任や三瀬を始めとする役員が駆けつけて来ると、

「社主、遠路恐縮でございます。寒いところに長くおられると、お体に障《さわ》ります。どうぞお席の方へ」

口々に言葉をかけながら、老体を取り囲み、丁重にテントの中に誘った。

一人取り残された吉野は、たった今交したばかりの曾根崎との会話を思い返した。

正直なところ、今の今まで自分が役員の席に名を連ねることなど考えたこともなかった。何よりもビジネスの最前線に身を置くことが、自分にとって最大の喜びであり、生

き甲斐《がい》と考えていた。しかし、曾根崎が言った、『部下を鍛え、自分の遺伝子を次の世代に伝える』という言葉が、吉野の胸中に深く突き刺さった。

もはや、このプロジェクトは自分一人のものではない。曾根崎の言う通り、自分の意志を継ぎ、更に発展させる人材を育て上げる。それもまた自分に課せられた義務と言うべきものなのかも知れない。

吉野は、上着のポケットから煙草《たばこ》を取り出すと、火を点《とも》した。吐き出した煙はたちまちのうちに新春の陽光に満たされた清澄《せいちょう》な大気にかき消されて行く。

吉野は、力を込めた目で広大な敷地の上に広がった空を仰ぎ見た。新春の空は青く澄み、果しなく高い。その空間に、一年後に現れる新物流センターの姿を、そして再生した家電店の姿を見た気がして、いつまでもその場を動かずにいた。

「あいつらをもうちょっと鍛えてみるか」

吉野は指先に挟んだ煙草から上がる紫煙の中に、蓬萊、藍子、立川の姿を思い浮かべて、一人ぽつりと呟《つぶや》いた。

＊本編を執筆するにあたり左記のＨＰ、書籍を参考にさせていただきました。御礼申し上げます。

http://www.naokids.co.jp/sgw_71/index.html

http://www.inetmie.or.jp/~kasamie/QA3.html

「毎日が冒険」高橋歩著　サンクチュアリ出版

解　説

堺　憲　一

実によく考え抜かれたエンターテインメント小説である。

経済小説として最高傑作の領域に属する作品と断言してもいいだろう。経済小説とは、企業や業界、そこで働く人々や事件などを扱った小説の総称である。エンターテインメントの醍醐《だいご》味《み》を味わいながら、経済やビジネスのなんたるかをおのずと知ることができる。綿密な取材・調査・資料の裏づけがなされているからである。

この作品の舞台となるのは運輸会社。宅配などで生活に密着した業界である。とはいえ、その中身となると、なかなか知りえない。しかし、読者は、運輸業界がいま抱えている問題や課題について、楽しみながら思いをめぐらせることができる。それだけではない。より広く、組織・企業の再生・活性化に必要な条件とはなにか、そのなかで、人が成長するとはどういうことなのかについても考えさせられる。

輝きを放つ文章の数々。読者によって活用されるときを、今かいまかと待ち望んでいる。なにかの拍子にふと感じるのだが、うまく表現できないままに止めおかれている疑問や思い。それらが的確に示されている。本書は、まさに「アイデアの宝庫」としても受け止められるだろう。

主人公は、巨大運輸会社のスバル運輸東京本社内に新設された新規事業開発部部長に就任する吉野公啓《まさひろ》。数々のアイデアを実践に結びつけ、会社に多大な貢献を果たしてきた人物である。ところが、上層部の評判は芳《かんば》しいものではない。というのも、部下などは、自分の手足となって働く道具ぐらいにしか思っていないところがあるからである。体よく追い払うための今回の異動。実現の可能性が皆無に近い要求。「ダメ社員」の営業マン・立川久を含め、総勢3名の零細部署で、年間4億円の売上げをめざせというのだ。

しかしである。吉野は、スバル運輸を単なる運輸会社から、なんと、マーケティング・カンパニーに飛躍させうるような、まさに壮大なビジネスプランを提起。そして、実現に向けまい進する……。もちろん、彼の前に立ちはだかる壁は高く、重層的だ。「運送業という一つのフィールドで戦う限り、他社に抜きんでたサービス、顧客が価値を見いだすサービスを提供しなければならない。だが、そんなものはすでに行き着くところまで来ている。時間指定にしても、クールにしても、荷物の直取《じか》り、代引き……おおよそ考えつくものは全《すべ》てやっちまってる。そうなれば次にくるものは何か。価格競争しかないだろ。そうなりゃ文字通りの消耗戦だ」。価格競争を超えるなんらかの新しい業態へのチャレンジが不可欠なのだ。

ところが、社内の現実はと言うと、役員・社員のほとんどは変化を望まず、保身に走る傾向が強い。「誰も考えつかなかった新形態のビジネスを持ち出すと、最初に返ってくるのはネガティブな言葉と相場は決まっている」。そのような事情のもとで、新たなビジネスプランを提案し、アクションに結実させることは並みたいていのことではない。

本書の魅力のひとつは、幾つもの壁を乗り越え、プランを実現させていくプロセスを、読者が手に汗を握りながら楽しめる点である。当然のことながら、およそシステムと呼んでいるものの多くは、ほとんど完璧《かんぺき》とさえ思えるほどにできあがっている。ちょっとやそっとの手直しではびくともしないように感じられる。しかし、どんなシステムにも、問題点・すきまがある。吉野は、そうしたビジネス上の死角や問題点を見つけ出し、それを糸口にして新しいアイデアを付け加えながら、突破口を切り開いていくのである。

　では、主人公は、どのようにしてアイデアを発掘するのであろうか。ここで、アイデアに結実する三つのアプローチの仕方をまとめてみよう（大下英治『小説日本ビッグバン』）。第一は、不便な点や問題点を発見し、それを改善するという手法である。第二に、これまで常識的に考えられてきたことを疑い、異なった視点で考えてみるという「逆転の発想」がある。第三に、複数の事柄を結びつけてみるハイブリッド型の思考がある。作品のなかでも、三つの手法を駆使して、新しいビジネスプランを考案するシーンが登場する。具体例をあげれば、興味深い「価格ランキングサイト」は、既存のシステムの問題点を改善するという意味で、一番目の問題改善型の手法と言える。すでに業界ではスタンダードとして定着している「当日配送」をやめてシステムを考え直すというのは、二番目の手法。そして、新しいビジネスプランを街の電器屋の「空きトラック」の活用と結びつけるというのは、三番目の手法ということになるだろう。例えば、「家電店」「ネットワーク化」「老人家庭」といった具合に、いくつかのキーワードを書き連ね、読者のみなさんが属している組織・会社の事情に重ね合わせて考えてみてはどうだろう。

　本書のもう一つの魅力は、吉野本人や周囲の人たちが成長を遂げていくプロセス、つまり、企業で働く者として最も大切なもののひとつを習得していくプロセスを楽しめることである。吉野のなかで、「部下を鍛え、自分の遺伝子を次の世代に伝える」という意思が熟成されていくのである。

周知のように、楡のデビュー作は、一九九六年に宝島社から刊行された『Cの福音』である。マフィアのボスを後ろ盾にして、関税法・輸入管理の盲点をついてコカイン密輸の完璧なシステムを作り上げた「悪のヒーロー」朝倉恭介が主人公。その後、当初からの「六部作」という壮大なスケールの構想にしたがい、日本の危機管理の危うさに乗じてある宗教団体が政府をパニックに陥《おとしい》れる様子を描いた第二作『クーデター』（九七年）、アメリカにおける軍事機器の廃棄処理のずさんさを絡《から》めて、暗黒街の主導権争いを扱った第三作『猛禽の宴』（九七年）、インターネットという「情報の流れ」に潜む盲点とも言えるネットウイルスによるサイバーテロの恐怖を描いた第四作『クラッシュ』（九八年）、日本における危機管理意識の希薄さを軸に、在日米軍基地を生物兵器でせん滅させる計画を描いた第五作『ターゲット』（九九年）、朝倉恭介と、彼を追いつめるＣＩＡ、さらには「善のヒーロー」川瀬雅彦との闘いを描いた六作目の完結篇『朝倉恭介』（二〇〇一年）が刊行されていく。いずれも国際的な視野で描かれた大作である。

彼の著述活動は、そうした六部作が出発点となっているが、そのほかの作品を読んでいけば、幅の広さと奥行きの深さが一層際立《きわだ》ったものになっていくだろう。具体的に言えば、①九十九里の海岸に身長百メートルの巨人が突如として出現したことで引き起こされた騒動の全貌《ぜんぼう》をコミカルなタッチで描いた『ガリバー・パニック』（九八年）、②中国の古代を彷彿《ほうふつ》させるような架空の一大陸を舞台に、ある国の軍師の息子として生まれた青年の純粋でみずみずしい成長物語となっている『青狼記』（二〇〇〇年）、③他人の卵子を使い処女を懐妊させるという、神を冒瀆する所業を描いた『マリア・プロジェクト』（〇一年）、④テロリストが奪い取った巨大タンカーを東京湾に誘導して、日米両政府を恐怖のドン底に陥れる『無限連鎖』（〇二年）、⑤銀座の高級クラブの裏事情を軽快なタッチで描いた『フェイク』（〇四年）、⑥巨大な総合家電メーカーの危機的状況と、外資を巻き込んだ同社の再建・活性化策を扱った『異端の大義』（〇六年）、⑦「運送会社のメリットを生かしたショッピングモールへの参入」という、本書でその片鱗《へんりん》が示されたビジネスプランの実現を追求している『ラスト　ワン　マイル』（〇六年）、⑧水素自動車用の燃料タンクを開発し、特許の帰属をめぐって法廷で争っている父の怪死をめぐる真相を解明していく息子たちの活躍を描いた『クレージーボーイズ』(〇七年)などがある。そのように、テーマや素材は多岐にわたっているのだ。そればかりではなく、ジャンルも多様なのである。ハードボイルド、サスペンス小説、スパイ小説、犯罪小説などの作品があるかと思えば、本書のような経済小説もある。

しかしながら、私見を述べれば、ジャンルの枠を超えた、そして多くの作品に共通して認められる、「ブレのない視点」があるように思われる。それは、さまざまな状況・境遇のもとで懸命に生き抜くこととはどういうものなのかを明らかにしようという意思ではないだろうか。せっかく生を受けたのであるから、「懸命に生きよ!」と訴えかけているような、そんな叫び声が響いてくるのである。

懸命に生き抜くためには、当然のことながら、正確な時代状況の理解と、自らのポジションに関する冷静な状況分析が必要となる。楡周平ワールドの大きな特徴としてあげられるのは、そうした作家の魂=意思を包摂するような形で、研ぎ澄まされたディテールの描写と想像を絶するストーリー展開が用意されている点であるが、それらを可能にさせているのが、現実理解に対する著者の優れた姿勢なのである。多くの作品のなかで示される現実認識として、次の三点があげられるように思う。第一に、現代の社会・経済・政治を構成する一つひとつの要素・パーツは、相互に連関しあいながら、ひとつのシステムに収斂《しゅうれん》していくこと。第二に、システムには必ずもろさ・死角・抜け道があるが、それらは同時に新しいビジネスチャンスにつながっていくこと。第三に、人々が円滑な生活を送るために極めて重要な役割を果しているのはモノや情報の流れ（物流やインターネット）であり、もしそれらが遮断されると、破局的な混乱が生じてしまうこと。そうした三つの確信の背景にも、楡の的確な現実把握があるのである。

冒頭に示した、「経済小説として最高傑作の領域に属する作品」という言葉に、いま一度立ち戻ってみよう。そのように述べたのは、もちろんコンテンツのすごさに依《よ》っているわけであるが、経済小説のなかでの本書の位置づけとも密接に関わっている。というのは、本書は、今日の時代状況が経済小説に課した課題のひとつを見事に達成しているからである。

では、今日的課題とはなにか？　それは、組織・企業の再生と日本経済そのものの再生という時代の要請への対応策の提示であると同時に、そのなかでの個々人の生き方に対する新しい像を提示することである。生き方のみつめ直しが提起されるようになったことには、それなりの理由がある。バブル崩壊後、終身雇用や年功賃金といった制度・慣行はすでに大きく修正されつつある。グローバル化が進み、外資が絡むM&Aの時代が本格化しつつある。今後は、会社・職業・職種を変えることが、かつて以上に頻繁に行われるようになっていくことが予想される。それゆえ、個人のレベルにあっても、常に創意工夫の精神を持ち、自らの価値を高めていくことが社会的にも要請されるのではないだろうか。

本書は、そうした今日的な課題に真正面から切り込んだ経済小説なのである。

（平成十九年十月、東京経済大学教授）

この作品は平成十七年四月新潮社より刊行された。

城山三郎著　役員室午後三時

日本繊維業界の名門華王紡に君臨するワンマン社長が地位を追われた——企業に生きる人間の非情な闘いと経済のメカニズムを描く。

高杉　良著　王国の崩壊

業界第一位老舗の丸越百貨店が独断専横の新社長により悪魔の王国と化した。再生は可能なのか。実際の事件をモデルに描く経済長編。

山崎豊子著　仮装集団

すぐれた企画力で大阪勤音を牛耳る流郷正之は、内部の政治的な傾斜に気づき、調査を開始した……綿密な調査と豊かな筆で描く長編。

幸田真音著　偽造証券

大量の有価証券と共に元エリート債券トレーダーが失踪した。大揺れのNY邦人金融界に飛びこんでしまった、駆出し作家の祥子……。

服部真澄著　エル・ドラド（上・下）

南アメリカ大陸の奥地で秘密裏に進行する企み。人類と地球の未来を脅かす遺伝子組み換え作物の危険を抉る、超弩級国際サスペンス。

江上　剛著　非情銀行

冷酷なトップに挑む、たった四人の行員のひそかな叛乱。巨大合併に走る上層部の裏側に、闇勢力との癒着があることを摑んだが……。

新潮文庫最新刊

角田光代著
さがしもの
「おばあちゃん、幽霊になってもこれが読みたかったの?」運命を変え、世界につながる小さな魔法「本」への愛にあふれた短編集。

柳田邦男著
壊れる日本人 再生編
ネット社会の進化の中で、私たちの感覚は麻痺し、言語表現力は劣化した。日本をどう持ちこたえさせるか、具体的な処方箋を提案。

フジコ・ヘミング著
フジコ・ヘミング 魂のピアニスト
いつも厳しかった母、苦難の連続だった留学生活、聴力を失うという悲劇――。心に染みる繊細な音色の陰にあった劇的な半生。

森下典子著
日日是好日
―「お茶」が教えてくれた15のしあわせ―
五感で季節を味わう喜び、いま自分が生きている満足感、人生の時間の奥深さ……。「お茶」に出会って知った、発見と感動の体験記。

有田哲平
上田晋也 著
くりぃむしちゅー語入門
「どうも僕です」「だって俺だぜ」――お笑いコンビくりぃむしちゅーの繰り出した数々の名言を爆笑エピソードとともに一挙大放出!

「週刊新潮」編集部編
黒い報告書
いつの世も男女を惑わすのは色と欲。城山三郎、水上勉、重松清、岩井志麻子ら著名作家が描いてきた「週刊新潮」の名物連載傑作選。

再《さい》生《せい》巨《きよ》流《りゆう》

新潮文庫　に-20-1

平成十九年十二月一日発行
平成二十年十一月二十日四刷

著者　楡《にれ》周《しゅう》平《へい》

発行者　佐藤隆信

発行所　株式会社新潮社
郵便番号　一六二―八七一一
東京都新宿区矢来町七一
電話　編集部(〇三)三二六六―五四四〇
読者係(〇三)三二六六―五一一一
http://www.shinchosha.co.jp

印刷・大日本印刷株式会社　製本・株式会社大進堂

ISBN978-4-10-133571-1 C0193